云南财经大学前沿研究丛书

马克思主义与现代悲剧观念

肖 琼 著

中国社会科学出版社

图书在版编目(CIP)数据

马克思主义与现代悲剧观念/肖琼著 . —北京：中国社会科学
出版社，2015.6

ISBN 978 - 7 - 5161 - 6320 - 7

Ⅰ.①马…　Ⅱ.①肖…　Ⅲ.①马克思主义—关系—悲剧—
文艺理论—研究　Ⅳ.①I053

中国版本图书馆 CIP 数据核字(2015)第 128070 号

出 版 人	赵剑英	
责任编辑	徐　申	
责任校对	古　月	
责任印制	王　超	

出　　版	中国社会科学出版社	
社　　址	北京鼓楼西大街甲 158 号	
邮　　编	100720	
网　　址	http://www.csspw.cn	
发 行 部	010 - 84083685	
门 市 部	010 - 84029450	
经　　销	新华书店及其他书店	

印　　刷	北京明恒达印务有限公司
装　　订	廊坊市广阳区广增装订厂
版　　次	2015 年 6 月第 1 版
印　　次	2015 年 6 月第 1 次印刷

开　　本	710×1000　1/16
印　　张	19.25
插　　页	2
字　　数	326 千字
定　　价	69.00 元

目　录

第三部分　马克思主义与中国现代 悲剧观念的形成

绪　论

"悲剧"概念的现代转型

悲剧艺术起源于古希腊，它的胚胎来自民间即兴表演的舞蹈和面部带有某些表情的抒情诗吟唱。亚里士多德在《诗学》中写道："悲剧起源于狄苏朗勃斯歌队领队的即兴口诵，喜剧则来自生殖崇拜活动中歌队领队的即兴口占。"[①] 第一次记载是在公元前 5 世纪。最先只有歌队围绕着祭司歌唱，大约到了公元前 6 世纪，祭祀的仪式逐渐戏剧化了，并且由演员替代了祭礼中的祭司。一般认为，最初对悲剧进行集中定义的是古希腊的亚里士多德，他的《诗学》主要是讨论悲剧。亚里士多德对悲剧的探讨是在一种本体论意义上来进行的，即把悲剧作为一种文学形式。如朱光潜所说："悲剧尽管起源于宗教祭祷仪式，却首先是一种艺术形式。"[②] 亚里士多德的悲剧理论在关于悲剧本质、悲剧情节、悲剧效果以及悲剧人物等方面都有涉及，为后来的悲剧理论研究奠定了经典性的研究框架和知识基础。

首先，亚里士多德给悲剧下了一个完整的定义："悲剧是对于一个严肃、完整、有一定长度的行动的模仿；它的媒介是经过'装饰'的语言，以不同的形式分别被用于剧的不同部分；它的模仿方式是借助人物的动作，而不是采用叙述。通过引发怜悯与恐惧使这些情感得到疏泄。"[③] 亚里士多德指出决定悲剧性质的六个因素：情节、性格、言语、思想、戏景和唱段，这六个因素又分别代表模仿的媒介、模仿的方式和模仿的对象三个方面。在这六个要素中，亚里士多德特别强调悲剧的情节性，"事件的

---

① 亚里士多德：《诗学》，陈中梅译注，商务印书馆 1999 年版，第 48 页。
② 朱光潜：《悲剧心理学》，人民文学出版社 1983 年版，第 14 页。
③ 亚里士多德：《诗学》，陈中梅译注，商务印书馆 1999 年版，第 63 页。

组合是成分中最重要的"①，"情节是悲剧的根本"。② 因为悲剧模仿的不是人，而是模仿人的行动，因此悲剧要求情节具有突转和发现功能。"发现"与"突转"必须是由情节的结构中产生出来，成为前事的必然或可然的结果。亚里士多德对悲剧的定义、关于悲剧的净化说和过失说的提出，不仅奠定了悲剧理论的基础，更是对后来的学者产生了深远影响。后来"有关悲剧的历史，不仅在理论上而且在实践中，都被有效地视为对亚里士多德悲剧理论的注脚，成为反对有关悲剧新观念的试金石"。③

黑格尔的出现标志着现代悲剧观念的主要来源，一种形而上的悲剧观开始形成。与亚里士多德阐述悲剧不同，亚里士多德是从悲剧形式中总结出悲剧理论，其落脚点是悲剧形式；黑格尔是通过悲剧来阐述自己的理念，其落脚点在于自己的悲剧理论。"正是在黑格尔那里，悲剧才最先得到'本质性的阐述'，被具体化为一种绝对精神，无感情地凌驾于退化的日常生活之上。"④ 作为文学形式的悲剧在黑格尔出现之后悄悄地滑向了作为哲学观念的悲剧。

黑格尔首先讨论了亚里士多德所认为悲剧的真正作用在于引起哀怜和恐惧而加以净化的问题。他认为，亚里士多德所指的并不是对自我主体性格协调或不协调的那种单纯的愉快或不愉快的情感，即好感和反感。艺术作品的任务只是把精神的理性和真理表现出来。所以，我们不能死守着恐惧和哀怜这两种单纯的情感，而是要站在内容原则的立场上，要注意内容的艺术表现才能净化这些情感。⑤ 正是内容的艺术表现才使得情感得到净化。因此，黑格尔对怜悯和恐惧要求极为严格，认为悲剧中的这两种感情并不是一般人所说的怜悯和恐惧。恐惧不是对简单的不幸和痛苦而言，而是面对理念这一永恒而不可违抗的力量时的感情。人如果反抗理念，破坏它的和谐和平静，就会遭到毁灭。而怜悯也不是单单为别人的不幸表示同情。所以在黑格尔看来，一般的怜悯和恐惧并不与悲剧性的情感有关。只

---

① 亚里士多德：《诗学》，陈中梅译注，商务印书馆1999年版，第64页。

② 同上书，第65页。

③ Su san Feagin, *Tragedy*; *The Blackwell Guide to Aesthetics*, Petev IGvy ed, Blackwell Publishing—Ltd, 2004, p. 291.

④ 特里·伊格尔顿：《甜蜜的暴力》，方杰、方宸译，南京大学出版社2007年版，第48页。

⑤ 黑格尔：《美学》第三卷，下册，商务印书馆1997年版，第288页。

有与他的伦理的内容联系起来,与伦理主张一致,恐惧和怜悯才算是悲剧性情感。黑格尔强调的是受难者的同情,而不是接受者的同情,只有在受难者与其伦理主张一致,受难者产生了这种同情之情时,也就是与他的伦理原则相合拍时,受难者体现出义无反顾的悲剧性行动才体现了受难者对事件的同情。

而悲剧的功能正在于通过唤起恐惧与怜悯的情感以唤起和解,凸显"绝对理念"的永恒正义性。"通过这种冲突,永恒的正义利用悲剧的人物及其目的来显示出他们的个别特殊性(片面性)破坏了伦理的实体和统一的平静状态;随着这种个别特殊性的毁灭,永恒正义就把伦理的实体和统一恢复过来了。悲剧人物所定下的目标,单就它本身来看,尽管是有理可说的,但是他们要达到这种目标,却只能通过起损害作用的片面性引起矛盾的悲剧方式。因为真正实体性的因素的实现并不能靠一些片面的特殊目的之间的斗争(尽管这种斗争在世界现实生活和人类行动中可以找到重要的理由),而是要靠和解,在这种和解中,不同的具体目的和人物在没有破坏和对立的情况中和谐地发挥作用。"① 所以,悲剧行动的原则是:个人可以在更高的命令指示下放弃自身片面的目的。但黑格尔的悲剧效果只停留在悲剧主人公这个狭隘的框架内,其问题的解决也是悲剧主人公们之间自身内部的一种解决,效果并不延伸到接受者的身上。更重要的是"调解的感觉",冲突后的调解,即看到永恒正义胜利的欣慰、愉快和振奋。因此,黑格尔悲剧论的神韵正在于:"绝对理念"在自作决断而自觉行动的悲剧人物身上定在、分化与实现的过程中所必致的那些既各具其合理性又各具其片面性的普遍力量(神性的东西)之间的彼此冲突及其和解。②

然而,黑格尔由于过度强调他的"永恒正义"而忽略了对悲剧中苦难的关注。朱光潜批评道:"黑格尔片面强调冲突与和解,就完全忽略了悲剧的这一重要因素。这位哲学家试图用否定中之肯定的理论来把恶的存在加以合理的解释,他会令人遗憾地忽略这种因素也是意料之中的事。但是,这样一来,他就既没有充分考虑到苦难的原因,也没有充分考虑到悲剧人物忍受苦难的情形,而这两个缺陷对于任何一种悲剧理论说来都是致

---

① 黑格尔:《美学》第三卷,下册,商务印书馆1997年版,第287页。
② 邢建昌主编:《美学》,河北人民出版社2012年版,第203页。

命的弱点。"①

　　当然，强调悲剧冲突及其必然性是黑格尔在悲剧理论方面所做出的最大贡献。但是黑格尔的研究方法只是在理性的框架中展开，是威廉斯所总结的"首先抽象出一个普遍的必然性，然后将我们统称为悲剧主人公的饱经磨难的个人置身其中，或者作为它的对立面。于是，将这位主人公孤立起来的做法就被视为悲剧行动的主要动力"② 这样一个过程的演绎方法。在两种都具有绝对本质性的伦理力量冲突面前，黑格尔的态度是必须抛弃有罪和无罪的错误观念，采用各打五十大板的方式，悲剧人物受到惩罚，但伦理实体最终回归自身，伦理实体的正确性、普遍性、整体性和必然性得到验证。从悲剧的冲突来看，黑格尔将《安提戈涅》视为能够体现他的悲剧理论的"最优秀最圆满的艺术作品"。③ 黑格尔的悲剧理论也主要是通过对悲剧作品《安提戈涅》的具体分析得到更好的演绎。在黑格尔这里，悲剧已经很明显的是作为一个功能性的名词，而与亚里士多德所进行的本体论式的研究截然不同了。在亚里士多德那里，悲剧还是在本体论意义上运用的，通过对悲剧作品本体的研究，概括出有关悲剧作为一种文学形式所具备的特征以及给人所带来的情感效应；而黑格尔将悲剧只是作为演绎他的理念的媒介，强调"美是理念的感性显现"，理念不能为我们所直接把握，必须通过感性形式，并且显现在感性形式中。显然，悲剧的意义到黑格尔手里变得更为普遍化，上升为一种普遍性的哲学观念和审美态度。黑格尔的悲剧观对必然冲突和悲剧问题之解决的强调这一点上，不但超过了亚里士多德，而且也超过了亚里士多德以来所有对悲剧本质做出解释的任何一个人。他的悲剧冲突论在许多不同的方面广泛影响并获得了不同途径的发展。

　　布拉德利认为，黑格尔的严重失误在于他注重悲剧中的行动和冲突，而不注重苦难和厄运。在布拉德利看来，厄运才是构成悲剧的重大因素，悲剧中的受难形式往往是一般观众获得强烈快感的来源。布拉德利非常重视厄运在悲剧中的地位和作用，批评黑格尔由于对悲剧中的行动和冲突的过分注重而导致他对厄运在悲剧中的地位和作用的轻视。布拉德利在解释

---

① 朱光潜：《悲剧心理学》（中英文合本），安徽教育出版社1989年版，第162页。
② 雷蒙·威廉斯：《现代悲剧》，丁尔苏译，译林出版社2007年版，第9页。
③ 黑格尔：《美学》第三卷，下册，朱光潜译，商务印书馆1997年版，第313页。

厄运时，已经将它纳入命运观念的轨道。悲剧都是偶然的意外事故在起作用。一切都由独立于人之外的力量支配，受难者自身的意志无法改变。然而，这在外在条件中看来似乎是偶然的，而从人类主体结构中其实是必然的。这种补充无非是在黑格尔的唯心主义基本倾向的前提下，重新给他涂上神秘主义的色彩。世界的精神历史在他的处理方式下失去了普遍和客观的特点，从而变成了个人内心的活动。布拉德利继承了黑格尔悲剧中的形而上的性质，同时将悲剧解决的途径孤立限定在自我的框架内，自我的分裂只能依靠自我的修复，悲剧主人公的内心冲突取代了体现在特殊人物身上的冲突。这就为叔本华从人性方面来揭露悲剧的必然性奠定了基础。

叔本华走的是使悲剧世俗化的另一条路。汪献平评价，西方悲剧理论中绵延长久的对理性、客体性、社会性的强调直到叔本华、尼采的出现才加以扭转。叔本华以生命意志的自省，尼采以酒神精神的张扬改变了黑格尔绝对理念中的理性绝对主义，并将其中理念的感性显现的经验成分继承下来，发展成为悲剧艺术理论中的非理性因素和主体的彰显。[①] 这个评价还是非常中肯的。18 世纪末 19 世纪初，知识分子对残酷的现实感到失望，对传统的理性价值观产生怀疑，因而兴起反理性主义思潮。他们认为，意志是世界的基础、本源，而世界只是这个意志的一面镜子。反映在悲剧理念上，叔本华认为悲剧是专门表现人的不幸理念。人生来就是痛苦的，人生最大的痛苦根源在于人的欲望，而人的欲望又是永远不可满足的渊薮，所以人生的本质是痛苦的。叔本华承袭西方基督教传统，并以悲观主义对西方的基督教传统进行解释，认定悲剧的理念是原罪，悲剧灾难的原因不能在正义中去寻找。悲剧人物之所以受到惩罚，并不是由于犯了什么个人的罪过，悲剧主人公所赎的罪孽不是他自身的罪过，而是原罪，即生存本身的罪过。悲剧正是通过各种各样的人生痛苦，使得人们直观到人类的原罪。悲剧在现象上是彼此斗争，相互摧残，但在这一切里面，却是那同一的意志在活动、在显现。所以悲剧的结局不是悲剧冲突双方斗争的解决，而是斗争的双方在认识中对生命意志的否定。叔本华的悲剧理论是将悲剧与人类命运联系在一起的，是关于人类普遍命运的理解。他的悲剧观主要是围绕人类承受的痛苦以及人类如何摆脱这种痛苦展开的，而这一

---

① 李铁映主编：《中国人文社会科学前尚报告 No. 3（2002 年卷）》，社会科学文献出版社 2004 年版，第 316 页。

点在黑格尔的悲剧理论中却很少谈论。叔本华的悲剧观跳出了以前固定不变的道德架构，变为悲剧与历史危机之间更具活力的关系。同叔本华一样，尼采也把现实人生视为痛苦，艺术则是逃避痛苦现实的手段。尼采的悲剧理论主要集中在他的《悲剧的诞生》一书中，主要探讨了悲剧的来源、衰落和复兴，并将其悲剧观念建立在日神精神和酒神精神的辩证基础上。日神精神使人沉醉于梦幻般的外观中，不追求真相，从而实现自我肯定和慰藉。如果说日神精神是用美的面纱来掩盖真相，酒神精神则要揭开这层面纱而直面这惨淡的人生，它"给人一个超越世界现象的立脚点，以此来俯视人生的痛苦与个体的毁灭，使现实的苦难化作了审美的快乐，个体在自我否定中回归世界的本源"①。尼采接受了叔本华的部分观点，认为生命总与痛苦相伴，世界在本质上就是痛苦的。但是，尼采并没有像叔本华那样，由此得出放弃生命意志的悲观结论。悲剧正是通过个体生命的毁灭来庆祝本源生命的回归。尼采这样说道："酒神悲剧最直接的效果在于……每部真正的悲剧用一种形而上的慰藉来解脱我们：不管现象如何变化，事物基础之中的生命仍是坚不可摧和充满欢乐的。"② 悲剧正是让人们透过生死交替的变化"现象"看到了寓于事物基础之中的坚不可摧、生生不息的生命力。世界固然充满痛苦，但酒神精神却使人意识到原始状态的欢乐，酒神艺术和日神艺术都可以成为人们逃避现实痛苦的途径。而悲剧作为这两种精神的统一，可以使人在审美中忘却现实的痛苦而体验到生命的快乐和永恒。尼采将叔本华关于生命本质极为悲观、绝对否定的观点，在更大的人类生生延续的生命框架中获得了一种新的悲剧性的肯定理解。威廉斯总结，尼采从日神精神和酒神精神对悲剧的概括意味着悲剧重新将神话作为悲剧性知识的源泉。悲剧行动的意义在于死亡和再生的循环，苦难成了死而复生中必不可少的环节。

一方面，从叔本华开始，对悲剧发生学的解释基本上是从人性的角度来进行的。精神分析学说揭示悲剧发生最深刻的原因在于人类不止的欲望，人类欲望的不可满足，正是这种人类自身的缺陷性结构才导致痛苦和悲剧的永恒性发生。存在主义通过强调人的生存的荒诞本质，阐释的是有

---

① 鲁枢元编：《文艺心理学大辞典》，湖北人民出版社 2001 年版，第 198 页。
② 尼采：《悲剧的诞生》，周国平译，生活·读书·新知三联书店 1986 年版，第 28 页。

关人的生命的悲剧意识；精神分析则主要从欲望的伦理化①角度，强调欲望的不可满足与坚持自己的欲望之间的悲剧性结构。

另一方面，黑格尔通过矛盾冲突的辩证思维来阐释悲剧原则的研究思路直接启发了马克思恩格斯的悲剧思想形成。不同的是，黑格尔的悲剧理论是建立在绝对理念的基础上，而马克思恩格斯却将悲剧冲突从绝对的理念框架中拉回到了活生生的社会历史中。马克思既肯定又改造了黑格尔精神历史的客观性，伦理力量的冲突被置于更为广阔的社会历史框架中，并且被替换为社会和历史的术语，提出的是一种革命的历史悲剧学说。② 马克思主义从历史悲剧的角度揭示了社会发展过程中不可避免的悲剧性历史境遇，悲剧所反映的内容就是现实生活中的矛盾和冲突。当然，这种矛盾和冲突的形式在现代社会中又有了新的发展和变化。卢卡奇的"悲剧的形而上学"、戈德曼的"隐蔽的上帝"、本雅明的"悲剧理论"、威廉斯的"日常生活悲剧"以及伊格尔顿的"悲剧观念"等概念都是在悲剧与革命的框架中展开。现代性也与悲剧联系起来，悲剧成为人类社会中不可避免的现象，只要我们当前的社会结构还具有缺陷性的结构，只要人类邪恶还没有到达终结，悲剧结构就永远存在。然而随着斯坦纳的《悲剧之死》的发表，西方社会开始流行着一种"悲剧死亡论"。从批判理论的层面上看，关于"悲剧死亡论"的观点其实是对进入现代性社会后新出现的文化形态和现象的反映。由于人们在接受中并没有做好准备，因此对这些新的现象出现了理解的分歧，同时也是对悲剧概念的现代转型没有充分认识到的必然结果。

通过对"悲剧"概念的现代转型进行梳理，我们可以细致地把握到悲剧在历史中的不断演变和转换的丰富内涵，并凸显出马克思、恩格斯历史唯物主义悲剧观的形成和影响。马克思主义悲剧理论已经成为现代悲剧中的一个重要分支，他们导致了悲剧观念的现代发展，并将悲剧与现代性、悲剧与革命联系起来。悲剧与革命是一个极其复杂的命题，体现了马

---

① 在齐泽克的《实在界的面庞》第一章，齐泽克讨论到了康德与拉康对待欲望的不同态度，在康德看来，欲望之能量是彻头彻尾的"病态性的"，因而需要一种道德的力量绝对地凌驾于人之上；拉康的态度是，道德律令总是必须化解为个人具体欲望才能对主体发出命令，欲望能力并非总是"病态性"的，超我所维持的内疚说明了主体与欲望的背叛或调和。因此，在拉康这里，只要欲望超越了它的快乐原则，"坚持自己的欲望"就可以体现欲望的伦理化。

② 观点参见雷蒙·威廉斯的《现代悲剧》，丁尔苏译，译林出版社 2007 年版，第 25 页。

克思主义悲剧理论的独特思考和大胆尝试，这对后来许多悲剧观念和悲剧特征的转向和形成具有重要作用。正如威廉斯所认识的那样，所有的思想和意识都不可能僵化不变的，在新的情感结构和悲剧经验的基础上，有些观念和思维方式已经包含着革命种子的形成。能不能辨别这些种子，让人们获得共同的认识和经验，这正是 20 世纪马克思主义悲剧理论当下正努力的方向。

第一部分

悲剧与革命：马克思主义
悲剧理论的发展和贡献

第 一 章

悲剧与革命:马克思主义悲剧理论的
逻辑演进和研究路径

　　"悲剧"作为文艺理论中一个悠久而经典的命题,在进入现代社会之后已经发生重要改变。黑格尔开始将悲剧作为哲学观念,这标志着现代悲剧观念的形成。黑格尔之后西方悲剧理论发展为两条研究路径:一是在布拉德利的影响下主要继承了黑格尔的唯心主义倾向,从悲剧主人公的内心冲突来揭示悲剧性,叔本华、尼采从人的内部机制来寻找悲剧的根源也并未跳出这个研究框架;二是马克思将黑格尔的伦理力量的冲突置于更为广阔的社会历史框架中,并且替换为社会和历史的术语,形成了一种革命的历史悲剧学说。悲剧与革命成了后来马克思主义悲剧理论的发展线索和内在理路,随后的卢卡契、本雅明、萨特、加缪、戈德曼、威廉斯、伊格尔顿等,也都是在悲剧与革命的框架中来阐释现代悲剧的形态和发展,变化和意义。"如果说布莱希特、瓦尔特·本雅明、特奥多·阿多诺的悲剧理论是对法西斯现象的思考,雷·威廉斯的悲剧理论是对 1968 年席卷欧洲的'五月风暴'形势的理论回应,伊格尔顿的悲剧理论则可以说是对苏联解体和'9·11 事件'这两个当代社会最重大事件的思考和理论回应。"① 悲剧与革命成了后来马克思主义悲剧理论的发展线索和内在理路,梳理马克思主义悲剧理论的发展脉络对于理解马克思主义悲剧理论的复杂性和内在演变的一致性具有非常重要的作用。

---

① 肖琼:《伊格尔顿悲剧理论研究》,中国书籍出版社 2013 年版,序言。

一　悲剧与革命意识的萌芽：
马克思恩格斯的悲剧理论

　　马克思恩格斯继承了黑格尔所说的悲剧中存在着不可避免的冲突以及悲剧的本质就在于冲突性的观点，但他们并不赞同黑格尔对悲剧冲突唯心主义的处理方式，而是把社会意识的根本原因归结为社会存在，因此他们认为真正构成悲剧冲突的力量不是什么伦理的、观念的精神力量，而是现实存在的社会力量，一定历史时期的观念作为上层建筑的意识形态归根结底是一定现实的社会力量的表现，最终是一定阶级利益的反映。社会矛盾冲突的发展本质上不是精神意识的发展，而是现实力量的冲突和消长，是社会生产力发展的外在显现。历史不是设定的，而是具体的真实斗争活动的人的历史。从阶级分析的观点出发，他们认为真正的极端是不可调和的，它们在本质上也是互相对立的。由于黑格尔将其悲剧理论建立在唯心主义的哲学基础上，将悲剧冲突的根源解释为某种纯粹形而上的精神运动，忽视了社会现实中的矛盾冲突才是产生悲剧冲突的真正根源，因而也就看不到形成悲剧冲突的社会阶级基础。马克思恩格斯继承并改造了黑格尔的悲剧理论，将精神历史的客观性改造为社会和历史的发展规律，将黑格尔对精神发展的论述改造为社会发展的论述。因此他们主要是从社会和历史的客观力量以及历史的必然发展规律来寻找悲剧冲突发生的根本缘由，将冲突的原因概括为新旧秩序和力量的冲突。马克思恩格斯第一次从历史和现实生活的角度揭示了悲剧的根源和本质，从而奠定了悲剧观念的唯物主义基础。

　　马克思主义的悲剧观正如他们其他的文艺观一样，没有专门做著述，而是散见于其著作中偶尔智慧火花的流露，主要见于《黑格尔法哲学批判导言》、《1859 年马克思致费迪南·拉萨尔的一封信》、《1859 年恩格斯致费迪南·拉萨尔的一封信》、《路易·波拿巴的雾月十八日》这几篇文章中。

　　早在《黑格尔法哲学批判导言》中，马克思在评判当时的德国政治现实时就已经这样说过："当旧制度本身还相信而且也应当相信自己的合理性的时候，它的历史是悲剧性的。当旧制度作为现存的世界制度同新生的世界进行斗争的时候，旧制度犯的就不是个人的谬误，而是世界性的历史谬误。因而旧制度的灭亡是悲剧性的。"① 这里已经包含了马克思主义历史悲剧的理论雏形。马克思在这里所要揭示的是：旧制度还存在着合理性表明自身还存在的历史价值，旧制度的消亡则意味着某种价值的毁灭。到《路易·波拿巴的雾月十八日》时，马克思已经清楚地表述存在着两种悲剧，"黑格尔在某个地方说过，一切伟大的世界历史事变和人物，可以说都出现两次，他忘记补充一点：第一次是作为悲剧出现，第二次是作为笑剧出现"。② 黑格尔虽然指出了一切伟大的世界历史事变和人物，可以说都出现两次，可惜他没有对这两种悲剧性属性进行区分。而马克思准确地区分了这两种悲剧性的属性：一种是悲剧，另一种是笑剧。当然，这里的"悲剧"一词并不等同于我们所说的悲剧，而是马克思通过历史性的分析得出的物质性客观属性。新生事物和新生力量在历史上的悲剧性命运体现的是一种悲剧，即马克思所说的革命的悲剧；而旧制度旧事物片面地相信自己存在的合理性而硬要违背整个社会发展的历史规律支撑和维护自己时的行为，体现的是另一种悲剧属性，即笑剧。马克思所要指出的是，这种笑剧同样包含着悲剧性，是"带着眼泪的笑"，笑过之后同样给人发人深省的反思性。马克思揭示历史发展规律的客观性以及不可抗拒性，同时从悲剧性的角度对真正的革命进行了廓清。马克思说："人们自己创造自己的历史，但是他们并不是随心所欲地创造，并不是在他们自己选定的条件下创造，而是在直接碰到的、既定的、从过去承继下来的条件下创造。一切已死的先辈们的传统，像梦魇一样纠缠着活人的头脑。当人们好像刚好在忙于改造自己和周围的事物并创造前所未闻的事物时，恰好在这种革命危机时代，他们战战兢兢地请出亡灵来给他们以帮助，借用它们的名字、战斗口号和衣服，以便穿着这种久受崇敬的服装，用这种借来的语言，演出世界历史的新场面。例如，路德换上了使徒保罗的服装，1789—1814 年的革命依次穿上了罗马共和国和罗马帝国的服装，而 1848 年的革命就只知道时而勉强模仿 1789 年，时而又模仿 1793—1795 年的革命传统。"③ 这一段话非常清楚地揭示：这种如同 1848 年的革命仅仅是对过去革命的模仿性行为，并不是真正的革命。真正的革命应该是从未来找

---

① 《马克思恩格斯选集》第一卷，人民出版社 1972 年版，第 5 页。

② 同上书，第 603 页。

③ 同上。

寻到现实的颠覆性力量,譬如 19 世纪的革命,它不是从过去,而是从未来汲取自己的诗情。"在这些革命中,使死人复生是为了赞美新的斗争,而不是为了勉强模仿旧的斗争;是为了提高想象中的某一任务的意义,而不是为了回避在现实中解决这个任务;是为了再度找到革命的精神,而不是为了让革命的幽灵重行游荡起来。"①

马克思主义悲剧观的正式提出是在马克思、恩格斯分别致拉萨尔的信中。拉萨尔的悲剧作品《济金根》是在 1848 年德国革命由于资产阶级的背叛失败,许多革命者结合着 1525 年的革命运动来总结教训的历史背景中创作出来的。在这部作品中,拉萨尔试图通过借古喻今的手法,从而达到美化资产阶级革命的目的。拉萨尔认为,济金根作为悲剧英雄,他的失败在于他自身所犯的策略上的错误,如在对待与农民问题时所表现出的优柔寡断,对贵族利用而又戒备,从而导致了济金根悲剧的诞生。马克思和恩格斯从阶级立场出发,分别揭示了 16 世纪初德国末代骑士济金根悲剧的社会阶级根源。他们认为,任何悲剧冲突都是特定历史条件下社会矛盾的反映,悲剧主人公性格上行为上的某种弱点或过失只能构成悲剧冲突的直接原因,但起决定作用的只能是某种客观的社会因素。所以,济金根领导这场以反对诸侯割据的骑士起义要想获得成功,首先必须和广大的农民、城市中的革命分子和改革运动中的理论家结成广泛的同盟。这是由农民的历史作用和当时德国社会各个阶级之间的力量对比状况所决定的,是一种历史的必然。其次,由于济金根自身阶级地位的性质又决定了他不可能与农民联盟,因而他的斗争必定是不成功的。拉萨尔抹杀了这位骑士起义领袖失败的深刻的社会阶级根源,而把他的失败仅仅归结为起义领袖个人的内在原因,这种做法是错误的,也是极具危害性的。马克思提出的批评意见是:"济金根的覆灭不是由于他的狡诈。他的覆灭是因为他作为骑士和作为垂死阶级的代表起来反对现存制度,或者说得更确切些,反对现存制度的新形式。"② 恩格斯则指出:"我觉得,由于您把农民运动放到了次要的地位,所以您在一个方面对贵族的国民运动作了不正确的描写,同时也就忽视了济金根命运中的真正悲剧的因素。据我看来……悲剧的因素正在于:同农民结成联盟这个基本条件是不可能的,因此贵族的政策必然

① 《马克思恩格斯选集》第一卷,人民出版社 1972 年版,第 605 页。
② 《马克思恩格斯选集》第四卷,人民出版社 1972 年版,第 339—340 页。

是无足轻重的,当贵族想取得国民运动的领导权时,国民大众即农民,就起来反对他们的领导,于是他们就不可避免地要垮台……但这样一来马上就产生了这样一个悲剧性的矛盾:一方面是坚决反对过解放农民的贵族,另一方面是农民,而这两个人却被置于这两方面之间。在我看来,这就构成了历史的必然要求和这个要求的实际上不可能实现之间的悲剧性的冲突。"[1] 马克思和恩格斯从阶级分析的观点出发对济金根的悲剧进行考察,并对济金根的悲剧性命运进行了科学的分析,从而使得我们对济金根悲剧的认识从偶然变成必然。马克思和恩格斯揭示济金根命运中真正的悲剧因素是:济金根作为垂死阶级骑士的代表来反对现存制度,是以旧的阶级来反对新的阶级,因而不可能得到国民大众的支持,这就决定了他的斗争不可能不以失败告终。如果站在旧阶级的立场来看待他们的历史命运,旧的事物在历史发展中已经逐渐丧失了它的合理性而必须退出历史舞台,它确实同样具有悲剧性,但它绝不是革命的悲剧性。马克思已经明显地区别了两种悲剧:旧制度旧事物的悲剧和新事物新制度的悲剧,拉萨尔的错误在于他模糊了两种悲剧的界限,并把旧阶级退出历史舞台的悲剧看成革命的悲剧,因此在理论上是错误的。马克思和恩格斯的悲剧观念是建立在现实必然性和历史必然性的辩证基础上,认为悲剧的内容是现实生活中的矛盾和冲突。社会总是向前发展,这是历史不可逆转的趋势,在社会向前的发展过程中,新旧力量的矛盾和冲突也是不可避免的,互相冲突的力量因自身性质的规定而必须采取行动并将其进行到底,悲剧也就在所难免。

马克思恩格斯的悲剧理论还以唯物主义史观对现实的革命进行了无产阶级式的分析和厘清。马克思认为,二月革命的胜利并非真正的胜利;而六月革命的失败也并非真正的失败。二月革命胜利的根本原因在于它是工人与资产阶级共同进行的革命,但这种革命并不是真正的无产阶级革命,而是资产阶级革命,它最终建立的是资产阶级共和国,所以从无产阶级的角度来看这场革命,这并不是一场胜利的无产阶级革命;而六月革命的失败反而有着重要的历史意义:"只有六月失败才造成了所有那些使法国能够担起欧洲革命首倡作用的条件。只有浸过六月起义者的鲜血之后,三色

---

① 《马克思恩格斯选集》第四卷,人民出版社1972年版,第346页。

旗才变成了欧洲革命的旗帜——红旗！于是我们高呼：革命死了，革命万岁！"① 所以，一切理论都是建立在失败基础上的理论。六月革命虽然失败，但是如果六月革命可以使无产阶级对自己的阶级属性和革命方向有一个清楚的认识，那么失败也就具有了意义："工人们只能用可怕的六月失败做代价来换得这个胜利"②，这个胜利指的正是无产阶级最终对历史发展规律的认清，并最终发展成真正革命的政党。这个胜利正是在失败中换取到的胜利，是在失败与胜利之间升腾起来的绝望与希望。

马克思恩格斯的悲剧理论从历史唯物主义的哲学立场出发，从人类历史发展的客观规律中揭示悲剧冲突的历史根由和历史必然性。由于马克思恩格斯从社会历史发展的必然规律来看待悲剧冲突，将悲剧冲突的根源视为新旧秩序和新旧力量的必然冲突，"于是，古希腊悲剧被看成原始社会形态与新的社会秩序之间冲突的实际体现。文艺复兴时期的悲剧则被看成垂死的封建主义与新兴的个人主义之间冲突的体现。在悲剧的问题中，受到肯定的不是黑格尔意义上的永恒正义，而是由一系列重大社会变迁构成的一般历史运动。并不是所有这种类型的冲突都会导致悲剧。只有当每一方都觉得自己必须采取行动，而且都不愿意妥协的时候，悲剧才发生"。③马克思恩格斯的悲剧观念，使得以往悲剧理论产生了质的飞跃，从而使悲剧跳离了作为哲学观念的形式，而与历史现实和日常生活结合起来，同时也使悲剧观念有了坚实的唯物主义基础。

二　巴洛克寓言和革命的种子：
　　本雅明的悲剧理论

本雅明是个天生有着忧郁气质的理论家。由于他所生活的时代与马克思恩格斯截然不同，所以在对历史发展规律必然性的问题认识上与马恩所持的乐观态度不同，本雅明是一个地地道道的反历史主义目的论者。对于本雅明来说，历史总是获胜者的历史，已有的历史解读其实都只是在现实的、占统治地位的意识形态与权力关系之中进行，通过统治者主导的意识

---

① 《马克思恩格斯选集》第一卷，人民出版社 1972 年版，第 418 页。

② 同上。

③ 雷蒙·威廉斯：《现代悲剧》，丁尔苏译，译林出版社 2007 年版，第 26 页。

形态使社会综合,趋于统一。本雅明尤其反对在普遍性意义上的连续性和历史的同一,因为这种连续性可以赋予历史以及历史中的压迫、统治以必然性和必要性,这种必然性和必要性由于看不到历史的变化,而仅停留于幻象的整一性和总体性。本雅明区分了概念与理念。概念是反映对象的本质属性而形成的心理意念和抽象符号。在认识过程中,人类逐渐从感性认识上升到理性认识,于是就把所感知事物之间的共同本质特点抽离出来,加以概括,形成概念。而理念却是与经验世界紧密结合提炼不出来的东西,作为历史发展的真理内容紧紧附作于整个历史的过程中。所以这种幻象的整一性和总体性并不是历史的真理内容,而是人为抽离的结果,必须打破这种整一幻象性局面,以使人们认清社会的异化、堕落和不公正,从而激起人们的革命诉求。

那么,如何打破这种整一幻象局面,唤醒压迫者的革命意识呢?本雅明认为,历史发展存在着两种方向相反的力量,认识是始终向前发展的,向前的发展势头总是倾向于将历史弥合成一种幻象性的统一,如果大家都受这种动力的牵制,很难获得对这种统一局面的分裂和勘破;而弥赛亚动力的方向是与历史发展的方向背道而驰的,它与历史发展前进动力相逆,并以单子结构从这种历史的连续性中挣脱出来。如果说统治者的历史已经被意识形态化成必要的历史连续性,但被压迫者的历史却是一个非连续性的历史,体现着历史中最真实的传统。因此本雅明一生都在寻找失败与革命斗争的记忆,着重表现被压迫者、社会边缘人物等以及他们有关历史苦难记忆,如德国的悲悼剧所强调的那样,完全致力于世俗状况的绝望无助。本雅明认为,只有这种寓于命运自身的反省基础上而升发出来的救赎理念,才是从世俗世界内部生发出来的自觉要求,而非从外部对世界提出的救赎计划。因此,革命就是时时刻刻寻找并利用伴随着我们的每个革命契机来确立自己的地位。本雅明式的革命理念在其对暴力批判中可见一斑。

在我们目前对历史的认识中,暴力也许是推动历史发展的外在契机和动力。本雅明却无意于以无阶级社会为目的,在正义和公正的名义下通过革命暴力的手段来解除社会的种种压迫和不平,而是追求一种出自历史自身发展的内在规律,即遵循自然法则,以历史各种因素的合力和达成的协议来获得历史的非暴力性发展。暴力首先存在于手段王国,而不是目的王国。但在现实中暴力总是被解释为在特定情况下为了达到公正目的抑或非正义目的而必须实施的手段。正义目的赋予暴力手段以合法性。这种正义却是本雅明批判的,并要致力于探讨构成暴力的目的正当性问题。他区分了自然法与实证法对暴力的不同态度。自然法试图以目的的正义证明手段的正当性,而实证法却通过证实手段的正当性来保证目的的正义性。同时还批判自然法中对正义性暴力和非正义性暴力的区分,如果历史正在继续,我们如何确定手段的属性,何为正当手段?何又为非正当手段?如果文明的前景允许使用的纯粹的协议手段,非暴力协议就有可能实现。礼貌、同情、息事宁人、信任以及诸如此类的一切,都是这种纯粹手段的主观先决条件。阶级斗争中呈现的两种性质罢工:一种是为了加强国家权力的罢工,国家不会丧失其力量,权力在特权阶层之间转移,这种罢工是暴力的,因为它仅仅引起对劳动条件的外部修改,在历史进程中仍然保持着与之相匹配的连续性;这种革命在本雅明看来只不过是一种伪革命,并没有改变历史连续性的延伸方向;而另一种是为了摧毁国家权力,开启历史新纪元的罢工,这种罢工从历史的连续性中挣脱出来,带给人们认识上以非连续性的反思维度。我们就称其为纯粹的手段,也即本雅明意义上的神的暴力。作为迹象和征兆,体现为人类的最无瑕疵和至高无上的暴力,展现人类对牺牲接受的心甘情愿。

正是在这样的哲学认识基础上,本雅明将批判的矛头指向了马克思的革命概念。马克思认为革命是"世界历史的火车头",本雅明却认为"但或许,情况恰好相反"。马克思认为,通过一系列阶级斗争,人类在历史发展的过程中可以实现无阶级社会。然而,正如本雅明所指出的,由于无阶级社会不被设想为历史发展的终点,所以"革命情景"总是拒绝抵达。那么,这样的革命仍然还是胜利者历史的延续。本雅明建议我们把革命理解成为历史火车的"急刹车",人们有意识地静待"革命条件"的成熟,并利用和聚焦每一刻的政治契机。本雅明所理解的"革命时机"的降临是,只有在被定义为以一种全新的解决方式来解决一个全新问题时,它才成为提供革命的历史契机。因此,"必须把真诚的弥赛亚的脸还给无阶级社会的概念,而且,无可否认,必须在深化普罗阶级自己革命政治的旨趣中,恢复这副面容"①。在这里,真诚的弥赛亚的脸其实指的就是受压迫

---

① 本雅明:《历史哲学论纲》补遗,立秋译,来自 http://www.dou ban·com/group/topic/10251795.

者的苦难的体验,也是整个人类历史一直伴随着的最真实的人类体验。本雅明认为,历史唯物主义史家的任务,是用苦难的记忆来把握住世世代代受压迫被剥削阶级的悲惨过去,即"被奴役的先人的形象"①,其目的并不只是要自己"幸福",更重要的是要以此历史来滋养无产阶级,滋养他们的仇恨和牺牲意志,以完成革命和解放,并终结受奴役的命运。所以,革命不是历史的延续,而是历史的中断。无阶级社会不是历史过程的最终目标,而是它经常失败,并最终实现让过去延续至今的历史的终止。

当然,本雅明还进一步地揭示了神的暴力在历史视线中的狭隘性。暴力正当性的强调极有可能将苦难视为正当,而忽视追忆历史中的受难者。在本雅明看来,历史的暴力与苦难都必然切入历史进程之中,"任何对马克思主义社会公正承诺的反思,都不会忽视在制度化现实进程名义下的苦难"。② 我们应该完整而辩证地认识到这些。对苦难的重新强调以及苦难体验对阶级革命意识的滋养使本雅明对悲剧的研究有了别一番视域和结论。

于是在对悲剧的理解和认识中,本雅明首先要做的就是抬高悲剧苦难的位置。在悲剧中,对苦难的严重忽视可以追溯到黑格尔。黑格尔只是将悲剧作为理念,通过故事中的尖锐对峙来完美演绎他所理解的悲剧性。此后悲剧理论家都集中于对悲剧性冲突的关注而忽视构成冲突的本质原因,即苦难的存在。本雅明希望摒弃对苦难和死亡认识上的形而上学成分,运用寓言式的批评方法,将苦难和死亡客观地展现出来,重新为悲剧中的死亡、牺牲、苦难、邪恶等重要范畴释义,并在反思与被救赎的生活领域最终建立连接。弗莱切评价道:"除瓦尔特·本雅明以外,居然没有一个学者涉及自由未来与苦难记忆——一种既不能履行承诺又不能使承诺制度化的暴力——的关系。"③

根据本雅明的文学批评方法论观念,艺术作品都是由物质内容和真理内容构成,而艺术批评就在于阐明作品的真理内容。本雅明认为,作品不是静止的,而是在历史中经历自我消解的过程。随着时间的推移,其物质

---

① 《历史哲学论纲》,陈永国、马海良编:《本雅明文选》,中国社会科学出版社1999年版,第410页。

② 弗莱切:《记忆的承诺》,田明译,华东师范大学出版社2009年版,第13页。

③ 同上书,第13、14页。

内容变得越来越不重要,而真理内容则愈益明显。物质内容和真理内容的表面统一瓦解了,这使得艺术批评有可能探寻作品的内在秘密,也就是揭示神话与摆脱神话的斗争之间的关系。本雅明又强调,只有寓言式的批评才能揭示作品中的真理内容。本雅明将寓言看作一种优于象征的、超越时代的审美形式,是一种绝对普遍的表达方式,这与本雅明具有犹太神论的救世主义神秘性的历史观相关。在本雅明看来,历史是一个不断衰落的过程,所以我们只能用修辞和形象表达抽象概念,观察当下世界。在以往的批评中,批评家往往为了能够将自己主观任意的意义强加给文本,而将文本客体的自在存在有意识地忽略掉了。寓言就在于它可以不遵从以往的意识形态,并对作品重新进行释义。这种释义是对艺术作品本身的认识,也就是艺术本身的自我判断,而不是批评家人为地从外部赋予它的纯粹主观性。因此寓言式的艺术批评并不是批评家对作品加以判断,而是艺术本身在进行自我判断,批评家只是依据作品所隐含的理念并将之呈现出来。正是在对艺术批评这样认识的基础上,本雅明对悲剧中的死亡和牺牲、苦难和邪恶进行重新释义,力图揭示悲剧中所隐含的各种真理性内容。

　　不同于古希腊悲剧将人物的死亡与意识形态紧密结合,从而以牺牲的意义大大地冲淡了死亡的痛苦与悲伤,德国悲苦剧是把悲剧人物的苦难、绝望和死亡客观地展现出来,作为表征理念的一个个单子结构,等待着批评家重新释义。所以本雅明以德国悲苦剧而不是以古希腊悲剧作为研究的对象。他认为,古希腊悲苦剧只关乎悲剧英雄的善及其崇高美德,忽略了在人的身上所根深蒂固的自然性弱点,崇高和美德也许是总体象征性方面。而德国悲苦剧的重点转向了世俗世界邪恶的产生和普遍性,这其实是一种存在于人体内部而又无法超越的自然力。如果说崇高与善是促进历史发展的动力,而邪恶却是阻止历史的另一种力量。正是这样两种相逆的力量构成历史发展。在悲悼剧中,暴君身上所体现的正是统治者的权力与其统治能力之间的对立,在更高的以人类名义的层面上,我们可以清楚地认识到作用于历史的两种力量,神性与人性的冲突:"如果暴君不仅仅以他作为个体的名义,而且作为统治者以人类和历史的名义毁灭,那么,他的毁灭就具有审判的性质,这种审判也暗示了主题。"① 本雅明所要强调的是,古希腊悲剧与德国悲剧存在着内在

---

① 本雅明:《德国悲剧的起源》,陈永国译,文化艺术出版社2001年版,第42页。

的联系。古希腊悲剧中将人的怜悯和恐惧分裂开来体验,我们因为恶棍的死而产生恐惧,又由于英雄的死而产生怜悯。但在悲悼剧中,这两点通过君王这个悲剧人物形象同时展现出来。所以古希腊悲剧强调冲突,是有缺陷的悲剧英雄与神的对抗及其献祭式的牺牲。通过英雄的受难和牺牲表明,悲剧英雄在伦理道德上可以超越万能的神。而巴罗克悲剧核心的戏剧冲突集中体现在君主身上,是在暴君身上同时体现权威的绝对性以及暴君在人性上不可超越的弱点。在人类名义的层面上,也就体现了殉难者的苦难精神。巴罗克悲剧主要分为两种:令人恐惧的暴君戏和令人同情的殉难者戏。从意识形态的角度看,二者是互补的,暴君和殉难者是君王本质的两个极端表现。暴君、魔鬼或犹太人在舞台上都表现出最深重的邪恶和罪孽,除了卑鄙的阴谋计划外而不允许他们解释或展示任何别的什么。这种在表达方式上的隐而不显注定了这些事件的非总体性特征,而强调事件本身的自在性,同时事件的决定性动机也需要人们根据戏剧中各个事物的相互联系和相互涉义把它阐释出来。

　　对事件悲剧性的关注使得本雅明致力于深掘出死亡的深层力量,重新阐释出死亡的真理意义。古代悲剧中的死亡是一个沉默的地带,悲剧英雄的表达方式也只是沉默,所以它们在漫长的历史过程中并没有获得正确的解读。本雅明揭示,在古希腊悲剧中,悲剧性的死亡具有双重意味:死亡意味着献祭式的牺牲。在尘世的生活中,每一个人都难逃死亡的命运。从亚里士多德开始,悲剧性强调的是最终以死亡的结局对悲剧人物的过失进行惩罚。但本雅明却将死亡视为赎罪而不是惩罚。从神学观念出发,每个人都是犯有原罪的,而尘世中的生活过程其实就是向上帝赎罪的过程。英雄式的死亡代表了对人"自然的"尘世生活的休止与超越。只有坚信尘世生活是悲惨的、亵渎神灵的和无意义的英雄,才会为了民族共同体在面对他所臣服的自然力和非理性主义时,放弃自身的人性弱点,献身于神秘的诸神,尘世中的众生由此获得救赎。这是一种主动寻求死亡的姿态。在死亡中,悲剧英雄的生命才获得新的形式和意义,所以死亡对他不是意味着生命的终结,而是悲剧理念的展开。这种对悲剧性死亡的阐释就有了革命牺牲的意味。本雅明继续阐释道:"悲剧诗是以牺牲的理念为基础的。但就其受害者即英雄来说,悲剧式的牺牲不同于任何其他的牺牲,既是第一次牺牲也是最后一次牺牲。之所以最后一次,是因为这是一种向神的赎罪式牺牲,神主持一种古老的公正;之所以第一次,是因为这是一种再现性行为,它显示了民族生活的许多新方面。这些牺牲不同于旧的以生命履行的义务,就在于它们并不回指上苍的要求,而指英雄本人的生活——这些牺牲毁灭了他,因为它们与个人的意志并不相符,而只有益于尚未诞生的民族社区的生活。"① 从人类历史的整个发展进程来看,悲剧的出现总是表征着新旧事物的更替,社会变革时期的到来。旧事物的毁灭总是伴随着旧的价值的终结,新事物在历史中的第一次出现正如马克思指出的是以悲剧的形式出现的,然而正是通过悲剧的形式,一种最终非定形的理性被含糊地带入社会结构中。在现代悲剧中,最后一次的牺牲指的是对旧的社会政治权力、文明束缚作偿还牺牲;第一次牺牲指的是,紧随着悲剧性而来的,是社会生活新的一页的翻开和启动,个体的生存也有了真实的改变。

如果对牺牲的意义只是停留于这一层面,也还是不足以揭示死亡和苦难的完整意义。本雅明阐释出了悲剧性死亡意味之二。在本雅明看来,这种悲剧性结构是应该在寓言的结构中展开才能获得正确的解读。本雅明认为悲剧性死亡结构中还包含反抗意识情节的产生:"如果用作牺牲的赎罪人物不是明确地以这种形式出现,那么,其变形就十分清楚了,在这种新类型中,情感的突发取代了英雄向死亡的屈服,这对古老的神和牺牲观念无疑是公正的,因为它显然披上了新观念的外衣。于是,死亡变成了救赎:即死亡危机。最古老的一个例子就是受害者从祭献神卜的刀下逃跑,以此取代了祭坛上的牺牲;这样,命定的受害者将绕着祭坛跑,最后抓住祭坛,祭坛就可以成为一个避难场所,愤怒之神就变成了怜悯之神,受害者也变成了神的囚徒和奴仆。这就是《俄瑞斯忒亚》的整个结构。"② 悲剧的崇高并不体现于死亡的崇高,有时体现于反抗的崇高,死亡并非总是呈现主动姿态,如果是在死亡的对抗中激起了反抗情节的产生,并带来了价值上的颠倒。能够认识到这一点非常重要,这也是后来的现代悲剧理论努力阐释的方向。伊格尔顿从悲剧与现代自由阐述其内在关系,认为死亡是一个意义模糊的地带,就自然死亡而言,悲剧主人公无论怎么反抗,最终免不了走向死亡的宿命,这体现了必然性的胜利,但是,尽管悲剧的命运是注定的,但面对着死亡的悲剧主人公并不是被动等待的,相反越是加

---

① 瓦尔特·本雅明:《德国悲剧的起源》,陈永国译,文化艺术出版社 2001 年版,第78 页。
② 同上。

倍地增加我们的悲惨境况，我们就越是能够激发出希望征服它的欲望。因此我们在悲剧中真正追求的，是透过必然性和命运显示出的人类自身的超越性以及对自由的无限渴望。这种通过悲剧性的困境最终激起的反抗和对自由的渴望，正是历史转机的真正希望，伊格尔顿将它归为替罪羊式的牺牲。

如果说在悲剧中，死亡本身包含着力量的反转以及人类反抗意识的产生，那么延伸到各种艺术中，不幸、罪恶、阴暗、忧郁也就都蕴含着一种反讽的力量，都是可以获救的革命契机。本雅明以其敏锐的洞察力揭示出：巴罗克悲悼剧实际上就是一种寓言，君主的暴虐是寓言，绝对的邪恶也是寓言。巴罗克悲悼剧之所以值得阐述，就是因为"它从一开始就是以寓言的精神作为废墟、作为碎片而构思的"[1]。寓言使得人们撇开现实的假象，从这些碎片状的废墟中去寻找历史的真正意义和总体意义，从而把人类从堕落中拯救出来。本雅明的悲剧理论最大的贡献在于他从悲剧中援引出后现代社会中所蕴含的革命性潜在力量，并把它们揭示出来。他让我们相信，"因为没有希望，希望才给予我们"。本雅明的悲剧理论开启了马克思主义悲剧理论在现代社会新的语境下的新的开拓和发展，对于以后的威廉斯、伊格尔顿的悲剧理论形成具有重要的理论奠定作用。

三　悲剧的意识形态化和悲剧革命：
威廉斯的悲剧理论

威廉斯撰写《现代悲剧》是有感而发的。威廉斯一直生活在战火仍然纷飞的年代，威廉斯说："就在我撰写此书的时刻，英国的军事力量正在镇压南阿拉伯半岛'持不同政见的部落居民'。"[2] 两次世界大战，核武器无休止的竞争，人们对之置之漠然的态度，消极反战主义思潮，民族的解放和社会变革的斗争被强国以（多数票赞成）的名义而被暴力地镇压下去，并被悲哀地冠以"局部骚乱"乃至"灌木林火战争"，因为我们的革命就是以不惜一切他人的代价来避免战争。朝鲜、苏伊士、刚果、古巴、越南以及我们自身的危机还在继续，这样痛心疾首的种种事情怎能让

① 瓦尔特·本雅明：《德国悲剧的起源》，陈永国译，文化艺术出版社2001年第196页。
② 雷蒙·威廉斯：《现代悲剧》，丁尔苏译，译林出版社2007年版，第71页。

我们不产生一种普遍的悲剧感？然而，社会普遍流行的是"悲剧的死亡论"，认为悲剧在我们现在社会中已经不再存在，"战争、革命、贫困和饥饿，人被视为物体而照单杀戮、迫害与折磨，许许多多当代人的殉难，无论这些事实离我们多近并且不断引起注意，我们没有在悲剧的含义上为之感动"。① 人们根本无法清醒地认识到我们现在这种异化了的革命形式以及我们为这种异化的革命而盲目献身的悲剧性本质。即便是英雄人物式的壮举，也可能是从这一方面看是牺牲，而从另一方面看却只不过是在目标推进过程中的替罪羊罢了。面对这些现实困境，威廉斯感到研究现代悲剧的迫在眉睫性，需要从理论上对当前的革命进行准确把握，并揭示这种革命深刻的悲剧性，从而阻止这个悲剧性的行动构造世界。

威廉斯首先揭示了在悲剧传统中悲剧与意识形态结合起来并最终被意识形态化的过程。威廉斯揭示，当现代人们"不断地尝试将古希腊的悲剧哲学系统化，并把它作为绝对的东西加以传播"② 时，悲剧便开始在意识形态的层面上来运用了。其实，古希腊悲剧走向世俗化的过程也就是悲剧不断地褪去宗教性质并不断被意识形态化的过程，而在此过程中出现的一个关键因素在于理性道德的日趋强调。古希腊文化形成于理性主义兴起之前，因而其文化的特点在于一种神话的本质，由诸多信仰形成一个网络，从而形成一个严密的情感结构。然而现代人对其解释并非回到古希腊的现实语境，而是想当然地抽离出一个普遍的必然性，并将它置于人类的意志力之上，将苦难与道德过失联系起来，从而要求悲剧行动体现某种道德架构。由于 18 世纪普遍流行的抽象的人性论，以前人们较少意识到道德和社会规范对这一联系的制约，这些规范事实上是特殊的历史现象，现在却被当成了绝对的东西。"新的资产阶级道德重点发生在规范的概念之内。它添加的内容是对赎罪的信仰，而不是有尊严的忍受。从这个意义说，过失一旦被证明，变化就成为可能。按照这一观点，悲剧表现的是过错所导致的苦难，和来自美德的幸福。凡是不这样做的悲剧都必须改写，甚至重写，以达到越来越多人所说的'诗学正义'之要求。也就是说，坏人将遭难，好人会幸福；或者像中世纪说的那样，坏人在世上过得很

---

① 雷蒙·威廉斯：《现代悲剧》，丁尔苏译，译林出版社 2007 年版，第 54 页。

② 同上书，第 8 页。

糟,而好人会发达。悲剧的道德动力就是实现这种因果关系。如果观众看到善恶因果关系的示范,他们会受到触动而好好生活。在悲剧行动之中,戏剧人物自身也会有同样的认识和改变。所以说,悲剧灾难要么感动观众而使他们获得道德认识和决心;要么可以由于良心发现而被彻底避免。"①"在这一传统中,对苦难的反映必定是赎罪,而对邪恶的反映则是忏悔和行善。然而,由于受到一种具体成败观的限制,人们对道德的强调变成仅仅是教条,甚至连忏悔和赎罪也带有适应的性质。如此一来,一种原来非常传统的道德观变成了一种意识形态,它被强加于经验之上,以遮掩更加难以接受的对实际生活的认识。把这种结构叫作'诗学正义'具有讽刺意味,它恰恰表明了这一意识形态的特征。"② 革命也成了一种新的意识形态,以至于人们通常认为,革命是对各种力量之间重要冲突的解决,人有能力改变自身的处境,并结束苦难。这使得在革命年代充斥着各种暴力和苦难,通过对历史时期的重新命名而具有了合理性,因为它们早晚都会在历史新的篇章中成为过去。

这个问题在雅斯贝尔斯那里也得到回应。雅斯贝尔斯指出,在纳粹时期,悲剧成了一种伪悲剧知识,"那些除了决心之外一无所有的人",雅斯贝尔斯提醒我们,"他们坚定有力地保证,不假思索地服从,毫不质疑地蛮干——而事实上,他们陷入粗浅狭隘的幻觉里了"。他们的幻觉是"一种狂野而迫不及待地采取行动的智力低下的激情,表现出人类消极被动地成为自己本能冲动的奴隶"。③ 而这本身就是一种悲剧。悲剧意识形态化的极端例子是希特勒和戈林时代。在他们看来,悲剧总是少数显贵人物的殊荣与特权,所有其他的人平凡普通的痛苦现实,都被因超拔提升而障眼蔽目的心灵当作不屑一顾的东西被无足轻重地抹掉。而悲剧也成了纳粹手中煽动民情的一种工具。

真正能够突破悲剧的意识形态化僵局的在于我们对悲剧经验的新联系和文化中的悲剧结构的寻找。威廉斯指出,自法国大革命之后,悲剧的行动和历史的行动被联系起来并获得了新的解释之后,悲剧观念便可以被理解为对一个正在自觉经历变动的文化所做出不同反应。因此,威廉斯主张

---

① 雷蒙·威廉斯:《现代悲剧》,丁尔苏译,译林出版社 2007 年版,第 22 页。

② 同上。

③ 雅斯贝尔斯:《悲剧的超越》,工人出版社 1988 年版,第 59 页。

从悲剧的角度来理解革命。威廉斯说，"如何看待当今的革命社会不仅非常重要，而且可能决定了我们全部的思想"。① "过去，我们看不到悲剧是社会危机；现在，我们通常看不到社会危机是悲剧。"② 目前社会既有的两种革命悲剧意识形态的基本形式是：一种是古老的悲剧教训：人无法改变自己的环境，他只能徒劳地用鲜血染红世界；另一种是当代人的直觉反应：试图凭借理性掌控社会命运的努力已经失败，或者说，至少因为我们无法回避的非理性以及传统形式之崩溃所立刻带来的暴力和残酷而大打折扣。③ 威廉斯认为这两种观点都是否定革命的，都体现了现实与理论的脱节，是一种静态的革命意识的革命。第一种观点只是单一地看待这种结果的徒劳，将悲剧的结果作为悲剧的全部意义，而没有看到悲剧的意义其实在于人的行动以及人的行动后给社会带来的经验和认识上的变化；第二种观点虽然是将人的行动看作悲剧的意义，但是他们只看到革命行动所带来的无序和邪恶，只看到革命行动的结果而简单地否定革命的意义，没有将革命看成一个完整的行动：它应该"不仅包括邪恶，而且包括那些与邪恶斗争的人们；它不仅有危机，而且有危机释放出来的能量以及我们从中学到的精神"。④ 革命在结束一种异化的过程中总是会产生新的异化，这种无序状态的周而复始决定了革命悲剧的必然性。威廉斯肯定了革命必然性和长期性。只要这个社会"实质上无法在不改变现有基本人际关系的前提下吸纳它的所有成员（整个人类），那么这个社会就是需要革命的社会"⑤，但是革命行动的过程又是悲剧性的。威廉斯的贡献在于指出革命的目的和手段之间所存在的潜在悲剧性，并最终带来无序和混乱，给日常生活中的人们造成痛苦，而我们只有从悲剧性的角度去认识革命，革命才能够持之以恒。

正是在这样的悲剧观念基础上，威廉斯首先揭示了社会主义革命的悲剧性。这个问题在革命观念的发展中始终是一个无声地带，乌托邦主义和革命浪漫主义都掩盖或稀释了这一事实。威廉斯指出，按照马克思的革命思想，政治革命应该是普通人的革命。其革命的目标是要取消劳

---

① 雷蒙·威廉斯：《现代悲剧》，丁尔苏译，译林出版社 2007 年版，第 65 页。
② 同上书，第 56 页。
③ 同上书，第 66 页。
④ 同上书，第 75 页。
⑤ 同上书，第 68 页。

动，并在消灭阶级的同时消灭一切阶级统治。然而，"拯救全人类"的思想由于带有解决与秩序的终极色彩，从实践的观点来看，它在现实世界中是不可能实现的，是一种革命的乌托邦。当我们将这个目标的虚幻性奉为一个普遍的真理，并孜孜不倦地去实践它时，我们的不屈不挠反而成了自己最为内在的敌人。因此，当我们为了普遍人性而进行革命时，我们就会发现我们自己已经被置于解放人的悖论中:因为我们革命的对象既不是上帝或无生命的物体，也不是简单的社会制度和形式，而是其他的人。革命的结果必然是有一部分人被剥夺了人性，这与我们进行革命的初衷不一致。从共同人性的角度方面来看，我们的革命必然也会给别人带来痛苦。例如我们同样会像处置一件物体一样地处置暴君，对他进行以牙还牙的报复，但我们却将这种革命行动与人的解放联系在一起，这本身就是一个不折不扣的悲剧性错觉。这些观点与本雅明的《暴力批判》有异曲同工之妙。威廉斯揭示，社会主义革命的悲剧性体现的正是革命理论对革命经验的忽视以及革命目的与革命手段之间的悲剧性冲突。

　　其次，威廉斯揭示了当前资产阶级革命中的悲剧性。资产阶级革命的悲剧性体现在两点:一是单方面地否定革命。资产阶级在获得权益之后，他们便默许社会的无序状况，期待受残酷剥削和极度贫困的人们能够随遇而安，不要进行革命。而一旦他们的特权和利益受到威胁，他们便以暴力镇压，并且称自己的革命只是为了防卫，是出于人类和平的需要，是"只许州官放火，不许百姓点灯"的革命霸权;二是欺骗性。利用成千上万的劳苦大众的苦难，打着绝对自由的旗帜，将他们的苦难加工成进行反革命加工和交易的原材料，成千上万的劳苦大众的牺牲在反革命者虚伪的承诺中被悲剧性地置换成了政治的替罪羊。由于缺乏理论的提升，他们看不到资产阶级革命的虚伪性，而威廉斯站在底层人民的立场，揭露出资产阶级革命中人民大众作为政治替罪羊的悲剧必然性。威廉斯认为，这样的革命结果只能导致革命目标的被抽象化，真实的"现在"被这种抽象化的革命目标所掩盖。它的视角必定是悲剧性的。我们必须将革命看成一个完整的行动，认识到结束发生异化的努力也可能会产生出新的自身的异化，革命中的我们也会不自觉地成为别人的敌人，从而以最痛苦的方式肯定了极度无序的存在。只有从革命与悲剧的关系，我们才能看到和正确理解革命悲剧的必然性，认识到革命的悲剧性行动不是为了"肯定无序状况，而是无序状况带来的经验、认识及其解决"。①

　　认识到革命的悲剧性，这还只是认识到现实生活中斗争持续不断的起点。威廉斯还从牺牲的意义角度切入悲剧的核心地带。悲剧与牺牲密切相关。悲剧人物的最终死亡这一行动并不仅仅是个人的，他的死亡是为了其他人更好地活着。从这一点来看，悲剧主要强调人们对苦难事件的反应，亚里士多德强调的怜悯与恐惧也主要是从人们对事件的反应来看待。悲剧主人公的行动因而往往被视为一种牺牲行为。这也是悲剧理论家从仪式方面对悲剧进行考察所得出的悲剧性结构。在持续的宗教传统中，人们也是将牺牲视为庄严而神圣的殉道者，他的死亡是为了信仰的延续，或者说，他死亡的结果是信仰的普遍。如果将其延伸到社会政治范围中，这种牺牲的结构与社会革命类似，从而从悲剧与革命的角度来阐明悲剧中死亡的符号性意义。

　　在现代悲剧理论中，意识形态具有超强的同化作用，人成为意识形态的牺牲品。于是，在这样社会中，虽然整个社会都在狂呼追求个体性的自由，但是个体却难以保持着个体真实的自我。威廉斯分析了不同悲剧形式中所包含的不同的悲剧经验：从英雄到受害者、从社会悲剧到个人悲剧。尽管悲剧所强调的悲剧性的毁灭和死亡程序仍然在上演，但人们对待死亡的态度却变得更加复杂化。比如《推销员之死》中那位推销员的死亡。他不是一个不遵守社会规则的人，或者说，不是一个被挫败了的英雄般的解放者，而是一个与全社会一样的循规蹈矩的人。他使自己蒙受悲剧不是因为反对诺言，而是因为生活在谎言之中。悲剧人物由英雄转变为受害者。因此，现代性悲剧中的死亡并不是与社会秩序的对抗中导致的死亡，而是作为整个社会秩序的驱逐对象的死亡，悲剧人物并不是不遵守社会规则，相反，他努力地遵守每一项社会规则，但是悲剧性就体现在他越是努力地想挤入社会主流，他的悲剧性就越大。

　　这种死亡能不能视为革命中的牺牲呢？威廉斯认为这种死亡姿态表达的不是抗争，而是悲剧性妥协。这里的悲剧主人公的毁灭是一种受害而不是从受难中激起的抗争。威廉斯描述了"牺牲"这个词在历史演变的过程中所导致的含义和内容上的变化。悲剧最早是源于古希腊文化中为纪念丰收之神狄奥尼索斯的牺牲仪式，是关于死亡和再生的仪式化表达。传说

――――――――――

①　雷蒙·威廉斯：《现代悲剧》，丁尔苏译，译林出版社 2007 年版，第 75 页。

当狄奥尼索斯还在母亲腹中的时候，他的母亲被妒忌的天后赫拉设计害死，自己则被宙斯缝进大腿里，后来宙斯从大腿里生出狄奥尼索斯。关于狄奥尼索斯身世的另一种说法是，他是丰收女神得墨特耳与宙斯的儿子，当他年幼的时候，被提坦神撕碎吞食，只剩心脏也有说是只剩生殖器，后来被塞墨勒重新孕育。总之各种传说都指出了重要的一点，狄奥尼索斯经历了死而复生的痛苦过程。这就是作为悲剧的原型，拥有强大生命力的狄奥尼索斯。悲剧成了对这种关于死而复生的仪式性表达的艺术形式。然而在后来的历史演变过程中牺牲的意义被作为只是一次心甘情愿的事件而被消极对待，而最简单的牺牲形式：“一个人被夺去生命，从而使整个群体能够自下而上或生活更加充实”却被完全抛弃。或许关于牺牲的这种意义“唯独在基督教的核心教义中仍然保留着情感上的意义”。① 这就是耶稣作为殉道者的动人故事。而这种变化的最深刻的原因威廉斯揭示出在于人们对悲剧概念理解的偏差。亚里士多德意在要揭示出悲剧的完整行动，可是后来人们对悲剧的理解仅限于悲剧个人的命运，并以悲剧个人的毁灭和死亡结束。这导致人们对牺牲的意义理解也只能停留于狭隘的个人意义上，从而将牺牲转换为保卫生命，而不是使之再生。但就保卫生命这一点来看，敌我双方战士都有这样的本能和义务，为什么对于同样在战争中牺牲的敌方战士的死亡，给予他们的评价却是相反的。由此，威廉斯得出的结论是，若要获得烈士的称号，对宗教、政治、民族或其他事业的认同，是烈士地位的基石。而缺乏了悲剧的再生一维，这种区分无法指证。牺牲的意义不再具有崇高性而被消极对待，人们感受到的是损失，而不是复兴。烈士虽然在正式场合被描述为英雄，但他在更多的时候却作为受害者被人悼念。“这样看来，我们已经失去了简单的、原初的牺牲节奏。事实上，当我们的主人公是受害人或者被看作受害人的时候，他们往往能够最亲切地感动我们。在大多数情况下，我们的情感信奉的是死去的人，而不是他为之献身的事业。这就产生了一种新的悲剧节奏，那时淹没牺牲仪式的不是血泊，而是同情。”② 如果烈士牺牲自己的生命并非自愿，那么我们则以另一个词语“替罪羊”来概括他。如果一个人是被迫死亡，我们在大多数情况则将他称为“替罪羊”。“牺牲不仅为了拯救，而且为了改

---

① 雷蒙·威廉斯：《现代悲剧》，丁尔苏译，译林出版社 2007 年版，第 156 页。
② 同上书，第 157 页。

变信仰。就在这特殊的节奏中,牺牲的受害者成了拯救者或殉难者。"①

　　而从社会对其死亡的反应效果来看,我们还应分析死亡所导致的是悲剧效果还是喜剧或闹剧效果。在一些被视为牺牲模式的自愿死亡事件中往往存在着一种反讽性的效果:悲剧主人公为了撕开社会结构秩序的一角,甘愿以自己的死亡来祭奠革命拉开序幕。这时的悲剧主人公的死亡同样是一次心甘情愿的死亡事件,然而这样的行动发生之后,我们的整体生活根本未得到积极的复兴;相反,却得到了我们的普遍罪恶感时,这样的自愿性死亡是断然不能被视为牺牲的。首先这种牺牲观是对烈士的宁死不愿放弃信仰的痛苦选择过程的削弱,其次也表现出对普遍大众力量的轻视和脱离,表现出这种牺牲的形而上的态度。这种牺牲模式的前提是把人类分成了不清醒的大多数和清醒的极少数,故而威廉斯讽刺性地揭示其不可避免的精英主义立场。死亡成了悲剧主人公一厢情愿的事情,而不清醒的大众仍然要享受这悲剧性的人生。如果死亡根本产生不了任何社会效果,死亡还有何意义呢?威廉斯反复强调的是,悲剧不在于死亡,而在于生命,不是为了改变秩序,而是为了新的生命。

　　站在革命的立场上,威廉斯的悲剧理论紧紧抓住革命与悲剧的联系,并揭示了革命的目的和革命手段之间潜在的悲剧性,揭示了共产主义的乌托邦性质和社会主义革命的暴力性和血腥性,为正确认识社会主义革命提供了理论依据。同时也指出,只有从革命与悲剧的关系出发,我们才能看到和正确理解革命悲剧的必然性,革命才能够持之以恒。

四　悲剧观念与革命反讽:
伊格尔顿的悲剧理论

　　伊格尔顿的《甜蜜的暴力》写于 2003 年。此时资本主义在全球进入了稳定发展的阶段,理论家注重揭露的是资本主义晚期的文化逻辑。在《后现代主义的幻象》中的结尾,伊格尔顿这样写到:后现代主义"在对抗它的政治对手左派——左派现在比以往任何时候更是它的对手——的时候,它需要强有力的伦理学甚至人类学基础;缺少这一点的任何东西都不

---

① 雷蒙·威廉斯:《现代悲剧》,丁尔苏译,译林出版社 2007 年版,第 156 页。

可能给予我们所需要的政治资源"①。因此,在伊格尔顿看来,现代社会
中作为形而上的人道主义的道德伦理学以及世俗化的宗教形式的悲剧,似
乎与革命潜藏着一种亲密的关系。与威廉斯不同,伊格尔顿的革命主张是
从文化层面或者精神意识层面上来说的,是一种静态的、否定性的革命
观,通过道德意识和伦理意识与政治发生关系,并在这种潜然变化中逐渐
发生政权结构和社会结构的转变。

伊格尔顿深刻指出,就知识和道德领导的层面上来看,伦理学、宗教
和社会主义存在着共通性。社会主义表现在政治制度上是社会主义,表现
在人的内在精神维度则是伦理学。古希腊的亚里士多德认为道德始终是系
于政治的,但亚里士多德所提出的具有德行的人是极为自我的。他未能完
全理解人的德行乃是一种相互的事情。尽管亚里士多德的伦理学与政治联
系在一起,但他只看到践履这种伦理学所必需的社会前提条件,却没有真
正地认识到德行乃是发生在人与人之间的事情。这种模式体现在政治上就
是自由主义的社会模式,它看似自由,却不是自由。康德的伦理模式只强
调伦理道德的绝对至上性,而对于人类自觉地奉行伦理道德的内部心理发
生机制缺乏应有的分析。这种空缺成为法西斯主义逃避责任的漂亮借口。
正确的做法是将亚里士多德的古典伦理学与康德的形而上的伦理学结合,
形成一种新的唯物主义的伦理学,从而使伦理的形而上学与日常生活实践
成功结合。只有建立在确定的物质基础上的唯物伦理学,才能对人的情
感、思维以及行动形成真正的影响。伊格尔顿高度赞扬了犹太教中的爱:
"上帝之爱,是无欲无求的爱。这种爱,不是康德的道德律,这是真正的
无条件的爱。神圣的爱是不计回报的。"② 也就是说,犹太人的爱是一种
神圣的爱,它不同于我们世俗中的爱就在于它成功地切断了爱的交换链
条。"基督的献己之祭,在一个根本的意义上,是没有意义的;不是一种
交换行为,而是一种不必要的、过剩的、没有保证的姿态,旨在展示他对
我们、对堕落的人类的慈爱……基督之举的赌注是要向我们展示交换之链
可以被打断。基督拯救人类不是依靠为我们的罪恶支付赎价,而靠的是向
我们揭示我们能够从罪恶和报应的堕落圈里突围。基督不为我们的罪恶付

① 特里·伊格尔顿:《后现代主义的幻象》,华明译,商务印书馆2000年版,第152页。
② Terry Eagleton: *Trouble with Strangers: A Study of Ethics*, Oxford: Wiley – Blackwell, 2009, p. 116.

赎价，而是毫无夸张地勾销了罪恶，反过来通过爱去'消灭'罪恶。"①
"宽恕破坏针锋相对的轮回，中断了因果报应的机制。它以傲慢的姿态废
止了正义的绝对交换价值，在关乎缺点和美德的低沉、小资产阶级的逻辑
之上浮现。"② 基督并不要求诗学正义，相反，他以爱的方式达到消除罪
恶的效果。宽恕悬置并打破了诗学正义的复仇或惩罚这种冤冤相报的清算
逻辑，它被伊格尔顿称为正确的剩余，认为这才是我们人性和伦理形成的
真正基础。在我们的日常生活中，如何培养出这种非功利性的怜悯、同情
和爱呢？伊格尔顿认为悲剧是现代社会中重建价值体系的重要源泉。"在
悲剧中使得生活充满意义的不是爱情或友谊，而是死亡。"③ 使死亡获得
意义的方式是拥抱死亡的镣铐并且将命运变成一种主体的选择，悲剧的意
义正在于为他的牺牲。

　　伊格尔顿于是从牺牲的消极性意义方面即从受害者的角度来进入对悲
剧牺牲的探讨，即威廉斯所说的"替罪羊"。与威廉斯只是将牺牲与政治
革命联系起来并强调革命胜利一方的观点不同，威廉斯是不会承认敌方士
兵的死亡同样具有历史意义，他们只是被摧毁、消灭、清除甚至抹掉。伊
格尔顿是从更为广泛的意义上来理解牺牲。根据伊格尔顿的考察，"牺
牲"这个词的字面意思意味着"变得神圣"。"牺牲仪式就是把一些卑贱
的或无价值的生活片段，转变成特殊的、有价值的事情。"④ 伊格尔顿区
分了两种牺牲：利己主义的牺牲和利他主义的牺牲。利己主义的牺牲是我
牺牲是为了让我死后能够获得荣誉，是为了外在的权威或奖赏而抛弃生
命，或者说其基本上是为了获得自己的利益而放弃生命；利他主义的牺牲
是我的牺牲只是为了他人的幸福，而不是满足我自己的欲望或利益。这种
牺牲行动的出发点就是为了崇高的爱。威廉斯强调革命的暴力性，因而他
的牺牲在于强调对生命的放弃。伊格尔顿反复强调"牺牲"不只是对生
命的否定，其本质上还是对自我利益的放弃，"政治革命经常是牺牲他们

---

① 齐泽克：《有人说过集权主义吗?》，江苏人民出版社 2005 年版，第 36 页。

② 特里·伊格尔顿：《甜蜜的暴力——悲剧的观念》，方杰等译，南京大学出版社 2007 年版，第 148 页。

③ 特里·伊格尔顿：《甜蜜的暴力——悲剧的观念》，方杰等译，南京大学出版社 2007 年版，第 218 页。

④ Terry Eagleton, *Holy Terror*, Oxford : Oxford University Press, 2005, p. 129.

的幸福和福利，但以所有人的富有为名义"，① 个体牺牲的最终目的是对更多人的幸福和富有的换取，通过对自我利益的放弃达到社会的共同幸福与和谐。很明显，伊格尔顿的革命是一种静态的、自我否定式的革命，其革命的过程就体现于历史发展的自身过程中。马克思和恩格斯历史唯物主义观揭示了现代社会历史发展总是以一种悲剧性形式进行推进。历史中的新生事物总是孕育在旧制度旧秩序的摇篮里，作为对旧制度旧秩序的否定一极。新生事物在历史中的第一次出现总是以悲剧的形式出现的，悲剧的出现表征着新旧事物的更替，社会的变革时期的到来。沿循马克思恩格斯历史悲剧的思维路径，伊格尔顿也是将社会秩序中的悲剧现象视为创造性的征兆。但是这种创造性的征兆必须经过回溯性的过程才能进行辨认。"过去和现在必须被献祭在未来的祭坛中"，② 以一种"逆转"的方式反向地阅读这些历史的叙述，过去和现在作为创造性征兆的历史意义才能凸显出来。

我们于是在历史时间中获得"替罪羊"与"牺牲"的区别和内在联系。应该说，现实社会中作为创造性的征兆的悲剧性现象，它在现时态中是被称为"替罪羊"，它在未来的时间里就可以被理解为"牺牲"。然而伊格尔顿指出，现代社会中的悲剧应该是强者或者说是当权者的悲剧，"阶级分析得出的令人震撼的事实是：社会秩序总是显而易见地排斥强势群体"。③ 这种辩证关系体现于黑格尔对主奴意识的分析。黑格尔认为："独立的意识的真理乃是奴隶的意识"④，这体现着主奴的辩证关系。而这种辩证关系又体现在自我意识的双重逻辑中。黑格尔指出，当自我意识中有一个自我意识和它对立时，它就会走到它自身之外。一方面它丧失了它自身，因为它发现它自身是另外一个东西；另一方面，它因而扬弃了那另外的东西，因为它也看出对方没有真实的存在，反而在对方中看见它自己本身。⑤ 也就是说，虽然主人通过生死斗争把奴隶置于自己的权力统治之中，使奴隶丧失自我存在的独立性，但主人因此成为了自为存在着的意

---

①　Terry Eagleton, *Holy Terror*, Oxford : Oxford University Press, 2005, p.129.

②　Terry Eagleton, *Holy Terror*, Oxford : Oxford University Press, 2005, p.128.

③　特里·伊格尔顿：《甜蜜的暴力——悲剧的观念》，方杰等译，南京大学出版社 2007 年版，第 309 页。

④　黑格尔：《精神现象学》上卷，贺麟、王玖兴译，商务印书馆 1996 年版，第 129 页。

⑤　同上书，第 123 页。

识，必须通过奴隶间接地与物发生关系，因而只能依赖另一个意识与自己结合，才能成为一个独立的存在；而把对物的独立性一面让给了奴隶，结果出现了奴隶行动才是真正主人行动的历史反讽。于是，在经过长期的劳动过程，奴隶发现实际上自己才是真正的主人，只有自己的劳动才能陶冶事物，让主人生存下去。这种发现有些类似于亚里士多德在论述悲剧情节时所说的"突转"，"行动的发展从一个方向转至相反的方向"①。在《理论之后》中，伊格尔顿同样指出了这种历史"反讽"的主奴辩证："过悲惨生活的人们往往比他们的主人更可以明白人类历史的真实性：这并不是因为他们天生就比较具有洞察力，而是因为他们能够从自己的日常经验了解到大多数人的历史大致上都是关于暴虐的权力与徒劳的苦痛。只有生存于贫困与受苦的穷人，才真正基进地活出真实与当下的存有，因此，只有穷人才具有更新存有的能力。只有真正了解事物悲惨性质的人，才有办法不受与既得利益的影响，从而能够真正地改变事物。如果无法深刻了解问题，你就不能有效改变状况。所以，贫苦的人要比治理他们的人更加了解历史。"② 因此，历史的转换和革命的真正力量存在于那些受辱骂和污秽之人、走邪路者和被驱逐者，它们符合拉康的术语外在私密性，作为镜像，成为人类罪恶可靠的置换点。

　　弗洛伊德是消极地看待我们忍受性和牺牲性，"我们为什么能够忍受对象的消失是因为，在我们的未结的悬念之中其实始终贯穿着这样一个秘密的认识，即它最终是会回到家里来的。Fort 仅仅在与 da 相连之时才有意义"③。也就是说，我们为什么能够忍受下去，是因为我们在自己的想象世界中构筑着美好的前景，借助这种想象性的幻象，我们才能够忍受下去。从这样的分析中我们可以看出，弗洛伊德其实是将忍受和牺牲看成无意义的。而牺牲的观念进入现代社会后已不再具有任何魅力，牺牲成了一种带有病态色彩的宽容或者说无原则的绝对服从。其原因就在于现代社会是对自我的强调和对个性化的张扬。无论是现代性与后现代性，它们都把自我看作无比珍贵不能抛弃的东西，并且把自我剥夺当作自我实现的对

---

① 亚里士多德：《诗学》，陈中梅译注，商务印书馆 2005 年版，第 89 页。

② 泰瑞·伊格尔顿：《理论之后》，李尚远译，台北：商周出版社 2005 年版，第 172 页。

③ 特里·伊格尔顿：《二十世纪西方文学理论》，伍晓明译，北京大学出版社 2007 年版，第 186—187 页。

立,而不是当成实现自我的重要条件。但是如同自由一样,自我同样也是一个富含悖论性的东西,你越是要紧紧抓着不放,你反而越是失去拥有它的机会。自我的实现必须以他人自我的实现为条件。伊格尔顿是在象征秩序的现实界中来看待忍受和牺牲,他将替罪羊当作创造性的先兆,并赋予它们以积极的意义。站在人类学的立场,从整个人类的发展历史来看待此时此刻的某个历史片段或者说历史事件,忍受和牺牲始终是具有意义的。牺牲的现象并不是历史的唯一选择,历史总是本有可能以不同的方式发生的,甚至是根本就不会发生的。牺牲现象的始终存在是这个社会结构秩序具有缺陷性的表现,我们也总是会为完善这个结构性的缺陷而努力。

通过以上梳理,我们完全可以得出,悲剧与革命是马克思主义悲剧理论的内在发展脉络和主要特征。由于马克思从阶级分析的立场出发对黑格尔悲剧冲突理论进行了历史的阐释和转换,将黑格尔的伦理力量的冲突转换为历史发展必然规律中新旧力量和秩序的冲突,从而第一次将悲剧与革命联系起来。但是马克思恩格斯强调的还是一种暴力性革命。随着现代社会的深入,资产阶级意识形态的更隐蔽化,尤其是葛兰西提出了“文化霸权”理论之后,在马克思主义理论视域中对革命的看法也就有了更加复杂的意味。他们不再局限于从政治和经济角度来描绘我们的日常生活和社会变革,而是从日常生活经验和情感结构的角度,来探讨生活中的各种潜在变化和变革。革命不再是制造暴力和无序,而是整体行动过程中的一部分,是整个行动过程中那个关键性的冲突和突转。本雅明则率先质疑和批判了马克思恩格斯的“革命”观念,抬高了自黑格尔以来遭受到严重忽视的悲剧中苦难的位置,并坚定真正的革命力量存在于被压迫者的苦难记忆中;威廉斯则强调我们应该从悲剧的角度去认识革命,只有这样,革命才能够持之以恒。威廉斯还进一步地从悲剧的角度探讨了牺牲,并对悲剧中的牺牲进行了重新的阐释和梳理;在威廉斯的悲剧理论的基础上,伊格尔顿继续探讨悲剧和革命的意义。由于时代背景已经不同,伊格尔顿从“替罪羊”的角度来探讨牺牲和革命,并与马克思主义的阶级分析方法很好地联系起来。马克思主义悲剧理论对于我们坚持社会主义伟大目标,认清当前的中国现实和社会主义改革开放的复杂性具有重要的理论借鉴作用。

第 二 章

卢卡奇论悲剧的形而上学

如果说卢卡奇是作为西方马克思主义的开山鼻祖，他也是西方现代悲剧理论的重要奠基人。然而，国内对卢卡奇的研究主要集中在总体性、物化和阶级意识范畴上，对青年卢卡奇的悲剧理论尤其是《悲剧的形而上学》这篇文章的关注太少。《悲剧的形而上学》是卢卡奇《心灵与形式》的最后一篇，探索悲剧与现代社会的关系以及重建形而上学的重要意义，第一次抬高并强调悲剧的形而上学层面和伦理现实性诉求，有着重要的理论内涵和现实价值。

卢卡奇生活在现代社会中，对于现代社会中人的存在状态，卢卡奇是这样描述：自然和命运从来没有像今天这样丑陋不堪，如同行尸走肉，人们的灵魂从来没有这样孤独地在荒林野径中漂泊无依。[①] 现代社会工业化的迅猛发展，使人类生活急剧转变。随着尼采对"上帝死了"的振臂一呼，人被置于信仰的断裂之中，失去了价值参照，成了无所适从的漂泊者。

然而，人是有意识的动物，他总是会不满足于当下现有的生存境遇，在理性上探寻更加理想的存在方式，因而在人之存在的有限与无限、完善与不完善、短暂与永恒、现实思考与终极关怀之间，展开了哲学之形而上学的本质维度。正如高海清教授所指出的，"传统哲学常常遗忘或遮蔽了哲学形而上学维度与人之生存本性的本质关联，陷入了'无根基'的状态。因而，当20世纪人的生存困境以文化危机的形式深刻地表现出来时，传统形而上学的危机便在现代哲学对黑格尔哲学的普遍拒斥中展现出来。

---

① 卢卡奇：《悲剧的形而上学》，克尔凯郭尔等著：《悲剧：秋天的神话》，程朝翔、傅正明译，中国戏剧出版社1992年版，第40页。

于是，如何在人的生存论基础上重新恢复形而上学的力量，便成为当代哲学关注的一个时代课题"。① 现代社会对意义和价值的消解，上帝死了，人死了，主体死了的呼声，使得卢卡奇对现代社会同样充满着质疑和批判，同时也急切地想在生活中重新找到能够获得形而上学的力量，并将希望寄托在悲剧身上。悲剧的降临会带给我们新的梦想，唤起我们内心新的希望。而这正是卢卡奇撰写《悲剧的形而上学》的理论背景和现实背景。

一　上帝的隐在与悲剧的形而上学

卢卡奇在文章一开篇就指出当下现实社会对悲剧的两种态度：批评或捍卫。卢卡奇认为，对于戏剧的批评者态度中反而包含了对悲剧认识上的最深刻的真理：那就是强调悲剧的超验性和形而上学；而戏剧的捍卫者们沉迷于悲剧对现实的描述中并进行折中的调停，反而不懂悲剧的本质。在这里，卢卡奇非常鲜明地提出悲剧的本质在于其超验性和形而上学性，对悲剧的超验性和形而上学的强调正是卢卡奇研究悲剧的主要意图。

在前现代社会，人类生存的超验性基础总是来源于高踞人类之上的上帝，上帝乃万物之源。现代社会中科学技术的迅猛发展，人们狂欢于工具理性给西方社会政治、经济、科学技术和文化所带来的新发展，甚至直接废除了人类为自己的道德标准而设立的外在于人类、并且高悬于人类之上的上帝这个判断尺度。可是科学的力量虽是伟大，但科学给人类带来的并不全是幸福，反而导致了人性欲望的失控和心灵上前所未有的空虚、困惑和迷惘。更要命的是，这种心灵的创伤性由于得不到以往来自上帝的精神性抚慰，从而恶化成难以疗救的悲观甚至绝望的情绪。因此在工具理性思维的操控下，尽管明知上帝只不过是一种假想，人类却从未有过地迫切感觉虚无的"上帝"存在之必要性。帕斯卡尔说："我听说有一个人摆脱了自己的羁绊，他不相信有一个上帝在监视他的行动，他自以为自己是自己行为的唯一主宰，并且他认为只对自己本人负责；那么这对我们有什么好处呢？"② 恰恰相反，上帝的离去对于我们来是一桩最可哀的事情。所以，就让我们"赌上帝的存在吧"。

---

① 高海清：《形而上学与人的本性》，《求是学刊》2003 年第 1 期。
② 帕斯卡尔：《思想录》，商务印书馆 1985 年版，第 95 页。

　　当然，在科学理性的指导下，我们并不以实体论存在的"上帝"来触碰科学的知识性证明，这只能注定我们败输的局面。尼采关于上帝之死的宣告，其实宣告的是现代人重估价值的勇气。现代社会中的"上帝"并没有随着尼采的宣告而死去，而是仍在继续深刻地影响着现代生活，只是在概念上有了不同的划分：宗教崇拜意义的"神学上帝"和作为道德信仰意义上的"哲学上帝"。事实上，尼采宣称已经死亡的上帝只不过是宗教崇拜意义的"神学上帝"，作为道德信仰意义上的"哲学上帝"是不可能在人类生活中消失，它是人们获取灵魂慰藉和感受性灵充实的精神性力量。

　　作为道德信仰意义上的"哲学上帝"还得追溯到康德。在《纯粹理性批判》中，康德从本体论、宇宙论、自然神学论三个方面，论证了在人类认识论范围内作为宗教神学意义的上帝之虚无性。这正是传统社会中所强调的上帝，也是尼采所宣布的那个死亡了的上帝。但在《实践理性批判》中，康德又确立了作为道德信仰意义上的"哲学上帝"在伦理学意义上所存在的必要性。康德指出，道德与幸福相统一的至善，是人类奋力追求的目标。然而道德律令是一种"绝对命令"，是一种没有任何经验的要求、情感和愿望混入其中，并作为前提或条件而必须如此行为的命令，是由人的自由意志自己立法所制定，无条件的、先验的、纯粹理性的"绝对命令"。问题是，血肉感性式的有着诸多欲望的人类存在如何能够做到自觉地将道德律令奉为对自己的"绝对命令"呢？这就是道德律令在实践执行中的二律背反问题。康德企图以"至善"来解决这个二律背反。康德认为，只有假定了一个无上的存在者，一个具备与品性相协调的根据的最高自然，这个世界上才能有至善。所以为了实现"至善"，"必须悬设上帝的存在"，因为它具有道德实践上的必要性。

　　保罗·恩斯特认为，只有当我们完全失去上帝时，才能再度拥有悲剧。现代社会上帝的缺席意味着悲剧时代的重新诞生。卢卡奇的悲剧理论首先要确立的是上帝与悲剧的关系，这也是卢卡奇的悲剧理论建立的逻辑起点。卢卡奇认为，这个自康德始强调的作为道德信仰的上帝，他在人类生活中必须处于这样的位置：他不是这个舞台的主要演员，必须离开这个舞台，却又必须仍旧充当观众，牵制着这个舞台上的所有表演。"上帝是这场戏剧的观众，而且他只是观众而已；他的言语、表情绝不会与表演者的言语、表情混同起来。他睁大双眼凝视着他们，他所做的仅此而已。"

同时这也是悲剧时代历史形成的可能性条件。现代社会这个舞台给人们展示的是这样的图景：生活本身是一片混沌，"在生活中，任何事物的价值都无法完全实现，任何事物的终结都是了犹未了；新的声音总是与先前所听到过的旧的声音混在一起组成大合唱。成物皆流，各种事物都正在转化为另一种事物，而其混合物并不融洽、纯粹，甚至将分崩离析，烟消云散；世界上绝对没有什么事物是始终繁荣不衰的。生存意味着趋向毁灭，意味着不能终其天年便要趋于毁灭，在一切可想象得到的存在中，生活最不现实，也最没有生气"①，生活只是混沌一片，任何事物的价值都无法完全实现，荒谬的世界无意义，荒诞的人生无意义。生存与死亡的现象更替，似乎都是自然的，没有了意义，也显现不了本质。生活于其中的人们沉迷于其中，并不知道生活的欺骗术。"人们对生活的热爱，在于生活的朦胧不清，变幻不定，它就像钟摆一样不停地摆来摆去——然而，它的摆动绝不会超出正常的限度。生活的变幻使人们热爱生活，这种变幻就像单调催眠的习习和风。"② 这其实就是卢卡奇对现代社会中的人们被资本主义意识形态所操纵被物化和商品拜物教特性的初步揭示。

面对这样的麻木状态，卢卡奇认为，只有奇迹才能打破这种沉默，揭示生活当中的本质："突然间，一道光芒，一道闪电，照亮了经验生活的平庸之路：某种令人不安，引人入迷的东西，给人威胁，令人惊奇；意外的事迹，伟大的瞬间，神秘的奇迹，或丰富多彩，或混沌不清。"③ 奇迹"难以预料地闯进生活之中，偶然地、生硬地、无情地将生活转变为一种鲜明清晰的数学方程式，然后再将它解开"。④ 卢卡奇在这里所期望出现的奇迹，在我看来，其实正是人们背后上帝凝视的目光。奇迹是价值和现实融会之处。但是奇迹的到来也并不一定会实现和揭示生活的本质，还必须要有具有悲剧意识的人才行。可是在现实生活中只有少部分人才能拥有这种悲剧意识。卢卡奇说："我们的民主时代，宣称一切人都有充当悲剧人物的同等权利，这实际上是办不到的。"⑤ 生活中的大部分人软弱、怯

---

① 卢卡奇：《悲剧的形而上学》，克尔凯郭尔等著：《悲剧：秋天的神话》，程朝翔、傅正明译，中国戏剧出版社 1992 年版，第 38 页。

② 同上书，第 39 页。

③ 同上。

④ 同上书，第 39 页。

⑤ 同上书，第 68 页。

懦,毫无想象力,对于他们来说,无法实现的伊甸园永远是一个美好的梦想,生活也永远是一种热望和憧憬。他们希冀任何外界强加的障碍物,任何置于他们路途中的绊脚石,他们就这样随波逐流,不会为了自己内在的明确目标而努力抗争。只有伟大的人物能够承受他自己的命运,才能见到上帝凝视的目光,从而撕开生活的虚幻面纱。

悲剧性的悖谬如易卜生所讲的,"如果说,无论是谁,只要他一见到上帝就会死亡;那么被上帝看见了的人,难道却能继续活着吗?"这里的"死亡"并不指生理性死亡,更指精神上的死亡。这种死亡其实在"他实际上死去以前,已经死了很长一段时间了"。① 而人为什么一见到上帝就会死亡呢? 在我看来,这其实是易卜生对悲剧的形而上学性的形象性表达。当悲剧人物在上帝启示的声音中被提高到一定高度,他就会以一个陌生人的眼光来衡量它自身先前的全部存在,发现先前的存在由于没有意义价值的参照而变得死气沉沉。这个时候,悲剧也就降临了:他发现他从现实世界中被永远抛弃了。"因为他再也不能将那些可以置于日常生活中的偶然的、丰富的事物糅进那种生命之中。悲剧只能向一个方向延伸:向上延伸。悲剧始于不可思议的力量从一个人那里抽出本质,迫使他去实现本质的瞬间,悲剧的过程存在于他的日益明显的、真正的本质之中。"② 也就是说,当人意识到现实生活的平庸与生存意义的形而上之间的不一致及其张力时,就注定了其悲剧性。悲剧让人们质问现实和存在的意义:是否一切事物都是存在的,"存在"(is)仅仅因为它存在而已,没有存在的程度和等级吗?"存在"(being)是各种事物的一种特性还是对事物的一种价值判断,一种在他们之间的差异和区别? 所以,悲剧的可能性问题就是意义和本质的张力问题。这种对"存在"的本质思考决定了卢卡奇对现代悲剧作为形而上学力量的根本理解。

二　悲剧形而上学之根源:"完美存在"与伟大瞬间

卢卡奇明确地指出:"悲剧的形而上学的根源在于人类存在的最深层

---

① 卢卡奇:《悲剧的形而上学》,克尔凯郭尔等著:《悲剧:秋天的神话》,程朝翔、傅正明译,中国戏剧出版社1992年版,第48页。

② 同上书,第42页。

的渴望。悲剧从渴望中产生，因而它的形式必须排斥渴望的任何表现。在悲剧进入生活之前，它就成了一种现实，从而也就放弃了渴望。这就是现代悲剧失败的原因所在。现代悲剧想将悲剧的'先验条件'引进悲剧本身，它想将一个原因转变为一个行动原则；但它只成功地加强了自身的抒情色彩，直到最后成为一种外强中干、粗鲁野蛮的东西，它从未进入舞台悲剧之门。"① 卢卡奇非常强调生活的二元性：本质与表象。在《悲剧的形而上学》中我们注意到卢卡奇区分了两个重要概念：一个是"生活"（life），另一个是"活着"（living 或者 live）。王天保在他的论文《从〈悲剧的形而上学〉看卢卡奇的悲剧理论》中也讨论到这个话题。他结合着卢卡奇《心灵与形式》中的《论说文的本质和形式》中的一段话："有两种类型的心灵（soul，也译为'灵魂'）现实：生活是一种，活着是另一种；两者同样都应是现实的，但它们却不可能同时都是现实……自人有了生活，自从人们准备去理解并安排生活，在他们的体验中就有了这种二元性"② 来讨论的，并由此得出卢卡奇所说的"生活"大概是指心灵对客观生活现实的反映，而"活着"大概是指心灵对生活中的价值、意义的体认这样的仓促结论。③ 笔者并不以为然。"生活"与"活着"并不是"创造表象"和"生成意义"的简单区分。在《卢卡奇早期文选》中，关于"生活"与"活着"的译解，译者在下面的注释为我们详细地揭示了卢卡奇在这里区分这两个重要概念的大致内涵："卢卡奇拉开冠词'das'的字符间距，显然是想突出这种生活的普遍性；而在后者，他则拉开了名词'leben'的字符间距，其意是要突出它的过程性，因此我们权且译为'活着'。"④ 这样看来，"生活"是包含着本质的表象存在，是包含着二元性的存在，一旦在某个伟大瞬间，本质可以从中抽离出来；而"活着"则是人在生存过程中现实状态，它没有本质，没有意义，只有漫长的毫无变化的过程延续。当下的现实生活已经消解了本质和意义。在这种生活中，我们只能肤浅地体验到我们自身，即我们只能体验到我们的各

① 卢卡奇：《悲剧的形而上学》，克尔凯郭尔等著：《悲剧：秋天的神话》，程朝翔、傅正明译，中国戏剧出版社 1992 年版，第 52 页。

② 《卢卡奇早期文选》，张亮、吴勇立译，南京大学出版社 2004 年版，第 124—125 页。

③ 王天保：《从〈悲剧的形而上学〉看卢卡奇的悲剧理论》，《文艺理论与批评》2013 年第 1 期，第 109 页。

④ 《卢卡奇早期文选》，张亮、吴勇立译，南京大学出版社 2004 年版，第 124 页，注释 1。

种动机和关系。欲望的充斥和难以满足让现实生活中的人们陷入更加痛苦的沉重中。马尔库塞告诉我们的是，我们已经为虚假的需求迷失了自己，找不到生活的目标和意义。所以，"我们的生活通常缺乏现实的必然性，而只有经验的存在的必然性，在千百次偶然的联系和关系中被千百条线纠缠在一起的必然性。但这全部必然性之网的基础是偶然的，无意义的"。①

卢卡奇首先摘录了埃克哈特大师《崇高心灵的训诫》中的一段话，"自然创造生命，她使孩子变为成人，使蛋变为小鸡。上帝创造生命，他在孩子出生前就创造了成人，在蛋出现之前就创造了小鸡"。② 不过要想理解这一段话，还必须先引入卢卡奇的一个重要概念：总体性。卢卡奇是在理解马克思的历史唯物主义时引入的总体性原则，这个重要原则又必须从黑格尔那里吸收了"反思"态度才能够形成。所以，总体性是一种"反思态度"。回到埃克哈特的这句话，这里面包含着对待事物或历史的两种方式：第一种强调的是自然的方式，这是一种非常随意、偶然的、无意义的创造事物的方式，深刻地概括了当下资本主义社会的资本主义意识形态的本质和弊端。在《历史与阶级意识》中卢卡奇写道："资本主义社会的人面对着的是由他自己（作为阶级）'创造'的现实，即和他根本对立的'自然'，他听凭它的'规律'的摆布，他的活动只能是为了自己〔自私自利的〕利益而利用个别规律的必然进程。"③ 这种对待事物或历史的思维方式并不是按照社会历史结构的真正本质来理解，人们也就被推离了历史理解的真正起源。而有关第二种上帝对生命的创造是不同的。他是在孩子出生前就创造了成人。先有理性价值创造现实，所以现实本身就是为意义所指向，亦无须被梦想、被幻化、被实现。也就是说不需要过程，而只显现价值和意义。因而其创造物体现为内在形式与外在表现的统一，是外在表象能够显现其内在本质的形式。"在上帝面前，没有表象与实体，外表与观念，事件与命运之间的差异。"④ 而悲剧中的事件和瞬间就是显现这些价值和意义的瞬间，只有悲剧人物才能够通过表象看到悲剧现象

---

① 卢卡奇：《悲剧的形而上学》，克尔凯郭尔等著：《悲剧：秋天的神话》，程朝翔、傅正明译，中国戏剧出版社1992年版，第44页。

② 同上书，第37页。

③ 卢卡奇：《历史与阶级意识》，商务印书馆1999年版，第210页。

④ 卢卡奇：《悲剧的形而上学》，克尔凯郭尔等著：《悲剧：秋天的神话》，程朝翔、傅正明译，中国戏剧出版社1992年版，第8页。

中所包含的生活本质，听到悲剧真理的声音，从而引发人的内在的神秘性。

在卢卡奇看来，悲剧是一维性质的：它只有高度。"悲剧始于不可思议的力量从一个人那里抽出本质，迫使他去实现本质的瞬间，悲剧的过程存在于他的日益明显的、真正的本质之中。"① 悲剧又是如何表现"本质"的呢？悲剧独自创造了现实的人的完美存在，赋予了人的存在以形式。这种人的存在与生活中的存在不一样。他们的存在，除了精神的现实性，即生活的体验和信仰的现实性以外，没有别的什么现实性，因此只不过是"理式"的外在显现形式，它与"理式"的联系也不过是悲剧中想象出来的联系可能性。悲剧人物应该集中了一切伟大，也集中了一切罪过，他不但意识到了自己命运的残酷，更要意识到他的责任和担当并且付诸行动中。所以，卢卡奇对悲剧人物规定是非常严格的。卢卡奇列举了莎士比亚的悲剧人物麦克白和易卜生笔下的贾尔来比较分析。很显然，麦克白并不是作者所认同的具有悲剧意识的人，他充满欲望，又让欲望混乱了意识。"神旨虚幻地将他提高到一定高度，用满足来迷惑他的渴望，让他渲染在胜利的幻影中；等到他大功告成，一切愿望都实现之后，却同时无情地从他那时夺走一切。"② 在麦克白身上，外在因素和内在因素是同一事物，无法获得超越性意识。因为对现实的满足，所以最终沦为被现实生活迷惑的人物。易卜生笔下的贾尔不同。他非常清醒地意识到现实与价值实现之间的分裂和张力，他在他的梦中始终是一个国王，尽管在现实中他就根本不可能成为国王。借助上帝的目光，他明白现实与梦想的差距，亦明白他对本质和终极真理的孜孜追求。

悲剧中的死亡是本质实现的唯一重要形式，"在生存与死亡之间的边界的体验是灵魂唤醒了意识和自我意识的体验——灵魂是有限的，所以它才能意识到它自身，也只有在此范围内，它才能意识到它自身"。③ 卢卡奇称为"灵魂的觉醒"④，是"人的具体的本质特征的实现"⑤。悲剧享有伟大特权，乃在于它享有死亡的特权。现实的日常生活，只是把死亡当作

---

　　① 卢卡奇：《悲剧的形而上学》，克尔凯郭尔等著：《悲剧：秋天的神话》，程朝翔、傅正明译，中国戏剧出版社1992年版，第42页。

　　② 同上书，第41页。

　　③ 同上书，第50页。

　　④ 同上书，第51页。

　　⑤ 同上书，第52页。

恐怖可怕的、毫无意义的现象来理解，视为某种突然截断生命之流的力量，所以它绝不能达到这个本质。但对于悲剧来说，死亡是悲剧一种始终内在的现实性，与各种悲剧事件紧密相连。事件包括了行动及其结果两者的范围，正是在生存与死亡之间的边界中，唤醒了人类内心最深层的渴望及其创造。悲剧人物感到必然降临到他头上的一切，都是他自己造成的。因此，他替他自身之内的一切，替偶然闯进他的复杂生活中的各种事物，勾勒了鲜明的轮廓。他使之成为必然，不仅创造了围绕着他自身的边界，也创造了他自身。因此，悲剧中的死亡具有双重意义，既是一种实现，又是一种失败。"悲剧主人公总是死得其所，而且虽死犹生；但在这里，死亡并不是生命的绝对提高，并不是活在正确的人生道路上的一个生命的直接延续；而仅仅是从压迫中，从现实世界的污秽中的逃避，是灵魂从异化的生命本身的一次复归。"① 对于伟大人物来说，尽管别人的罪过导致他们的毁灭，但他们始终只把这种罪过看作命运。他们将一切事物化为自己的责任，所以悲剧就成了他们享有的特权。而渺小的人物却总是将有罪归结为他人或外界，所以他们的生命和存在就无法获得意义，生命也没有形式。他们的死亡也就没有伟大的悲剧性。

三　卢卡奇悲剧理论的贡献和影响

　　卢卡奇的悲剧理论主要揭示了悲剧在伟大瞬间表现生活本质的形而上特性，为现代悲剧理论的转向奠定了坚实的基础。可惜的是，卢卡奇其实并不看重悲剧，并认为将替代史诗的是继而出现的小说形式。借用黑格尔关于绝对精神发展的三个阶段（艺术、宗教、哲学）的论述模式，卢卡奇认为古希腊文化也经历了史诗、悲剧、哲学三个发展阶段。史诗回答了"生活如何变为本质"的问题，悲剧回答的则是"本质如何变得鲜活"的问题。现代社会的碎片式状态正是悲剧的"伟大瞬间"、"生活的奇迹"的重要时刻，然而卢卡奇很快就否定了悲剧。他认为，悲剧的概念化特点在于，"戏剧不仅消除了现实的丰富性和充实性，不仅总是让剧中的残酷事件在生存与死亡之间做出选择，从而避开了微妙的心理上的现实性，而

---

　　① 卢卡奇：《悲剧的形而上学》，克尔凯郭尔等著：《悲剧：秋天的神话》，程朝翔、傅正明译，中国戏剧出版社 1992 年版，第 64 页。

且，最不足取的是：戏剧在人与人之间创造了一个真空"①，这恰恰扼杀了史诗的鲜活的经验生活，剥夺其活生生的存在。正是在这个意义上，卢卡奇认为史诗的真正继承者不是悲剧而是小说，并在对悲剧进行了短暂讨论后，转向对小说理论的集中研究。

卢卡奇关于悲剧的形而上学的论述对本雅明的影响是不言而喻的。伊格尔顿称卢卡奇为本雅明的"伟大导师"。日本学者三岛宪一也认为，若与本雅明对于卢卡奇的敬意相比，其他人的影响简直不值一提。本雅明青年时期便读过卢卡奇早期的一些著作，如《悲剧形而上学》、《小说理论》等，对卢卡奇十分仰慕。在《德国悲剧的起源》中，本雅明这样解释他的书名："起源这个术语并不是用来有意描写现存事物之所以得以存在的过程的，而是用来描写从变化和消失的过程中出现的东西的。"② 对本雅明来说，"起源，作为一种本原，并不指原始现象本身，而指原始现象中起决定作用的一个形式，这就是'理念'"。③ 所以本雅明更关注的是悲剧事件的美学意义，在事件的前后过程中所带入和显现的创造性因素。而起源的神圣只存在于上帝那里，所有现实在上帝的创造性语词中都能找到它们的终极"起源"。只有与上帝的先验意识发生关系，人的经验世界才会具有超验性。很明显，本雅明所强调的"理念"是对卢卡奇的悲剧与上帝之关系的进一步延伸。卢卡奇对时间的理解也深刻地影响到本雅明。卢卡奇认为悲剧只是一个瞬间，是过去、现在和未来的统一，这些瞬间不是相继发生而是存在于平等状态之中，所以悲剧的时间打断了时间的永恒流动，使两极可以相互转向，糅在一起的，而这些观念在他后来的《历史与阶级意识》中可以更明显见出，"生成同时就是处于过去和将来之间的中介，但是处于具体的，也就是历史的过去和同样是具体的，也就是同样是历史与将来之间的中介。当具体的'这里'和'现在'溶化为过程时，这就不再是不断的、不可捉摸的环节，不再是无声地逝去的直接性，而是最深刻、最广泛的中介的环节，是决定的环节，是新事物的环节"。④ 张

---

① 卢卡奇：《悲剧的形而上学》，克尔凯郭尔等著：《悲剧：秋天的神话》，程朝翔、傅正明译，中国戏剧出版社 1992 年版，第 38 页。

② 瓦尔特·本雅明：《德国悲剧的起源》，陈永国译，文化艺术出版社 2001 年版，第 17 页。

③ 同上书，译者前言，第 2 页。

④ 卢卡奇：《历史与阶级意识》，商务印书馆 1999 年版，第 268 页。

异宾想到的是海德格尔的绽出说，"生成作为当下的建构，是一种将过去造就新质的创化，并且这一当下的创造也是迈向未来的必由之途。作为一种时间，历史的生成不是平滑的持续流逝，而是一种过去——现在——将来的三维同一的历史性生存时间。这不由得让人想起后来的海德格尔那个过去和将来在此时中的绽出说"。① 然而，本雅明的单子在时间的爆破说又何尝看不到卢卡奇理论的影子呢。

卢卡奇也启发了后来的理论家对悲剧与现代主义的关系理解。卢卡奇对现代主义始终持批判态度，批判现代主义文学总是喜欢描写生活中的"非理性"现象，如神秘因素、病态心理、意识流，等等。不关心正常的东西，把病态当成逃避畸变的方法；倾向性不够明确；这些内容没有任何意义，不去发掘本质等。在卢卡奇对现代主义文学的批判声音中，开辟了后来理论家思考现代主义文学的真正意义和存在合理性。从总体性概念出发，卢卡奇将悲剧视为人与命运之间的游戏。并且因为悲剧的概念化特点，以及他对现代社会破碎化的否定，卢卡奇简单地将现代社会进行了否定。本雅明却在他的思考处进一步延伸，思考现代社会中的碎片性特点如何表征总体性特征问题。在现代性社会里，随着高科技的不断发展，工具理性压制价值理性使得社会艺术以及人类自身不断地被边缘化，破碎性正是现代社会的最主要的特点。本雅明在卢卡奇对"伟大瞬间"的描述中获得启迪，从而将历史进行碎片化。在本雅明的视野中，碎片存在的意义就在于它对时间即时性变化的强调，他将历史化作短暂的"此在"之道，将碎片化的事物赋予整体性的内容理念之中，以解放被内容所附加的形式。本雅明在碎片中寻找整体性的研究方法是独一无二的，并由此区分出"象征"和"寓言"两种表达方式，为现代人更好地理解现代性特征开辟了新的阅读视角。戈德曼在《隐蔽的上帝》扉页引证了卢卡契奇《悲剧的形而上学》中一句话作为全书的题词："悲剧是一种游戏……上帝是这种游戏的观众。他只是个观众，他的言语和行动从不介入演员的言语和行动。"在上帝、世界和人的三角悲剧模式中，他将隐蔽的上帝视为悲剧意识和集体主体形成的基本条件。并在现代性造成的虚无主义和绝望中，读到了悲剧与希望的联系性。伊格尔顿将现代主义作为现代性的悲剧性表达和批判模式，都有卢

---

① 张异宾：《文本的深度耕犁》（第一卷），中国人民大学出版社 2004 年版，第16页。

卡奇影响的痕迹。而他对历史位置的强调，对悲剧人物边界位置的强调，可以说又影响了伊格尔顿对替罪羊及其阶级斗争之间的联系性理解。卢卡奇薄薄的一篇文章，却包含着如此丰富的思想内涵，对后来的很多理论特别是现代悲剧理论产生了重要的影响。也正是在这些意义上，卢卡奇不愧于他的西方马克思主义的开山鼻祖的称号。

第三章

在绝望中打赌:论戈德曼的
悲剧世界观

　　正如张异宾教授所指出的那样,"戈德曼出道的时代,正值那种以人本学的价值批判清算斯大林主义非人暴政的冲动在西方马克思主义阵营内部风靡的好时光,其时,人们已经在深层理论逻辑上开始使用非异化人的本质('应该')直接冲击从第二国际开始的经济决定论所维护的社会现存('是'),不过,与青年马克思(固然他被标举为理论旗帜)不同的是,这是新人本主义的理想化个人生存与现实同一性压迫的对立"。① 黑格尔之后的 19 世纪,哲学已陷入重新寻找方向,重新检查基础,甚至重新确定问题和对象的混乱局面。克尔凯郭尔、叔本华、尼采、柏格森、弗洛伊德等,他们从根本上否定了古典哲学的终极真理和绝对精神等,以非理性的意志、生命、直觉和情感作为领悟世界和人生的唯一途径。于是,本体论的范式开始瓦解,新人本主义的个人主义开始迅速蔓延。卢卡奇的《悲剧的形而上学》、戈德曼的《隐蔽的上帝》都是对当时的这种理论趋向做出的悲剧性反应。

　　戈德曼故意用"隐蔽的上帝"作为书名,其深意实在是为了提醒世人对他与卢卡奇思想一脉相承的关注。然而在笔者看来,戈德曼的《隐蔽的上帝》主要还是站在对卢卡奇悲剧理论的批判立场上的。在卢卡奇那里,隐蔽的上帝主要是形成悲剧意识的必要条件,同时也是构成悲剧形而上学之维度的根源。戈德曼同样强调道德对于社会的优先性,隐蔽的上帝作为构成悲剧的前提条件,但他不满意卢卡奇对悲剧概念化的理解。他说:"年轻的卢卡契当时还是康德哲学的信徒,他离开一切历史背景来分

---

　　① 张异宾:《文本的深度耕犁》第一卷,中国人民大学出版社 2004 年版,第 428 页。

析悲剧观……相反地，我在这方面将严格按照卢卡契本人后来的哲学观点，通过把悲剧观与某些历史情况联系起来的方式，特别是利用研究更重要的作者的著作，即帕斯卡尔、拉辛和康德的著作所得出的概念的概括，力求把他的分析弄得清楚明确。"① "戈德曼将从卢卡奇那里汲取的某些宏观分析的概念，如总体性、世界观、形式、超个人主体和可能意识和对象化意识，赋予一系列更加积极和人类学的意义，有意义结构、功能、结构和解构的过程，主客体的认识论循环和平衡。他希望将卢卡奇哲学上描述的方法转变为方法论上的原型从而证明具有很强的功能性，而非意识形态。"② 戈德曼强调，如果你想试图描绘 17、18 世纪法国和德国的悲剧观时，必须首先根据在悲剧观之前出现的并为悲剧观所超越的世界观，其次要根据在它之后出现并超越它的世界观，来确定其地位。也就是说，戈德曼认为只有把作品重新置于历史演变的整体中，把作品与整个社会生活联系起来，才能得出一部作品的真正客观意义。这就要求我们在对一个时代社会现象和作品进行研究时，需要与这一现象和作品产生的具体历史条件结合起来。遗憾的是，戈德曼也跳不出概念化和唯心主义的倾向。戈德曼自己承认，要勾画出悲剧观的概念模式，必须找出一组哲学、文学和艺术作品中的共同因素，这些作品应该包括古代、近代、现代，也应该包括哲学、文学、艺术等不同领域的作品。可"我在以前的几篇研究著作中所提出的那种悲剧观概念，只适用于康德、帕斯卡尔和拉辛的作品"③。不过戈德曼在研究中对悲剧的辩证态度，以"打赌"的方式来坚定对社会主义前景的乐观态度，成为西方马克思主义理论思想尤其是悲剧思想的发展过程中一个极其重要的环节。

一　上帝、世界、人:悲剧观中的精神结构

一切结构都是意义，一切意义都是结构。所以在戈德曼看来，分析悲剧观就应该去抓住它的本质，即精神结构。悲剧观的精神结构是由上帝、世界和人三个组成要素构成，分析时应紧抓精神结构，这才是人文科学分

---

① 吕西安·戈德曼:《隐蔽的上帝》，蔡鸿滨译，百花文艺出版社 1998 年版，第 29 页。
② Boelhower, intro. to Essays on Method in the Sociology of Literarure, p. 8.
③ 吕西安·戈德曼:《隐蔽的上帝》，蔡鸿滨译，百花文艺出版社 1998 年版，第 28 页。

析时的科学方法。在戈德曼所生活的时代,隐蔽的上帝、丧失价值参照的模糊不清的世界以及孤独的个体,共同构成了他们这个时代的悲剧观及其"有意义的精神结构"。

　　随着西欧资产阶级和资本主义社会的发展,社会的精神和情感价值逐步从人的实际意识中消失了,被利己主义所代替。这些变化导致了伦理和宗教领域作为人类生活中特殊的和相对独立的领域已不复存在,彻底的非道德和非宗教内容得到发展,代表着至善至恶评判的上帝却也"在理性的科学空间不再讲话"。这就是戈德曼所生活的时代到处弥漫和渗透的悲剧观。戈德曼说:"这个时期悲剧意识的特点就是严谨而确切地理解理性主义个人主义所创造的新世界,以及理性主义个人主义所包含的对人类的思想和意识有积极意义、尤其是最终获得的东西,同时也是根本否认这个世界是人类唯一的机会和唯一的前景。"①

　　理性主义个人主义到底创造了一个怎样的新世界呢?在《隐蔽的上帝》中,戈德曼明确指出,理性主义取消了以往两个密切联系的概念,共同体和宇宙,而代之以有理性的个人和无限的空间。笛卡儿和胡塞尔的"我思",都是个人主义世界观的杰出表现。这种以自我为特征的理性主义在探讨人的问题时只承认单一的个人,共在的其他人只是他们思维和行为的客体;在自然的范围内,理性主义摧毁了整齐有序的宇宙的观念,而以无限的、无特征的空间取代。胜利的理性主义毫无困难地从个人的经济和社会行为中消除共同体思想和严格意义上的全部道德准则,上帝成为了一个毫无意义的价值悬置。但是,理性并不是万能的。戈德曼说:"理性是人类生活中的一个重要因素,是人理所当然为之自豪的因素,并且是人永远再抛弃的因素,但是理性并不是整个的人,特别是它不应当也不能够满足人类生活的需要;这在任何方面,甚至在似乎属于理性特有的寻求科学真理的方面都是如此。"② 这个时期仍然会有一些残余文化、基督教道德和人文主义思想的一些残余,因而理性主义从个人的经济和社会行为中消除共同体思想和严格意义上的全部道德准则中所包含的潜在的危险,须在很长的一段时期后才得以显现。上帝已经离开这个世界,可是只有很少一部分人才能够意识到他的不存在。"缺少能够指导利用技术发现并使之

---

① 吕西安·戈德曼:《隐蔽的上帝》,蔡鸿滨译,百花文艺出版社1998年版,第42页。
② 同上书,第43页。

为真正的人类共同体目的服务的道德力量，所以有可能产生人们几乎难以想象的后果。"①

　　对于理性主义者来说，始终存在和始终不存在的上帝，是无法让人理解的。理性主义认为上帝存在与否对其生活毫无影响。因为他们认为不需要外界的任何帮助，任何指导。他们承认上帝是"永恒真理"的创造者，是他创造了世界并使之继续存在。上帝意味着秩序、永恒、真理，是可以影响个人的思想、行动的工具世界。但这个上帝对人来说没有任何属于人的实在性，他至多只能保证单子之间或理性与外部世界之间的和谐一致。他不会是人的指路人，对话的一方，可以帮助人摆脱外界控制并保证人靠自己的理性和力量找到要走的路，是作为人自身的自己，而不是被物化的人。所以只要上帝不插手干预他的行为的准则就行。卢卡奇强调的"作为观众的上帝"。卢卡奇认为，上帝在人类生活中必须处于这样的位置：他不是这个舞台的主要演员，必须离开这个舞台，却又必须仍旧充当观众，牵制着这个舞台上的所有表演。而戈德曼强调的是悲剧的上帝。"他是个求全责备而且品评臧否的上帝，是个不容丝毫让步、丝毫的上帝；这个上帝总是提醒世人，他们处在只能苟且生活、而且要放弃自己的某些要求以满足他人的世界上，提醒他们唯一有价值的生活就是本质和整体的生活，或者按照帕斯卡尔的话说，就是与人类生存中相对的真理和正义毫不相干的绝对真理和正义的生活。"② 悲剧中的上帝就是帕斯卡尔所强调的隐蔽的上帝。戈德曼认为要正确理解帕斯卡尔的"隐蔽的上帝"非常重要。帕斯卡尔说，上帝是存在的而又从不显现的，所以隐蔽的上帝并不是有时存在、有时不存在的上帝，而是始终存在的和始终不存在的。因为假如他显现了一次，那他就是永远存在的。上帝的始终不存在指的是上帝对于大多数人来说是隐蔽的，但是对于那些被他选中赐予圣宠的人来说却是可以看得见的，是人超越物性世界、走向超越性的价值依托。所以但凡具有悲剧意识的悲剧人并不认为上帝已经死亡或消失，而是认为他依然存在于这个世界上。只是由于失去了和人交流的仅有手段，因而只能沉默了。卢卡奇说："被上帝看见过的那个人，还能活着吗?"上帝是形成悲剧的形而上学的基础，戈德曼则将始终存在的和始终不存在的上帝，确立为悲

① 吕西安·戈德曼:《隐蔽的上帝》，蔡鸿滨译，百花文艺出版社1998年版，第42页。
② 同上书，第49页。

剧的中心。

悲剧观中的世界指的不是人生活在其中的物质世界,而是与悲剧意识相应的世界。关于人与世界之间的关系,戈德曼认为在哲学思想上是从两方面提出来的:一是历史进步的方面,二是决定历史进步并使之成为可能的本体论的现实方面。也就是说,世界并不是产生之后便一劳永逸、永恒不变的现实。我们可以通过认识逐渐去接近世界的将来可能性,并作为哲学探讨的出发点,从而获得世界在历史中的发展连续性。戈德曼说:"一个思想家只有从不同的历史连续以及从一个世界到另一个世界的逐步过渡出发,才能试图得出一组关于人与其各自世界之间各种形式的关系的共同论据,这全部论据可能是这些关系的基础,并且使其真正的历史连续成为可能的和可以理解的。"[1] 其实,这正是马克思历史唯物主义所致力要揭示和实现的历史内在规律性。这种认识中的世界便有了两个维度:现实与将来,同时这个世界也就在这两个时间维度中充满了张力。正是在这个基础上,戈德曼才认为,真正的悲剧是随着索福克勒斯的作品出现的,因为真正的悲剧的根本意义就是肯定人、或者更确切地说某些享有特殊利益的人与人和神的世界之间难以克服的决裂,体现的是生活世界与理想世界之间的对立,"应该"与"是"之间的张力。在索福克勒斯的悲剧作品中,神与人之间的关系割裂导致了神谕的双重意义,一是表面的和虚假的,二是隐蔽的和真实的。人因此只能在谬误和幻想中生活。

悲剧人的特征与一般的人不同。悲剧的人是悖谬的存在状态中的人。人在本质上处于对立和背反的两个无限或两个极端之间,既不是天使,也不是禽兽。悲剧人有两个本质性的特征。第一,他对不可能实现的价值有一种绝对的、毫不妥协的要求;第二,作为这种要求的必然结果,他所要求的"要么是全部,要么是乌有",他对要求的实现程度,对任何包含着相对性观念的思想完全不感兴趣。[2] 所以他寻求的是真正的善,对真理有绝对的要求。人由于不能达到真正的社会准则,找到严格的真理,实现合理的正义,因此注定要拒绝令人失望的世界,从而走向沉默、孤独或死亡。可是人具有意识,能够觉察人类的缺陷、局限和物质世界内在的一切可能性,并且不满足于其中任何缺陷、局限和可能性,不接受任何妥协,

---

① 　吕西安·戈德曼:《隐蔽的上帝》,蔡鸿滨译,百花文艺出版社 1998 年版,第 53 页。

② 　同上书,第 84 页。

因而又是伟大的。"悲剧人从未放弃过希望，但是他不把希望置于世界之内；因此任何涉及世界结构的真实，或是悲剧人自身在物质世界内存在的真实，都不能把他吓倒。由于悲剧人按照他自己的要求判断各种事物，并且觉得所有的事物都是同样欠缺的，因此他可以毫无畏惧、毫无保留地去看事物的性质及其限制，在物质世界内试验自己的力量时，也可以看到他自己的局限，而不论这种试验是在认识理论角度或是在实现的实践角度进行的。"① 悲剧人孤独而伟大的心灵又使得悲剧人和其他人的关系是双重的、相互矛盾的关系。"一方面他希望拯救他们，把他们引到自己这里，使他们不要睡着，把他们提高到自己那样的水平；另一方面，他意识到他与他们之间存在着一条鸿沟，他接受并肯定这条鸿沟。"② 鲁迅与钱玄同曾经探讨过同样的问题："假如一间铁屋子，是绝无窗户而万难破毁的，里面有许多熟睡的人们，不久都要闷死了，然而是从昏睡入死灭，并不感到就死的悲哀。"这时你是唤醒呢还是不唤醒？钱玄同以为唤醒只是惊起了较为清醒的几个人，并让这不幸的少数者来承受无可挽救的临终的苦楚，所以是无意义的。鲁迅则本着如果不叫他们起来就是必死无疑，那么与其这样什么都不知道的死去，还不如叫起他们，"然而几个人既然起来，你不能说决没有毁坏这铁屋的希望"。希望通过呐喊唤醒所有沉睡的人。鲁迅称自己不断呐喊的目的正在于"聊以慰藉那在寂寞里奔驰的猛士，使他不惮于前驱"。"至于我的喊声是勇猛或是悲哀，是可憎或是可笑，那倒是不暇顾及的；但既然是呐喊，则当然须听将令的了，所以我往往不恤用了曲笔，在《药》的瑜儿的坟上平空添上一个花环，在《明天》里也不叙单四嫂子竟没有做到看见儿子的梦，因为那时的主将是不主张消极的。"③ 这正是具有深刻悲剧意识的人与其他人的区别。

悲剧人处于无声的世界和从不讲话的隐蔽的上帝之间，他没有任何严谨的和有足够根据的理论依据来肯定上帝的存在，也无法确定上帝的不存在。这也导致了戈德曼对确定性问题的探讨。"任何确信——无论它多么强烈——只要是仅仅来自实践的或感情的理性，而没有找到一种理论基

---

① 吕西安·戈德曼：《隐蔽的上帝》，蔡鸿滨译，百花文艺出版社 1998 年版，第 75 页。

② 同上书，第 109 页。

③ 鲁迅：《〈呐喊〉自序》，《鲁迅全集》第一卷，人民文学出版社，第 437 页。

础，它就永远不能达到完全的和严格的确实性，这一点也是确实无疑
的。"① 但是，上帝的确实性是另一类型的确实性，我们既不能肯定上帝
的存在，也不能肯定上帝的不存在，上帝是一种永远无法证实的可能性，
只能是属于意志和价值的范畴，康德称其为"实践的"，帕斯卡尔称为
"心灵的确实性"，卢卡奇则将这种无法证实的可能性称为"信仰的先验
基础"。而戈德曼则认为，在悲剧人的心里，"上帝是一个实际的公设，
或是一种打赌，而不是理论上的确实性"。② 是的，上帝的确实性不能是
理论上的证明，而是一种信仰的力量和"打赌"的态度。

二　悲剧的拒绝和戈德曼的"打赌"

"打赌"原本是帕斯卡尔在 1670 年将博弈学中的决策方法用于信仰
问题而提出的术语，提出相信上帝的预期值总是大于不相信上帝的预期
值。因为你若赌赢了，你将获得一切；若赌输了，你并没有失去什么。所
以不管上帝是否存在，相信总比不相信划算。那还有什么可犹豫的，就让
我们赌上帝的存在吧。

旧有的宗教形式和革命意识总是采用截然对立的办法，或以物质世界
内部斗争的办法实现道德准则，或是以抛弃尘世的办法躲避到道德准则或
神性的心智或超验的宇宙中。可是悲剧却拒绝了这两种解决办法中的任何
一种。具有悲剧意识的悲剧人既不相信能够改造世界并在其中实现真正的
道德准则，也不相信能够逃避世界，躲进上帝之城。因为"应该"与
"是"之间的距离和割裂，悲剧人与世界构成的是一种不享受悲剧与世界
而应该保持一种拒绝的态度："过那种生活，而又并不享受它或喜爱
它。"③ "过那种生活意味着承认世界是最强的意义上的存在；而又并不享
受它或喜爱它意味着不承认世界有任何形式的实际存在。"④

不过，在关于对世界的拒绝态度上，戈德曼将冉森派教徒的思想中表
现出来的拒绝态度与帕斯卡尔的悲剧拒绝进行了区别。他把冉森派教徒的

---

① 吕西安·戈德曼：《隐蔽的上帝》，蔡鸿滨译，百花文艺出版社 1998 年版，第 88 页。
② 同上书，第 103 页。
③ 同上书，第 66 页。
④ 同上。

思想称为单方面拒绝世界和吁请上帝的态度。单方面的拒绝会使世界失去一切具体的和有组织结构的实在,把世界贬低到无形无质的抽象障碍的地步。法国的冉森教派产生于法国君主专制的不断强化的时期,以这一历史时期法国的法官阶层("穿袍贵族")对待社会生活、对待国家的保留态度为主要依托。冉森派思想主要呈现为两个特点:"非历史的拒绝世界以及反对一切神秘主义或至少与之格格不入的态度。"① 冉森派认为,世俗社会是丑恶的,但是任何人类的行动都不可能改变它,根本不可能实现有价值的生活,所以他们主张以出世的方式来拒绝世界,寻找与上帝的共在。巴尔科斯说:"上帝并没有向你透露关于让你得救还是罚入地狱的秘密。那么,你为什么宁肯等待着他的正义的惩罚,而不期待他的仁慈的恩典呢?"② 在这个赌约中,人们在不知道是否被弃绝的情况下,就自己的救赎来打赌,这是一种不确定,将所有的希望寄托于上帝。而阿尔诺和尼科尔则只能看到在现实的世人社会内部存在着善与恶、真理与谬误、上帝之城与魔鬼之城、虔诚与罪恶的斗争,并且看到了基督教徒积极参与斗争的任务及其持久状态,而没有看到对抗的某一方面会走向失败的最终结局。戈德曼总结了冉森派思想在世俗世界里所呈现的四种抗争方式:一是违心地迁就世俗社会的恶与谎言;二是为在世俗社会占有地位的真理和善而斗争;三是公开承认善和真理面临着彻底丑恶的世俗社会,而善和真理只能遭受它的迫害和摒弃;四是在甚至不能倾听基督教徒的声音的世俗社会前面保持沉默。③ 这四种态度的共同特点在于谴责世俗社会,却没有表明改变它的任何历史希望,只限于消除人与世界之间的一切联系(或者至少主张消除这种联系),并且在对抗中求助于上帝的裁判,因而只有理论性,而没有实践性。

悲剧的拒绝是一种自相矛盾的态度:是和不是,过那种生活,而又并不享受它或喜爱它。就如同帕斯卡尔文章中的那段似是而非的话语:"一方面,看得见的物体的存在比对看不见的事物的希望更能触及它;另一方面,看不见的事物的牢固比看得见的物体的虚空更能触及它。因此看得见

---

① 吕西安·戈德曼:《隐蔽的上帝》,蔡鸿滨译,百花文艺出版社 1998 年版,第 200 页。

② 转引自吕西安·戈德曼《隐蔽的上帝》,蔡鸿滨译,百花文艺出版社 1998 年版,第 438 页。

③ 吕西安·戈德曼《隐蔽的上帝》,蔡鸿滨译,百花文艺出版社 1998 年版,第 201 页。

的物体的存在和看不见的事物的牢固争夺心灵的情感,看得见的物体的虚空和看不见的事物的不存在又引起它强烈的反感。"① 人都是有超越性的,上帝的存在是人得以在现实世界中构建反思批判关系的理论参照,上帝的不存在使人丧失了无视世界、脱离世界的依据。悲剧的拒绝态度首先应采取面向物质世界的态度,从而才能在对它的内在结构非常熟悉的情况下对世界做出判断;其次也只有在这种对立之中才使它认识自己、自身的局限和自身的价值,才能使悲剧意识永远保持拒绝的理由,并使拒绝得到充分的解释。

　　戈德曼坚持说:"是和不是始终是悲剧唯一的合理的态度。"② 悲剧人从未放弃过希望,并且他从不把希望置于世界之内,任何涉及世界结构的真实,或是悲剧人自身在物质世界内存在的真实,都不能把他吓倒。帕斯卡尔是在晚年由冉森派拒绝世界转变为对世界持是和不是的态度,由吁请上帝转变为就上帝是否存在打赌,从而转向了辩证的悲剧性拒绝态度。悲剧性的拒绝态度是在物质世界内的拒绝,就是拒绝选择,拒绝局限于这些可能性或前景中的任何一种,拒绝任何折中和妥协,最后只能以人的最大局限死亡来反抗和拒绝这个世界,以极端的个体性和极端的根本性的要求来反对这个世界的模糊不清。"如果悲剧意识仅仅探求必然,它在世界上就将只遇到偶然,如果它只承认绝对,那么它将只发现相对;但是如果它意识到这两种限制(世界的限制和它自身的限制),并且拒绝这样的限制,那么它就可以挽救人的道德准则,并将超越世界和它自己的状况。"③ 这在拉辛的拒绝悲剧中很好地体现了这种悲剧性拒绝。如在《安德罗玛克》中,安德罗玛克从一开始就知道,她与所生存的世界格格不入,最后只能选择死亡,只有死亡才能挽救价值。

　　然而,悲剧性的拒绝态度并不是戈德曼在讨论语境中所指向的最终目标。戈德曼说: "从历史的角度考虑,悲剧观只不过是一种过渡的观点。"④ 这其中帕斯卡尔起到了非常重要的作用。帕斯卡尔将悲剧性推到极限,他对作为历史整体的社会世界的重视只是很有限的,从而在人和道

---

① 吕西安·戈德曼:《隐蔽的上帝》,蔡鸿滨译,百花文艺出版社 1998 年版,第 67 页。
② 同上书,第 68 页。
③ 同上书,第 75 页。
④ 同上书,第 43 页。

德准则与人和明显的表面世界之间有一条不可逾越的鸿沟。上帝始终隐蔽，人只有面对世界和时间才能肯定他的绝对要求。帕斯卡尔关于上帝的观点和整体性之间的关系，奠定了、但仅仅是奠定了从悲剧观通往辩证思想的道路。悲剧观只是以一种新的要求和新的层次的道德准则来反对这个世界，在批判的过程中，悲剧观只有唯一的一种时间尺度——现在，只限于认识一个具体的历史世界。由于它缺乏未来的时间尺度，也就缺乏对总体性的追求，以及实现的历史可能性。悲剧思想意识到人的最大的局限死亡及世界的局限，但悲剧意识只以死亡作为一种反抗的姿态，面对顽固不化的邪恶只能表现为无能为力。而辩证的思想由于注重整体性，在对世界的规划中加入了未来维度，所以它看待死亡的态度和对死亡意义的阐释是截然不同的。威廉斯从个人的死亡与其他人的生命完整中读出了必然联系："一个人被苦难拖垮，最终死亡，但这一行动不仅仅是个人的。他的生命的破碎使其他人的生命完整。"① 伊格尔顿却能够辩证地看待善恶，认为善恶总是悲剧性地共存于社会中，善与恶既相互对立，又相互转换，缺一不可。这也就决定了辩证思想的"打赌"与悲剧思想的"打赌"是不同的。"有了辩证思想，情况就根本改变了。现在至高无上的价值存在于人类要实现的客观的和外界的理想之中，而要实现这种理想，并不再单纯依靠个人的思想和意志：这就是帕斯卡尔认为的幸福的无限性，康德所说的至善中德行与幸福的结合，黑格尔的自由，马克思的无阶级社会。"② 戈德曼认为可以通过比较帕斯卡尔和浮士德的打赌并说明其中的异同，来分析悲剧观和辩证观点之间的关系。它们的共同点在于，在神的方面，都表现为只有上帝了解而个人却无从得知的事物；在个人意识方面，生活都表现为以人永远不能满足于有限的善这一事实为基础的打赌。区别在于在帕斯卡尔和康德的著作中，善始终是与恶既联系又对立的，但在歌德、黑格尔和马克思的著作中，恶就成为通往善的唯一道路。悲剧思想承认现实中善与恶交融在一起，但是它断言在世俗社会中有限的幸福没有任何价值，人唯一有实际意义的生活就是一个在寻求上帝的、有理性的人的生活。也就是说，他所追求的绝对价值不可能存在于现实中，而只能存在于精神信仰中。悲剧人活着就是为了并且争取实现这种价值，但能否实现就

---

① 雷蒙·威廉斯：《现代悲剧》，丁尔苏译，译林出版社 2007 年版，第 156 页。
② 吕西安·戈德曼：《隐蔽的上帝》，蔡鸿滨译，百花文艺出版社 1998 年版，第 444 页。

连悲剧人自己也不敢确定。所以只能以"希望"的形式存在。辩证思想也认为善与恶是交织在一起的,但是它却充分肯定实现这种化身的实际的和历史的可能性,认为经过善与恶的斗争,善的价值一定会在现实层面上得到实现。所以辩证思想不仅具有理论性,更具实践性。理性主义从科学方面试图去解决问题,然而人们在建立理性的科学空间后,却不得不抛弃了一切真正的伦理准则。而悲剧思想虽然可以从道德的角度对当下世界提出更高的要求和批判,却无法在未来的维度空间为社会指引出发展的道路。只有辩证的思想才能同时从科学和道德两个方面加以解决问题,思考着在理性空间里,我们重新找到上帝和恢复超个人的道德准则的现实可能性和路径。

"信仰即打赌"的确是戈德曼思想中的一个创新,其目的是为了回到康德后超越康德,缝合"应是"与"所是"的断裂。戈德曼认为在理性主义盛行的时代,只有信仰才能表示一种彻底的态度。正如吴静对戈德曼"打赌"意义的概括:"当本体论上的'真'被马克思的'历史性'所取代,人最真实的存在消融于每一个历史性瞬间之中。因而,'打赌'并非是赌一个实体性的'一'(柏拉图的观念、巴门尼德的存在、中世纪的上帝、黑格尔的绝对精神),而是就人的不断寻觅过程赋予了意义。既然'真'从来不是一个凝滞的本体,那么人所能做的只是在一个个当下和时间断裂中不断地找寻。我们不是达不到目标,而是目标根本就不存在。所谓的'真'其实是寻真,是一个随着历时性发展而不断被建构的批判性反思关系。这才是戈德曼'打赌'的全部意义。"① 戈德曼通过"打赌"方式来完成隐蔽的上帝、模糊的世界和孤独的悲剧人之间的联系,但这种联系毕竟还带有点唯心主义的色彩,而与马克思主义的历史唯物主义所强调的变革还是不同。戈德曼将悲剧思想与辩证思想对立起来,强调辩证思想对悲剧思想的超越,这种解决方式只停留于思想理论层面,而无法付诸实践中。其后的威廉斯和伊格尔顿的悲剧理论却结合了马克思主义的辩证思想,从悲剧的善恶之张力中读解出一股革命的力量,却很好地弥补了戈德曼的唯心主义趋向。戈德曼将宗教信仰与马克思主义信仰联系起来,也直接启发了伊格尔顿在《甜蜜的暴力》中关于马克思主义与基督教的相似性思考。

---

① 吴静:《隐蔽的上帝:关于存在的游戏》,《开放时代》2001 年第 12 期。

三　理解和解释：戈德曼解读
帕斯卡尔和拉辛的悲剧观

　　在作为世界观的悲剧观中，表明的是上帝、世界和人三者之间的深刻危机，这三个因素原本是相互依赖，缺一不可的。"其中每一种因素都要依据另外两种因素才存在，才能表明自己的特点；反之，另外两种因素也只能依据这一因素而存在和表明自己的特点。"① 戈德曼选择了帕斯卡尔思想和拉辛悲剧作为其具体阐发对象，并在阐发帕斯卡尔思想和拉辛悲剧时，将宏观的哲学总体论的悲剧观、社会基础和精神基础与对帕斯卡尔《思想录》与拉辛悲剧作品中的悲剧观分析结合起来，这正是他强调从群体出发的历史研究方法的具体运用。戈德曼强调，如果你想试图描绘17、18世纪法国和德国的悲剧观时，必须首先根据在悲剧观之前出现的并为悲剧观所超越的世界观，其次要根据在它之后出现并超越它的世界观，来确定其地位。因此，要想充分阐发帕斯卡尔思想和拉辛悲剧时，就必须将他们之前出现并超越的独断论的理性主义和怀疑论的经验主义、之后出现并超越的辩证思想结合起来确定其地位，同时又要根据帕斯卡尔《思想录》与拉辛悲剧作品中来确定其客观意义，这是两个互补的认识过程：理解（comprehension）和解释（interpretation）。

　　本来，"理解"经过狄尔泰的阐释引入了新的意义。在他看来，理解的不是一种简单的、理智上的辨别力，而是我们认识自己和自己所创造的社会和历史的能力。并提出通过观察和探讨人与人之间的各种各样的表达和理解的过程，进而理解人的体验，把握世界的真实，这是精神科学的重要任务。戈德曼非常清楚狄尔泰关于在历史与世界中引入理解的意义，但他反对将理解与解释分别划属于人文科学和自然科学。在他看来，"理解"和"解释"是哲学思想的历史研究中两种互为补充的观点：解释偏重于各种思想潮流和使这些潮流得以产生和发展的具体历史形势之间的关系，以及它们的哲学或文学表现形式；理解则是研究思想和作为思想力图理解和阐释的自然和人类现实这一对象之间的关系。也就是说，阐明一个"有意义的结构"就是一个"理解"的过程；而将这种"有意义的结构"

---

　　① 吕西安·戈德曼：《隐蔽的上帝》，蔡鸿滨译，百花文艺出版社1998年版，第82页。

纳入一个更广泛的结构中进行认识，则是一个"解释"的过程。理解主要针对的是作品本身，而解释则是把作品放在一个更为宏大的社会历史背景之中，确立其在特定时代现实中的社会地位与功能性价值。理解帮助我们寻求思想的意义，解释帮助我们寻求思想的真实价值或者说现实价值。由此，戈德曼阐释帕斯卡的《思想录》和拉辛悲剧的悲剧结构是一个理解过程；而将二者置入冉森教派和穿袍贵族等社会基础和精神基础中进行考察，同时又与黑格尔、歌德、马克思等辩证思想联系起来，从而获得其精神结构和客观意义，则是解释的过程。在《隐蔽的上帝》中一开篇戈德曼就指出："本书的中心思想是：人的行为始终构成全面的意义结构，这样的结构同时具有实践性、理论性和情感性，并且只有从接受某一系列社会准则基础上的实践的角度，才能对这种结构进行实际有效的研究，也就是说才能同时解释它和理解它。"①

冉森教派的悲剧观带有神秘主义倾向。强调隐蔽的上帝作为悲剧意识的前提条件。阿尔诺强调隐蔽的上帝是因为上帝掌管着奖惩的标准并让人永远不知道他的意图。如果人要得到圣宠，必须按照上帝的意志真正地行动。巴尔科斯形成悲剧意识的前提是人在非圣宠的堕落状态中处于非常痛苦的景况，以致使他能触及唯一的上帝存在，并不是启示、观察、沉思、指望等，而是祈祷。祈祷是一种圣灵的行为，包含着神秘主义的心醉神迷。而且这种祈祷并不是为自己祈祷，而且为他人的祈祷。上帝的真正存在，或者说感到上帝的存在，就是把人们所做的一切都看作真理和正义，并且只是为了真理和正义而做的，因为上帝就代表真理和正义。但是，巴尔科斯认为真诚的祈祷意味着要求舍弃世俗社会，退隐到僻静之处。戈德曼却认为，神秘主义和悲剧是不可调和的。悲剧观强调的是对存在的界限和不可能超越这些界限尖锐而痛楚的发现。帕斯卡尔和拉辛是从世俗社会的角度来拒绝世界，体现的是既不放弃世俗社会又不享受它的辩证态度。

戈德曼认为帕斯卡尔正是处于悲剧观向辩证思想转变的重要中介。"帕斯卡尔把极端主义推到了极限，把巴尔科斯的单方面的拒绝世界变成了矛盾的和世俗的拒绝世界，他便能够而且应当制定出一种关于社会生活中力量与正义之间的联系的理论。"② 帕斯卡尔撰写《思想录》的年代，

---

① 吕西安·戈德曼：《隐蔽的上帝》，蔡鸿滨译，百花文艺出版社1998年版，作者序言。
② 同上书，第225页。

正是哲学的理性主义及其必然结果科学的机械论的胜利。帕斯卡尔意识到理性主义和自然科学的局限性，也意识到人的唯一真正伟大之处在于意识到自己的局限和弱点，既伟大又渺小，只是一株会思维的芦苇。人的伟大在于他永远不会放弃自己的超越性理想和绝对价值，人的渺小体现在他永远也不能达到这种认识和行动，而只能努力地去接近这个理想目标。人是一个自相矛盾的存在，他们既不能放弃追求真正的绝对社会准则的要求，但是在生活中和世界上却找不到、也实现不了这样的准则，因此只能将希望寄托于宗教上，寄托于超验的上帝人身上。所以，帕斯卡尔提出，信仰即打赌。

戈德曼认为研究帕斯卡尔的《思想录》应该采取反论或者辩证的思想。"凡是尝试着理解它而不采用悲剧观点或辩证观点的人，都为其中自相矛盾的形式感到头痛。"① 反论 Paradox 一词来自希腊语，其普通词义是"自相矛盾的话"或"充满矛盾的人和事"。但作为修辞格，意思是"似非而是的反论，似矛盾而正确的说法"。作为修辞的反论是指前后两句话或是同一句话的前后部分字面意义看起来自相矛盾，荒诞不经或有悖常理，不合逻辑，甚至是荒谬的，但经过仔细事物思考和深层次的体会便会发现句子所表达的内容深刻，富含哲理，意味深长。反论在结构分析上应该注意到几点：第一，反论的表达依赖的是一个完整的句子，不像其他的修辞格一样依赖的是词和词之间的关系。也就是说，反论通常要靠一个完整的句子来表达。第二，反论有表层含义和深层含义之分，而且表层含义和深层含义是背离的，或者说是互相矛盾的。第三，表层的含义通常是令人惊讶甚至是怀疑和不可信的，但句子却又蕴含着潜在的真理或解决问题的办法，这便是句子所表达的深层含义。② 在帕斯卡尔的作品中，到处都充满着反论意味的段落。如"他们越是各自追循一种真理，就越发危险地大家都要犯错误；他们的错处并不在追循一种谬误，而在不肯去追循另一种真理"。所以，帕斯卡尔不仅论及悲剧与绝望，还采用反论的方法，论及从绝望中去"赌"一个希望的空间的深刻悖意。

帕斯卡尔的"打赌"既反映了特定社会集团的共同的精神结构，也

---

① 吕西安·戈德曼：《隐蔽的上帝》，蔡鸿滨译，百花文艺出版社 1998 年版，第 280 页。

② 周瑞英：《高级英语常用修辞格赏析》，中国农业科学技术出版社 2012 年版，第 114—116 页。

反映了具有超越性意识的存在的人在理性与信仰之间的不确定性抉择中对理想未来的祈望。或许从本质上说，"被打赌的上帝存在其实是一种关系，一种随着历时性发展而不断建构起来的批判性反思关系"。① 但是，"打赌"方式在冉森派教徒与帕斯卡尔之间也体现着不同。巴尔科斯说："上帝并没有向你透露关于让你得救还是罚入地狱的秘密。那么，你为什么宁肯等待着他的正义的惩罚，而不期待他的仁慈的恩典呢？"② 在这个赌约中，人们在不知道是否被弃绝的情况下，就自己的救赎来打赌，这是一种不确定，将所有的希望寄托于上帝。在这个赌约上，上帝的存在是毫无疑义的，个人的得救才是不确定的和被希望的。因此与帕斯卡尔相比，它更接近浮士德与魔鬼的契约。帕斯卡尔把不确定性和反论一直扩展到在人的心灵中极为敏感的上帝本身，上帝的存在对人来说既是确定的同时又是不确定的，既存在又不在，既是希望又是危险，所以他是在巴尔科斯的"否"上加上一个"是"，在拒绝不完善的世界上加上在世俗社会内追求真正的社会准则。浮士德吞服毒药时最终领悟到这样的哲理："尽管对他来说已经不能回到古旧过时、但在人民当中依然存在的宗教，但通过复活节的钟声，他仍然感到一种超然存在的呼唤，听到他应当而且通过独特的新方法能够达到的上帝的呼唤，这样的方法将把人民的宗教和启蒙的理性主义，把毫不退让的彻底批判思想和不可动摇的深刻信仰同时融合在一起，并且超越它们。"③ 这就是辩证思想，也是戈德曼从辩证思想出发所领悟到的帕斯卡尔的悲剧世界观。这些观点也直接启发了伊格尔顿对亚伯拉罕故事的重新解读，这在后面阐述伊格尔顿的悲剧理论章节时会具体涉及。

　　戈德曼因此将帕斯卡尔的《思想录》看作从理性主义到辩证思想的转变。对于辩证思想来说，整个现实或者说只有人类的现实才是生气勃勃的整体，这个整体通过周期性的进步向前发展，而发展是由正题到反题，又从反题到合题，合题又把这两者结合起来并超越它们这样一种质的冲突和转变而实现的。但帕斯卡尔的思想性质基本上是静止的、悲剧性的和自

---

　　① 吴静：《隐蔽的上帝：关于存在的游戏》，《开放时代》2001 年第 12 期。
　　② 转引自吕西安·戈德曼《隐蔽的上帝》，蔡鸿滨译，百花文艺出版社 1998 年版，第 438 页。
　　③ 吕西安·戈德曼：《隐蔽的上帝》，蔡鸿滨译，百花文艺出版社 1998 年版，第 251 页。

相矛盾的,因此它又与辩证法脱离。之所以是静止的,是因为帕斯卡尔认为人类生存的时代没有取得进步的任何希望;所以是自相矛盾的,因为帕斯卡尔思想把整个现实设想为对立物的冲突和对立,既对立同时又不可分开的正是和反题的冲突和对立,而在物质世界里毫无希望能减弱其不可克服性;之所以是悲剧性的,因为人既不能避免也不能接受反论,人所以成为人,只是因为他在肯定合题的实际可能的情况下,把合题作为自己生存的中心,同时又一直注意这样的肯定不会避开反论,他即使有可能达到最绝对、最有力的确信,这种确信也不是属于理性范畴或直接即时的直觉范畴的,而是一种不肯定的、实践的(康德语)确信,一种心灵上的确信,一种假定,一种打赌。[①] 戈德曼看到无论是在自然界还是在战斗教会里,在理性和启示这两个方面,不确定性就是整个人生的特点。正是在这个意义上,巴尔科斯的打赌的彻底性远逊于帕斯卡尔。"因为巴尔科斯从来认为信仰和传统不需要丝毫的理性的支撑。帕斯卡尔超过了他,甚至也超越了奥古斯丁……从而在哲学思想史上开始一个新的篇章。"[②] 但生活在17世纪的帕斯卡尔不懂得历史辩证法,因而只能寄希望于宗教和隐蔽的上帝,只能就上帝的存在和灵魂不死打赌,所以只能奠定了、也仅仅是奠定了从悲剧观通往辩证思想的道路。而后黑格尔、马克思和卢卡奇用历史的未来和人类社会的打赌来代替基督宗教的媒介者和悖谬的上帝打赌,从而使矛盾具有了历史的意义。

从悲剧观出发,戈德曼将拉辛的悲剧作品分为两种:一种是"没有突变和发现"的悲剧,另一种是有"突变"和"发现"的悲剧。在"没有突变和发现"的悲剧里,从一开始,主人公便清楚地知道,与缺乏意识的世界不可能有任何调和的余地,他毫不动摇地、不抱任何幻想地以自己崇高的拒绝态度反对这个世界。在《安德罗玛克》中,安德罗玛克从一开始就知道,她与所生存的世界格格不入,最后只能选择死亡,只有死亡才能挽救两种价值:对赫克托尔的忠贞和阿斯蒂阿纳克斯的性命,因为这两种价值既是矛盾的同时又是不可分开的。戈德曼认为,安德罗玛克虽然非常接近悲剧世界,但终于没有进入悲剧世界中。如果安德罗玛克一直拒绝做出抉择,以她自愿地拒绝生活与世界对立,自愿地接受死亡的选

---

① 吕西安·戈德曼:《隐蔽的上帝》,蔡鸿滨译,百花文艺出版社1998年版,第283页。

② 同上书,第264页。

择,而没有自杀之前决定答应和庇吕斯结婚这一情节,那么她就是悲剧性的。《布里塔尼居斯》是拉辛作品中的第一部真正的悲剧,但却是"没有'突变'和'发现'的悲剧"。戈德曼认为"没有'突变'和'发现'的悲剧"可以用两种方式来写,或是使世界、或是使悲剧主人公成为中心人物,而"有'突变'和'发现'的悲剧"则只能有一种写作方式,即主人公和世界在整个情节过程中都错综复杂地混在一起。① 《布里塔尼居斯》是以朱妮和世界之间的冲突揭开了这个世界之糟糕状况。而《贝蕾妮丝》则是根据悲剧人物的角度来考察这个世界以及悲剧人与这个世界之间的悲剧性危机。"有'突变'和'发现'的悲剧"中,悲剧人物起初"相信能够通过把自己的要求强加给世界而不妥协地生活下去",而"突变"和"发现"则是指主人公最后终于意识到自己过于沉溺在幻想中了。② 《菲德拉》是拉辛自认为自己所有剧作中最好的一个剧,其序言说明该剧是为波尔——罗亚尔修道院之友所写。就在拉辛也认为自己写了一出正剧的情况下,戈德曼却从悲剧的角度对此剧作进行分析,认为"这个剧写的就是悲剧主人公幻想的故事,他幻想可以在现实世界中生活,并把他自己的法则不折不扣强加给世界"。③ 同时认为这个时候的拉辛已经不再从拒绝世界的悲剧的冉森派角度来写作了,而是把这期间冉森派的实际经验移植到文学作品中,并重新发现了希腊悲剧的伟大文学传统,突出了"发现"与"突变"的因素。很明显,戈德曼对拉辛的作品分析带有类型化的特点。从他的悲剧世界观出发,他将拉辛的作品简单地归为几种类型:拒绝悲剧、现实世界悲剧、有"突变"和"发现"的悲剧、宗教题材悲剧,这些分类明显地见出戈德曼的主观痕迹。

　　显然,戈德曼的悲剧理论依然是在马克思主义悲剧理论框架中,结合其所处的时代背景,并对帕斯卡尔、拉辛的思想与作品进行研究与评介中形成的。他以始终存在和不存在的上帝作为悲剧的中心,以上帝、世界和悲剧人之间的危机关系作为时代精神的共同结构。他的悲剧理论不再是对传统意义上文学艺术语境中的对悲剧作品和悲剧问题的关注,而是对特定的历史阶段下人们的悲剧性生存状态的揭示。然而,戈德曼的悲剧理论又

---

① 吕西安·戈德曼:《隐蔽的上帝》,蔡鸿滨译,百花文艺出版社 1998 年版,第 481 页。

② 同上书,第 466 页。

③ 同上书,第 566 页。

与马克思的悲剧理论不同。马克思的悲剧理论从社会的悲剧冲突中寻找产生悲剧冲突的真正根源和社会历史并把重点放在了揭示悲剧的社会性、历史性和阶级性上，戈德曼的悲剧理论却认为悲剧的产生在于上帝隐蔽，上帝隐蔽的原因又在于对理性主义的盛行和理性观念的骄枉，因而遭到了理论界很多批评和指责。他们批评戈德曼的悲剧理论在某种程度上而言，既不如前苏东学界，也不如他反复批判的阿尔都塞。但戈德曼在绝望中仍不放弃希望，并以"打赌"的方式来表达人对绝对总体价值的追寻和勇气，依然对当下的我们具有重要启示。是的，有限个人尽管无力去改变世界，但精神上对美好的理想和绝对价值是永不放弃的态度，这也是人之为人的本质所在。在中国，古代遥远的孔子同样表达了自己永不放弃的决心："虽不能至，心向往之。"当下的我们，正处于物质至上、追求享乐的消费社会，道德的沦落、价值体系的坍塌、人情的冷漠已经到了令人发指的程度，摔倒的老人道德已无力扶起，被车撞倒的儿童竟能让我们如此无视，地上流淌的鲜血已经无法刺痛我们的眼睛，我们同样呼唤着如孔子一样的永不放弃的悲剧人，同时也呼吁一种如戈德曼"打赌"的态度，在不能阻挡上帝的隐蔽和世界的模糊不清的境况下，仍能坚守住心中的那份原则、纯净和圣洁，去唤醒芸芸众生沉睡的现实。

第四章

巴洛克寓言和革命种子：
本雅明的悲剧理论

　　《德国悲剧的起源》是本雅明在获得博士学位之后为谋求大学教职而撰写的"教授资格论文"，但书的艰深晦涩让当时的教授们如坠云里雾里，不知所云。随着后来对它的深意和宗旨的理解，发现这才是真正称得上"20世纪文学与哲学批评中最富原创性的杰作之一"。① 在这本书中，本雅明并不意在要阐释出本雅明意义上的悲剧理论，而是以德国悲苦剧作为理想的表现对象，通过艺术批评将作品中所隐藏的真理内容展现出来，从而产生救赎思想。因此，本雅明的悲剧理论并不在于理论上的建构意义，而是方法论上的启发意义。但是，正如本雅明所强调的理念，本雅明自己的思想也只是包含在作品中，隐而不显，难以阐明。《德国悲剧的起源》在其篇名中就已经标明其术语的特殊性和本雅明特征：德国悲剧和起源。可以说，对这两个术语的准确理解是开启本雅明思想的钥匙。在结构安排上，本雅明的论证思路大致呈现这样的逻辑：第一部分阐释认识论方法上的缺陷，区分理念与概念的不同以及理念的本质属性，以标明他在研究方法和认识论上的特殊性；第二部分针对德国悲苦剧这样一种有别于古希腊悲剧类型，彰显出这个研究对象的特殊性及其寓言结构，揭示德国悲苦剧的主要特征在于反思性和忧郁气质；第三部分则主要以寓言进入，揭示德国悲苦剧的结构和本质特征与寓言的相似性，同时要求以寓言式批评将悲苦剧中的真理内容呈现出来。然而，在当前的学术界中，似乎对本雅明的悲剧理论作系统性梳理和阐发甚少，更多地在于以德国悲剧为范例来阐明本雅明的寓言式批评，这种视点的缺席不得不说是理论界的遗憾。

---

① 陈永国、马海良编：《本雅明文选》，中国社会科学出版社1999年版，前言，第21页。

本章以悲剧与革命为角度来对本雅明的悲剧理论进行阐发,希望能起到一点补偿和拓展。

一　理念与概念

要分析本雅明的理念论还得先回到柏拉图的《会饮篇》。在这篇文章中,柏拉图第一次区分了"什么是美"和"什么东西是美的"这两个问题:前者是对美的本质的探讨;后者则是我们在日常生活中所见到的现象,所有世俗中的现象都由其背后的这个本质所决定和形成,世俗中的事物之所以是美的,就在于分享了这个美的本质,即理念。而本雅明认为柏拉图以美的本质与美的现象之区分不仅阐明了他所认为的理念之存于上帝那里的理念说,同时巧妙地阐明了理念之完全不同于表象世界的存在模式。可见,理念与我们认识论中的概念是截然不同的。

概念是反映对象的本质属性而形成的心理意念和抽象符号。在认识过程中,人类逐渐从感性认识上升到理性认识,于是就把所感知事物之间的共同本质特点抽离出来,加以概括,形成概念。形成概念有两种方法:即归纳和演绎。归纳由于不能给理念安排和编序而将其简约成概念,而演绎则通过将理念投入准逻辑的连续体中而将其变成概念。于是在形成概念的过程中,物质内部所包含的理念逐渐脱离物质的客体性。理念本是与经验世界紧密结合提炼不出来的东西,而概念却是人为的抽离。在我们生活的世界中,哲学思想并不是从概念演绎的连续体进化而来,而是产生于对理念世界的描述,概念中所揭示的总体性和整一性其实只是人类的认识幻象,并不能真正达到对世界的总体和完整认识。本雅明在《德国悲剧的起源》中开篇就揭示认识论的思维方式所存在的缺陷性:"无论是认识论还是反映论,其实都不能把整体的事物整合起来,因为在前者中缺少内在的,在后者中缺少外在的。"① 理念并不能为世人所创造,它的创造性唯一存在于上帝那里,这关涉理念的起源问题。

本雅明非常强调起源的神圣性和整体性。他说:"起源这个术语并不是用来有意描写现存事物之所以得以存在的过程的,而是用来描写从变化

————————

① 瓦尔特·本雅明:《德国悲剧的起源》,陈永国译,文化艺术出版社 2001 年版,第 1 页。

和消失的过程中出现的东西的。"① 对本雅明来说，"起源，作为一种本原，并不指原始现象本身，而指原始现象中起决定作用的一个形式，这就是'理念'"。② 而起源的神圣只存在于上帝那里，所有现实在上帝的创造性语词中都能找到它们的终极"起源"。从神学意义上的语言演化过程来看，作为起源的上帝的语言是不同于人的语言。上帝的语言是一种纯粹的语言，之所以说其语言纯粹，是因为精神内容就包含在语言之中而不是通过语言作为媒介工具来传达思想。上帝是根据自己的理念创造万物，上帝说要有光，于是就有了光。上帝按照自己的形象造人，在上帝那里，"语言既是创造性的又是完成了的创造；它是词语和名称"。③ 上帝的语词是事物与名称的统一。然而人类的语言却不是创造性的，而是认知性的。上帝赋予人类语言能力，然后示意伊甸园中的每种动物走上前来由亚当命名，亚当便根据认识而命名它们。因此人类的语言就不再是创造性的了，而仅仅是认知性的。"名称与知识的绝对关系仅仅在上帝身上；只在那么有名称，因为名称内在地与创造性词语、知识的纯媒介相同一。这意味着上帝以各种名称使事物成为可知的。然而，人根据知识来命名事物。"④ 因此，人的经验世界不具有先验性和总体性，理念的创造性只存在于上帝那里。原初语言是纯粹的名称语言，不明白什么是词语和事物的世俗分离，也就不需要人的认知能力，因而未为认知意义所伤害。而人类社会中总是以语言或者更确切地说以母语作为原始的认知工具，与经验世界发生关系。在后来的经验认知中，"词语变成了碎块，除了多多少少隐藏起来的象征方面外，词语还具有一种明显的世俗意义"。⑤ 语言的最后发展使得世俗意义将真理意义逐渐地掩盖起来，如本雅明所揭示的，因为前者喷薄而出，而后者却一如既往地隐而不见。但不管世俗意义如何演变与掩盖，真理内容始终是裹挟沉淀于其中的东西。

---

① 瓦尔特·本雅明：《德国悲剧的起源》，陈永国译，文化艺术出版社 2001 年版，第17 页。

② 同上书，译者前言，第 2 页。

③ 瓦尔特·本雅明：《本雅明文选》，陈永国、马海良等译，中国社会科学出版社 1999 年版，第 270 页。

④ 同上。

⑤ 瓦尔特·本雅明：《德国悲剧的起源》，陈永国译，文化艺术出版社 2001 年版，第 8 页。

　　由此可以推出，世界本来是以整体的方式展示自己特殊的生命力，但是人们将对它的认识诉诸概念后，这个活生生的世界就被分解成一系列的概念了，世界的本质不但没有被认识，反而被永久地遮蔽了。不过世界尽管被科学家从内部分成各个概念，而艺术、伦理、美学等范畴却由于归纳推理的不充分性而通过表征的方式隐喻地表现世界的本质，成了理念世界断裂结构里的丰碑。这正是理念呈现于世界中的一个个单子。那么，如何忠实地、准确地理解艺术品的独特性，同时又不会陷入历史相对主义或空洞教条主义的泥淖，避免解释者的主观性呢？关于艺术作品，本雅明指出，艺术作品在与绝对理念的关系上都是不完整的。艺术作品作为对客体世界的再现反映，在对客体世界进行再现时也就将理念包裹于其中。但艺术客体又不同于纯粹的自然客体，艺术作品永远是一种未完成状态，还需要通过批评的内省才能圆满地完成，并将作品提高到一个应有的思想层面，从而使作品成为绝对。在《德国浪漫主义的批评概念》中，本雅明详细地探讨了艺术中的决定因素，即内省。浪漫主义的批评概念认为批评是对艺术作品的认识，也就是艺术本身的自我判断，而不是批评家人为地从外部赋予它的纯粹主观性。所以内省是艺术中本源的和建设性的因素，它不同于康德意义上的判断：艺术批评并不是批评家对作品加以判断，而是艺术本身在进行自我判断，批评家只是依据作品所隐含的理念并将之呈现出来。所以，批评与其说是对作品的判断，毋宁说是使其圆满完成的方法，通过批评家将作品中所隐藏的理念展现出来。因此，客观世界中的理念只是一种"被赋形的总体性"，是能够供人反思并在反思中获得对世界的整体认识。个体之于理念的关系与个体之于概念的关系是不相同的，"在后一种情况下，个体受概念的庇护，保持其原样，是——种个性；在前一种情况下，它在理念之中，成为别的东西：是一种总体性"①。也就是说，在理念中，个体表征着总体性，作为一个个的单子结构指向世界的本源和真理内容。世界的本源和真理内容是不可以认识和占有的，相反，它是由理念所构成的无意向性的存在状态。理念是一种本质的整体性，本质上的整一，它必须通过所有对立因素的表征才可以完整获得。理念在现实中的每一次表征总是不成功的，理念的表征具有历史性。理念也被描述

---

　　①　转引自理查德·沃林：《瓦尔特·本雅明救赎美学》江苏人民出版社 2008 年版，第 100 页。

为存在的过去和后续的历史，在时间的序列中保护了理念本身。"历史视角可以引申到过去或未来，而不屈从于任何原则的限制。这给予理念以总体规模。其结构是由总体性强加的与其自身不可异化的独立性相对照的一个单子结构。"① 理念成为了一个单子，成为了携带过去和后续的历史进入单子的那个存在。因为对理念的共同指向，单子间保存着相互渗透和相互表征的关系，而对理念的真实把握就是通过各种单子所折射出来的渗透性思想。因此，"接近真理的正确方式不是通过意向性和认识，而是完全沉浸融汇其中，真理是意向性之死"。②

由此可见，本雅明的理念论其实是一种新的柏拉图主义理念论，既不同于柏拉图纯粹意义上的"理念"，因为本雅明的理念是"密切地与其材料相关联，以至它悖谬地靠近经验主义方法，被引领到'经验'那里"③；又不同于康德的"经验"，康德的经验是停留在现象学经验层面的，是最低级、几乎没有任何内在价值的空洞的经验概念。而康德高举启蒙的旗帜要把知识的确定性和真理性建立在这样最低层次的经验基础上的努力，必将导致主客体之间的分离以及知识与经验的断裂而陷入了以自己的幻象取代别人的幻象的唯心主义泥潭。本雅明的"理念"是柏拉图的"理念"与康德的"经验"的结合。本雅明借用星座概念以类比他的哲学"理念"（idea）："每一个理念都是一颗行星，都像相互关联的行星一样与其他理念相关联"④，"理念之于事物正如星丛之于群星"。⑤ 由于理念在起源上是某种客观的和神圣的东西，如果能够使经验概念单独与先验意识发生关系，那么它就不仅是经验的，而且具有超验性。正是在这个基础上，本雅明认为这一点可以借助对悲剧艺术的反思来完成。通过对其语言本质的反思将理念敞亮。

而每一部悲剧作品在本质上就是表征着绝对的悲剧理念的一个个单

---

① 瓦尔特·本雅明：《德国悲剧的起源》，陈永国译，文化艺术出版社 2001 年版，第 19 页。

② 转引自下书《救赎美学》，第 95 页。

③ 理查德·沃林：《瓦尔特·本雅明：救赎美学》，吴勇立、张亮译，江苏人民出版社 2008 年版，第 93 页。

④ 瓦尔特·本雅明：《德国悲剧的起源》，陈永国译，文化艺术出版社 2001 年版，第 10 页。

⑤ 同上书，第 7 页。

子。悲剧作品作为一个未完成时，等待着艺术批评将其中的理念呈现出来。古希腊悲剧是在神话框架中所进行的叙事和讲述，它讲述悲剧英雄通过善与上帝发生联系。邪恶在世界上却没有上帝创世留下的客体，"上帝看到他所创造的一切，看着是好的"。邪恶的产生是撒旦引诱的结果，因此邪恶的存在基础不是人的行动而是人类知识，这也就决定了其存在的基础只是一个绝对的精神幻觉，悲剧中的邪恶成了一个无客体指向的概念。由于邪恶没有其具体的客体指向，需将物质作为其对应物而与其绑缚在一起才能具体体验。这样邪恶在世俗世界中不再有它的真正所指，而是隐含在各种分化的独立的对应物中，通过对物的把握回溯性地间接体验到有关邪恶的理念。对悲剧中邪恶因素的重视和强调使得本雅明有意识地忽略古希腊悲剧形成的所谓悲剧传统，努力将德国悲悼剧作为不同类型从悲剧传统的连续性中凸显出来。在德国悲悼剧中，邪恶主要通过暴君的形象，或者阴谋策划者的形象来具体体验到，而这种体验方法正是本雅明所强调的寓言。

二 "古希腊悲剧"与"德国悲剧"

在对世界的认识中，由于人对概念的运用使世界的本来面目幻象化了，对世界本质的认识需要恢复对原初理念的把握。而艺术客体中所包含的理念必须通过艺术批评加以呈现。本雅明特意用 trauerspiel 和 tragoedie 来表述两个不同的悲剧概念，以表述不同的悲剧类型。前者主要指 17 世纪德国的巴罗克悲剧，而后者则主要指古希腊悲剧。Trauerspiel 原本是 tragedy 一词的一种德译文，并没有特殊的含义，但本雅明却赋予它特别的意义，称其为"悼亡剧"或"哀悼剧"。作为犹太人，他深深地为德国悲苦剧中所萦绕的哀婉与悼亡精神所感染，并要揭示这种精神对当前现代社会所具有的美学意义。本雅明试图以悲剧作为理想的表现对象，以浪漫主义批评为原则，把巴罗克悲悼剧与古希腊悲剧对立起来。

本雅明认为，古希腊悲剧并不是贯穿历史的一种审美体裁，而只对应于一个特定的历史时刻。古希腊悲剧是在神话框架中所进行的叙事和讲述，讲述悲剧英雄冲突来反映人类为挣脱史前各种力量的枷锁而进行的斗争，并通过善与上帝发生联系。巴罗克悲悼剧则与此形成了对照，"悲悼剧不同于悲剧。后者的客体不是历史，而是神话"。① 悲悼剧转向了历史研究，其审美客体是历史生活，其关注点是历史进程中基本的自然力，这股自然力是通过一切世俗事物不可避免的瞬间性揭示出来的。在《论亲和力》中，本雅明揭示小说中的人物都不可避免地体现出自然的神秘力量。人们本身必须体现自然的力量，因为他们在哪里都不能超越它，小说的人物完全听命于自然。因此，阻止历史沉浮的更高的权力就是物体的强制力量，这也是死亡的力量。当然，要理解这种极端，还必须掌握一种为了思辨一种形式而使自身升华的方法，即在这种形式中辨识出有别于整体文学的抽象物的东西，比如从自然的偶然性中如何去提炼出内在必然性来。古希腊悲剧所描述的是人类为挣脱史前各种力量的枷锁而进行的主动的抗争，然而本雅明却是一个反历史主义目的论者，历史无可预见，历史遵循自然法则。历史的发展和前进内在动力都由人类社会内在的自然力构成和决定，它内置于历史内部，并不能为世人所支配和控制，但可以通过外在的各种历史迹象表征出来。所以只有深入那些历史的碎片中才能寻找到这股自然力。而只有真正理解这种自然力，才能真正把握历史。

　　对这两种悲剧类型的区分是从亚里士多德的影响与否的分歧中展开的。"文艺复兴时期的悲剧"这个术语夸大了亚里士多德学说对巴罗克戏剧的影响。如果说当时的人们对亚里士多德所揭示的悲剧的情感净化功能深信不疑，那么，本雅明要首先质疑这一点。巴罗克悲剧受亚里士多德的影响可谓微不足道，它并不强调恐惧和怜悯的悲剧性净化作用。同时本雅明批判了亚里士多德对情节和技巧的安排，探讨整一性的可能性。不管时间、地点以及情节整一性的强调，在悲苦剧中都不呈现。巴罗克的概念是产生于对暴君诛戮这种紧急状态的讨论，并把扭转这种局势视作国王的最重要职责。当然，由于题材的历史分类的权威性，在本雅明之前，学术界对 17 世纪德国巴罗克艺术基本是持否定态度，认为巴罗克悲剧只是对古希腊悲剧的一种拙劣模仿。本雅明却要给巴罗克悲剧正名，给予它一个应有的地位。本雅明批判评论家不去发现戏剧变体的本质原因，因此造成对这种戏剧类型的曲解和误解。在本雅明看来，德国悲剧并不是对古典悲剧的模仿，而是与它们整个时代有关。巴罗克戏剧尽管没有使艺术鉴赏家一

---

① 瓦尔特·本雅明：《德国悲剧的起源》，陈永国译，文化艺术出版社 2001 年版，第 35 页。

触即发的灵活形式，但它通过人们的极端努力得以形成它的特点。要研究这一形式，就必须理解这种极端。而在德国悲苦剧中，这个极端表现集中体现在面对国家的紧急状态必须采取行动扭转局势的暴君身上。

本雅明指出，研究悲悼剧的特性应该从寓于悲悼剧自身语言中的奥皮茨的那个著名定义开始，那个定义是这样界定的："悲剧与英雄诗歌同样是庄严的，只是它很少描写出身低下的人物和不光彩的事情：因为它仅只描写国王的命令、杀戮、绝望、弑婴和弑父、冲突、乱伦、战争和叛乱、哀伤、哭泣、哀叹等。"① 这不是对悲剧描述题材的归纳，而是反映悲剧类型中的新的理念。悲苦剧不像古希腊悲剧是对个人性格过失方面的反思，而是对整个历史时期的反思，是对前一历史阶段的失败的历史经验的反思。本雅明认为，在历史发展的极端状态或极端事物身上，历史的两种制动力就会自然地呈现出来。在德国悲苦剧中，悲剧的主要人物已经从英雄人物转为君主了。本雅明解释说这与当时的政治理论有关。在当时，国家的神学理论崩溃了，在反宗教改革运动中，君王被视为历史的代表，于是产生了极端的君王权力理论。当国家处于紧急状态，君主负责决策，结果在刚刚得到决策的机会时却几乎没有能力决策。于是在君王身上，体现出被神圣赋予的无限的等级尊严与卑贱的人性状况之间的一种失衡。"暴君的毁灭产生的不衰魅力一方面根源于他作为凡人的无能和堕落，另一方面根源于时代对他神圣不可侵犯的权力的信任。"② 正是在这种失衡中，暴君成了悲剧的牺牲品。

古希腊悲剧却只关乎悲剧英雄的善及其崇高美德，忽略了在人的身上所根深蒂固的自然性弱点，崇高和美德也许是总体象征性方面，而德国悲剧的重点转向了世俗世界邪恶的产生和普遍性，这其实是一种存在于人体内部而又无法超越的自然力。如果说崇高与善是促进历史发展的动力，而邪恶却是阻止历史的另一种力量。正是这样两种力量构成历史发展。在悲悼剧中，暴君身上所体现的正是统治者的权力与其统治能力之间的对立，在更高的以人类名义的层面上，我们可以清楚地认识到历史的两种作用力，这正是神性与人性的冲突："如果暴君不仅仅以他作为个体的名义，

---

① 瓦尔特·本雅明：《德国悲剧的起源》，陈永国译，文化艺术出版社 2001 年版，第 34 页。

② 同上书，第 42 页。

而且作为统治者以人类和历史的名义毁灭,那么,他的毁灭就具有审判的性质,这种审判也暗示了主题。"① 本雅明所要强调的是,古希腊悲剧与德国悲剧存在着内在的联系。古希腊悲剧中将人的怜悯和恐惧分裂开来体验,我们因为恶棍的死而产生恐惧,又由于英雄的死而产生怜悯。但在悲悼剧中,这两点通过君王这个悲剧人物形象同时展现出来。所以古希腊悲剧强调冲突,是有缺陷的悲剧英雄与神的对抗及其献祭式的牺牲。通过英雄的受难和牺牲表明,悲剧英雄在伦理道德上超越了那些万能的神。巴罗克悲剧核心的戏剧冲突集中体现在君主身上,暴君身上同时体现权威的绝对性以及暴君在人性上不可超越的弱点。在人类名义的层面上,也就体现了殉难者的苦难精神。所以巴罗克悲剧主要分为两种:令人恐惧的暴君戏和令人同情的殉难者戏。从意识形态的角度看,二者是互补的,暴君和殉难者是君王本质的两个极端表现。暴君、魔鬼或犹太人在舞台上都表现出最深重的邪恶和罪孽,除了卑鄙的阴谋计划外而不允许他们解释或展开或展示任何别的什么。这种在表达方式上的隐而不显注定了这些事件的非总体性特征,而强调事件本身的自在性。同时事件的决定性动机也需要人们根据戏剧中各个事物的相互联系和相互涉义把它阐释出来。它的核心冲突在于暴君与周围环境的冲突。自身与是君主的堕落和殉难者的牺牲,而且暴君和殉难者往往是一体的。在悲苦剧中,分散和分离的东西在作为一种综合的各因素的充分概念中则是相互联系着的,从不同的方面表征悲剧中的那个理念。悲剧人包含社会政治的内涵,悲剧人物应该是具有一切完美品德,是神性的化身,然而他周围的环境与他身上的神性发生冲突。他们的行动不是由思想而是由变化不定的身体冲动决定的,世俗性决定了人与内在的神性的分离。暴君的受难史其实正是人类的受难史的隐喻。

因此,从前人们以为可以直接在历史本身的事件中掌握悲悼剧,但却是在反思历史失败的原因中真正掌握;在传统的思想观念中,古希腊悲剧中所呈现的悲剧精神是最崇高和至为重要的。德国悲剧是一种不符合古希腊悲剧的表达形式,因而被历史长久地遮蔽并遗忘。本雅明意在揭示这两种悲剧作为两种不同的悲剧类型和悲剧理念,而后一种悲剧类型往往更适合当前社会的文学表达和现实表达。悲苦剧以历史为根基,其核心的戏剧

---

① 瓦尔特·本雅明:《德国悲剧的起源》,陈永国译,文化艺术出版社 2001 年版,第 42 页。

冲突是君主的堕落和殉难者的牺牲，暴君体现的绝对权威和殉难者体现的苦难精神，而且暴君和殉难者往往是一体的。其特殊关怀是历史进程中基本的自然力，这种自然力将人卷入不自觉的罪恶状态，只有通过对这种悲惨罪恶自然状态的认识才有可能回复以往天堂的人类幸福。巴罗克悲剧为我们贡献的正是它的静止和逆向所带给我们的反思维度。可以说，巴罗克悲剧的意义在于：一是以碎片、断裂的姿态从历史的连续性中挣脱出来，历史时间在这里的静止和逆向运动使得人类不得不在这里做出反思；二是反思是对过去的回顾，但这种过去的回顾是站在现代时间中对过去的回顾，过去在回顾中被创造出新的意义；三是新的意义的创造依赖于艺术批评的圆满完成。本雅明指出艺术批评不是批评家的主观判断，而是作品内在意义的自然显现。所以在艺术批评中，不能受外在的总体象征性影响，而是必须将作品中的各个要素进行打碎和重新组合，而这个过程让我们可以瞥见艺术作品中所隐藏的真理内容。这就是象征与寓言。

三　象征与寓言

"这本书意在为 17 世纪的德国戏剧提供一种新观点。研究的任务是将它的形式——悲苦剧——与悲剧作比较，从而揭示出作为文学形式的悲苦剧与作为艺术形式的寓言之间的亲缘性。"[1] 事实上，只有确定悲苦剧和寓言之间的本质关系，他这部早期主要作品的本质结构和意义才能确定。

根据本雅明的文学批评方法论观念，艺术作品都是由物质内容和真理内容构成，而艺术批评就在于阐明作品的真理内容。本雅明认为，作品不是静止的，而是在历史中经历自我消解的过程。随着时间的推移，其物质内容变得越来越不重要，而真理内容就愈益明显。物质内容和真理内容的表面统一瓦解了，这使得艺术批评有可能探寻作品的秘密，也就是揭示神话与摆脱神话的斗争之间的关系。寓言代表的是悲苦剧的"真理内容"。

然而，要想揭示巴罗克悲剧的真理内容，先要推翻一个继浪漫主义之后的混乱登上权力宝座的篡位者，这就是象征。古典主义在发展寓言的概

---

① 转引自理查德·沃林《瓦尔特·本雅明：救赎美学》，吴勇立、张亮译，江苏人民出版社 2008 年版，第 63 页。

念的过程中，并没有形成真正的寓言理论，同时把象征滥用了。"在艺术作品中只要'思想'的'展示'被宣布是一种象征时，这种滥用便发生了。"① 本雅明认为这种象征观念不过是与真正的观念相同的名称而已，它从来不关心世俗世界，也从不具有人的普遍情感，它将艺术作品中的理念表现理解为表象与实质的关系，并导致了现代艺术批评的荒芜。随着象征概念的世俗化，古典主义发展了与象征相对应的一个思辨概念，即寓言的概念。但是象征化的思维方式对首创的寓言式表达如此陌生，以至在寓言研究方面任何极端孤立的理论尝试都是没有价值的。歌德的那段话已经表明了这一点："诗人从一般之中寻求特殊与他在特殊之中看到一般存有很大的差别。前者产生寓言，其中，特殊仅仅用作一般的实例或例子；是诗的真正本质：是对一般不加思考的或援指的对特殊的表达。掌握了特殊之全部生命力的人也掌握了一般，而不必意识到一般，或只在最后阶段才意识到一般。"② 歌德在这里提出，寓言与象征是有区别的，前者从一般中寻求特殊，而后者从特殊中寻求一般。这有他的一定价值性，但他认为象征由于揭示了一般而比寓言具有更大的艺术价值就是错误的了。他的观点受到叔本华等人的阐发延续，如果一切艺术的目的就是交流被理解的理念，那么从概念出发而选择一件艺术品来表达一个概念时就会遭到反对。本雅明不赞成他们重视象征而轻视寓言，视象征为艺术、寓言为技巧的观点，"表达概念和表达理念"的区别正是导致象征滥用以及与寓言不分的直接结果。本雅明认为要正确理解寓言应该首先确立寓言的哲学基础。温克尔曼揭示了这一点：在不可言表的地方，在寻求表达的过程中，借助其存在的无限力量最终将从过分脆弱的凡俗形式中爆发出来。在这里所揭示的寓言的最本质的特征是：不可言表、却又寻求表达，正是在表达的过程中让艺术中所包含的内在理念借助世俗的形式而被彰显。"正是由于自然与历史奇怪的结合，寓言的表达方式才得以诞生。"③ 在历史发展进程中，本质顺从自然，内容寓于形式。如果说象征关系是关乎表象与本质的关系，并指向一个明确的总体性象征，那么正如沃林所揭示的那样，象征其

---

① 瓦尔特·本雅明：《德国悲剧的起源》，陈永国译，文化艺术出版社 2001 年版，第131 页。

② 同上书，第132 页。

③ 同上书，第137 页。

实只是一个美学范畴而不是一个现实范畴，它总是部分地隐藏在表象世界里。它永远不能实际地体现一般和特殊的统一，只有代表想象中的统一。因此，任何时间任何地点对总体性的象征要求都是绝对的意识形态；在寓言的表达方式中，客体却是不可替代的，既指向寓意，又保持客体本身；同时在不同的客体之间形成一系列的时间连续，表征着共同的理念。而越是彰显出自然与历史的分裂性，对理念的把握就越是清晰可见，历史越是屈从于自然，意义就越容易把握。"在象征中，自然被改变了的面貌在救赎之光闪现的瞬间得以揭示出来，而在寓言中，观察者所面对的历史弥留之际的面容，是僵死的原始的大地意象。"①

在现代社会中，神圣性已转向世俗，古典主义的内在和谐已经破坏，唯有寓言的经验世界仍然保持着与上帝联系的神圣关系，正是通过寓言的二律背反，鄙俗的世界既被抬高又被贬值了。在古典悲剧中，完美的个人生存可以直接体现其神圣的倾向和超越性。而巴罗克艺术与其说是作为象征的艺术，还不如说是作为寓言的技巧，只能通过无形状的碎片意象来体现。艺术对于本雅明来说是为了接近和表征理念。阐释艺术品的任务是用活生生的生命来拥抱理念。但是对理念的接近必须从对艺术作品的"实在内容"的分析开始，只有经过的事件的中介，通达作品长存的真理内容的历史性可变化的实在内容才能被理解。我们所要努力探寻的是透过现象，将现象虚幻的实在内容打碎，在重新的融合中让其真理内容自在地表征出来。只有对实在内容进行剥离，真理内容才能自在地敞现和表征。"在寓言的直观领域里，形象是个碎片，一个神秘符号。当神性的学问之光降临它身上时，它作为象征的美就蒸发掉了。总体性的虚假表象消失了。由于表象的消失，明喻也不再存在了，它所包含的宇宙也枯萎了。"②

巴罗克时代的艺术家所面对的是一个混乱不堪、残缺不全的社会，因而不可能用认同现实、与现实同步的象征去表现，而只能选择寓言。"寓言在思想领域里就如同物质领域里的废墟。"③ 历史总是不断地走向衰落，伊格尔顿指出，人类的整个发展历程本身就是一个巨大的寓言结构。"人

---

① 瓦尔特·本雅明:《德国悲剧的起源》，陈永国译，文化艺术出版社 2001 年版，第136 页。

② 同上书，第 145 页。

③ 同上书，第 146 页。

类最初是一统一体,随后发生异化,接着采取革命性的补救措施,最终在共产主义领域中实现自我恢复。难道还有什么能比这样浩大非凡的世界历史情节更具寓意的吗?"① 所以关于历史的一切,从开始就是不适时宜的、悲哀的、不成功的一切,都在那面容上——或在骷髅头上表现出来。而尽管这种事情缺乏全部"象征性的"表达自由,全部古典的匀称,和全部的人性——然而,正是这种形式才最明显地表明了人对自然的屈服,而重要的是,它不仅提出了人类生存的本质这个谜一样的问题,而且还指出了个人的生物历史性。这是寓言式地看待事物方法的核心,是把历史解作耶稣在现世的受难的巴罗克式凡俗解释的核心,其重要性仅仅在于其没落的不同阶段。意义越是重要,就越是屈从于死亡,因为死亡划出了最深邃的物质自然与意义之间参差不齐的分界线。但是,如果自然始终屈从于死亡的力量,那么,同样真实的是,它也始终是寓言式的。这一点在巴罗克艺术中明确起来。在这个意义上,现代与巴罗克时代具有了寓言发展的相似土壤。古典象征所表达的和谐理想在历史衰落的过程中将不可避免地被世俗的废墟所取代,这是巴罗克悲苦剧与现代艺术相通的契机。本雅明将寓言看作一种优于象征的、超越时代的审美形式,是一种绝对普遍性的表达方式,这与本雅明具有犹太神论的救世主义神秘性的历史观相关,本雅明把历史看作不断衰落过程的形式。它用修辞和形象表达抽象概念,而且认为这是一种观察当下世界的有机模式。在以往的批评中,批评家往往为了能够将自己主观任意的意义强加给文本,而将文本客体的自在存在有意识地忽略掉了。寓言就在于它可以不遵从以往的意识形态,并对作品可以进行任意的释义。这正是本雅明欣赏的地方。本雅明在乎的是要揭示这种任意性及其这种任意性背后的创造性。这种形式是一种生产的符号,可以保证语言生命的源远流长的重要因素。在这种符号中,真实内容的一种有形表达几乎不能从被释放的各种力量的冲突中抽取出来。这似乎又回到语词的"命名"过程。正是上帝赋予人类命名的能力,所以才能凭借语言与上帝的神圣性重新发生关系。

在巴罗克悲剧中,悲剧英雄惯用的表达语言是沉默,这也是一种完全适用他的语言。悲剧为自身发明了戏剧的艺术形式恰恰是为了表现沉默。

---

① 特里·伊格尔顿:《沃尔特·本雅明或走向革命批评》,郭国良、陆汉臻译,译林出版社2005年版,第83页。

然而，悲剧的真理内容就包含在这里，悲剧的真实所在是词语和过去的沉默，是预言的声音，拯救的声音。悲剧作品展示的是沉默，这就需要批评家的批评将其中的真理内容展现出来。"在受难英雄面前，社区学会了对词语的重视和感激，这是他的死赋予词语的——每当诗人从传奇中抽取新的意义时，词语就作为一个新的礼物在另一个地方闪射出来。悲剧的沉默，而非悲剧的悲怆精神，成为体验语言表达上升华的宝库。"① 悲剧的超越性根源其实就在于这里。然而由于象征的滥用，提取了死亡中的献祭意义和牺牲精神，而把苦难遗弃了。实际上，他的生命从死亡那里展开，死亡不是生命的终结，而是生命的形式。悲剧的沉默在悲剧环境中既显示了苦难的意义，同时也显示了这种无言的较量。

总之，寓言既不存在它努力要表现的理念自足关系中，也不存在于来自外部源泉的实现需要中，而是要根据寓言世界观的历史哲学动力学，一切意义都要通过寓言家的揭示敞亮。任何人、任何物体都可以寓指一切意义，而这个随意性由此又让它重新获得了原初语言命名的神圣性。寓言是面对现代废墟而陷于震惊的人们的一种言说方式，因而具有强烈的时代悲怆感和哀悼感。它不再以神圣之光来弥合人与自然的分裂，而将分裂作为完美的图景展示于世人眼前。在现代艺术痛苦的分裂中，寓言将推动着现代人性的觉醒，正是在这一点上，寓言式批评已经包含了革命思想的种子。当然，这也正是本雅明"寓言"的意图。

四　悲剧与革命的种子

前面我们已经提到，本雅明是一个反历史主义目的论者。对于本雅明来说，历史总是获胜者的历史，通过统治者主导的意识形态使社会综合，趋于统一。所以已有的历史解读其实都只是在现实的、占统治地位的意识形态与权力关系之中进行。本雅明尤其反对在普遍性意义上的连续性和历史的同一，因为这种连续性可以赋予历史以及历史中的压迫、统治以必然性和必要性，因为这会让他们看不到历史的变化，停留于幻象的整一性和总体性。本雅明意在通过对这种整一幻象局面的打破，认清社会的异化堕落和不公正，从而激起人们的革命救赎诉求。

---

① 瓦尔特·本雅明:《德国悲剧的起源》，陈永国译，文化艺术出版社 2001 年版，第80 页。

　　那么，如何才能唤醒压迫者的革命意识呢？本雅明认为应着重关注有关历史的苦难的记忆。如德国的悲悼剧所强调的那样，完全致力于世俗状况的绝望无助。这种救赎寓于这种命运自身的反省，而非在于神圣的救赎的计划的完成。对于本雅明来说，神圣的救赎计划不是从世俗世界内部生发出来的自觉的要求，而是从外部对世界提出的要求。正是在这样的哲学认识基础上，本雅明将批判的矛头指向了马克思的革命概念。马克思认为革命是"世界历史的火车头"，而不是胜利者历史的延续，或是一个结果。本雅明则建议我们要把革命理解成为历史火车的"急刹车"。人们有意识地静待"革命条件"的成熟。对本雅明的革命理念需要在本雅明对暴力批判中可见一斑。

　　而在本雅明看来，革命时机时时刻刻伴随着我们革命家并要善于利用每个特殊的历史时刻的革命契机来确立自己的地位。聚焦每一刻的政治契机，从而向历史的"弥赛亚"时刻复归。本雅明一生都在寻找失败与革命斗争的记忆，其目的是为了在逝者和被压迫者的记忆中找回革命精神，为现实斗争注入能量。然而，按照本雅明的历史哲学思想，要找回革命精神必须打破世俗世界的和谐幻象，以单子结构从连续性中挣脱出来。这就必须时时提醒我们苦难记忆的存在，被压迫者的历史是一个非连续性的历史，非连续性的思想永远是最真实的传统。每一次连续性到来时都会暴露出其非连续性的根基。

　　在我们目前对历史的认识中，暴力也许就是推动历史发展的外在契机和动力。本雅明却无意于以无阶级社会为目的，在正义和公正的名义下通过革命暴力的手段来解除社会的种种压迫和不平，而是追求一种出自历史自身发展的内在规律，遵循自然法则，以历史各种因素的合力和达成的协议来获得历史的非暴力性发展。暴力首先存在于手段王国，而不是目的王国。其次在现实中暴力总是被解释为在特定情况下为了达到公正目的抑或非正义目的而必须实施的手段。正义目的赋予暴力手段以合法性。这种正义却是本雅明批判的，并要致力于探讨构成暴力所构成的目的正当性问题。他区分了自然法与实证法对暴力的不同态度。自然法试图以目的的正义证明手段的正当性，而实证法却通过证实手段的正当性来保证目的的正义性。同时还批判自然法中对正义性暴力和非正义性暴力的区分，我们如何确定手段的属性，何为正当手段？何又为非正当手段？如果文明的前景允许使用的纯粹的协议手段，非暴力协议就有可能实现。礼貌、同情、息事宁人、信任以及诸如此类的一切，都是这种纯粹手段的主观先决条件。阶级斗争中呈现的两种性质罢工：一种是为了加强国家权力的罢工，国家不会丧失其力量，权力在特权阶层之间转移，这种罢工是暴力的，因为它仅仅引起对劳动条件的外部修改，在历史进程中仍然保持着与之相匹配的连续性；而另一种是为了摧毁国家权力，开启历史新纪元的罢工，这种罢工正是从历史的连续性中挣脱出来，带给人们认识上非连续性的反思维度。我们就称其为纯粹的手段，就是非暴力的。这也就是关于历史中的革命暴力，作为人类的最无瑕疵和至高无上的暴力，体现了人类对牺牲接受的心甘情愿。不过，这种对暴力正当性的强调极有可能将苦难视为正当，忽视追忆历史中的受难者。本雅明强调，历史的暴力与苦难都必然切入历史进程之中，"任何对马克思主义社会公正承诺的反思，都不会忽视在制度化现实进程名义下的苦难"。[①] 我们应该完整辩证地认识到这些。

在悲剧中，对苦难的严重忽视可以追溯到黑格尔。黑格尔只是将悲剧作为理念，通过故事来演绎。此后悲剧理论家都集中去关注冲突而忽视冲突的本质原因在于苦难的存在。本雅明则希望以摒弃对苦难和死亡的形而上学的唯心主义成分，而是运用寓言式的批评方法，将苦难和死亡客观地展现出来。这决定了他对悲剧中死亡和牺牲的重新解读。

不同于古希腊悲剧将人物的死亡与意识形态紧密结合，从而以牺牲的意义大大地冲淡了死亡的痛苦与悲伤，德国悲苦剧是把悲剧人物的苦难、绝望和死亡客观地展现出来，作为表征理念的一个个单子结构，等待着批评家重新释义。正如本雅明在后来的《历史哲学论纲》中所强调的"思维不仅包括意念的流动，而且包括意念的停止。每当思维在一个充满张力的构型中突然停止，这一构型就会受到冲击，通过这样的冲击，构型就会结晶为一个单子。历史唯物主义者只有在一个历史问题以单子的形式出现的时候才去研究它"。[②] 本雅明对悲剧死亡的深入研究导致了他从社会的本质结构中来揭示了救赎意义。本雅明认为，唯有通过死亡才能超越神话力量所控制的自然生活领域，表征生命的终结和历史的静止，人的反思维度才会在这里自然拉开。死亡代表了对人"自然

---

① 弗莱切：《记忆的承诺》，田明译，华东师范大学出版社 2009 年版，第 13 页。

② 瓦尔特·本雅明：《本雅明文选》，陈永国、马海良等译，中国社会科学出版社 1999 年版，第 413—414 页。

的"尘世生活的休止与超越,表明他已经升华到以与神圣生活相交流的状态。只有为了民族共同体在面对它所臣服的自然力和非理性主义时,高大的英雄才会决意放弃自身的人性弱点,献身于神秘的诸神,英雄由此获得救赎。也只有那种坚信尘世生活是悲惨的、亵渎神灵的和无意义的,才能够获得救赎。

因此,本雅明先在悲剧中揭示的并不是悲剧人物所为的崇高性效果,而是苦难的显现。对苦难的深刻理解使得本雅明致力于深掘出死亡的深层力量,重新阐释出死亡的真理意义。在尘世的生活中,每一个人都难逃死亡的命运。从亚里士多德开始,悲剧强调最终要以死亡的结局对他的过失进行惩罚。但本雅明却将死亡视为赎罪而不是惩罚。从神学观念出发,每个人都是犯有原罪的,而尘世中的生活过程其实就是向上帝赎罪的过程。本雅明认为悲剧的结构应该是在寓言的结构中展开和看待的。古代悲剧中的死亡是一个沉默的地带,悲剧英雄的表达方式就是沉默。本雅明揭示,在古希腊悲剧中,悲剧性的死亡具有双重意味:其一是死亡意味着献祭式的牺牲。悲剧英雄的生命正是从死亡那里展开,死亡对他不是意味着生命的终结,而是生命的形式,是悲剧的理念展开……关于悲剧式死亡的一个不经意的援指再清楚不过地将其描述为"不过从外部显示的已死的灵魂"。实际上,可以把悲剧英雄说成是没有灵魂的。"从其深邃的内在空虚之中响起了遥远的、新的神圣要求的回声,未来的世世代代就是从这个回声中学习语言的。"① 本雅明对这种牺牲的含义进行现代性阐释:"悲剧诗是以牺牲的理念为基础的。但就其受害者即英雄来说,悲剧式的牺牲不同于任何其他的牺牲,既是第一次牺牲也是最后一次牺牲。之所以最后一次,是因为这是一种向神的赎罪式牺牲,神主持一种古老的公正;之所以第一次,是因为这是一种再现性行为,它显示了民族生活的许多新方面。这些牺牲不同于旧的以生命履行的义务,就在于它们并不回指上苍的要求,而指英雄本人的生活——这些牺牲毁灭了他,因为它们与个人的意志并不相符,而只有益于尚未诞生的民族社区的生活。"② 在现代悲剧中,最后一次的牺牲指的是对旧的社会政治权力、文明束缚作偿还牺牲;第一

---

① 瓦尔特·本雅明:《德国悲剧的起源》,陈永国译,文化艺术出版社 2001 年版,第 85 页。

② 同上书,第 78 页。

次牺牲指的是，紧随着悲剧性而来的，是社会生活新的一页的翻开和启动，个体的生存也有了真实的改变。如果对牺牲的意义只是停留于这一层面，是不足以揭示死亡和苦难的真正意义。本雅明认为其二还在于悲剧性死亡结构中也有包含反抗意识产生的情节出现。本雅明重新分析了古希腊悲剧中的结构，并得出不仅在悲剧式死亡具有双重意味，这种双重权力也寓于悲剧式的苦难中。"如果用作牺牲的赎罪人物不是明确地以这种形式出现，那么，其变形就十分清楚了，在这种新类型中，情感的突发取代了英雄向死亡的屈服，这对古老的神和牺牲观念无疑是公正的，因为它显然披上了新观念的外衣。于是，死亡变成了救赎：即死亡危机。最古老的一个例子就是受害者从祭献神卜的刀下逃跑，以此取代了祭坛上的牺牲；这样，命定的受害者将绕着祭坛跑，最后抓住祭坛，祭坛就可以成为一个避难场所，愤怒之神就变成了怜悯之神，受害者也变成了神的囚徒和奴仆。这就是《俄瑞斯忒亚》的整个结构。"① 他批判了从前对悲剧中死亡结构的狭隘关注，对总体性和意识形态说教性质的绝对依赖。本雅明希望从人的内在视点来看待死亡。死亡既意味着牺牲，也意味着苦难。如果死亡意味着一个生命形态的结束，那么牺牲的过程必定是一段痛苦的心理挣扎的过程。他也不会将悲剧人物的死亡视为一个时代的结束。悲剧生命"是各种生活中唯一最内在的生命。由于这个原因，其界限总是融入死亡之中……悲剧的死亡——即终极界限——是一种永远内在的现实，与悲剧的每一个情节不可分割地交织在一起"。② 只有这样，才能显现死亡与苦难的并行，并以苦难赋予死亡以意义。悲剧中所反映的苏格拉底之死是古希腊精神历史上的一个转折点。苏格拉底之死在某种意义上就是一种赎罪行为，以一种新的正义精神而奉献生命的死亡，为一个新社区的建立做出了贡献。正是这种相似性最清楚地揭示了真正悲剧人物受难的真实意义。然而那场沉默的斗争和英雄无言的逃亡却没有受到更多的关注和释义，在柏拉图的《对话》中让位给了言语和意识的精彩展示。苦难从苏格拉底戏剧中消失了——甚至在他的哲学斗争中，这只不过是通过一系列活动的问题——英雄之死一下子变成了受难者之死。苏格拉底作为凡人敢于正视死亡，在死亡的面前充分表现着他的理性主义的勇

---

① 本雅明《德国悲剧的起源》，第 78 页。
② 同上书，第 103 页。

敢和思考,他认为死亡是外来的,他希望超越死亡,在不朽中回归自身。这种对于死亡的理性思考极可能成为后来悲剧概念的产生之因。悲剧英雄并非如此;他在死亡面前畏缩,就仿佛面对熟悉的、个人的、他本身的权力一样。尼采一直仇恨这种英雄——苏格拉底死于自愿,以无以言表的优越感和没有任何反抗地死于自愿。苏格拉底死于自愿,其本人似乎对死亡了如指掌,没有丝毫天生的畏惧,《弥留之际的苏格拉底》成了古希腊贵族青年以前从未见过的新理想。这种理想与悲剧英雄的理想有着遥远的距离。

本雅明强调英雄的精神与物质生存是悲剧过程的框架。他所要回到的正是这种悲剧性的沉默。英雄的反抗含有包含在反抗之内的这个未知的词语;这就是将其与人的傲睨神明相区别的东西。正是在这个意义上,本雅明说:“一具象征死亡的骷髅,也将成为天使的面容。”[①] 如果说在悲剧中,死亡本身包含着力量的反转以及人类反抗意识的产生,那么延伸到各种艺术中,不幸、罪恶、阴暗、忧郁也就都蕴含着一种反讽的力量,都是可以获救的契机。由此,本雅明以其敏锐的洞察力揭示出:巴罗克悲悼剧实际上就是一种寓言,君主的暴虐是寓言,绝对的邪恶也是寓言。巴罗克悲悼剧之所以值得阐述,就是因为“它从一开始就是以寓言的精神作为废墟、作为碎片而构思的”。[②] 寓言督促着人们撇开现实的假象,从这些碎片状的废墟中去寻找真正的意义:即历史的意义和总体的意义,从而把人类从堕落中拯救出来。

结　语

在马克思主义传统中,都延伸着试图通过理解对过去以解放斗争动机的形式所表现出来的不公正的记忆,从而汲取革命行动的养分和动力。卢卡奇首先发现在浪漫主义的审美因素中所包含的反资本主义的成分:这种态度表现为两个方面:一是对现代工业资本主义造成的无灵魂世界的强烈憎恨,二是对共同生活形式保持完整无缺的过去时代令人忧郁的怀旧意

---

① 瓦尔特·本雅明:《本雅明文选》,陈永国、马海良等译,中国社会科学出版社 1999 年版,第 183 页。

② 同上书,第 179 页。

识。其次，浪漫主义的怀旧意识只是对资本主义的一种批判维度，历史总是向前发展，过去已经回不去了。过去也只是在审美的光环下被想象赋予的完美；而另外一种向过去寻找力量的方式不同，它是从未来找寻到现实的颠覆性力量，面向未来，以乌托邦想象为武器，试图在过去发现与当下人的需要有关的、被遗忘的语义潜能。这正是本雅明从过去中阐释出来的"救赎"力量，也就是本雅明的寓言式批评。寓言式批评体现了本雅明在面对现实的不幸时寻求将这种不幸转变为获救契机的努力。它并不为人们描绘一个理想王国，从而使人们停留在对乌托邦的想象之中，而是通过揭露现实的异化堕落来激起人们对人类本真存在的渴求与向往。这将成为革命救赎的能量来源。寓言式批评的目标有两个：一是揭示现实的废墟面貌；二是挖掘那些被压抑的人类历史经验的意象碎片，对它们进行重构，通过一种辩证翻转，使过时之物爆发出隐藏的革命性能量。为此，本雅明以一位寓言批评家的姿态，重新为悲剧中的死亡、牺牲、苦难、邪恶等重要范畴释义，在反思与被救赎的生活领域最终建立连接。"除瓦尔特·本雅明以外，居然没有一个学者注意到自由未来与苦难记忆——一种既不能改造承诺又不能使承诺制度化的暴力——的关系。"①

　　对德国悲苦剧的重新释义是本雅明悲剧理论的最大贡献。由于对理念的强调，本雅明发现了悲剧中所隐含的邪恶理念并对之进行艺术解读。在本雅明的理解下，悲苦剧的文学类型已经远远超出了传统想象，在寓言式的批判方法的凝视下，它成了一个理念。对悲剧中所呈现的各个意念的拆碎与重组，对苦难的碎片化理解使得悲剧具有远离意识形态的能力，而由此所激发的反思才能获得对世界的真正认识。本雅明的悲剧理论让阿多诺从中得到启发，于是有了后续的"否定辩证法"。如同沃林所揭示的，随着法兰克福学派从霍克海默阶段向阿多诺阶段的过渡，《起源》最终成为后期批判理论的一个基本元素，从而获得了它在本雅明身前所不曾获得的影响力。在这个意义上，我们可以说，阿多诺的"否定辩证法"是《起源》的一个逻辑结果。鉴于戏剧幻觉具有将观众裹挟其中从而令其丧失理性判断的魔力，因此为抵制戏剧被意识形态地利用，布莱希特提出了他的"间离"理论，要求戏剧运用间离技巧，通过抽掉一个过程以让这一瞬间从戏剧叙事的连续性中凸显出来，"观众不应该与主人公发生共鸣，

---

① 弗莱切：《记忆的承诺》，田明译，华东师范大学出版社 2009 年版，第 14 页。

而是学会对于主人公的活动的环境表示惊愕"。① 学会去关心故事发生的环境，并对自己所处的环境进行史诗剧式的暴露，以作品本身的分裂来表现生活中的分裂，积极调动自身的能动性，寻找零碎部分之间的联系。它击碎了传统的亚里士多德剧在观众中唤起的"共鸣"，而激起观众的反思，这潜伏着惊醒后大众的革命活力。1928 年之后，本雅明创作了大量关于"后灵氛时代"的视觉艺术的作品，着重探讨艺术发展过程中技术发展所包含的解放潜能。在革命已不再可能的后现代，人们终于发现，像本雅明他们这些理论家正是后现代的马克思主义，他们从悲剧中援引出后现代社会中所蕴含的革命性潜在力量，并把它们揭示出来。它们让人们相信，"因为没有希望，希望才给予我们"。

如果说本雅明的悲剧理论中所包含的救赎思想还仅仅停留在唯心主义的层面，而后伊格尔顿的悲剧理论在研究方法上主要借鉴了本雅明的否定性思想，从否定性的角度进入悲剧的研究，注重悲剧中的"突转"的功能和主奴思想的辩证，揭示悲剧中替罪羊机制与阶级分析方法的内在相似性，把革命的思想嵌入作品中，从而完成了本雅明的形而上革命思想到唯物主义基础的转换。

---

① 汉娜·阿伦特编《启迪:本雅明文选》修订译本，张旭东王斑译，生活·读书·新知三联书店 2012 年版，第 161 页。

第五章

社会传统与悲剧经验:英国马克思主义与现代悲剧问题

在英国马克思主义文学批评史上,首先把马克思主义理论原创性地应用于文学领域,为英国传统的确立开辟新的生长点的,是考德威尔。其后,经过汤普森、雷蒙·威廉斯、斯图亚特·霍尔、理查德·霍加特、特里·伊格尔顿、佩里·安德森等理论家的努力,形成了将英国经验论的哲学传统和审美经验与马克思主义理论观念相融合的文化传统。他们注重运用唯物主义史观来研究具体的历史现实问题,同时颠覆了以阿诺德、利维斯等为代表的精英主义文学传统,而转向对普通人民大众及其日常生活的分析与研究。在对悲剧问题的认识上,则经由威廉斯、伊格尔顿与斯坦纳关于"悲剧消亡"问题上所进行的震惊中外的论争,由威廉斯、伊格尔顿为代表的理论家,从马克思主义的立场和方法论出发,将人类学、伦理学、精神分析和神学等相结合来研究现代悲剧,并成功地构建了具有自己独特的思想特征、问题域及其解决方式的英国马克思主义悲剧理论。威廉斯、伊格尔顿在马克思主义框架内对悲剧与现代社会中的各种文化现象之间的关系问题进行了重新思考,不仅回答了现代社会中悲剧形态和思想内涵的承续和转化问题,反驳了斯坦纳所提出的"基督教、马克思主义都是反悲剧的"激进观点,同时也为英国文学批评提供了从悲剧的角度来解读现代社会及其现代性的重要维度。

一 现代悲剧之争:英国马克思主义悲剧理论的形成背景

1961 年,英国著名理论家斯坦纳发表了著名的《悲剧之死》,在西方社会中掀起了惊天波澜。斯坦纳从历史唯物主义和社会演变的角度明确宣布悲剧已经日薄西山,奄奄一息,伟大的悲剧艺术将再也不会产生。当然,他认为悲剧消亡是个渐变的过程,从拉辛的时代开始演变为"近似悲剧"、"非悲剧",最后是彻底的消亡。总的来说,斯坦纳认为悲剧消亡的原因在于:1. 贵族(英雄)与贫民(普通人)的差别已经不重要;2. 浪漫主义时代那种人类完美性信念的结束以及救赎神话的产生;3. 以中产阶级生活为焦点的小说对带有贵族气的悲剧艺术的取代;4. 戏剧从诗体形式向散文体形式的转化。① 其后,桑塔格、奥康诺、考夫曼、格利克斯堡以及克鲁契都从不同的角度宣布了现代悲剧消亡论的观点。综观那些持"悲剧消亡论"态度的各种理论,其逻辑立场和出发点都是建立在对"悲剧"含义界定的极其狭隘性,将悲剧仅仅作为一种文学形式,却将结论建立在普遍性的层面,这种结论实在有过于武断之嫌疑。正如葛兰姆·沃德(Graham Ward)所评论的那样,"斯坦纳对当代社会中悲剧的可能性探讨是从悲剧作为一种文学形式进入的。这些阻碍了任何在哲学和神学基础上对生命悲剧态度的进一步理解。正是由于文学形式是他的出发点,所以悲剧的衰落可以被看成高层文化和严肃艺术衰落的范例"。② 而从批判理论的层面上看,这些观点和论争几乎是人们对进入现代社会后出现的新的文化形态和文化现象的反应。由于在接受中并没有做好充分准备,因此对这些新的现象出现了理解上的分歧和简单化。1964 年,威廉斯对斯坦纳提出的问题做出回应。在威廉斯的现代悲剧观的基础上,四十年后的伊格尔顿从更为宏阔的背景和文化视野对悲剧问题也做出了回应。纵观斯坦纳、威廉斯、伊格尔顿关于现代悲剧之争,其实反映出理论家在对现代悲剧的存在与消亡问题的思考中,开始从悲剧的角度来看待现代社会问题的转向。论争主要集中在这些问题:一是日常生活中的悲剧算不算悲剧?二是产生悲剧的现代根源是什么?三是如何正确看待悲剧性以及悲剧性结局?四是如何正确看待悲剧与基督教及马克思主义的关系?由于辩驳的立场、方法、观念以及出发点的不同,决定了这些理论家对现代悲剧的不同的观点和结论。

---

① G. Steiner, *The Death of Tragedy*, (London: Faber, 1961).

② Graham Ward, Steiner And Eagleton: *The Practice of Hope and the Idea of the Tragic*, Literature & Theology, 2, (June 2005), pp. 101—102.

斯坦纳在《悲剧之死》中开篇就指出,"人人都能意识到日常生活中的悲剧,但作为戏剧形式的悲剧并不是普遍的。东方艺术中也强调暴力、悲伤、自然灾难或者人为灾难的打击,日本戏剧中也充满着暴行和牺牲献祭,但这些个人痛苦以及我们称为悲剧性因素的个人英雄行为却与西方悲剧传统截然不同"。① 在斯坦纳看来,作为戏剧形式的悲剧与日常生活中的悲剧事件显然是不同的。在威廉斯的语言中是这样表述:"有人认为'日常悲剧'中不存在重要的悲剧意义。"② 其观点形成似乎是建立在这样的理念基础上:第一,事件本身不是悲剧,它通过某种被塑造的反应获得悲剧性。悲剧只存在于艺术领域,而不是生活中的问题。第二,有意义的反应取决于将事件与更为普遍的若干事实联系起来的能力。所以斯坦纳认为,日常生活中的悲剧事件,其所包含的"这些个人痛苦以及我们称为悲剧性因素的个人英雄行为"与西方悲剧传统是截然不同。日常生活中的悲剧只是偶然的,充其量只能给人带来悲伤、震惊和苦难,由于缺少普遍性的意义算不上真正的悲剧。真正的悲剧艺术如《俄瑞斯忒亚》、《哈姆莱特》、《费德尔》等,它们都是通过个人的悲剧境遇来揭示人类社会中的普遍性问题:比如由于人类对命运的认识不到而导致的命运悲剧,或者由于人类性格缺陷而导致的性格悲剧等。斯坦纳还进一步提出,并不是所有的时代都有悲剧,或者说,并不是所有时代都能写出悲剧。从古代一直到莎士比亚和拉辛的时代,悲剧成就似乎已经达到顶峰。自18世纪以降,悲剧的声音在戏剧中开始变得模糊不清了。上帝受到理性主义的威胁,随后上帝彻底死了,理性代替了上帝,悲剧被演变成"近似悲剧"、"非悲剧",悲剧也就彻底衰亡了。

"我们通过多条路径接触悲剧。"③ 威廉斯首先表明了他对悲剧概念的灵活理解。在威廉斯看来,悲剧既可以是一种直接经验,也可以是一组文学作品,悲剧既可以在日常生活层面被作为我们的共同经历而运用,也可以作为文学形式。"这两种不同含义的共存非常自然,认识它们之间的联系和区别也不困难。"④ 其次针对日常生活悲剧不会引起我们的悲剧性的

① George Steiner, *The Death of Tragedy*, New Haven & London: Yale University Press, 1996, p. 3.

② 雷蒙·威廉斯:《现代悲剧》,丁尔苏译,译林出版社2007年版,第38页。

③ 同上书,第1页。

④ 同上书,第4页。

反应,因而不存在重要的普遍的悲剧意义这一点,威廉斯进行了强烈的反驳。首先他认为我们在悲剧事件与悲剧性反应无法做出绝对的区分。事件与事件的反应是并存的,说我对某一事件没有做出反应并不等于反应不存在,其实在某种程度上说没有做出反应就是他的反应,诉诸可交流形式的反应与还没有诉诸可交流形式的反应是不一样的,也是可以区分的。威廉斯通过对日常生活中对痛苦与死亡的反应分析来回答日常生活事件能否具有悲剧性反应的可能性。在日常生活的痛苦与死亡中,当我们感受他们的哀痛、悲伤和精神的摧垮时,也就是说,当痛苦被感受到并且传递给另一个人时,我们就已经处身在悲剧中了。其次,威廉斯认为关于事件意义的普遍性要求其实一直是悲剧学术传统中的要求。威廉斯在对这个问题的追问过程中发现,所谓的悲剧传统,实际上是一种意识形态,这一传统总是习惯性地将某个事件同某种普遍性意义联系到一起,但是这种普遍性本身就应该遭到质疑。黑格尔意义的悲剧,是对日常生活中的苦难的排除,将许多组成我们社会和政治生活及其真实人际关系的痛苦排斥到了"悲剧性"之外,有意义的苦难变成了社会显贵和精英们的专利,这难道能构成永恒的真理吗?难道悲剧的定义只需要依赖于权贵的历史?为什么平民、下等人、普通人的苦难和痛苦就不能拥有悲剧性的意义呢?由此,威廉斯深刻揭示,那些不被看作悲剧的事件(比如战争、饥荒、工作、交通和政治)其实是来自我们自己文化的深层结构,这本身是理论和人的生存经验的异化。那么,如何准确地确定悲剧的真正意义呢?

威廉斯认为,悲剧的真正意义应该受到文化和历史的双重界定,"最常见的悲剧历史背景是某个重要文化全面崩溃和转型之前的那个时期。它的条件是新旧事物之间的真实冲突,即体现在制度和人们以事物的反应之中的传统信仰与人们最近所生动体验的矛盾和可能性之间的张力"[1]。新旧事物的冲突,制度、传统信仰与人们真实的体验之间矛盾的张力都可以构成悲剧的张力和冲突。而在现代社会中,对主人公的毁灭的强调,无可挽回的行动、人的孤独和死亡以及对邪恶的强调都是现代悲剧经验,我们必须从历史的角度来理解悲剧,而不再把它抽象化、普遍化。所以,我们不仅描述现代社会中的各种悲剧事件、社会的无序、人类苦难以及人们对之的极度痛苦反应,更要上升到整个人类的悲剧性经验角度来深刻地理解

---

[1]　雷蒙·威廉斯:《现代悲剧》,丁尔苏译,译林出版社 2007 年版,第 45 页。

每一个事件的悲剧性意义。威廉斯于是从对悲剧事件的完整理解重新界定悲剧的现代内涵:"悲剧不只是死亡和痛苦,它也肯定不是意外事故。悲剧也不是对死亡和痛苦的所有反应。确切地说,悲剧是一种特殊的事件,一种具有真正悲剧性并体现于漫长悲剧传统之中的特殊反应。"①

　　不同于威廉斯对悲剧传统及其历史维度的强调,伊格尔顿对悲剧的研究明显地带有非常激进的政治立场。在《甜蜜的暴力》中,伊格尔顿开篇就旗帜鲜明地提出他研究悲剧的意图:"拙著倒不是悲剧的历史研究。更确切的说,这是一部悲剧的政治研究。"② 早在《二十世纪西方文学理论》中,伊格尔顿就明确地指出对某个问题的界定时往往就是一场政治上的博弈和话语权的交锋:例如对"文学"概念的界定上。文学的不稳定并不是说是因为价值判断是"主观的",而是存在着影响我们价值判断系统的权力结构和"意识形态",在这些价值判断背后,往往会涉及某些社会群体行使和维持其统治的潜在的权力假说。同样,对"悲剧"概念的界定问题亦是如此,传统主义悲剧理论、后现代主义悲剧理论、基督教人性悲剧理论以及自由文化主义悲剧理论同样是在表达对悲剧概念的理解时意图灌注自己的意识形态。伊格尔顿则从语言上区分了悲剧与悲剧性。从"悲剧"这个词的字面意义来看,它在日常语言中的意思大致是"十分令人悲伤"。但这层意思放入悲剧艺术这个更崇高的范畴时,似乎就有了更多的意味。很多批评家认为悲剧这个词是一个美学术语而不是一个日常用语,悲剧不仅仅是苦难和悲伤,它还必须涉及人物在面对苦难时所体现出来的一种抗争性的悲剧精神。只有体现出人类悲剧精神的事件才具有悲剧性。由此我们可以看出,伊格尔顿的分析就在于强调"悲剧"其实指的是"悲剧性"。悲剧性是一个比悲剧更强势的语言,它在痛苦之外还包含着某种可怕的、能给人带来心灵震颤、目瞪口呆和恐惧、又能让我们获得振奋的力量的品质。"悲剧性"指向的是有关事物的内在的抽象意识,它是断然不能由我们对它进行定义。因为我们给某种事物下一定义时,这个定义总会在现实生活中有它一定的现实客体与它对应,而"悲剧性"并不是由现实中的若干部分组成,我们也不能用任何东西来代替

---

　　① 雷蒙·威廉斯:《现代悲剧》,丁尔苏译,译林出版社 2007 年版,第 4 页。
　　② 特里·伊格尔顿:《甜蜜的暴力》,方杰、方宸译,南京大学出版社 2007 年版,引言,第 2 页。

悲剧性,悲剧性没有所指的客体。但它可以通过事件或行为来表征。悲剧描述人的一种行为和悲剧性事件,通过这种行为,或者说以这种行为作为手段,我们才可以把握到悲剧性的性质。因此悲剧被认为是达到人们认识悲剧性的手段,而悲剧性却总是作为知识被获得的。在对悲剧的理解上,我们其实侧重的是对"悲剧性"的把握,而不是停留于对悲剧文学形式的鉴赏。而对于悲剧性的表征方式,伊格尔顿也早已指出,并不是仅仅在悲剧中存在。除了悲剧中的行为和事件,还有小说、诗歌、绘画、音乐等艺术形式都可作为表征悲剧性的东西。

　　进入现代社会,作为文学形式的悲剧确实已经衰亡或被转化,但作为美学观念的"悲剧性"却与我们更加息息相关。鉴于这些悲剧概念都包含着对痛苦的表现和体验,伊格尔顿建议采用"家族相似"的方法对悲剧进行界定,并提出了一个具有更大包容性的悲剧概念:悲剧观念,以便与现代性的悲剧性状态相对应。在伊格尔顿看来,如今的悲剧意味着的是实际发生的事情,而不是艺术品。悲剧已经成为一种日常生活的悲剧,一种悲剧观念,它体现于人的一个内在维度,并为他们的日常行为提供必要的道德标准和价值参照。"正是随着现代的开始,悲剧观念才开始超出其在这种或那种案头剧或者舞台表演中卑贱的倾向,成为凭借自身资格而存在的一种成熟哲学。"① 与其要执着于讨论悲剧的某种本质,不如论述不同方式的意义之间"家族相似"的重叠网络,通过对这一概念进行多视角的透视和分析,从而去接近概念的本质。伊格尔顿于是认为,悲剧这个概念的最基本的共同点就在于苦难的事实。也就是说,凡是以呈现人类的灾难或痛苦的经验的艺术均可以作为悲剧艺术来看待。"苦难是一种可以共享的非常强大的语言,一种许多不同的生命形态可以用来建立对话的语言。它是一种意义的公共性。"② "在异乎寻常地不增进知识的'表现痛苦或毁灭情节的所有戏剧'之外,不可能存在任何悲剧定义。"③ 因此,在伊格尔顿那里,悲剧成了一个既拥有共同的本质又具有多元化的概念。所有的悲剧理论都是对人类苦难事实的研究。而"定义越是简洁,它就越

---

　　① 特里·伊格尔顿:《甜蜜的暴力——悲剧的观念》,方杰、方宸译,南京大学出版社2007年版,第21页。

　　② 特里·伊格尔顿:《甜蜜的暴力——悲剧的观念》,方杰、方宸译,南京大学出版社2007年版,引言,第8页。

　　③ 特里·伊格尔顿:《甜蜜的暴力》,方杰、方宸译,南京大学出版社2007年版,第3页。

没有机会不经意间忽略悲剧经验的整个地带"。①

　　斯坦纳反复指出：基督教和马克思主义的形而上学在本质上是一种反悲剧的世界观。其理由在于：第一，悲剧与正义无关。悲剧与犹太教的体系是截然不同的。在犹太教的体系中，上帝是正义的化身，人类只要遵守约定，他所遭受的痛苦就会在上帝那里得到公正的补偿。所以犹太教徒能够一味地忍耐并不是荒唐的，其前提就在于他们相信忍耐背后会有一个光明前景，暂时的忍受会得到相应的补偿。斯坦纳认为，"对补偿或报偿之间的平衡强调是极端错误的"，"哪里有补偿，哪里就会有公正，就没有悲剧"。② 悲剧是无可挽回的，它不会导致正义，也不会在物质层面上让之前的痛苦获得任何补偿。《圣经》中的约伯故事不是悲剧，因为他最后获得了上帝所赐予的双倍数量的补偿。对于上帝来说，约伯的故事本质上只是一个寓言，通过先惩罚后补偿来印证自己是正义的化身而已。而俄狄浦斯却永远无法重回眼睛的光明，也无法重新登上忒拜城的王位。第二，悲剧与理性、必然性无关。犹太教的反悲剧性不仅体现在他们所强调的正义，同时还因为他们过于理性。也许是受本雅明的影响，斯坦纳强调，悲剧中所包含的必然性是一种神秘的力量，它完全处在人类的理性或正义控制范围之外，人们根本无法把握它。"在人的外部或内部，都存在一个世界的'它者'。你愿意叫它什么，它就是什么：一个隐藏的或邪恶的神，一种盲目的命运，地狱诱惑或者我们兽性血统的残忍狂暴。它埋伏在十字路口等待我们，它嘲笑我们，毁坏我们。"③ 它包围着我们，"坑骗着我们的灵魂并使之变得疯狂，或者毒害我们的意志，以至于对于我们自己及其所爱的人施行无法挽回的暴行"。④ 悲剧传统本来是建立在希腊神话的基础上，因此悲剧不可能能够精确地预测接下来会发生什么。摧毁悲剧性个体的力量既不能被理解亦不能被理性的冷静所征服。如果导致灾难的原因只是暂时的，如果冲突可以通过技术或者社会性手段得到平息，我们说这只是严肃剧，而不是悲剧。斯坦纳揶揄地嘲讽道："如此灵活的离婚法律都不能改变阿伽门农的命运；社会上的精神病疗法对于俄狄浦斯也是无效

---

① 特里·伊格尔顿：《甜蜜的暴力》，方杰、方宸译，南京大学出版社 2007 年版，第 4 页。
② George Steiner, *The Death of Tragedy*. New Haven & London：Yale University Press, 1996，p. 4.
③ Ibid.，p. 9.
④ Ibid.，p. 7.

的。但是，健全的经济关系或更好的管道设备能够解决易卜生戏剧中一些严重危机。"① 而与基督教一样，马克思主义同样是一种理性主义。在马克思主义看来，这种超自然的必然既不存在，也非神秘。它只不过是人类早期在生产力发展水平相对低下的情况下对于客观存在的自然规律一种歪曲的认识和理解而已。"必然性只有在人们无法理解的时候才会是盲目的。"② 随着社会和科学的进步，人类的科学认知水平的提高，人类完全可以认识必然，并且跨越并征服这些必然性。马克思主义否认了超自然力量的存在，这实际上从根本上否认了悲剧的存在，而陷入了天真的乐观主义。正如基督教迷恋天国终将到来一样，马克思主义也坚信共产主义一定会实现。因此，受这种天真乐观情绪的影响，马克思主义文学中的结局都是大团圆式的。比如斯大林就曾经要求所有的小说和剧作在结局上必须是快乐的，而陀思妥耶夫斯基的《恶魔》却遭到禁止。

由于历史维度的介入，威廉斯将现代基督教称为后基督教。针对斯坦纳所提出的悲剧根源产生之神秘力量，威廉斯重新考察了"神话"与"仪式"在现代社会中的转化。"我们需要澄清的是'神话'的两种不同含义：其中一种指的是英雄传说，另一种是尼采意义上超理性的精神智慧源。"③ 第一种联系在各个时期的悲剧中非常明晰，而第二种联系却是模糊的。"从现代意义上讲，古希腊和其他时期的英雄传说既不是理性的，也不是非理性的，因为它们主要被看成历史。"④ 我们注意到在威廉斯这里，悲剧的神秘性力量来源于"超理性"，而不是"非理性"。这种超理性的东西也许就存在于我们每一个个体内心深处，是我们内在的一种信仰和价值维度。所以，"事实上，在现代的悲剧观念中，'神话'和'仪式'是被当作隐喻使用的"。⑤ 如果从这个角度来思考神话的现代形态和现代性质，基督教的救赎和复活观念也就被合理化。威廉斯承认在人道主义和个人主义（特别是后者）之前，基督教世界没有什么重要的悲剧，但是在进入现代社会后，现代社会对个体的张扬与后基督教理论对个人的强调

---

① George Steiner, *The Death of Tragedy*, New Haven & London: Yale University Press, 1996, p. 8.

② Ibid., p. 4.

③ 雷蒙·威廉斯:《现代悲剧》，丁尔苏译，译林出版社 2007 年版，第 34 页。

④ 同上。

⑤ 同上书，第 35 页。

相和协，悲剧观念转化为对个人能量的释放以及对个人命运的强调，悲剧性冲突转向个人的内在心理的冲突，有个体的人受自身理想和本性的驱使，但又为现实各种条件所限制，走上了通向悲剧的悲壮行程。

从叔本华和尼采开始，悲剧的仪式化有了现代性内涵。悲剧行动的意义在于死亡和再生的循环。在不断的循环和反复中，我们自然会获得其隐含的寓意："死亡又通过哀恸和发现得到再生：旧事物的死亡即新事物的胜利。"① 如果从这个角度来理解死亡，每一种死亡都具有普遍的悲剧意义，而悲剧主人公的危机和毁灭也被视为以生命为目的的仪式性破坏和牺牲的经典性悲剧结构。因此，悲剧与革命、牺牲等意义必然地联系起来。社会的动荡不安必然带给人悲剧性的体验，这些体验会激起人的心理反应，人在这种悲剧性困境中获得了从妥协忍受到最终反抗等悲剧性体验的自然成长。所以，在现代社会中，"就其最深刻的意义而言，悲剧行动不是肯定无序状况，而是无序状况带来的经验、认识及其解决。这一行动在我们时代很普遍，而它的名称就是革命"。② 因此，马克思主义理论其实就是对一个完整悲剧行动最客观的定义。

威廉斯还主张从悲剧的角度来理解革命，并发掘出马克思主义早期革命思想本身所充满的悲剧性。按照马克思的革命思想，政治革命应该是普通的人的革命。其革命的目标是要取消劳动，并在消灭阶级的同时消灭一切阶级统治。然而，"拯救全人类"的思想由于带有解决与秩序的终极色彩，从实践的观点来看，它在现实世界中是不可能实现的，是一种革命的乌托邦。当我们将这个目标的虚幻性奉为一个普遍的真理，并孜孜不倦地去实践它时，我们的不屈不挠反而成了自己最为内在的敌人。而当我们为了普遍人性而进行革命时，我们发现我们自己已经被置于解放人的悖论中：因为我们革命的对象既不是上帝或无生命的物体，也不是简单的社会制度和形式，而是其他的人。革命的结果必然是有一部分人被剥夺了人性，这与我们进行革命的初衷不一致。从共同人性的角度方面来看，我们的革命必然也会给别人带来了痛苦。例如我们同样像处置一件物体一样地处置暴君，对他进行以牙还牙，但我们却将这种革命行动与人的解放联系在一起，这本身就是一个不折不扣的悲剧性错觉。从这种意义上说，马克

---

① 雷蒙·威廉斯：《现代悲剧》，丁尔苏译，译林出版社 2007 年版，第 35 页。

② 同上书，第 75 页。

思主义思想无疑是最具悲剧性的。

伊格尔顿不吝笔墨、滔滔不绝地数落了斯坦纳将基督教和马克思主义视为非悲剧的思想观点的极端错误性:"赞同乔治·斯泰纳的观点,相信基督教本质上是反悲剧性的是一个错误。斯泰纳犯了一个与马克思主义有关的相同的错误,原因也大致相同。因为基督教和马克思主义基本上都是让人充满希望的世界观,它们与悲剧范畴没有联系,而悲剧对于斯泰纳就是与不幸结局有关的一切。实际上,存在各种悲观类型的马克思主义,而且大多数有趣的马克思主义者,包括在某些状态下的马克思本人,一直是反决定论者,对于他们来说,没有任何特殊的历史后果是得到担保的。根据推测,基督教反马克思主义宿命论的个人自由,它在某种意义上是决定论的一种更加地道的形式:社会主义也许不会到来,但上苍之王国最终不会出现的可能性是不存在的,它的到来比工人国家的到来受到更加准确无误的操纵。无产阶级可能畏缩不前,但天意却不会如此。"① 在前面我们已经指出,伊格尔顿认为悲剧概念的最基本的共同点就在于苦难的事实,所以,不管是基督教还是马克思主义,伊格尔顿要考察的是他们对待苦难的态度。他重新解读了亚伯拉罕和耶稣的故事,并从故事的重新解读中获得对悲剧精神理解的新的含义。可以说,斯坦纳对亚伯拉罕故事的解读是站在已经知道了故事结果的基础上,从而回溯性地来把握故事的精神,在这种推理形式中,所有能够为我们所知的在我们之前已经被宣布。斯坦纳考虑问题的前提是基于亚伯拉罕必然会复活的信念上,并且完全被这种过程中必然复活的结局所吸引。他切断了悲剧的神话起源以及对结果解释的神秘性色彩,对故事精神的提取带有浓郁的黑格尔式目的论色彩。因而在他的解释框架中,亚伯拉罕的所有痛苦性折磨和受难性的煎熬都变得合理,从而大大地冲淡了悲剧性的命运和悲剧精神。然而从亚伯拉罕自己的角度,他不可能了解自己的未来,因而根本不可能知道经受折磨后的结果。正如伊格尔顿所说,"如果耶稣一边服从于被钉死在十字架上的命运一边精明地看到自己的复活——如果他小声嘀咕:'嗯,只需要在坟墓里待上三天,然后就能出来进入天堂'——那么他慈爱的天父肯定不会让

---

① 特里·伊格尔顿:《甜蜜的暴力》,方杰、方宸译,南京大学出版社 2007 年版,第41 页。

他起死回生"。① 也就是说耶稣的受难并不是等待救赎中所必经的过程，而是一种主动受难。通过对耶稣的受难和复活过程的重新思考和重新阐释，伊格尔顿应该说是真正理解了耶稣的受难和复活的真正关系，以及上帝之义的真正含义。也正是这样，悲剧才与希望②联系了起来。

"最深刻的苦难和最强烈的兴奋密切联系。"③ 悲剧既不是消极的悲观主义，也不是天真盲目的乐观主义。悲剧反对消极的悲观主义。悲剧是一种积极的悲观主义，在这种悲观主义中存在着某些非常具有颠覆性的东西。悲剧孕育崇高。人总是在受限后才能产生爆发力。伊格尔顿仔细区别了希望与天真的乐观主义：一是希望是在失败的经验基础上滋生出来的，天真的乐观主义只是单纯地希望，如果拿拉康的术语来说，那么希望是属于真实界，而天真的乐观主义只是想象界层面的盲目乐观，它是想象的，幻象的；二是希望与乐观主义对结果的期望：希望并不会满怀信心地预言好的结果，它不是对事情的结果充满信心，相反地，它是对人的意志和精神充满信心，它更经常相信人类的足智多谋和富有弹性，失败的经验让它对人类的精神和力量充满信心，因而这是对人的本质力量的肯定；而乐观主义只是在想象界的层面认为总会有好的结果后才坚持，也就是说，它的能够做到坚持的力量源泉来自它对未来好的结果的想象，因而是幻象性的，一旦要转向真实界时，就会迅速崩溃。悲剧中的乐观并不是常胜主义，而是在悲剧性的困境中与之相抗争中产生。悲剧的悖论是：人们正是通过毫不退缩地服从于自己所遭受的痛苦从而超越了它。

基督教和马克思主义其实都是让人充满希望的世界观。伊格尔顿将基督教和马克思主义放置在同一个层面上来进行探讨，认为二者在诸多方面存在着相似：一是马克思主义和基督教都关注解放，以穷人的叙述语调，认真地看待普遍生命，可是却寄希望于它潜在的转变。有人甚至将对普遍生命价值的信心看成早期基督教的一个发明。二是马克思主义和基督教二者都是悲剧性的，但是，又不是后现代主义中流行的悲观主义，二者都坚信变化的可能性，都是在对失败的承受和坚持中寄希望于改造。马克思主

----

① 特里·伊格尔顿：《悲剧、希望与乐观主义》，《马克思主义美学研究》第 11 卷第 2 期，第 20—21 页。

② 而斯坦纳在《悲剧之死》中明确地否定了悲剧与希望具有联系。

③ 特里·伊格尔顿：《耶稣：一个期待完美世界的革命者》，张良丛译，《马克思主义美学研究》第 12 卷第 1 期，第 87 页。

义是对阶级社会的一种内在批判,再生对于基督教而言涉及被钉在十字架上受难和堕入地狱。二者都寄希望于普通生命潜能的激发与激变,认为普通生命潜能的激发与激变是一种悖论性的存在。伊格尔顿强调要将这种否定性的力量安置在悲剧的中心,要与绝对的缺乏之真实界、实在界一次地狱般的遭遇。正如尼采在《权力意志》说的,虚无主义的最高价值就是对自我价值的贬低。当人绝望到虚无,辩证的逆转才可能出现,极度的贫乏和虚无可以转变成为革命主义。这种逼迫到虚无以至逆转激发出来的希望才会避免盲目的乐观主义。三是在对待希望的态度上,这两种信念拥有同样的结构。遭遇最大的不幸可是却期待着最美好事物,将罪孽或剥削看作历史的决定性条件,又比任何时候都坚信这些男男女女都比他们目前表面上更有价值和更有能力,坚信变化的可能性①。在伊格尔顿的解读下,耶稣的死亡,其实呈现的是一种革命的姿态,耶稣因而也是一个革命者的形象。

经过论争,威廉斯、伊格尔顿对悲剧的探讨确实带给理论界极大的震惊,他们使得悲剧的研究有了文化上的转向,在研究方法上与英国所擅长的文化研究相结合,并由此铺开了以悲剧与意识形态、悲剧与现代性以及悲剧与革命为线索的马克思主义研究路径和问题展开,标志着英国马克思主义悲剧理论的历史形成。

二　英国马克思主义悲剧理论的形成及其理论特征

英国马克思主义是在经验论哲学传统的基础上与马克思主义理论,特别是欧洲大陆西方马克思主义理论相结合而诞生的理论新模式。从本质上讲,英国马克思主义在思维传统上与其他国家的马克思主义理论有着明显的不同。欧洲大陆的西方马克思主义哲学主要接受的是欧洲辩证法的思维传统,强调的是一种逻辑推理的演绎过程,是一种思辨性的智性哲学;而英国马克思主义哲学接受的是英美经验主义和实证主义的思维传统,因而更讲究实证和对经验现实的文化分析。他们在研究风格上,强调从研究现

---

① 特里·伊格尔顿:《甜蜜的暴力》,方杰、方宸译,南京大学出版社 2007 年版,第42 页。

实的政治和经济结构中来建构自己的哲学思想,而非纯概念的逻辑演绎;在研究对象上,他们更关注现实政治和日常生活,注重对审美和意识形态的分析,并生发出当下社会语境中许多新的问题;在研究方法上,英国马克思主义打破了马克思主义者与非马克思主义者的界限,打破了哲学与文学、社会学、人类学、经济学等学科的壁垒,将多种研究方法兼提并用;同时又注重个案研究和文学批评,注重对具体问题的具体分析,以一种自下而上的研究眼光,以获得许多积极的历史见解。

当英国的马克思主义理论家运用马克思主义立场和研究方法来研究悲剧这个具体问题时,同样会碰撞出许多新的理论火花,呈现出英国本土化和民族性特色。

一、在吸收英国经验论的哲学传统基础上,将悲剧与日常生活经验及情感结构联系起来。

在威廉斯之前,悲剧总是被置放于抽象系统中,并把它当作绝对的东西加以传播,因而造成了概念的僵化。不管是命运悲剧、性格悲剧还是伦理悲剧,都是对悲剧丰富内涵的抽离和背离。即使是马克思恩格斯对悲剧概念的历史唯物主义式的处理,也仍然将悲剧的概念停留于文学形态范围内。威廉斯率先颠覆了利维斯精英主义式的悲剧观念,这在很大的程度上会被简单化或被恶意误用,而与普通大众的日常生活和经验紧密结合起来。他认为悲剧观念不仅存在着作为文学形态的悲剧形式,也存在着呈现为日常生活悲剧事件的悲剧观念。同时威廉斯在情感结构的框架中重新思考悲剧,认为每一时代都会有自己的情感结构,因而每一时代的悲剧都具有不可复制的特殊性。而当那个时代用以发展和维持、融合了集体与个人经验的情感结构消失之后,那种独特的悲剧意义也就随之而去,从而恢复了悲剧概念的丰富性和历史维度;伊格尔顿完全继承了威廉斯在悲剧研究上所开拓的研究思路,进一步将作为日常生活悲剧事件的悲剧观念加以拓展和延伸。伊格尔顿最大的贡献就是使作为美学观念的悲剧在西方理论界中被广泛使用,悲剧在伊格尔顿手中已经成功地被置换为"悲剧性",一种悲剧观念。因此,对悲剧的研究不能仅仅停留于对文学悲剧的分析,对悲剧性的表征形式还有现代主义、现代小说等,这为我们摆脱悲剧传统概念与当下悲剧性经验之间的对立,正确认识现代悲剧的当下形态及其转换具有重要作用。

二、将悲剧与意识形态分析联系起来,从而改变了传统对悲剧手法和效果的停留，而带向了对悲剧行动及其效果的分析。

在英国马克思主义文学批评中，威廉斯第一次将西方马克思主义中的"意识形态"引入文学批评中。鉴于资本主义意识形态的虚幻性和欺骗性，威廉斯深入地发掘出悲剧与意识形态之间的潜在关系。威廉斯揭示，当现代人们"不断地尝试将古希腊的悲剧哲学系统化，并把它作为绝对的东西加以传播"① 时，悲剧便开始在意识形态的层面上来运用了。古希腊文化的特殊性在于神话的本质，体现的是一种共同拥有的集体性经验。然而现代人对其解释并非回到古希腊的现实语境，而是想当然地抽离出一个普遍的必然性，并将它置于人类的意志力之上，将苦难与道德过失联系起来，从而要求悲剧行动要体现一种"诗学正义"。这样一来，传统的道德观就变成了一种意识形态，被强加于经验之上，以遮蔽对现实生活的认识。为了摆脱悲剧中受意识形态控制的局面，威廉斯将悲剧的分析重点从悲剧主人公的分析，变成了对悲剧行动及事件效果的分析，通过讲述过主人公发生的悲剧性事件而带给人的悲剧性反应和体验，彰显出悲剧的意义并不在于死亡，而在于死亡之后的重新分配以及悲剧体验。

对于伊格尔顿来说，意识形态的批判及其解放研究是伊格尔顿一生致力的事业。如果说《美学意识形态》是伊格尔顿从理论上通过形而上的演绎和推理，从而揭示意识形态如何通过审美的方式将意识形态与人们的日常生活联系起来，并通过人们的情感方式对人们进行垂询和塑形的过程；《甜蜜的暴力》则是伊格尔顿以悲剧为例案，具体地分析悲剧作为一种反讽，所包含的对意识形态的抵抗力。在伊格尔顿看来，悲剧所探讨的主题主要是关于冲突、挣扎、死亡等痛苦的话题。人的痛苦是让人真实感觉和真诚交流的东西，因为它们受文化的影响和操纵不是很大而拒绝同质化或同构化。只要有人的痛苦的真实存在，人类之间真实的交流便可以进行。因为人类对痛苦的反应是非历史性的。痛苦不具有交换价值，所以不适宜于某种关乎自我型塑的意识形态。如果说资本主义社会严重地剥夺了人的感性，那么，在悲剧中对痛苦的体验和生发的怜悯之情会帮助我们恢复已经钝化的感性，这是一种自发的情感反应和伦理反应。所以，我们的眼光应始终盯住社会生活中的人们的痛苦与磨难，关注我们生命的动物性、生态性向度以及人类痛苦的身体、苦难的现实和死亡。当人处于生命

---

① 雷蒙·威廉斯：《现代悲剧》，丁尔苏译，译林出版社 2007 年版，第 8 页。

的极端状态甚至死亡时，道德和伦理就会重新出现。伊格尔顿由此呼吁能够通过悲剧这种"人造形态的宗教"来对抗这个时代之庸俗。

站在对悲剧意识形态批判的角度，威廉斯和伊格尔顿分别揭示出悲剧意识形态的虚幻本质，但关注的对象和方式是不同的。威廉斯更注重从悲剧意识形态的理论逻辑上的不合理性来进行批判，他指出悲剧如果按照固定不变的人性或人性的部分特征来解释，抽离它那丰富的现实基础，那么就已经被意识形态化了；而伊格尔顿更注重从意识形态的剩余以及由此而挖掘出悲剧的反讽性意味和真理内容，从而揭示悲剧作为对人类苦难和痛苦的表述，可以与整个社会的统一幻象保持游离分裂，拒绝同质化和同构化的状态。

三、多种研究方法并用，尤其是对伦理学、神学、精神分析学、人类学等方法的巧妙结合，并使得悲剧研究具有了人类学的意味。

《现代悲剧》可以说是威廉斯将其"文化唯物主义"的理论范式作为一种研究方法在悲剧研究中的具体运用，强调悲剧的历史内涵和物质性构成；同时又运用历史社会学与文本分析相结合的方法，在对现代英国社会中的悲剧文学重新解读中，获得了悲剧的现代意义正在于对时代社会文化情感结构再现的任务，从而将一切政治、经济、历史、哲学、文化等要素巧妙地融入悲剧研究中，这不仅使得悲剧的内涵具有了文化的意味，同时也使得悲剧研究具有了社会学和政治学的意味。伊格尔顿的研究方法和研究目标与威廉斯不同。威廉斯更注重对悲剧的历史研究，以情感结构的复杂构形来呈现当代悲剧思想和形态的复杂性；伊格尔顿虽然赞同威廉斯对悲剧的复杂性分析，但他批评威廉斯的历史主义所伴随的虚无主义趋势，而转向对悲剧在历史过程中的不变性研究。伊格尔顿以人的身体为原点，要求发掘出悲剧永恒的物质性基础。在研究方法上，伊格尔顿则将人类学、神学、伦理学、精神分析学等更多研究方法融合，来研究悲剧以及悲剧在现代社会中的转换及其意义。伊格尔顿研究悲剧的最终目的在于，在资本主义高度发展的情况下，怎样找到超越和突破资本主义社会不合理性的路径。站在哲学人类学层面上，他认为应该从悲剧中所包含的情感反应及对人性的重塑中去寻找社会变革的突破点。因此他要求重新思考被阿尔都塞猛烈抨击的"人性"，认为社会的最终拯救还在于对原始人性的回归，并延伸出对社会公共性的回归。如果说威廉斯使得悲剧研究只是具有了文化社会学和文化政治学的意味，伊格尔顿却将悲剧研究真正带向了文化研究领域，并使之具有伦理学和人类学的意味。

三　悲剧与革命：英国马克思主义悲剧理论的基本问题

英国马克思主义悲剧理论始终坚持马克思主义悲剧理论的逻辑立场和发展脉络，将马恩悲剧理论所隐含的"悲剧与革命"问题进一步明晰化和体系化。英国是一个有着悠久的马克思主义革命传统的国家。早在马克思时期，马克思正是通过对英国资本主义及其斗争模式的分析和研究，才创作出影响深远的《资本论》；恩格斯则在《英国工人阶级状况》中叙述了以英国纺织工人为首的英国斗争故事。可是到了 20 世纪 60 年代初，随着国际形势的复杂化以及阶级斗争的复杂化，英国的革命传统受到了严峻的挑战。这时，英国出现了一批更年轻的马克思主义知识分子，即英国第二代新左派。他们对"英国式的社会主义"感到失望，想全面否定英国工人的革命传统。他们认为，17 世纪的英国革命实质上是一场由资产阶级领导的以宗教斗争的形式而进行的运动，是一场不彻底的运动，因为它只改变了英国社会的经济基础，而没有改变它的上层建筑，结果依旧是土地贵族在统治英国。"在英国，懒散的资产阶级产生了附属的无产阶级。它没有传承自由的冲动、革命的价值观、通用的语言。"① 但是，以威廉斯、汤普森等为代表的第一代新左派认为，英国具有悠久的革命传统，能够重新革命化，从而在未来进入社会主义。所以英国马克思主义在理论上应该与马克思主义、英国实践以及传统相结合。为此，汤普森撰写了《英国工人阶级的形成》，试图以"马克思主义"来理解英国的革命文化传统，并从社会和文化的构成方面来重新理解阶级范畴。汤普森批判正统的马克思主义完全是从生产关系的角度来认识工人阶级，强调文化的阶级斗争性，认为马克思主义的当前任务是在新的历史条件下重新确立新的革命主体。汤普森说，"工人阶级并不像太阳那样在预定的时间升起，它出现在它自身的形成中"②，工人阶级的形成应该是建立在不断演变的经验和意识之上，始终保持着变化的动态性过程，因此他使用单数的"阶级"，强调阶级经验的作用和"阶级"作为一种历史现象的存在。

① 丹尼斯·德沃金：《文化马克思主义在战后英国：历史学、新左派和文化研究的起源》，李凤丹译，人民出版社 2008 年版，第 152 页。

② 汤普森：《英国工人阶级的形成》，钱乘旦译，译林出版社 2001 年版，第 1 页。

威廉斯对"阶级"和"革命"这两个词的发展演变过程也进行了仔细的梳理。威廉斯先提出,"Class 很明显是一个难解的词,不仅是在其词义的层面上,而且是在其描述'社会分工'(social division)这个特殊意涵的复杂层面上"。① 也正因为这样,"阶级"这个词在应用过程中存在着以下几个方面的混淆不清:1. 关于"被认定的阶级意识"与"被客观衡量的阶级"两者间的关系;2. 关于阶级属性的"自我认定"与"自我归属"的不确定性。而威廉斯认为"阶级"内涵呈现于更多的复杂层面:1. group:社会或经济上的各种不同类别;2. rank:相对的社会地位;借由出身或流动所产生;3. formation:可以感知的经济关系;社会、政治与文化机构组织。② 同时,在对"革命"这个词的历史梳理中,威廉斯发现,"革命"Revolution 这个词并不仅仅在政治语境中被使用,在许多活动中,它还可以指"根本上的改变"、"根本性的新进展"等,因而他提出社会革命除了政治革命、经济革命以外,还存在着持久的文化革命形式。在《现代悲剧》中,威廉斯又明确地提出了革命的文化性定义。"就其最深刻的意义而言,悲剧行动不是肯定无序状况,而是无序状况带来的经验、认识及其解决。这一行动在我们时代很普遍,而它的名称就是革命。"③ 革命不能仅仅被看作建构和解放,对革命的最终检验在于社会活动的模式及其深层的人际关系和情感结构的变化,而不仅仅是物质生活条件的变化。因此,对于现代人来说,革命的滋养已不再是本雅明所强调的关于先人的记忆,而是现代人时时伴随的生存经验和情感结构。威廉斯深入地挖掘出作为文化革命的悲剧形式与情感结构之间的隐匿关系,并通过对悲剧文学的分析介入了他对现代革命的独特思考,将现代悲剧文学对现实的悲剧性生存状况的呈现,视为激发人们反思自我生存,为未来而抗争的文化革命形式。

与威廉斯的革命观又不同,伊格尔顿的革命观是一种静态的、否定性的革命。对于他来说,革命就是一种反讽。伊格尔顿批判了威廉斯在对待革命前景上的乐观主义态度,并仔细厘清了悲剧与希望、悲观主义和乐观

---

① 雷蒙·威廉斯:《关键词》,刘建基译,生活·读书·新知三联书店 2005 年版,第 51 页。

② 同上书,第 64 页。

③ 雷蒙·威廉斯:《现代悲剧》,丁尔苏译,译林出版社 2007 年版,第 75 页。

主义的态度。在他看来，悲剧中的希望是在否定性的镜像中被激发。悲剧中的希望并不是对好的结果的满怀信心，而是对人类的足智多谋和富有弹性的充分信任，正是失败的经验让它对人类的精神和本质力量有着更为清醒的认识。伊格尔顿同样主张从文化层面或者精神意识层面上来看待革命，通过道德意识和伦理意识与政治发生关系，并在这种潜然变化中逐渐发生政权结构和社会结构的转变。所以伊格尔顿对历史的演变带有一种文化进化论的色彩，人类社会总是从低级走向高级，但在事物的发展过程中，在他的秩序内部自我酝酿出其否定性的一面，从而使得历史总是沿着坏的一面前进，走向更高级的否定之否定一维。但他的文化进化论又不带唯心主义色彩，伊格尔顿通过对人的身体的文化考察，在人自身的结构中为历史发展规律找到了唯物主义的物质性基础。也就是说，在社会秩序内部本身就存在着推动它发展的内在驱力。这种内在驱力是伊格尔顿革命演变的希望。伊格尔顿非常看重悲剧中的"突转"和"发现"。他认为，当人绝望到虚无，辩证的逆转才可能出现，极度的贫乏和虚无可以转变成为革命主义。伊格尔顿因而转向了悲剧中的"替罪羊"人物及其机制现实意义的揭示。他认为，在这些替罪羊式的人物身上，权力与无权、神圣与亵渎、中心与边缘、疾病与健康、毒药与解药之间的界线是模糊的。因为他们已经处于社会的最底层，而"如果你不能继续跌落，那么唯一的方向就是上升"[1]，从而神奇地拥有转变的创造性力量。伊格尔顿从悲剧的替罪羊机制中，发现了阶级分析学说的新的内涵和形式，并揭示社会历史地位对革命主体形成的重要作用。

　　正是在日常生活的意义层面上，因为对社会中真实苦难和无序状态的共同关注，悲剧与革命在理论上有了联结的可能。现代悲剧作为文化革命与美学革命的形式之一，成了阐释当代现实各种重要文化现象和现代性的新视点。而英国马克思主义从悲剧中读解出革命的力量，将马克思恩格斯悲剧理论中所隐含的"悲剧与革命"主题进一步明晰化和体系化，为马克思主义及其当代意义进行了很好的辩护。他们信服地告诉我们，只要资本主义的反抗者和批判者还存在，社会主义和共产主义就一定会实现。但社会主义和共产主义的实现本身是一个悲剧性的过程，所以我们要做好充

---

　　① 特里·伊格尔顿：《甜蜜的暴力》，方杰、方宸译，南京大学出版社 2007 年版，第299 页。

分的思想准备，才能将革命进行到底。

四　英国马克思主义悲剧理论的
贡献及其理论意义

　　英国马克思主义悲剧理论是对马克思恩格斯悲剧理论的继承和发展。他们不仅解构了精英主义的悲剧传统，进一步地扩大了悲剧内涵，将马克思悲剧理论中的"悲剧与革命"问题明晰化和体系化，更重要的是，他们还为我们提供了一个从悲剧角度来理解现代性的审美批判维度。

　　关于审美现代性的研究思考一直是国内外学术界关注的热点话题。在西方，浪漫主义强调审美不同于理性、科学、哲学的独特逻辑，追求主体自由创造和表现的存在形式，开启了现代社会对审美现代性的自觉思考。而后有关审美现代性的哲学思考在多重维度上展开：既有海德格尔、列斐伏尔等对生命存在形式的思考和恢复人类诗性智慧和空间的理论诉求；又有胡塞尔等从现象学和语言哲学上寻找审美救赎的理论尝试；更有法兰克福学派对社会工具理性、异化以及资本主义意识形态的强烈批判等。然而，从浪漫主义直到后现代主义，我们发现审美现代性主要在于强调自身与启蒙现代性之间不可调和的张力，作为一种以反思性、异质性和批判文化力量存在，而忽略了对社会的建设性维度。随着资本主义发展的深入、后现代主义语境的转换以及全球化趋势的发展，后现代主义美学也已失去其理论阐释力，审美现代性应该如何转换才能超越并延续其理论活力？马克思主义美学的实践性和建设性特点使得这些理论家对于后现代主义文化状况及其超越途径有着不同的理论思考和解答模式。对于英国马克思主义理论家来说，通过悲剧来重构总体性，以达成对后现代主义美学的超越，是英国马克思主义在理论上所做出的努力尝试。

　　重构总体性，以与马克思主义有关社会主义的宏大叙事重新联结起来，也许是当下马克思主义理论家们共同致力的方向。美国的詹明信提出了"认知绘图"一说以重构总体性："在这后现代空间里，我们必须为自我及集体主体的位置重新界定，继而把进行积极奋斗的能力重新挽回。就目前的现状而言，我们参与积极行动及斗争的能力确是受到我们对空间以至社会整体的影响而消退了、中和了。倘使我们真要解除这种对空间的混淆感，我们确能发展一种具真正政治效用的后现代主义，我们必须合时地在社会和空间的层面发现及投射一种全球性的'认知绘图',并以此为我们的文化政治使命。"① 而英国马克思主义理论家则转向了悲剧。他们认为,悲剧中痛苦的身体作为表征意象和意识形态原型是一种不具有交换价值的存在,可以消弭现代社会感性与理性割裂的困境,从而对于价值体系的重建、现代主体的形成以及重构社会总体性具有重要的意义。威廉斯从人的生存经验和情感结构出发,将悲剧视为一种特殊的事件,体现于漫长悲剧传统之中的特殊反应。由于一代人有一代人的情感结构,这种情感的共通性使得他们在对悲剧事件的反应中呈现极大的相似性;伊格尔顿则将弥合感性与理性的割裂状态的希望寄托于人类身体本身。身体对苦难的痛苦感受是一种自发的情感反应,苏珊·费格称为后情感反应。所以在悲剧中根本不需要人为的介入,悲剧中的两种情感机制:怜悯和恐惧自然会让我们与剧中人物进行审美认同和情感认同,从而培养出人类内在的道德情感和美德习惯,为社会的审美性和共性重构奠定基础。英国马克思主义悲剧理论家从悲剧的角度对悲剧现代形式的反思、对悲剧与现代性的辩证思考为我们提供审视当下社会、经济、文化及艺术现象的新视角。

当然,威廉斯的悲剧理论不免带有点唯心主义之嫌。他过于强调个人经验的重要性,而忽视了对经验的共性联结。在社会发展的动力过程中,许多社会过程不是仅仅通过"个人经验"就能获得解释的②,这其中还包含着更多的复杂的动力性因素。伊格尔顿在研究悲剧时有意地去强调悲剧能带给我们的共性反应,强调要重构总体性和结构主义的研究方法,正是在对威廉斯悲剧理论缺失性认识的前提下所努力做出的理论调整。而伊格尔顿的立场又明显地带有激进主义的痕迹和黑格尔式的目的论色彩,总是将理论最终带向他的政治批评。伊格尔顿试图从悲剧中寻找理想社会主义的新的理论源泉和生长点,将希望寄托于极端痛苦之价值、人的自发的非理性的怜悯情感的产生以及爱的法则。问题是,我们真的会怜悯所有让我们感到恐惧的人和事吗?这同样注定伊格尔顿悲剧理论的唯心主义和乌托邦色彩,并不能给当前的革命性实践和社会主义实践提供真正的动力和实

---

① 詹明信:《晚期资本主义的文化逻辑》,陈清侨等译,生活·读书·新知三联书店 2013 年版,第 422 页。

② 关于这一点,在威廉斯的《政治与文学》(1979)中,都可以感觉到访谈者对他的批评。

践性指导意义。

　　然而，正如威廉斯在《现代悲剧》中所说的那样:"如果把我们称为悲剧的现代经验作为讨论现代悲剧的起点，并将其与传统的悲剧文学和理论联系起来，那可能会引起极大的震惊。"① 在"悲剧消亡论"的背景下，威廉斯通过对悲剧传统的考察，将悲剧文学、悲剧理论与悲剧经验进行合理的分离，从而剥离出悲剧文学在历史发展演变中所沉淀下来的文化经验和情感体验，并以之为出发点，将悲剧与现代社会思想合理地联系起来;伊格尔顿则仔细分析了悲剧所包括的"自由、命运、公正"，"怜悯、恐惧、快乐"等著名的悲剧命题，揭示出这些悲剧命题中的文化变动性、复杂性和丰富性，揭示革命中的牺牲与替罪羊的转换关系。威廉斯、伊格尔顿对悲剧的探讨使得悲剧的研究有了文化上的转向，在研究方法上与英国所擅长的文化研究相结合，并由此铺开了以悲剧与意识形态、悲剧与现代性以及悲剧与革命为线索的马克思主义研究路径和问题展开，标志着英国马克思主义悲剧理论的历史形成。

---

　　① 雷蒙·威廉斯:《现代悲剧》，丁尔苏译，译林出版社 2007 年版，第 4 页。

第六章

情感结构与悲剧经验:雷蒙·威廉斯的
悲剧理论与文学批评

雷蒙·威廉斯在整个英国文坛上是孤立的,他的孤立状态,部分原因正如戴维·莱恩在《马克思主义的艺术理论》中所指出的:"这样一位重要作家被孤立的状态,一部分原因只是由于,他的绝大部分著作都是以文学批评的形式产生出来的。"① 由于威廉斯的理论观点并不总是鲜明地提出,而是包含在丰富的文学批评中,理论与文学经验浑然一体,需要睿智的读者将隐含的理论观点提炼出来;一部分原因还在于他对英国文化传统的背离以及对英国文化理论和马克思主义理论的现代性重构。他以文学批评的方法不但拓展了马克思主义在英国的意义、研究视野和方法,而且努力发掘现代文化现象中的审美或文学因素对现实的参与力量,"无论是威廉斯的戏剧、小说,还是其所有的理论写作都充满着深刻的政治主题,而这些政治主题都隐匿于对人们所接受的政治话语的清理之中"②。威廉斯将文学研究与社会学、文化政治学和马克思主义结合起来,大大加强了马克思主义在现代社会的介入功能,英国理论研究也在威廉斯的影响下从文学研究成功地转向了文化研究。他的学生伊格尔顿说:"在英国,任何想要逃避威廉斯著作的压力的马克思主义批评都会发现它的著作是严重地残破和削弱。"③

雷蒙·威廉斯的悲剧理论主要体现在《现代悲剧》中。此书分为两

---

① 戴维·莱恩:《马克思主义的艺术理论》,艾晓明等译,长沙:湖南人民出版社1987年版,第180—181页。

② 刘进:《雷蒙·威廉斯与马克思主义传统》,《文艺理论研究》2011年第1期。

③ Terry Eagleton, *Criticism and Ideology*, London: Verso, 1978: 2.

个部分：第一部分主要呈现他从情感结构和生活经验出发而建构的悲剧理论，从而使悲剧大众化和社会生活化；第二部分以文学批评印证其悲剧理论构想，通过对现代悲剧文学的考察来论述悲剧理论与悲剧经验的关系。威廉斯的悲剧理论与文学批评相互呼应，最终形成了对现代社会悲剧观念转型之际的重要理论构想，为转型时期的现代悲剧观念的形成奠定了理论基础，也为马克思主义悲剧理论的延续提供了重要的理论转向。

一　情感结构与意识形态

“意识形态”概念是马克思主义关于文化尤其是关于文学和思想观念的一个重要概念，但这个概念在后来的运用过程中形成了意义的模糊性。威廉斯认为马克思主义著作中至少存在三种不同说法：（1）“意识形态”是指一定的阶级或集团所特有的信仰体系；（2）“意识形态”是指一种由错误观念或错误意识构成的幻觉性的信仰体系，这种体系同真实的或科学的知识相对立；（3）“意识形态”是指生产各种意义和观念的一般过程①。传统的马克思主义著作中主要采用第一种和第二种说法，强调意识形态的虚幻性和阶级性特点。法兰克福学派的阿多诺认为：“意识形态是社会中必要的幻象，这就意味着如果它是必要的，那么不管受到怎样的歪曲它都必须具有真理性的外观。”② 因此，揭露资本主义意识形态的虚幻本质，成了西方马克思主义理论最主要的努力方向。关于“意识形态”的第三种说法是：“意识在任何时候都只能是被意识到了的存在，而人们的存在就是他们的现实生活过程。如果在全部意识形态中，人们和他们的关系就像在照相机中一样是倒立呈像的，那种这种现象也是从人们生活的历史过程中产生的”，也就是说，意识总是社会过程中的一部分这一观点却经常遭到抹杀和隐匿：“就主旨而言，这一点实际上是马克思全部论述的要害之处，但是这一重要论点却在这个关键领域里发生迷失。”③ 鉴于

---

① Williams, Raymond, *Marxism and Literature*, New York：Oxford University Press, 1977：55.

② Theodor W., "Adorno, Aesthetic Theory", trans. C. Lenhardt, London：Routledge & Kegan Paul, 1984：331.

③ Williams, Raymond, *Marxism and Literature*, New York：Oxford University Press, 1977：60.

在主流马克思主义传统中总是存在着对马恩"意识形态"概念的第三种含义的抹杀和隐匿,威廉斯决定提出一个全新的概念:情感结构,既与意识形态相似,但包含范围和成分更大。他希望通过这一概念,将马克思主义"意识形态"中的第三种说法,即作为"意义和观念生产的一般过程"的意识形态含义凸显出来。

"情感结构"一词最早出现在威廉斯和迈克尔·奥洛姆1954年合著的《电影序言》中。情感结构被用来表达人们对一定社会文学艺术的总体感受和体验,强调作品与外部社会的有机关系:"在研究一个历史时期时,我们或多或少能够真实地再现物质生活和社会组织,并在很大程度上重构支配性的观念。在这里没有必要讨论哪些方面是决定性的……把一部作品与被观察的总体联系起来可能是非常有用的,但是,就算人们已经把它分解为孤立的部分,也还有某些找不到外在的对应部分,这是一种常识,我们在分析中必须认识到这点。这种因素就是我所称的一个时期的情感结构,只有通过对作为一个完整的艺术品的经验才能认识这种结构。"[1]在其后的《漫长的革命》中,威廉斯进一步阐述其内涵:"我想用情感结构这个词来描述它:正如'结构'一词所暗示的,它是稳固而明确,但它是在我们活动中最细微也最难触摸到的部分发挥作用的。在某种意义上,这种情感结构是一个时代的文化:它是一般组织中所有因素带来的特殊的、活的结果。"[2]很明显,这里的"情感结构"既指一个时代的整体文化,又指特定时期的文化对人们所造成的心理影响,从而以自己的方式将他们对现实生活的普遍感受和创造性反应型塑成一种新的情感结构。这样,"情感结构"就变成了具有混沌性、时代性、整体性和实践性特征的动态概念。

在《马克思主义与文学》中,威廉斯对"情感结构"的论述进一步深化,他将"意识形态"和"情感结构"分开列出以示区分。在梳理"意识形态"时,他明确指出,"意识形态"虽然与传统的形而上学划清界限而代表着一种进步,"但与此同时,完全排除了社会维度——既包含那种隐含了'人'和'世界'中的社会关系模式,又包括那种将必要的

---

[1]　Raymond Williams and Michael Orrom, *Preface to Film* [M], London: Film Drama, 1954: 21—22.

[2]　雷蒙·威廉斯:《漫长的革命》,倪伟译,上海人民出版社2013年版,第57页。

社会关系替换成形式系统（或为'心理规律'，或为作为'符号系统'的语言）的方式——却是一个深刻的、显然无法挽回的重大损失和扭曲"。①之所以要选用"情感结构"一词就是"为了强调同'世界观'或'意识形态'等更传统正规的概念的区别"，强调"一种在场的、活跃的、相互关联的实践意识"②。那么，"情感结构"与传统的"意识形态"到底有什么不同呢？

对威廉斯来说，"意识形态"这个术语已经在运用的过程中变成了抽象的、凝固不变的观念，被转化成某种过去的或凝固不动的形式。"意识形态"一词最早由18世纪末的法国哲学家特拉西提出，是一个关于"观念科学"的哲学术语，属于洛克和经验主义传统。从葛兰西的"文化霸权"到阿尔都塞的国家机器意识形态，都强调意识形态的物质性和群众基础。阿尔都塞认为，意识形态总是先于现实中的个体而存在，并将个体询唤为主体；但他过多强调意识形态对主体的询唤功能，忽视了个体的能动性。威廉斯重新挖掘了马克思的实践和实践主体理论，将意识形态介入现实生活中。他清楚地意识到，在我们的生活实践中，实际上存在着许多凝固不动的形式和事物经验。情感结构则是对当下种种现实关系的把握，强调的是在实践中活生生的被感觉的意义、价值与已经成型的抽象观念之间的张力关系。他认为，意识形态要作用于个体，它必须与每个个体的经验事实发生关系，这是一个互动的关系，并会在结合中发生变化。所以他的"情感结构"不仅仅是意识形态或个体经验，而是个体经验中的意识形态或意识形态下的经验事实。意识形态在与个体经验发生关系的同时，个体是具有选择性和能动性的。所以威廉斯的情感结构强调的是一种现时的实践意识，尤其关注在这种情感结构中正在形成的突生因素，强调各种意义和观念的生产过程。

威廉斯的"情感结构"概念往往被描述为一定社会时期的连贯的整体体验，包括一个时期的物质生活、总体社会组织、主流思想等，表达了日常生活经验中通常不易被感知的某些深层元素。一种新的情感结构的兴

---

① Williams, Raymond, *Marxism and Literature* [M], New York: Oxford University Press, 1977: 57.

② Williams, Raymond, *Marxism and Literature* [M], New York: Oxford University Press, 1977: 132.

起总是同一个阶级的崛起相关，有时又与一个阶级内部的冲突、分裂或突变紧密相关。在这个时候，构形总要表现为打破其阶级规范，或者会在那个时代的一些文化或文学现象中表现出来。所以成功的文学作品应该具体地表达那一时代的整体现实经验，使潜在的情感结构具体化、明朗化。随着大众社会体验的变迁，情感结构也会随着社会的变迁而发生变化，呈现出不同的形态。在当下的各种文学观念和形式中，本身就已经包含了一些在日常生活中被压制的东西及其模糊表达，而我们必须通过对情感结构的细致分析和完整把握，才能敏锐地抓住这一点。作为表征社会整体体验和情感结构的悲剧，也会最先反映到这种文化传统和文学形式的变化上。所以，现代悲剧的形态转变意味着时代情感结构的微妙变化，我们应该抓住反映在这些伟大作品中的为我们日常生活经验中不易被感知到的某些深层元素和动态发展，用以解释这个时代的创造性发展和潜在变化。因此，通过威廉斯对"情感结构"和"悲剧"概念的重新释义，悲剧就与"革命"的经验联系起来，并呈现为社会生活中作为文化革命的重要形式。

二 情感结构与作为文化革命形式的现代悲剧

威廉斯认为革命有三种形式：民主革命、工业革命、文化革命。文化革命最难解释但却最让我们迷失和异化，它构成了我们最重要的生存经验，并以各种复杂方式来持久地影响社会总体生活的革命形式。如果说民主革命获得了我们对政治的关注，工业革命获得了我们对经济的关注，那么套用威廉斯的话，文化革命则获得了我们对情感结构的关注。

从情感结构出发，威廉斯对文化有了重新思考。他指出，文化的定义一般有三种："理想的"、"文献式的"以及"社会的"定义。"理想的"定义根本上就是对生活或作品中的某些价值的发现和描述，而这些价值被认为构成了永恒的秩序，或是与人类的普遍状况有着永久的联系，这是一种对文化的理论抽离式研究；"文献式的"定义主要用以描述和评价思想和经验的性质、语言的各种细节以及它们活动的形式和惯例，这种分析虽然试图将作品与产生它们的特定传统和社会联系起来，但它只看到文字与绘画记录的价值，而将隐含在其中的很多日常生活的现实经验和事实领域忽略了；"社会的"定义是对一种特殊的生活方式的描述，不仅要表现和分析包含在艺术和学识中而且也包含在各种制度和日常行为中的某些意义和价值，它的分析重点还在于包含在艺术和常识中表现的社会性的思想和时代经验，不仅要将思想性作品和想象性作品与特定的传统和社会联系起来，同时还要包括那些根本不被其他文化定义重视的各种"文化"因素进行分析，包括生产组织、家庭结构、表现了或支配着社会关系的各种制度结构，以及社会成员赖以相互沟通的各种特有的形式。但这种定义同样有一定的局限性，它只把艺术和学习的整个过程当成社会性思想的简单反映形式，而没有意识作品与社会及接受者之间的互动关系①。威廉斯认为应该将这三种文化定义视为一个真正复杂的综合体，并把我们的具体研究与现实中的复杂组织联系起来，才能感受到隐含在其中的时代性情感结构，从而更好地理解社会和文化的整体发展。威廉斯对文化的重新解释使得文化的概念具有了人类学和社会学的意味。

"自法国革命以来，悲剧的观念可以被理解为对一个正在自觉经历变动的文化所做出的不同反应。悲剧的行动与历史的行动被自觉地联系起来，并因此而获得新的解释。"② 悲剧的观念和形式变革都与其背后真实的社会历史有关，可以让我们触及整个社会一些潜在的难以表白的经验，是我们当下真实的社会历史基本要素的反映，我们必须抓住它们与实际的运动和社会观念之间的联系。从情感结构出发，威廉斯主张不再将悲剧的中心拘泥于悲剧主人公的研究，而是对悲剧事件的整体把握。现代悲剧中的事件已由对资产阶级生活和社会制度的暴露，转向了对于将会破坏它的那种力量的重新发现，悲剧不再是个人及私人的悲惨命运，而是时代本身的命运、大众的命运。对事件把握的不同态度会导致不同的反应：如果我们以处身于事件的态度来看待，我们就会获得对事件的真实的悲剧性反应，而一旦我们形而上地将事件从它的历史语境中抽离出来，就会对悲剧性事件表现得无动于衷，所以要谨防将悲剧事件隔离为历史，将悲剧阐述为史诗，将社会性的悲剧经验和悲剧性的社会经验一概抹杀。

早在亚里士多德那里，对悲剧与史诗的不同就已做出了区分。史诗规模宏大，内容丰富，悲剧却以有限的事件叙述为主；史诗以歌颂民族为主，而悲剧则以歌颂人物为主。在《诗学》中，亚里士多德还特意强调在创作中不能把一堆史诗材料写成悲剧，因为"史诗展示的意义仍然是

① 雷蒙·威廉斯：《漫长的革命》，倪伟译，上海人民出版社 2013 年版，第 50—51 页。
② 雷蒙·威廉斯：《现代悲剧》，丁尔苏译，译林出版社 2007 年版，第 55 页。

普通生活所固有的,悲剧却上演所是之物(普通生活)与应是之物(当为)之间的冲突"①。这种认识未免偏颇。悲剧虽然是以有限的事件叙述为主,但它是以有限的事件来表征无限的现实经验和社会内涵。正如威廉斯所说:"革命与悲剧之间最明显的联系存在于真实的历史事件之中。革命的年代显然是暴力、变动以及普遍苦难的年代,在日常意义上把这看作悲剧是很自然的。然而,事件一旦成为历史,人们对它的看法就完全改变了。"② 当事件投入历史中,作为事件本身的悲剧性的超越意义难以体现,事件本身的意义湮没于历史的重大意义中,当悲剧变成史诗,无论多么真实却并不能感动我们。

　　把悲剧和革命全部视为人的整体行动,威廉斯对各种文学流派如"自由主义"、"自然主义"、"浪漫主义"、"社会主义"等所表征的悲剧观念、革命观念以及给人们带来的现实反应和情感结构的变化,重新进行了细致而深刻的分析。以易卜生为代表的自由主义悲剧,主要体现为自我与社会、人的欲望与社会限制、个人冲动与绝对障碍之间的悲剧性张力。自由主义的悲剧性在于:个体有着远大的理想并将之付诸实践中的冲动,但由于他远大的理想建立在绝对性的基础之上,追求一种绝对的自由和个性化表现,过分依赖个人英雄式的拯救或形而上的解决途径,这种脱离现实世界和人际关系的个体化策略,必然导致悲剧性人物的孤独性困境与隔绝,使其理想在现实中不能实现,实现自我的努力总是被推向崩溃的悲剧性结局。但自由主义悲剧观念却因此改变了永恒人性与神灵秩序之间冲突的静态社会秩序观,自由主义悲剧是以死亡的姿态表征着抗争的意义:如果连保持自我这么简单的要求都做不到,生活的意义就只能转向名誉和死亡,"一种新的意识就这样形成了:受害者活着找不到出路,但可以努力通过死亡来肯定他已经失去的身份和失落的意志"③。这导致了现代意义上的早期革命观念和悲剧观念的形成:人不满足于现状而企图改变自身处境的努力已经汇合成为推动社会进步的一部分,然而个体抗争在现存秩序中的不可能性及其精神后果又最终造成了悲剧观念与革命观念之间的尖锐

---

　　① 特里·伊格尔顿:《甜蜜的暴力——悲剧的观念》,南京大学出版社 2007 年版,第205 页。

　　② 雷蒙·威廉斯:《现代悲剧》,丁尔苏译,译林出版社 2007 年版,第 56 页。

　　③ 同上书,第 98 页。

对峙;而自然主义似乎是自由主义启蒙运动的后代,它继承了自由主义对理性的强调以及对不断扩展的自然解释和控制的信心。但自然主义把人作为受环境摆布的动物加以机械描绘,其悲剧只能是一种消极受难的悲剧,人只能忍受而无法真正地改变自己的世界,人的意志在茫茫的自然或社会物质过程中微不足道,人的命运既没有自由也得不到关心。自然主义摒弃了此前的人受控于“命运”的被动境遇却又转化为完全物化的世界,人在这样的物化世界面前只有消极等待。自然主义将启蒙运动中滋生出来的抗争精神重新抹杀,而以进化来安慰自己、麻痹社会,革命的行动成了革命的幻想。

如果说在自由主义那里悲剧与革命是对峙的,那么,在自然主义悲剧中革命则是缺席的。但紧接着的早期浪漫主义却极具解放性,甚至几乎所有的革命性语言事实上都来自浪漫主义。“浪漫主义是革命的原始冲动在现代文学中的重要表达。它塑造了一个崭新而绝对的人的形象。具有典型意义的是,它把这种超验的东西与一个理想的和人类社会联系了起来。正是在浪漫主义的文学中,人第一次被看作自己的创造者。”① 浪漫主义确立了个人的价值和地位,他们所标举的个性主义大旗第一次在理论上大放异彩。然而,由于缺乏相应的社会理论引导以及审美想象性的解决方式,浪漫主义对个性的张扬最终蜕变为主观主义,而且,当这种思想具体运用于社会批评和建构时,又不可避免地走向了虚无主义,走向革命与社会的最终分裂。自由主义革命观念陷入了社会进化和稳健改良的困境,浪漫主义使得革命走向了虚无主义和对革命的拙劣戏仿。

所以,在威廉斯的分析中,革命与悲剧有着不可逃避和亟待解决的联系。威廉斯通过对现代悲剧文学的批评分析,意在呈现一个时代的情感结构如何在悲剧的现代困境中,从妥协、崩溃、绝望、反抗发展到革命行动的形成过程。社会革命不仅仅是政治事件,而是对由此造成的流离失所和生命的陨灭等悲剧性体验的完整认识。每个时代的伟大作品应该能够呈现这种悲剧性革命经验,我们的文学批评就应该从情感结构出发,审视并诠释其中的悲剧性经验,发现其中的革命意味和对当时人们情感结构的影响,从而通过这些悲剧行动来重新构造我们的世界。对现代情感结构和悲剧经验的重塑,使威廉斯对布莱希特投以最高的热情和希望。

---

① 雷蒙·威廉斯:《现代悲剧》,丁尔苏译,译林出版社 2007 年版,第 61 页。

三　悲剧的否定与对现代情感结构
　　和悲剧经验的重塑

　　自从现代社会中弗洛伊德发现了人的潜意识深层结构，我们才发现原来每一个人都是天使与魔鬼的复杂结合体。从苏格拉底开始奉行的乐观的理性主义重又回到了对人的非理性的探讨，有关悲剧的神秘力量重新开始发生作用。威廉斯深刻地指出，一个人的善良在压力之下会转向其反面又转变回来，然后两者共存。这样一来，经验就在一个人身上得到整体概括，它不是好人与坏人的对立，而是好与坏在单独一个人身上的不同表现。这是一种现代社会看待现代人性的综合认识，进一步形成综合情感。悲剧行动的意义解读应该为每一个时代、不同的情感结构和现实经验所构造，并获得不同的悲剧性意义。如果没有理解好这个时代的情感结构，还一味地坚持过去凝固不动的理解，就会发生错觉。例如在很长一段时间内，一直以为悲剧主要讲述个体与毁灭他的力量之间的冲突，因此一直将悲剧主人公视为戏剧的中心，悲剧性就体现为主人公面对某种毁灭性的外部安排时显示出的既伟大又无助的悲剧性困境。这种对悲剧的理解只是一种孤立的理解。当现代社会形成了其特有的情感结构之后，就发现古希腊的悲剧行动根本不是源于个人而是植根于历史，透过这些个体的行动，我们了解到其背后的整个社会及其变化无常。

　　"当一个作家通过恢复历史感和未来感而恢复复杂多变的行动方式时，我们应该努力搞清楚这对戏剧意味着什么。"① 现代社会最深刻的社会危机在于个体与社会的分裂，这种个体现实与社会现实的分裂无可避免地塑造了这样的现代悲剧经验：个人与社会秩序的对峙。从社会性角度看，个体被社会权力束缚、摧残甚至在反抗社会权力的过程中遭到毁灭，这种悲剧性的意味无疑将批判矛头指向了当时的社会制度；但由于资本主义意识形态的虚伪性和复杂性，这种现代性悲剧冲突通过资本主义意识形态巧妙地被掩盖，被演化为个人悲剧，排除了一切积极的社会概念，体现为人与人之间的冷漠，只涉及"私人苦难"和"私人悲伤"的人道主义同情，而不是人与社会的对立。悲剧丧失了广度和参照，个体的悲剧性不

---

　　① 雷蒙·威廉斯:《现代悲剧》，丁尔苏译，译林出版社2007年版，第209页。

再被放置到社会的普遍层面上来理解。个人的抗争行为被弱化,个人只能在孤立无援中承认、原谅、忍耐并接受所遭受的苦难。这正体现了资本主义意识形态的隐秘性和欺骗性。然而,每一个异化的个体都是社会影响的结果,如果这种个体经验是真实的,它就一定植根于历史,一切受挫、消极的孤独、精神的崩溃甚至对生活信念的丧失,都是社会崩溃前的征兆或反应,应从总体社会中去寻找价值和解释的根源,从而恢复个人悲剧的社会维度。如果个体自我实现的欲望是强烈而迫切的,那么处于同样社会语境中的每一个个体内心深处都会有这种共同的欲望和理想,社会主义的理念和改变现存秩序的革命冲动就会重新回到现实中。

在威廉斯看来,布莱希特的悲剧实践暴露了资产阶级意识形态悲剧感受的虚假特征:"人生活在痛苦之中并不自知地把它当作生活的常态,如果偶然有人意识到了生活的痛苦那也仅限于在个人的层面体验这种痛苦而不知道追问痛苦的根源"①,这种无法知道痛苦的根源或拒绝探寻痛苦根源的麻木状态,构成了现代真正悲剧的基础。布莱希特的戏剧实验和形式变革,用他自己的话来说,并不在于解释世界,而在于改造世界。他反对演员或观众沉迷于单纯的情景幻觉,与剧中人物产生强烈的共鸣体验后丧失运用理智进行思考和评判的能力,提出了他的史诗剧和"间离"理论。他要求切断演员、舞台和观众之间的联系,提高观众的自主性和独立性,促使他们在冷静客观地探究原因的过程中,能够更好地去认识和判断世界。布莱希特的目标自然转向了对批判性的观众情感体验的重塑,追求艺术上的震撼效果。

如果说传统戏剧总是通过单个人的行动和冲突来折射世界,布莱希特改造了这一方法。在布莱希特看来,如果大家都将对社会的批判寄托于小偷和妓女,作为一个假装体面的社会的真实而令人震惊的写照,那么震撼的效果就会在一次又一次的重复中变得麻木,"我们一次又一次自觉地观看触目惊心的场面,连一个假装愤慨的人也没有"②。最终,戏剧由于完全符合观众的期待视野而成了一种靠着椅背欣赏表演的浪漫活动。这根本不是布莱希特所强调的真正的震撼。真正的超脱和真正的间离需要新的原

---

① 陈奇佳、宋晖:《革命悲剧及其局限——论雷蒙·威廉斯的悲剧观念》,《江苏社会科学》2013 年第 1 期。

② 雷蒙·威廉斯:《现代悲剧》,丁尔苏译,译林出版社 2007 年版,第 199 页。

则和新的起点。布莱希特从人性的复杂角度出发，强调变化发展中的个体，而不是抽象绝对的个体。在他笔下，人物自身总是充满矛盾，是至善和至恶的矛盾统一体。正是这种人物的双重性，"扩大了人物性格的不明确性"①，引起我们言说的欲望和理性的思考。布莱希特因此特别重视社会环境时代变化对人物命运的决定性影响，从而将戏剧与真实的社会历史联结起来，他在人物对命运的被迫服从中，让我们看到和思考社会制度的不合理性。

　　我们以布莱希特的代表作《大胆妈妈和她的孩子们》为例来进行分析。该剧创作于 1939 年，副标题是"30 年战争的一段编年史"。该剧以欧洲 30 年宗教战争为背景，讲述大胆妈妈一家在战争中的遭遇。大胆妈妈是一个追随着军队走、靠在战争期间向士兵兜售商品而谋生的女人。戏剧一开始，大胆妈妈诅咒战争，希望自己、女儿以及在军队服役的两个儿子能够熬过战争，幸存下来。极具讽刺意味的是，随着生意的红火，她的态度变了，甚至希望战争永远持续下去，而对她的孩子一个个死于战争麻木起来，根本无法将她子女的死亡与战争、社会制度联系起来。布莱希特就是要借大胆妈妈的遭遇和她身上所体现的自我的分裂，引导观众反思战争和社会制度问题。这是一个极具张力的话题。如果将大胆妈妈从背景中独立出来，我们无法了解人物自身所裹挟的复杂性及其背后的社会力量。可以说，该剧是布莱希特运用他的综合认识方法来综合考察整体行动和经验的有力尝试。选择这部作品来分析自有威廉斯的深刻用意。斯坦纳曾在《悲剧之死》中明确指出，与以往的悲剧传统相比，《大胆妈妈和她的孩子们》无论在方法、舞台技巧还是在主题上都不是真正的悲剧，而是情节剧。所以威廉斯故意选择了这部作品来重新发现其中古老而深厚的悲剧节奏。剧本将人物置于广阔的历史背景中，使人物命运与历史事件相融合。布莱希特故意使个人的经验普遍化，进而依赖非个人的判断，从而构成戏剧的张力："在一个以个人利益体系为核心而建构起来的社会中，社会联系究竟是什么。通过大胆妈妈与她的孩子们之间、她的生意与战争之间的相互作用与联系，这部戏剧揭示了在资本主义语境下，即使是家庭关系也不能从人际的维度来加以理解，而应该把家庭关系理解成是为挣钱的

---

① 斯泰恩：《现代戏剧理论与实践》（三），刘国彬等译，中国戏剧出版社 2002 年版，第729 页。

目的服务的：它究竟是挣钱的阻碍，还是挣钱的工具。"① 大胆妈妈仅从自己的生意是亏损还是盈利的角度来看待一切社会联系，所以她看不到她的损失与社会之间的联系，而观众在保持理性的审思中却产生了这样的疑问：为什么存在着反复进行战争的社会？为什么人们习惯于战争和这种社会，甚至还热衷战争？产生战争的根源是什么？需要不需要铲除它并怎样铲除它？从而直指社会制度本身。

威廉斯深刻地指出："人和历史都生动地再现于舞台，远远胜过我们在多数现代剧院里经常看到的孤立和几乎静态的行动。戏剧的发生与解读是同步的。它不是'记住这个女人的故事'，而是'观察和思考这群人的遭遇'。"②《大胆妈妈和她的孩子们》的成功在于将问题放回到现实语境和可能性发生中，从而激活了历史感，引起人们的震惊，并使得戏剧行动在空间和时间上不再孤立。在大胆妈妈身上呈现的分裂世界中的分裂自我，"已经作为情感的一种主导结构留存了下来"③。这种质疑在社会层面上衍射开来，就会形成新的悲剧感："这个人的苦难遭遇使我震撼，因为它没有必要发生。"④"没有必要发生"的情感震撼效果，其实就是悲剧中的替罪羊或牺牲效果，如同本雅明所说的："悲剧式的牺牲不同于任何其他的牺牲，既是第一次牺牲也是最后一次牺牲。之所以最后一次，是因为这是一种向神的赎罪式牺牲，神主持一种古老的公正；之所以第一次，是因为这是一种再现性行为，它显示了民族生活的许多新方面。"⑤ 由此促使观众进一步反思接下来我们该如何做才能改变这种状况，从而唤起人们致力于改造现有社会秩序、建立美好未来的革命行动。所以，悲剧是一种文化政治，它通过震撼和挑战来阐明一些不可能的、不能接受的状况，实现真正的个人体验的突破。

尽管《现代悲剧》"在威廉斯的思想发展中具有标志性的重要地位。关于历史、政治、文化、文学、社会主义等的实践和理论问题都在这本书

---

① 安哥拉·卡兰：《布莱希特论亚里士多德的悲剧美学》，《马克思主义美学研究》，2002 年。

② 雷蒙·威廉斯：《现代悲剧》，丁尔苏译，译林出版社 2007 年版，第 205 页。

③ 雷蒙·威廉斯：《现代主义政治》，阎嘉译，商务印书馆 2004 年版，第 133 页。

④ 雷蒙·威廉斯：《现代悲剧》，丁尔苏译，译林出版社 2007 年版，第 210 页。

⑤ 瓦尔特·本雅明：《德国悲剧的起源》，陈永国译，文化艺术出版社 2001 年版，第 78 页。

中得到论述"①,然而,国内学术界对威廉斯的研究主要还是集中在其文化研究、文化唯物主义及文学批评方面,对他的悲剧理论研究明显的重视不足。刘进的博士学位论文和李兆前《雷蒙·威廉斯的戏剧理论研究》只是部分提及,并未集中探讨。笔者 2008 年撰写的《论雷蒙·威廉斯的现代悲剧观》,目前还是国内对威廉斯悲剧理论进行研究的初步尝试。其后涉及该领域的人不断增多,但仍未引起足够重视。威廉斯的现代悲剧理论乃是 20 世纪下半叶最具创见的悲剧理论之一,为转型时期的现代悲剧观念的形成奠定了重要的理论基础,同时为马克思主义悲剧理论的延续提供重要的理论转向。"威廉斯之于悲剧理论的重大贡献,首先体现在其对'悲剧'概念内涵的厘定上"②,在他之前,悲剧总是被置放于抽象系统中,被当作绝对的东西加以传播,因而造成了概念的僵化。不管是命运悲剧、性格悲剧还是伦理悲剧,都是对悲剧丰富内涵的抽离和背离。威廉斯率先颠覆了利维斯精英主义式的悲剧观念,与普通大众的日常生活和经验紧密结合起来,从而恢复了悲剧概念的丰富性和历史维度。威廉斯发现,当悲剧中的仪式性人物转变为现代的主人公,悲剧人物重新具备了替罪羊属性:即"既被社会所毁灭,但同时能够拯救社会"③及其神秘转换机制。遗憾的是,威廉斯注重的是对悲剧传统及其演变过程的历史梳理,而无意于对悲剧人物的替罪羊属性及其转换机制进行深入而细致的分析。这一点带给了伊格尔顿莫大的启发,成为伊格尔顿悲剧理论中的关键词和主要延伸点。在《甜蜜的暴力》中,伊格尔顿分别对悲剧与意识形态、悲剧与现代性以及悲剧与革命三个方面作了进一步阐发,并借助悲剧中的替罪羊机制,与马克思主义理论中的阶级分析学说结合起来,对现代社会中新的社会结构和秩序变化进行了新的马克思主义分析。现代悲剧其实是人们对社会秩序及其灾难的痛苦经验和情感反应,其中已然包含了社会秩序的潜在转变和革命种子的萌芽。还是威廉斯说得好:"使革命受阻的反而是革命政权的僵化和粗暴,许多革命者因而变得冷漠。然而,也正因为他

---

① Kenneth Surin, "Raymond Williams on Tragedy and Revolution", in Cultural Materialism on Raymond Williams, edited by Christopher Prendergast, Minneapolis & London: University of Minnesota Press, 1995: 143.

② 陈奇佳、宋晖:《革命悲剧及其局限——论雷蒙·威廉斯的悲剧观念》,《江苏社会科学》2013 年第 1 期。

③ 雷蒙·威廉斯:《现代悲剧》,丁尔苏译,译林出版社 2007 年版,第 36 页。

们的斗争，革命者的后代才有了新的生活和新的情感。他们把革命看成日常生活的一部分，并以人的声音对死亡和苦难做出回应。"① 这也是威廉斯在研究现代悲剧过程中最精辟的概括和发现。

---

① 雷蒙·威廉斯:《现代悲剧》，丁尔苏译，译林出版社 2007 年版，第 211 页。

第七章

论威廉斯"情感结构"对戈德曼
"精神结构"的超越

　　自从索绪尔将语言分为先验的深层结构与经验的表层结构后，哲学上就有了结构主义的转向。列维－斯特劳斯在社会学领域、拉康在精神分析方面、福柯、罗兰·巴特、乔姆斯基、阿尔都塞等都提出了各自的结构主义理论学说。戈德曼与威廉斯也相应提出了"精神结构"和"情感结构"等重要概念。

　　不过，戈德曼所提出的"结构"概念并不同于建立在索绪尔语言学基础之上的法国结构主义概念。法国结构主义企图在文学内部建构起关于文本的深层结构模式，通过这个深层结构达到对文本的客观解释。戈德曼对结构主义持一种批判的态度，认为结构主义只关注局部事物的意义，只注重语言、符号、形式，而忽视社会、生存与价值，从而有将人的主体性降至次要地位的危险。戈德曼的"结构"具有明显的意义指向性和功能性，既研究文学作品的结构形式，亦研究组成作品结构的所有要素的相互关系及其体现的世界观。有感于戈德曼的"精神结构"概念的缺陷性，作为"教义的总和"，无法与实际分析中引以为证据的可能性意识区分开来，并与作品的实际结构和意识保持着一段距离，威廉斯提出了"情感结构"概念。"情感结构"在某种程度上试图去弥合戈德曼关于文学作品在表现一定的历史环境下作家及其他群体所拥有的共同特征之间的距离，更关注文学作为一种意识形态所包含的结构内部复杂的权力斗争，因而更具混沌性、时代性、当下性和实践性等动态性特点。本章将细致比较戈德曼与威廉斯关于"精神结构"和"情感结构"这两个概念的不同，梳理出威廉斯的"情感结构"对戈德曼的"精神结构"超越之处。正因为二者所采用的不同观念和研究方法，在戈德曼与威廉斯对悲剧的分析中，也呈现出不同的视野和特点。

一　戈德曼的"精神结构"和"世界观"

要清楚戈德曼的"精神结构"，首先必须掌握皮亚杰的结构主义。在皮亚杰 1968 年出版的《结构主义》一书中，皮亚杰是在比较并综合当代各种科学和各种形式中的结构主义的基础上，提出了他的"结构"定义。皮亚杰指出，如果从最广泛的意义上来为结构下一个定义，"结构是一个系统（system），它体现出一个系统所具有的整体法则或属性。这种整体的法则不同于这个系统的各个组成因素的法则……结构这个概念并不指任何种类的整体，也不是指一切事物与其他事物之间的联系。我们所讲的乃是由一些部分所组成的系统，这个系统呈现出一种不同于其组成部分的整体法则"①。结构包括三个特性：整体性、转变性和自身调整性，还"可以形式化的"。② 由此可以看出，皮亚杰的结构是一个动态性过程：一个整体性结构形成后，一开始呈现的是一种平衡、稳定的状态，但这种状态只是暂时的，随着事物的发展，它会进入一个"否定"过程。所以结构就一直处在形成与被构造的动态性过程中。同时，皮亚杰最大的贡献还在于他将结构主义视为一种研究方法。他说："结构主义是一种真正的方法。"

在皮亚杰发生学结构主义的基础上，戈德曼进一步进行转换和延伸，提出了"精神结构"的概念。什么是"精神结构"呢？戈德曼认为，每一个群体的成员都为同一处境所激发，并且都具有相同的倾向性。于是就会在这类似的历史语境中，形成了共同的精神结构。在《马克思主义与人文科学》中，戈德曼又一次鲜明地提出，精神结构就是那些"可能被称为构成了某个社会集团的经验意识和由作家创造出的想象世界的范畴"③。所以，"精神结构"具有鲜明的超个人性，集体性和社会性。它不是个人的现象，而是社会的现象，不是单个人的经验形成，而是某些社会

---

① 皮亚杰：《智力心理学中的发生与结构》，《儿童的心理发展》，山东教育出版社 1982 年版，第 156 页。

② 皮亚杰：《结构主义》，商务印书馆 1984 年版，第 2 页。

③ 吕西安·戈德曼：《马克思主义与人文科学》，罗国祥译，安徽文艺出版社 1989 年版，第 65 页。

集团的精神框架和有意指的结构。戈德曼明确地提出,"一个单一的个人的经验是极为短暂的和很大的局限性,不能创造出这样一种精神结构。这种精神结构只能是一群相当数量的、存于同样环境下的个人的联合行动的结果,就是说构成有特殊地位的社会集团的、长时间地集中地经历了共同问题的、并力图为寻找一个有意义的解决方法的一群人的行为的结果。这就是说,精神结构——或者用更加抽象的话来说,某种范畴的有意义结构——不是个人的现象,而是社会的现象"。① 同时,"这些精神结构,不仅在其历史演进过程中扮演着积极的角色,并且还不断地表述在其主要的哲学、艺术和文学的创作之中"。②

精神结构既然是那些"可能被称为构成了某个社会集团的经验意识和由作家创造出的想象世界的范畴",那么,作为某一社会集团成员的作家的创作行为及其作品就不可避免地会受到这种特定社会集团精神结构的影响和制约,并在其作品中表现出来,从而使得作品的意义结构与社会集团的精神结构之间建立起同构性的对应关系。所以,人的全部行为构成整个的意义结构,一切文学现象也是有意义的结构。伟大的作品并不是作者个人行为的结果,而是透过个人行为所指向的所属集体或阶级的行为体现,而这些社会集体、社会阶级的意识就表现为精神结构。我们可以借由对文学作品中的精神结构的把握,折射出那个时代的世界观。因此,一部文学作品或一部哲学著作的"客观意义",其背后所指向的集体或社会意识,或许连作家本人并不完全清楚。例如,休谟和笛卡儿都相信上帝,但是他们的哲学著作却表现为全然不可知论的和理性主义的。这就需要我们运用一种世界观的方法,来指出作品中所表征的精神结构。所以戈德曼在文学批评上不主张把文学作品与作家的生平和个性互相联系起来的传记式的研究方法,而提出一种不以文本为中心,而将作品的结构与社会集团的"精神结构"互相联系起来的替代性方法。这就是世界观。"什么是世界观?……世界观并不是直接的经验材料,相反它是理解人的思想的直接表现中那必不可少的概念的工作方法。"③"只有到建立起一种能把作品中主

---

① 吕西安·戈德曼:《马克思主义与人文科学》,安徽文艺出版社 1989 年版,第 65 页。
② 吕西安·戈德曼:《文学社会学方法论》,段毅、牛宏宝译,工人出版社 1989 年版,第 47 页。
③ 吕西安·戈德曼:《隐蔽的上帝》,蔡鸿滨译,百花文艺出版社 1998 年版,第 18 页。

要部分与偶然部分区分开的客观的、可以检验的方法时，哲学史和文学史才能成为科学的东西；另一方面，这种方法的使用和效果可以受到检验，检验的方法就是应用这种方法绝不能把那些从美学观点看来成功的作品作为非主要作品排除掉。我们觉得这种方法便是世界观的概念。"①

世界观作为一种思想形式，不是某个个人的，而是群体或集体意识的产物。"精神结构"被作家无意识地带入作品中，由于文学作品中所呈现出来的意义结构与某些社会集团的精神结构的同构关系，所以作家不一定会意识到，必须通过理性的反思和批评，作为读者的我们是可以将它们指出来。戈德曼举了人研究自己的发怒的悖论。我发怒时我不能研究，当发怒本身成为研究对象，怒气已经不在了。也就是说，仅仅在个人范围内并不能对现象做出合理的解释，只有在更大的"精神结构"中意义才能得到澄清。"精神结构"因而具有了实践性、理论性和情感性特点，作为一种研究方法运用于对文学作品的理解和解释中，即世界观。如果说，社会的精神结构是一种客观的可以作为考察对象的存在的话，那么，戈德曼的世界观则可看作抵达这个存在的路径和方法。戈德曼特别强调，一部作品只有被置于历史演变的整体中，把作品与整个社会生活联系起来，特别是通过分析各个社会阶级的历史作用，才能从中得出客观意义，消除了其中的一切武断、思辨和形而上学的性质。因此，在对社会生活与思想创造之间的基本关系所做的分析中，我们关心的并不是人类现实这两个领域的内容，而在于精神结构。

从戈德曼的"精神结构"探讨中，我们可以见出，戈德曼始终是落脚在结构上。这种作为研究方法的"精神结构"一方面能把作品中的主要部分与偶然部分区分开来；另一方面也有效地解释作品的客观意义与作家创作的主观意图不相一致的现象。但是，正如伊格尔顿指出的那样，戈德曼只是研究了精神结构如何历史地产生，这显然只注意了问题的一个方面。戈德曼将从卢卡奇那里汲取的某些宏观分析的概念，如总体性、世界观、形式、超个人主体和可能意识以及对象化意识等，赋予一系列更加积极和人类学的意义，希望将卢卡奇哲学上所描述的方法转变为方法论上的原型从而证明具有很强的功能性，而非意识形态。然而戈德曼"精神结构"研究方法最终无法说明语言的确切作用，也跳不出他所批判的卢卡

---

① 吕西安·戈德曼：《隐蔽的上帝》，蔡鸿滨译，百花文艺出版社 1998 年版，第 18 页。

奇的形而上框架,同样存在着将人物用绝对的抽象来生搬硬套到活生生的经验现实中的观念化危险。而且,既然社会的精神结构必须通过人物表现出来,然则有些人物只存在于剧本文本中,如高高在上的隐蔽的上帝,那他又如何地体现现实社会中的精神结构呢?无怪乎托尼·本尼特将卢卡奇和吕西安·戈德曼放在一起进行指责,指责他俩对悲剧作品的分析方法,认为其"分析的最终形式迹象是非常直截了当的,并还原了文学作品和特定社会群体以及阶级的价值之间的联系。所以,他们没考虑到个人作品和广阔的社会发展的关系是双管齐下的,经由文学系统的组织以及它在活跃于文化生产领域中的代理人和制度之中的地位所影响"。①

二　威廉斯的"情感结构"②

　　1971 年,威廉斯在《新左派评论》中发表《文学和社会学:纪念吕西安·戈德曼》一文。他在该文中指出:"通常被提炼为世界观的东西,实际上是教义的总和,它们比当时的人们所设想的更有组织,更为一致。我无法将它与戈德曼在实际分析中引以为证据的可能性意识区分开来。此外,我以为,无论是世界观还是可能性意识,经常与作品的实际结构和意识有一段距离,针对这种距离感,我提出了情感结构概念。"③ 在威廉斯看来,无论是世界观还是可能性意识,与作品的实际结构和意识总存在着一段距离。这是因为,"在大多数的描述与分析之中,文化和社会在习惯上总被表达成过去时态。认识人类文化活动的最大障碍在于,把握从经验

---

　　①　托尼·本尼特:《形式主义和马克思主义》,曾军等译,河南大学出版社 2011 年版,第175 页。

　　②　关于"structures of feeling"的译法,目前在中国存在着两种,一种是"情感结构",例如汪民安主编的《文化研究关键词》,阎嘉教授的这一译法也直接影响了他的学生刘进,他在关于威廉斯的研究专著中沿用了这种翻译;此外,《西方文论关键词》中,赵国新也将其翻译成"情感结构",他的《新左派的文化政治:雷蒙·威廉斯的文化理论》一书亦沿用了这一译法。另一种译法是"感觉结构",这一译法见于付德根的博士学位论文以及论文《感觉结构概说》中,此外,王尔勃翻译的《马克思主义与文学》也采用了这种译法。我在这里采用的是第一种译法。

　　③　转引自周刊《雷蒙·威廉斯的情感结构与几个相关概念的比较研究》,《社会科学论坛》2010 年第 4 期。

到完成了的产物这一直接的、经常性的转化过程相当困难"。① 世界观、可能性意识，当我们对它们进行研究之后概括和表述出来时，就已经是过去时态中的意识了。"在这种设定中，我们现在仍然能动地参与其中的那些关系、习俗机构、构型等，都被这种程序上的模式转化成各种业已形成的整体，而不是尚在产生和形成中的过程。"② 现在只能以一些凝固不变的、可见的形式存在着，而生动的现时在场（显现）却总处于消隐的状态中。所以，如何把握从那些从经验到完成了的产物这一直接的、经常性的转化过程，这才是威廉斯所关注的问题和重点。

威廉斯对情感结构（structures of feeling）与经验结构（structures of experience）进行了仔细的甄选。"经验结构"这个说法虽说更好也更广泛，但也有个问题，"这个语汇的意义之一呈现出过去时态，而要认识正在被定义的社会经验领域，这种过去时态就成了最主要的障碍"。③ 可见，威廉斯虽然想表达经验和感觉的意思，但是却非常排斥"experience"一词所包含的已经完成的或已经成型的意思。当人类的文化活动被当作已完成的文化产品，生动复杂的文化活动就变得观念化、简单化，并导致个人与社会、文化与社会的割裂，文化活动过程中的复杂性、内在的冲突性得不到相应的认识。而他之所以采用"feeling"一词正在于突出其随时变化的特性以区别于经验。同时，这种现时在场的，处于活跃着的、正相互关联着的连续性之中的实践意识就被威廉斯冠以"结构"，是"一套有着种种特定的内部关系——既相互联结又彼此紧张的关系的'结构'"④，这种结构总显示出它的新兴性、联结性和主导性等特征。

"情感结构"最早是威廉斯在《电影序言》（1954）里提出了这个术语。在这本书中，威廉斯强调："情感结构……深深地埋置于我们的生活之中；它不能被简单地提炼和概括；它或许只能存在于可以作为一种整体经验被认识和交流的艺术中，而这就是艺术的重要性。"⑤ 情感结构是人们通过艺术作品中所表达和呈现出来的总体体验和感受，与外部社会构成

---

① 雷蒙·威廉斯：《马克思主义与文学》，王尔勃、周莉译，河南大学出版社2008年版，第136页。

② 同上。

③ 同上书，第141页。

④ 同上。

⑤ John Higgins, ed. , *Raymond Williams Reader*, *Wiley* Blackwell, 2001, p.40.

有机关系，因此，"在研究一个历史时期时，我们或多或少能够真实地再现物质生活和社会组织，并在很大程度上重构支配性的观念……这种因素就是我所称的一个时期的感觉结构，只有通过对作为一个完整的艺术品的经验才能认识这种结构"。① 在这里，我们还能够明显地看到卢卡奇和戈德曼的总体性痕迹。不过"情感结构"这个术语又提醒着我们，艺术作品中的世界所呈现的是一种复杂而活跃的当下经验，而不是简单的思想观念或生活方式。

威廉斯发现，文化过程中大量的"实际经验"往往既不是特征也不是模式，它们往往被这种抽象的总体性所遮蔽。为了摆脱总体性分析的抽象性和"粗糙"，实现对文化过程中各种复杂的实际经验的分析，因此，在其后的《漫长的革命》中，威廉斯在他的总体性文化观念基础上进一步阐述"情感结构"内涵："我想用感觉结构这个词来描述它：正如'结构'一词所暗示的，它是稳固而明确，但它是在我们活动中最细微也最难触摸到的部分发挥作用的。在某种意义上，这种感觉结构是一个时代的文化：它是一般组织中所有因素带来的特殊的、活的结果。"② 这里威廉斯强调"结构"的稳固性，但要求在我们活动中最细微也最难触摸到的部分发挥作用的，突出其对随时变化的情感和经验，这也就注定了其修辞上无法消弭的矛盾。

在《马克思主义与文学》中，由于提出了任何一个时代都同时存在着"主流文化"（thedominant culture）、"残余文化"（theresidual culture）和"新兴文化"（theemergent culture）三种文化形态的理论假设，威廉斯认为要在这种动态结构中分析文化，必须进一步丰富"情感结构"这个概念的内涵。为此，在《马克思主义与文学》一书中，威廉斯特意列出一节对"情感结构"进行了系统的理论阐述，突出其中的抵制因素和革命性功能。威廉斯指出，在对审美经验重视的基础上，威廉斯将文化分为主导的、残余的和新兴的文化三种。主导文化是指在社会发展的某一时刻占统治地位的文化，它往往符合统治阶级的意识形态和利益，服务于巩固统治阶级的政权的目的。"残余文化"指的是"有效地形成于过去，但却

① Raymond Williams and Michael Orrom, *Preface to Film*, London: Film Drama, 1954, pp. 21—22.

② 雷蒙·威廉斯：《漫长的革命》，倪伟译，上海人民出版社 2013 年版，第 57 页。

一直活跃在文化过程中的事物"①。威廉斯特意强调"残余"与"古旧"的区别。"古旧"事物要求人们以一种审慎的特殊方式加以研究和考察，甚至有意让它"复活"。而"残余"则是有效地形成于过去，但却一起活跃在文化过程中的事物。不仅是过去的某种因素，同时也是现在的有效因素，是一些无法以主导文化形式加以表达和确认，却依然能在以前存留下来的社会的和文化的基础上得以保存并运用的经验、意义和价值。威廉斯非常强调残余的这种位置，这种位置使残余同主导文化处在相互取代甚至彼此对立的关系中。但主流文化为了自身的利益，必须通过重新解释、冲淡弱化、设计生成、辨别取舍等方式来完成对残余文化的收编，同时也有一些能动的残余可以抵御住收编过程的诸多压力而保持不变。"新兴文化"指的是新的意义、价值、新的实践、新的关系及关系类型。这些新兴文化因素的出现往往是与新兴阶级的形成、新的阶级意识的觉醒、新的文化构成因素联系在一起的。这些新兴的因素一旦出现，主流文化便开始试图收编它，而对于那些被排斥的因素则斥其为个体的、私人的东西。然而正是通过被主导社会秩序的否定、排斥、压制或漠视，"那些被排斥的领域才——得以表述，因为被主导有效地占据的那些领域其实是社会为了进行统治而确定的"②。新兴文化最终要决定性地依赖于找到新形式或找到对形式的适应方式，所以威廉斯从新兴文化的角度来进一步理解"情感结构"："新的一代人将有自己的情感结构，他们的情感结构好像并非'来自'什么地方……变化的组织产生于有机体中：新的一代人将会以自身的方式对他们所继承的独特世界做出反应，吸收许多可追溯的连续性，再生产可被单独描述的组织的许多内容，可是却以某些不同的方式感觉他们的全部生活，将他们的创造性反应塑造成一种新的情感结构。""情感结构""被定义为溶解流动中的社会经验，被定义为同那些已经沉淀出来的、更加明显可见的、更为直接可用的社会意义构型迥然有别的东西"③。一种新的情感结构的兴起总是同一个阶级的崛起相关，有时又与一个阶级内部的冲突、分裂或突变紧密相关。正是在艺术中，整体的现实经验、支

---

① 雷蒙·威廉斯：《马克思主义与文学》，王尔勃、周莉译，河南大学出版社 2008 年版，第 130 页。

② 同上书，第 134 页。

③ 同上书，第 143 页。

配性的情感结构的影响才得以呈现和认识。

综上分析，威廉斯对"情感结构"的强调，从强调直接经验、强调一代人共有的精神面貌和伦理价值，到对资本主义文化霸权的揭露与批判，以至把革命与新兴文化因素的兴起的联结，生动地反映了威廉斯在不同的时期威廉斯对"情感结构"的不同意指，也印证了威廉斯对社会生活经验的重视。不过威廉斯对社会生活经验的重视也招来了他的学生伊格尔顿对他经验主义味道过重的指责。

三　悲剧的分析：作为一种研究方法的精神结构和情感结构

戈德曼和威廉斯都将他们的结构观念作为一种研究方法运用于悲剧分析中。戈德曼在《隐蔽的上帝》序言中鲜明地提出："本书的中心思想是：人的行为始终构成全面的意义结构，这样的结构同时具有实践性、理论性和情感性，并且只有从接受某一系列社会准则基础上的实践的角度，才能对这种结构进行实际有效的研究，也就是说才能同时解释它和理解它。"① 戈德曼在这里区别了两个词：解释和理解，而"同时"一词又体现了这两个词的联系。在戈德曼看来，理解阐明就是一种思想的意义，阐明各种思想潮流和使这些潮流和使这些潮流得以产生和发展的具体历史形势之间的关系，以及它们的哲学或文学表现形式；而"解释"是寻求思想的真实的价值，是将这种"有意义的结构"纳入一个更广泛的结构中进行认识，阐明这种"有意义的结构"有价值的要素及其局限和不足。简而言之，理解主要针对的是作品本身，而解释则是把作品放在一个更为宏大的社会历史背景之中，确立其在特定时代现实中的社会地位与功能性价值。因此，他把这两个过程视为在分析和把握事物的意义结构时的两个互补的认识过程。

《隐蔽的上帝》是戈德曼意图借助对帕斯卡尔的《思想录》以及拉辛的悲剧作品中"精神结构"的揭示，揭示他自己所处时代的悲剧观。他认为在 17 世纪法国穿袍贵族和冉森教派运动、帕斯卡尔的《思想录》以及拉辛的悲剧作品中，都存在共同的精神结构，即"悲剧观"。它包括三

① 吕西安·戈德曼：《隐蔽的上帝》，蔡鸿滨译，百花文艺出版社 1998 年版，作者序言。

个组成要素，即上帝、世界和人，它们相互依存并与悲剧意识相应，形成一个完整的范畴构架。而从"精神结构"和"世界观"出发，他认为要阐释帕斯卡的《思想录》和拉辛悲剧作品中的悲剧结构，还必须结合17世纪法国穿袍贵族和冉森教派运动来考察，这样才能阐述出其客观结构意义。阐释帕斯卡的《思想录》和拉辛悲剧的悲剧结构是一个理解过程；将二者置入极端冉森主义（Jansenism）进行考察，理解它们与冉森派思想结构的关系，则是对帕斯卡和拉辛著作的解释过程。戈德曼意欲借助对帕斯卡尔、拉辛悲剧观的研究，以表征他自己这个时代的悲剧观，同时又结合黑格尔、歌德以及马克思的著作来寻求对悲剧状态的超越之途。

　　戈德曼认为研究帕斯卡尔的《思想录》应该采取反论或者辩证的思想。"凡是尝试着理解它而不采用悲剧观点或辩证观点的人，都为其中自相矛盾的形式感到头痛。"[①] 帕斯卡尔撰写《思想录》时已步入晚年，正是哲学的理性主义及其科学的机械论的全面胜利之时。帕斯卡尔意识到理性主义和自然科学的局限性，也意识到人的唯一真正伟大之处在于意识到自己的局限和弱点。在这种情况下，如果没有信仰，理性就不足以认识最小的自然界事物，如果没有打赌的理性态度，信仰就不能有效地进入人类生活当中。而"打赌"方式在冉森派教徒与帕斯卡尔之间也体现着不同。巴尔科斯说："上帝并没有向你透露关于让你得救还是罚入地狱的秘密。那么，你为什么宁肯等待着他的正义的惩罚，而不期待他的仁慈的恩典呢？"[②] 在这个赌约中，人们在不知道是否被弃绝的情况下，就自己的救赎来打赌，这是一种不确定，将所有的希望寄托于上帝。在这个赌约上，上帝的存在是毫无疑义的，个人的得救才是不确定的和被希望的。因此与帕斯卡尔相比，它更接近浮士德与魔鬼的契约。帕斯卡尔把不确定性和反论一直扩展到在人的心灵中极为敏感的上帝本身，上帝的存在对人来说既是确定的同时又是不确定的，既存在又不在，既是希望又是危险，所以他是在巴尔科斯的"否"上加上一个"是"，在拒绝不完善的世界上加上在世俗社会内追求真正的社会准则。浮士德吞服毒药时最终领悟到这样的哲理："尽管对他来说已经不能回到古旧过时、但在人民当中依然存在的宗

---

① 吕西安·戈德曼：《隐蔽的上帝》，蔡鸿滨译，百花文艺出版社1998年版，第280页。

② 转引自吕西安·戈德曼《隐蔽的上帝》，蔡鸿滨译，百花文艺出版社1998年版，第438页。

教，但通过复活节的钟声，他仍然感到一种超然存在的呼唤，听到他应当而且通过独特的新方法能够达到的上帝的呼唤，这样的方法将把人民的宗教和启蒙的理性主义，把毫不退让的彻底批判思想和不可动摇的深刻信仰同时融合在一起，并且超越它们。"① 这就是辩证思想，也是戈德曼从辩证思想出发所领悟到的帕斯卡尔的悲剧世界观。这些观点也直接启发了伊格尔顿对亚伯拉罕故事的重新解读，这在后面阐述伊格尔顿的悲剧理论章节时会具体涉及。

戈德曼因此将帕斯卡尔的《思想录》看作从理性主义到辩证思想的转变。对于辩证思想来说，整个现实或者说只有人类的现实才是生气勃勃的整体，这个整体通过周期性的进步向前发展，而发展是由正题到反题，又从反题到合题，合题又把这两者结合起来并超越它们这样一种质的冲突和转变而实现的。但帕斯卡尔的思想性质基本上是静止的、悲剧性的和自相矛盾的，因此它又与辩证法脱离。之所以是静止的，是因为帕斯卡尔认为人类生存的时代没有取得进步的任何希望；所以是自相矛盾的，因为帕斯卡尔思想把整个现实设想为对立物的冲突和对立，既对立同时又不可分开的正是和反题的冲突和对立，而在物质世界里毫无希望能减弱其不可克服性；之所以是悲剧性的，因为人既不能避免也不能接受反论，人所以成为人，只是因为他在肯定合题的实际可能的情况下，把合题作为自己生存的中心，同时又一直注意这样的肯定不会避开反论，他即使有可能达到最绝对、最有力的确信，这种确信也不是属于理性范畴或直接即时的直觉范畴的，而是一种不肯定的、实践的（康德语）确信，一种心灵上的确信，一种假定，一种打赌。② 戈德曼看到无论是在自然界还是在战斗教会里，在理性和启示这两个方面，不确定性就是整个人生的特点。正是在这个意义上，巴尔科斯的打赌的彻底性远逊于帕斯卡尔。"因为巴尔科斯从来认为信仰和传统不需要丝毫的理性的支撑。帕斯卡尔超过了他，甚至也超越了奥古斯丁……从而在哲学思想史上开始一个新的篇章。"③

从悲剧观出发，戈德曼将拉辛的悲剧作品分为两种：一种是"没有突变和发现"的悲剧，另一种是有"突变"和"发现"的悲剧。在"没

---

① 吕西安·戈德曼：《隐蔽的上帝》，蔡鸿滨译，百花文艺出版社 1998 年版，第 251 页。

② 同上书，第 283 页。

③ 同上书，第 264 页。

有突变和发现"的悲剧里，从一开始，主人公便清楚地知道，与缺乏意
识的世界不可能有任何调和的余地，他毫不动摇地、不抱任何幻想地以自
己崇高的拒绝态度反对这个世界。在《安德罗玛克》中，安德罗玛克从
一开始就知道，她与所生存的世界格格不入，最后只能选择死亡，只有死
亡才能挽救两种价值。《布里塔尼居斯》是拉辛作品中的第一部真正的悲
剧，但却是"没有'突变'和'发现'的悲剧"。戈德曼认为"没有
'突变'和'发现'的悲剧"可以用两种方式来写，或是使世界、或是使
悲剧主人公成为中心人物，而"有'突变'和'发现'的悲剧"则只能
有一种写作方式，即主人公和世界在整个情节过程中都错综复杂地混在一
起。① 《布里塔尼居斯》是以朱妮和世界之间的冲突揭开了这个世界之糟
糕状况。而《贝蕾妮丝》则是根据悲剧人物的角度来考察这个世界以及
悲剧人与这个世界之间的悲剧性危机。"有'突变'和'发现'的悲剧"
中，悲剧人物起初"相信能够通过把自己的要求强加给世界而不妥协地
生活下去"，而"突变"和"发现"则是指主人公最后终于意识到自己过
于沉溺在幻想中了。② 《菲德拉》是拉辛自认为自己所有剧作中最好的一
个剧，认为"这个剧写的就是悲剧主人公的幻想的故事，他幻想可以在
现实世界中生活，并把他自己的法则不折不扣强加给世界"。③ 同时认为
这个时候的拉辛已经不再从拒绝世界的悲剧的冉森派角度来写作了，而是
把这期间冉森派的实际经验移植到文学作品中，并重新发现了希腊悲剧的
伟大文学传统，突出了"发现"与"突变"的因素。

　　在这种研究过程中，我们非常明显地感觉到戈德曼先验主义的痕迹：
总是先假设存在着这样的一个精神结构，然后找寻能够验证这种精神结构
的作品。戈德曼强调的是从群体出发的历史研究方法，认为只有把作品重
新置于历史演变的整体中，把作品与整个社会生活联系起来，才能得出一
部作品的真正客观意义。这就要求我们在对一个时代社会现象和作品进行
研究时，需要把与这一现象和作品产生的具体历史条件结合起来。遗憾的
是，戈德曼也跳不出概念化和唯心主义的倾向。戈德曼自己承认，要勾画
出悲剧观的概念模式，必须找出一组哲学、文学和艺术作品中的共同因

---

① 吕西安·戈德曼：《隐蔽的上帝》，蔡鸿滨译，百花文艺出版社1998年版，第481页。

② 同上书，第466页。

③ 同上书，第566页。

素，这些作品应该包括古代、近代、现代，也应该包括哲学、文学、艺术等不同领域的作品。可"我在以前的几篇研究著作中所提出的那种悲剧观概念，只适用于康德、帕斯卡尔和拉辛的作品"。所以他的这种研究方法及其世界观只具有特殊性，而不具有普遍性，只具有精英性而不具有大众性。同时戈德曼的"理解"和"解释"的具体运用也被人辛辣地嘲讽为空洞的模式："其实，倘若戈德曼的这个划分中的文本细读（close reading）已经能够'理解'和发现意义结构的话，所谓文学同社会结构的联系（即'理解'和'解释'的划分本身），也只能是一个空洞的模式。"①

威廉斯的"情感结构"则不同。奥康诺（Alan O'Connor）称"情感结构"为威廉斯"对于理论的主要贡献"②，它不但是威廉斯文化理论的重要基石，同时也是其进行文学研究的主要方法和理论工具。针对当前的现代语境，威廉斯认为研究悲剧的方法应该是，"我们必须研究现代悲剧中起着主导作用的情感结构、该结构内部的各种变化以及它们与真实戏剧结构之间的联系"。③ 从情感结构的研究方法出发，威廉斯认为悲剧就是"一种直接经验，一组文学作品，一次理论冲突，一个学术问题"④，作为一种特殊的事件，体现于漫长悲剧传统之中的特殊反应。既然一代人有一代人自己的情感结构，那么，一代人就有一代人的悲剧经验和情感反应体现于他们那个时代的文学作品中。威廉斯意在运用"情感结构"的研究方法，努力恢复在现代性的历史叙事中被压抑的悲剧理解和悲剧情感。对于威廉斯来说，选择其实就是一个意识形态的过程。威廉斯选择了易卜生、斯特林堡、托尔斯泰、尤内斯库、萨特、加缪等十几位现代作家作品来进行悲剧性的情感分析，梳理现代悲剧的特征转换和情感结构，同时也很好地体现了他对大众文化传统的重视。

易卜生的戏剧体现的是悲剧主人公从英雄到受害者的转换。威廉斯明确指出："然而，就在当代起主导作用的情感结构开始解体之时，我们越

---

① 北京师范大学文艺学研究中心编、童庆炳主编：《文化与诗学》第 7 辑，北京大学出版社 2009 年版，第 52 页。

② Alan O'Connor, Raymond Williams, Marlyland: Rowman & Littlefield Publishing Group, Inc, 2006, p. 79.

③ 雷蒙·威廉斯：《现代悲剧》，丁尔苏译，译林出版社 2007 年版，第 38 页。

④ 同上书，第 3 页。

来越清楚地意识到，古希腊的悲剧行动并不源于个人，也不源于我们现代意义上的个体心理学。它植根于历史，而且不仅仅是人类的历史。它的动力不是某一个人的性格，而是最终超越个人的继承权和家族关系。因此，我们看到的不是被普遍化了的个体行动，而是被个体化了的普遍行动。"[1]这时的悲剧主人公已经从渴望自由的个体解放者变成了反抗自我的人。戏剧行动也相应发生了变化，其动力却是来自个体自身的局限性。人在挑战秩序的时候，最终在自己身上发现了新的局限性，并且矢志不渝地努力去触及这些局限。于是，我们第一次听到"一个处在自身能力极限的人渴望找到意义，而已知的意义和答案在得到肯定的同时被矛盾的经验所质疑和打破"。[2] 我们就已经从反抗社会并渴望自由的个体解放者的英雄立场转向反抗自我的悲剧性立场。《推销员之死》中的受害者不是一个不遵守社会规则的人，或者说，不是一个被挫败了的英雄般的解放者，而是一个与全社会一样的循规蹈矩的人……他使自己蒙受悲剧不是因为反对诺言，而是因为生活在谎言之中。具有讽刺意味的是，他的抱负就是他的失败，并且成为悲剧性的决定性力量。这样，一种新的意识形成了：受害者活着找不到出路，但可以努力通过死亡来肯定他已经失去的身份和失落的意志。这正体现了自由主义悲剧到易卜生等作品中的悲剧转换：从英雄到受害者。英雄只是作为浪漫主义的肖像而被保存下来，对解放的需要已经被替换为对自由的追求。

　　在斯特林堡、奥尼尔和田纳西·威廉斯的作品中体现的是私人悲剧，是以孤独而无家可归的人作为起点，人自愿陷入死亡。"这不是一出关于人和宇宙或人和社会的悲剧，而是渗透到血液里的悲剧：它是超越人际关系而进入生命过程本身的终极的孤独悲剧。"[3] 由于现代文学最深刻的危机是把经验分为社会的和个人的，所以悲剧也自然分为这两类，亦即社会悲剧和个人悲剧。社会悲剧体现为权力对人的毁灭以及文明对自身的毁灭，个人悲剧则体现为男女关系的毁灭和苦难。在托尔斯泰的《安娜·卡列尼娜》和劳伦斯的《恋爱中的女人》中，都宣告了重要的人际关系的悲剧性结局，死亡也被小说的整体行动获得了意义。

---

① 雷蒙·威廉斯：《现代悲剧》，丁尔苏译，译林出版社 2007 年版，第 80 页。
② 同上书，第 82 页。
③ 同上书，第 109 页。

在契科夫、皮兰德娄、尤内斯库和贝克特的作品里，面对的是悲剧性的困境和僵局。在这种新的情感结构中，个人抵制的不是某种社会状况，而是社会本身。在这样的悲剧性的困境中，人虽然还在努力奋斗，但是他根本没有胜利的可能。每一种主观行动最后都会自我抵消，任何行动都失去了效用，这也是个人主义的最后危机。在艾略特的两部作品和帕斯捷尔纳克的《日瓦戈医生》中，威廉斯看到的是悲剧性的妥协和牺牲，而在加缪与萨特作品中，威廉斯又讲到了现代的悲剧性绝望与反抗。加缪的贡献在于发现或创造出他所希望超越的悲剧性荒诞和绝望。20 世纪人道主义普遍表现为乐观精神时，加缪却以作为带有悲剧色彩的人道主义者身份揭示现存社会的荒谬本质。对于加缪来说，"荒诞"不是一种理论，而是一种经验，强调的是肉体生命的强烈感受与死亡的必然性之间的势不两立，以及人对理性的坚持与非理性世界的针锋相对。由于这些矛盾总会在特定情境下激化，所以人的一切都失去了意义和价值，从而陷入强烈的绝望。但是，人类依然必须解决如何生活的问题，死亡和非理性都不是解决问题的最好办法，而是充分认识到这些矛盾并在它们产生的张力之下生活。悲剧性的人道主义强调，在荒诞的经验中，痛苦是集体性的，而反抗则一定是个人性的。所以"我反抗，所以我存在"。而萨特则认为，要取得个人的绝对真实性，就必须接受革命，必须推行政治现实主义，必要时甚至可以采取暴力手段。

布莱希特的戏剧创作和理论则是对传统悲剧的否定。布莱希特重视人们对苦难的反应，并希望在与苦难的斗争中找到希望。同时与大多数人的态度不同的是，他所揭示的现代人的麻木状态，不在于对现状的默认，而是要防止自己的同情心被滥用。在价值被一个虚伪的制度严重扭曲的社会，生活在其中的人们需要的不是怜悯，而是直接的震撼，一种要求别人愤怒的愤怒感，来穿透根深蒂固的虚伪意识。所以，布莱希特戏剧培养的又是一种新的悲剧感。这种新的悲剧感告诉人们："这个人的苦难遭遇使我震撼，因为它没有必要发生。"[①] 从而唤起人们致力于改造现有社会秩序，建立一个美好未来的革命行动。

从情感结构出发，威廉斯细致地梳理了 20 世纪文学作品中所呈现的悲剧形式的转变，很好地证实了一代人有一代人的情感结构和悲剧经验。

---

① 雷蒙·威廉斯：《现代悲剧》，丁尔苏译，译林出版社 2007 年版，第 210 页。

透过这种"情感结构"分析，我们看见的是悲剧经验中所包含的主导文化、残余文化和新兴文化之间的博弈和交锋。在面对普遍死亡的恐惧时，悲剧性的情感和反应使得生命的意义重新得到肯定。悲剧性情感和经验也就在这些动态的结构中悄悄转变。通过对威廉斯所选择的作家作品以及对其作品的悲剧性分析，我们发现，上述的情感结构和悲剧经验正在艰难地形成，变化和革命也就包括在形成中。威廉斯的"情感结构"及其悲剧分析让他最终将悲剧与革命结合起来，并使得现代悲剧具有了文化革命的意味。不像戈德曼还须从辩证思想中寻找超越之途，"打赌"的方式仍然摆脱不了唯心主义的色彩，从而成功地超越了戈德曼的悲剧世界观和"打赌"。

第 八 章

悲剧观念及其悲剧性反讽：
伊格尔顿的悲剧理论与文学批评

当悲剧中的仪式性人物转变为现代的主人公，这种悲剧性主人公既"被社会所毁灭，但同时能够拯救社会"。[①] 在这里，威廉斯已经指出了现代悲剧性人物所具备的替罪羊属性及其神秘转换机制。现代悲剧观念从黑格尔的目的论悲剧到尼采理念上的转变，意味着悲剧人物已经从悲剧英雄转变为悲剧性个体，悲剧性的冲突也从个体与外部的冲突转变为个体内在心理的冲突。悲剧中的个体其实就是上帝本人的面具。而在对个体悲剧性的深入挖掘中，威廉斯最终发现了悲剧原因在于个体内心深处死亡驱力的作用，尼采所宣扬的强力意志其实指的就是个体深处的死亡驱力。但是，由于威廉斯注重的是对悲剧传统及其演变过程的历史梳理，他无意于对悲剧人物的替罪羊属性及其转换机制进行深入而细致的分析，然而正是这一点却带给伊格尔顿极大的启发，并成为伊格尔顿悲剧理论中的关键词和主要延伸点。基于马克思主义的激进立场，伊格尔顿还借助了人类学、伦理学和精神分析学尤其是神学等多种研究方法，来研究并建构他的现代悲剧理论。可以说，神义论立场和马克思主义立场的相互结合成为伊格尔顿研究悲剧的重要特点，同时也决定了他与众不同的视野和研究结论。

一 神义论：伊格尔顿悲剧理论的
基本立场和逻辑起点

"倘若悲剧对现代性至关紧要，它就几乎是一种神义论，一种形而上

---

① 雷蒙·威廉斯：《现代悲剧》，丁尔苏译，译林出版社 2007 年版，第 36 页。

的人道主义，一种对启蒙运动的批判，一种被移植的宗教形式或者一种政治怀旧情绪。"① 这道出了伊格尔顿在研究悲剧时鲜明的神义论立场。"神义"一词来源于希腊文，是由莱布尼茨将两个希腊词根"θεόs"（上帝）与"δίκη"（正义）合二为一首创而成，其意义在于：上帝之正义，即面对世界上存在着的种种邪恶和苦难来证明上帝的正义。因此，神义问题可以概括为这样一个问题：上帝的正义与世间的恶的关系问题。更确切地说，就是探讨世间存在，善良的人何以受难、恶人何以得福的问题。创世神话中宣扬，我们的上帝始终是全知、全善、全能、正义的。上帝出于慈善从一切可能的世界中选择和创造了最好的世界。可是如果我们的上帝始终是全知、全善、全能、正义的，为什么世间还存在着如此之多的恶的现实，上帝为什么会容许恶的存在，并要他的子民去承受这么多的灾难？我们应该如何真正去理解世间的邪恶和苦难？在《神义论》中，莱布尼茨基本上承担着为上帝的正义辩护的角色。他首先区分了永恒真理和事实真理。前者是必然的，因而它不可能有对立者；相反，后者是偶然的，因而它的对立者是可以成立的。上帝是按照自己的判断和法则创造了世间的万事万物这一点是事实真理，而不是永恒真理，因为上帝对这些法则的规定并不是绝对自由的，他还受到一个更高秩序之更有力的理由所制约，即始终受到寓于善者意图之中的理由推动而做出决定。但是，上帝对世间的一切事物是可以预先决定的，而对于人的自由意志和自由行为是无法预定的。为了让世界更加趋于完美，上帝可以通过奇迹使他的创造物——人摆脱为他们所规定的法则，并在他们身上唤起他们的天性所达不到的东西，因此上帝赋予了人类以自由意志和智慧。莱布尼茨把恶分为三种：形而上的恶、形体的恶和道德的恶。形而上的恶是一切创造物本质上的有限性所具有的不完美性，它存在于上帝理智之永恒的观念之中。它是必然的，因为创造物不可能达到上帝那样的完美，否则创造物全都成为上帝了。② 因此，在莱布尼茨看来，恶并非作为现实，而是作为缺失、缺陷而存在于创造物。创造物是有限的，创造物的受限性、它的存在之完美性的缺乏是具有原初性和必然性的。上帝创造一切，但他并不是恶的创造者，我们这个

---

① 特里·伊格尔顿：《甜蜜的暴力》，方杰、方宸译，南京大学出版社 2007 年版，第 21 页。

② 莱布尼茨：《神义论》，朱雁冰译，生活·读书·新知三联书店 2007 年版，第 491 页。

一切可能的世界中之最好的世界上之所以存在着恶，是由于创造物中存在着原初的不完美性。创造物的一切完美品格来自上帝，但不完美和缺陷来自创造物自身的原初局限性，因为创造物不是上帝。上帝仍然是正义的上帝。这样，莱布尼茨成功地为上帝的正义和世间的恶的关系完成了辩护。

伊格尔顿基于神义论的立场同样认为，悲剧在今天扮演的是罪恶的神正论或者说为罪恶辩护的角色。也就是说，他同样要承担要为现代悲剧和罪恶辩护的任务，即在社会主义运动低潮中如何还能为社会主义辩护的问题。伊格尔顿的《甜蜜的暴力》写于2003年。此时资本主义在全球进入了稳定发展的阶段，理论家注重揭露的是资本主义晚期的文化逻辑。资本主义社会具有与以往社会形态的不同特征，虽然固有着很多的矛盾，但是这些矛盾正是推动资本主义社会前进的动力，同时资本主义意识形态非常活跃，能够针对自己内部秩序的混乱，进行自我的调整和拯救：例如提供充分的就业，扩大信誉和社会高消费等措施，通过经济上的物质弥补来达成公民对其政治上的支持。因此，如何戳穿资本主义意识形态的虚幻性，从学理上论证资本主义制度的不完善性，已经成为当前马克思主义最大的挑战。而"二战"后的马克思主义则受到重大挫折，面临着前所未有的黯淡前景："苏共二十大"秘密报告的公布，"波匈事件"，1968年五月风暴，苏联的政治解体和紧接着的东欧社会主义国家的迅速解体，一种普遍的悲观绝望的情绪在世界范围内的西方马克思主义学者中弥漫，甚至很多曾经热衷社会主义的人急剧向右转。马克思主义对资本主义的批判是否还具有有效性，共产主义信仰体系在现实中是否还有存在的意义？或者，共产主义只是一个不可企及的神话？这都需要马克思主义政治批评做出新的阐释。作为激进的马克思主义美学批评家，伊格尔顿始终坚持马克思主义理论仍然充满生机，是我们这个时代永远不可超越的地平线。但是，面对资本主义持续不变的发展趋势，甚至是"历史已经终结"的呼声，如何从学理上充分论证资本主义的不合理性因素，寻求超越资本主义的研究路径，显示社会主义取代资本主义的历史必然？伊格尔顿认为马克思主义美学应该从人类学和伦理学甚至神学寻找资源，才能对现代性的深刻悖论及其非人性化本质做出正确的阐释和批判，才能为社会主义的理想目标和崇高信仰进行辩护。伊格尔顿借助神义论的神秘色彩来研究悲剧的神话结构，并从悲剧的崇高中看到了异常之事与日常生活之间的革命连续性，因而在他的悲剧理论中极度推崇悲剧中的"突转"和反讽功能。神义论立场和马克思主义立场的相互结合成为伊格尔顿研究悲剧的重要特点，同时也决定了他与众不同的视野和研究结论。

二　悲剧中的替罪羊机制与悲剧的政治意义

历史的每一种社会形态都是从最初的合理走向矫枉过正的不合理。根据黑格尔的否定之否定规律以及马克思主义的历史悲剧的叙述，在社会秩序内部自然地会生产出一股否定它自身的力量。从积极的正面的革命运动和力量表征来看，这股否定性力量随着社会的发展逐渐在成长中壮大，最后获得与之抗衡的力量以颠覆原有政权统治；但从消极方面或原有政治的自我溶解和自我消化的角度来看，就是每一种社会形态中所存在的被社会秩序驱逐到边缘位置的替罪羊，他们虽然孱弱无力，却以对秩序结构的拒绝和否定性姿态成为社会秩序历史危机的寓言征兆。

伊格尔顿在分析悲剧的情感效应时深刻地指出，"要回避单纯反映自我，不得不共有的是对于我们双方都陌生的东西。这正是意识和文明世界被驱逐的东西。只有在走邪路者、外在私密性和被驱逐者的基础上，才能建构起一个怜悯的共同体。一种新秩序的基石必须是受辱骂和污秽之人"。① 将社会转换的希望寄托于被社会排挤的边缘人群，这种观点是深受本雅明思想的影响。本雅明曾经认真地研究过处于社会的边缘、没有地位、没有生存空间、没有固定的职业和居所、不被社会承认和认可的边缘人群，他们是城市的游手好闲者，拾荒者，他们虽然地位低贱，生活毫无保障，但这种朝不保夕的生活却能让他们处于一种反抗社会的位置上，成为历史转换的希望。伊格尔顿在《沃尔特·本雅明或走向革命批评》的序言中说："他在那黑暗的时代教导我们：正是地位低下、默默无闻的人们才将把历史炸开口子。"② 这正是悲剧中的"替罪羊"。

替罪羊在悲剧思想中有着悠久历史。悲剧的意思就是"山羊之歌"，不过伊格尔顿认为也许最好将其翻译成"替罪羊之歌"。悲剧中的替罪羊

---

① 特里·伊格尔顿：《甜蜜的暴力》，方杰、方宸译，南京大学出版社 2007 年版，第 176 页。

② 特里·伊格尔顿：《沃尔特·本雅明或走向革命批评》，郭国良、陆汉臻译，译林出版社 2005 年版，序言第 3 页。

具有极端的反讽意味。替罪羊产生的原本意义在于净化,排除城里头一年聚集的污秽之物的一种仪式性表达。他们一般挑选出城里最贫困、畸形的人来担当,赋予他们以象征性的权力后,然后将他们逐出城外。通过这种仪式,在想象中卸除社会秩序中的各种罪恶。因此他们在性质上都具有双重性:一方面替罪羊在象征意义上负载着共同体的罪恶;另一方面又是权力的转喻,在仪式中担负着神圣的权力象征。伊格尔顿将替罪羊机制的表达方式在更为普遍性的意义上衍射开来,他的分析并不局限于对替罪羊这个机制内部的分析,以激起我们对被统治秩序驱逐和辱骂的替罪羊的同情和感伤,而是要借助这个机制辨认出能够改变现有系统的神秘力量。他注意到的是当人陷于这种极度孱弱和虚无的状态时的必然反应:人类本来是在文化这种过剩物中超越自己,当他们被剥夺得只剩下自己的时候,他们的非人性就会爆发。所以当人在面对被迫丧失主体性并且成为废物或虚无之时,从他的本性出发,他的唯一选择只有反抗。这种潜藏的革命性力量正是伊格尔顿最关注并寄予希望的。

　　但是威廉斯最早发现,现代社会中几乎抛弃了这种最简单的牺牲形式。悲剧主人公已经从悲剧英雄转换成悲剧受害者。悲剧受害者默认当前社会规则,并且努力遵守社会的各种规则,但最终还是使自己蒙受悲剧,走向死亡。这种死亡姿态表达的不是抗争,而是悲剧性妥协,悲剧主人公的毁灭是一种受害而不是从受难中激起的抗争。因而威廉斯强调,关于最原始、最简单的牺牲形式:一个人被夺去生命,从而使整个群体能够生存或生活得更加充实这一点已经远离了我们的生活经验,"唯独在基督教的核心教义中仍然保留着情感上的意义"。[①] 宗教传统中总是将牺牲视为庄严而神圣的殉道者的姿态,殉道者的死亡是为了信仰的延续,或者说,他死亡的结果是为了信仰的普遍。如果将其延伸到社会政治范围中,这种牺牲的结构与社会革命类似。但与威廉斯的"牺牲"意义主要是与政治运动和政治革命活动结合起来,强调的是能够给社会带来正面效应的牺牲效果和意义不同,伊格尔顿的悲剧理论正是从受害者的角度进入对悲剧牺牲的探讨,揭示了"替罪羊"在悲剧中的牺牲意义。

　　受威廉斯的启发,伊格尔顿深入事件及其事件发生的历史语境来具体地分析悲剧中的死亡,并区分了两种牺牲:利己主义的牺牲和利他主义的

---

① 雷蒙·威廉斯:《现代悲剧》,丁尔苏译,译林出版社2007年版,第156页。

牺牲。其区别在于:利己主义的牺牲是我牺牲是为了外在的权威或奖赏而
抛弃生命,或者说是为了获得自己的利益而放弃生命,那种因为厌倦了自
己的生命而抛弃生命的行为,也还是利己主义式的牺牲。这不是真正的牺
牲。利他主义的牺牲是我的牺牲只是为了他人的幸福,而不是满足我自己
的欲望或利益。牺牲是我牺牲行为的唯一目的。悲剧中的牺牲是一种利他
主义的牺牲,而不是利己主义的牺牲。区分了这两种牺牲也就能确切地区
分自杀者与烈士的区别了。与威廉斯只是将牺牲与政治革命联系起来并强
调革命胜利一方的观点不同,威廉斯是不会承认敌方士兵的死亡同样具有
历史意义,他们只是被摧毁、消灭、清除甚至抹掉。伊格尔顿是从更为广
泛的意义上来理解牺牲。鉴于牺牲观念在现代社会中如此不受欢迎,伊格
尔顿从牺牲的消极性意义方面即从受害者的角度来进入对悲剧牺牲的探
讨,即威廉斯所说的"替罪羊"。根据伊格尔顿的考察,"牺牲"这个词
的字面意思意味着"变得神圣"。"牺牲仪式就是把一些卑贱的或无价值
的生活片段,转变成特殊的、有价值的事情。"① 威廉斯强调革命的暴力
性,因而他的牺牲在于强调对生命的放弃。伊格尔顿反复强调"牺牲"
不只是对生命的否定,如果这还是一个正义的世界,我们就不必为了重建
去破坏和牺牲。"提出牺牲是一个根本性的观念,似乎有些反常。然而,
它不是奇异的建议。毕竟放弃一些事情,不总是生命的否定。"② 所以伊
格尔顿的牺牲不在于对生命的放弃,而是对自我利益的放弃。即使是在政
治革命中也不一定都是对生命的否定,其本质上还是对自我利益的放弃,
"政治革命经常是牺牲他们的幸福和福利,但以所有人的富有为名义",③
个体牺牲的最终目的是对更多人的幸福和富有的换取,通过对自我利益的
放弃达到社会的共同幸福与和谐。很明显,伊格尔顿的革命是一种静态
的、自我否定式的革命,其革命的过程就体现于历史发展的自身过程中。
马克思和恩格斯历史唯物主义观揭示了现代社会历史发展总是以一种悲剧
性形式进行推进。历史中的新生事物总是孕育在旧制度旧秩序的摇篮里,
作为对旧制度旧秩序的否定一极。新生事物在历史中的第一次出现总是以
悲剧的形式出现的,悲剧的出现表征着新旧事物的更替,社会的变革时期

---

① Terry Eagleton, *Holy Terror*, (Oxford: Oxford University Press, 2005), p. 129.

② Ibid. .

③ Ibid. .

的到来。沿循马克思恩格斯历史悲剧的思维路径,伊格尔顿也是将社会秩序中的悲剧现象视为创造性的征兆。但是这种创造性的征兆必须经由回溯性的过程才能进行辨认。"过去和现在必须被献祭在未来的祭坛中"①,以一种"逆转"的方式反向地阅读这些历史的叙述,过去和现在作为创造性征兆的历史意义才能凸显出来。

这让我们在历史时间中获得"替罪羊"与"牺牲"的区别和内在联系。应该说,现实社会中作为创造性的征兆的悲剧性现象,它在现时态中是被称为"替罪羊",它在未来的时间里就可以被理解为"牺牲"。现代社会中的悲剧应该是强者或者说是当权者的悲剧,"阶级分析得出的令人震撼的事实是:社会秩序总是显而易见地排斥强势群体"。② 这种辩证关系体现于黑格尔对主奴意识的分析。黑格尔认为:"独立的意识的真理乃是奴隶的意识"③,体现着主奴的辩证关系。而这种辩证关系又体现在自我意识的双重逻辑中。当自我意识中有一个自我意识和它对立时,它就会走到它自身之外。一方面它丧失了它自身,因为它发现它自身是另外一个东西;另一方面,它因而扬弃了那另外的东西,因为它也看出对方没有真实的存在,反而在对方中看见它自己本身。④ 也就是说,虽然主人通过生死斗争把奴隶置于自己的权力统治之中,使奴隶丧失自我存在的独立性,但主人因此成为了自为存在着的意识,必须通过奴隶间接地与物发生关系,因而只能依赖另一个意识与自己结合,才能成为一个独立的存在;而把对物的独立性一面让给了奴隶,结果出现了奴隶行动才是真正主人行动的历史反讽。于是,在经过长期的劳动过程,奴隶发现实际上自己才是真正的主人,只有自己的劳动才能陶冶事物,让主人生存下去。这种发现有些类似于亚里士多德在论述悲剧情节时所说的"突转","行动的发展从一个方向转至相反的方向"。⑤ 因此,历史的转换和革命的真正力量存在于那些受辱骂和污秽之人、走邪路者和被驱逐者,它们符合拉康的术语外在私密性,作为镜像,成为人类罪恶可靠的置换点,这也正是"替罪羊"

---

① Terry Eagleton, *Holy Terror*, (Oxford: Oxford University Press, 2005), p.128.

② 特里·伊格尔顿:《甜蜜的暴力——悲剧的观念》,南京大学出版社 2007 年版,第309 页。

③ 黑格尔:《精神现象学》上卷,贺麟、王玖兴译,商务印书馆 1996 年版,第 129 页。

④ 同上书,第 123 页。

⑤ 亚里士多德:《诗学》,陈中梅译注,商务印书馆 2005 年版,第 89 页。

在历史社会中的牺牲意义。

　　从伦理的角度,伊格尔顿所要讨论的牺牲和献身是那种小人物式的,受害者式的献身,替罪羊式的献身,仪式性的献身,而不是偶像崇拜式的献身。替罪羊是被社会制度驱逐到边缘的剩余,它们在性质上具有双重性。一方面替罪羊在象征意义上负载着共同体的罪恶;另一方面又是权力的转喻,在仪式中担负着神圣的权力象征。因为负载着罪恶,所以他被社会驱逐;因为他担负的权力,所以他又是神圣的。因此替罪羊是一种神圣的恐惧,既是一个"有罪的无辜者",同时又是一个被驱逐者,"在替罪羊这个人物身上,权力与无权、神圣与亵渎、中心与边缘、疾病与健康、毒药与解药之间的界线因此是模糊的"。①它恰恰"符合了拉康的术语外在私密性,既不同寻常到足以惧怕和厌恶,又足以是一个镜像,作为人的罪恶可靠的置换点",②神奇地拥有转变的创造性力量。最困苦、最微贱、最为命运所屈辱的人,他们已经处于社会的最底层,而"如果你不能继续跌落,那么唯一的方向就是上升"。③穷困的人因而拥有命运的转机。伊格尔顿由此区分了传统的替罪羊和现代替罪羊。"传统的替罪羊可以被逐出城外,因为其统治者不需要它,只是将其当作卸载他们集体罪行的一个客体。旁观也很可怕,以至于让人不能容忍它继续留在城内。但是现代替罪羊对于将其排斥在外的城邦的动作是必不可少的。它不是一个关乎几个受雇乞丐或囚犯的问题,而是关于全部挣血汗钱、无家可归者的问题。力量与软弱的双重性又回来了,不过表现为新的配置。"④无产阶级正是被剥夺了主体性而被沦为一个客体的现代替罪羊,正是借助这一历史位置,无产阶级获得了对其自身的解放意识;女性也是一个没有主体性的空洞的虚无,借助社会的道德驱逐力量,女性主义将女性意识重新带回了社会。

　　伊格尔顿的超越之处在于他把现代替罪羊的牺牲与政治生活联系起来,因而使现代悲剧中的替罪羊表达成了政治生活中的寓言,与政治生活体现着转喻性的关系。伊格尔顿对现代替罪羊的分析并不局限于对替罪羊

---

①　特里·伊格尔顿:《甜蜜的暴力》,方杰、方宸译,南京大学出版社 2007 年版,第293 页。

②　同上。

③　同上书,第 299 页。

④　同上书,第 309 页。

这个机制的分析，以激起我们对被统治秩序驱逐和辱骂的替罪羊的同情和感伤，而是要借助这个机制辨认出能够改变现有系统的神秘力量，如同马克思所说的那样，"一定要形成一个阶级……作为所有阶级的解决办法，这是一个具有普遍特征的社会领域，因为其苦难存在普遍性，而且它不要求一种特殊补偿，它所遭受的冤屈不是一种特殊的冤屈，而是一种普遍的冤屈"。① 这样，伊格尔顿对悲剧中替罪羊机制的分析超越了替罪羊一般意义上的象征作用，而在普遍性的意义上与和马克思主义的阶级分析方法很好地联系起来。由此可以得出现代个人"替罪羊"式的双重意义：通过对旧的社会政治权力、文明束缚的否定，从而将人的一种新的反应和觉知被带入社会，并要求引起社会秩序内部产生新的变化。

三　悲剧与政治批评：伊格尔顿
替罪羊式的文本政治分析

伊格尔顿一向反对马克思对女性本体论意义上的问题的回避和忽视，强调性别歧视和性别角色是占据人类生活的最深个人层面的问题，并指出女性主义的政治意义，是眼下我们所看到的最有活力的政治斗争形式之一。在伊格尔顿看来，女性主义所提出的问题绝不是女性的问题，而是有关整个人类的问题。伊格尔顿搜寻了整个文学史中的具有替罪羊性质的人物。安提戈涅、克拉丽莎等都是通过伊格尔顿的阐释显现出他们替罪羊式的位置和性质。

《克拉丽莎》是理查逊的作品，在理查逊时代堪称为"天下第一书"②，它的出现意味着英国有了自己的第一部悲剧小说，可见影响之大。伊格尔顿对《克拉丽莎》作品的器重几乎到了在他写完《克拉丽莎被强暴》之后的每部作品都有涉及的程度：《美学意识形态》、《理论之后》、《甜蜜的暴力》、《神圣的恐怖》等。而伊格尔顿对《克拉丽莎被强暴》所作的马克思主义批评分析的尝试，既是运用马克思主义批评理论来研究性别领域的身体力行，是对马克思以往所忽视的对性别问题作本质思考的

① 特里·伊格尔顿：《甜蜜的暴力》，方杰、方宸译，南京大学出版社 2007 年版，第302 页。

② 伊恩·P. 瓦特：《小说的兴起》，生活·读书·新知三联书店 1992 年版，第 249 页。

弥补，也为我们真正理解女性主义自身所包含的革命潜力和政治内涵提供了帮助。

与其他理论家视点和研究方法不同，伊格尔顿在分析克拉丽莎形象时综合运用到了三种方法和视点：后结构主义式的文本分析理论、女性主义和精神分析视点以及历史唯物主义和马克思主义批评方法①，因此伊格尔顿最关注的是对克拉丽莎的死亡意义及其背后激进的政治意义的研究。伊格尔顿阅读《克拉丽莎》的感受是，"不管作家理查逊的意识形态选择是什么，《克拉丽莎》给我们提出了一个尖锐的问题。这个问题并非文本有意识地提出来的，而是经过一定方法的阅读之后不可避免地要提出来的问题"。② 伊格尔顿挖掘的不仅是克拉丽莎之死在小说描述中的漫长过程，而且以悲剧的替罪羊性质切入问题的分析，揭示它的公开性的政治意义和革命转换性意义："她的赴死过程是在表明一种政治姿态，这种超现实行为说明她脱离了自己在一定程度上赞成的那个社会制度……她的死亡就应该是一个集体的公开事件，一个复杂的物质性的事件，是对自身生活其中的现实社会的否定……她平静地赴死，丝毫不受他人的控制。这一切都成了钉在社会棺材上的钉子，正是那个社会把她逼上了死路。"③ "克拉丽莎的死，是一种政治自由的姿态———一种从她所看透的权力结构中隐退的超现实主义的行为，通过不变的温顺和谦恭，使所有的一切更具讽刺意味。"④ 小说从她的死亡所蕴含的政治叙述中，将对女主人公身体的粗暴对待转换为与所有那些被他们劫掠的人的休戚相关的形象。克拉丽莎是一个替罪羊，并不仅仅是一个受害者，她通过她的死亡行动化为一个象征性的符号能指，成为不公正的体制中的焦点或符号。而死亡的公开演示使得她由牺牲的受害者变成了革命的替罪羊，通过死亡把虚弱转变成了力量。

安提戈涅同样是具有替罪羊属性的悲剧人物。不同于黑格尔从伦理的

---

① Terry Eagleton, *The Rape of Clarissa*: *Writing, Sexuality and Class Struggle in Samuel Richardson*, (Minneapolis: the University of Minnesota Press, 1986), preface viii.

② Terry Eagleton, *The Rape of Clarissa*: *Writing, Sexuality and Class Struggle in Samuel Richardson*, (Minneapolis: the University of Minnesota Press, 1986), p. 86.

③ Terry Eagleton, *The Rape of Clarissa*: *Writing, Sexuality and Class Struggle in Samuel Richardson*, (Minneapolis: the University of Minnesota Press, 1986), pp. 74—75, 引文引自特里·伊格尔顿《历史中的政治、哲学、爱欲》，马海良译，中国社会科学出版社 1999 年版，第 166 页。

④ Terry Eagleton, *Holy Terror*, (Oxford: Oxford University Press, 2005), p. 138.

角度,对克瑞翁和安提戈涅采用各打五十大板的方法,拉康虽然在欲望伦理化的层面上揭示出安提戈涅的牺牲意味,但仍仅限于单纯个体的层面。伊格尔顿并不只是停留于对安提戈涅个人行动的非人性的偏执分析,而是要从中剥离出存在多于或不同于非人性的东西。由于伊格尔顿的一贯激进的马克思主义和政治批评立场,他将安提戈涅自然与政治和革命联系起来,使拉康的"坚持自己的欲望"变成政治指令。

伊格尔顿的策略是采用一种倒叙式的阅读方法,以一种回溯性的阅读方式来探讨并确定安提戈涅的行动在社会历史中所具的意义。从替罪羊的角度,伊格尔顿彻底摒除了克瑞翁作为悲剧主人公的可能性,而将安提戈涅置放于悲剧的中心,并把她作为悲剧中唯一的主人公。伊格尔顿关注的重点是安提戈涅的"罪"、她的被社会驱逐的位置以及她的符号性死亡意义。在故事中,安提戈涅本来是处在统治秩序上层权力范畴之内的人物,是国王克瑞翁的侄女。由于触犯了克瑞翁所颁布的法令,被克瑞翁下令逐出秩序之外,并面临着死亡的惩罚。安提戈涅犯下了什么罪呢?作为替罪羊式的人物,她的"罪"是非常关键的。从安提戈涅自身来说,她并没有犯罪,她只不过根据亲属法,埋葬她的哥哥,以履行她的伦理责任,她并没有犯下任何个体的罪行,在这个意义上,她是无辜的,她没有犯罪;但是,作为一位社会公民,她又确实违反了当时的法令,犯了罪。应该说,安提戈涅的罪是人类共同的罪,安提戈涅是为了整个人类而犯罪,带上了象征他们集体的罪行和罪恶的意味。其实,克瑞翁似乎在某种程度上对安提戈涅的"罪"却有着清醒的认识。在处罚安提戈涅之时,克瑞翁说,"我要把她带到没有人迹的地方,把她活活关在石窟里,给她一点点吃食只够我们赎罪之用,使整个城邦避免污染"。很明显,克瑞翁将安提戈涅作为社会赎罪之用,将她视为整个社会的替罪羊、社会的被遗弃者。他不立即杀死她,而是将她驱逐到社会边缘不是因为对亲情的念及,而是意在将她作为整个社会的替罪羊进行使用,通过这样的仪式卸除社会的罪恶。

因此,安提戈涅的逻辑只能是悖论式的。正如吉拉尔德所揭示的古代替罪羊逻辑上的悖论:祭品是神圣的,杀害它就是犯罪,可祭品正是因为遭到杀害才是神圣的。安提戈涅也必须面对这种逻辑上的悖论。如果她恋生,即使在克瑞翁赶到之时解除了对她的死亡惩罚,重新获得生命,她也只能是一个失败者;相反,她的神圣和崇高必须是在违反法令,以犯罪的形式,最后在死亡中才能成全的崇高美,并让这个城市获得了拯救。安提戈涅很好地把握了悲剧中的节奏,充分利用她自己的对生与死之间的那段地带的占领,主动选择死亡,从而在拥抱死亡中反败为胜,让价值走向颠倒:"她对实在界充满深情的忠诚撕裂了符号秩序,并且坚定不移地走进死亡。"① 从此她被作为一个无辜者的剪影,定格在人们的思想里,作为社会否定性的镜像,折射出权利的脆弱和不公正。而当人们能够理解安提戈涅之时,在她的虚弱之处就会涌出革命性的力量。

马尔库塞曾经不无悲哀地宣布,"在技术的媒介作用中,文化、政治和经济都并入了一种无所不在的制度,这一制度吞没或拒斥所有历史替代性选择"。② 马尔库塞对前景的预测未免有些过于悲观,历史总是以悲剧性的形式推进,悲剧中的替罪羊作为社会秩序中一个否定性的符号,其生存逻辑总是体现着一种反讽意味。替罪羊的集体身份具有否定性的特征。但是,任何人都不可能长久没有自我身份意识,因而在经过一段时间之后,这种否定性的集体身份不免要生成一种肯定性的特殊文化。政治解放离不开这种特殊文化。③ 伊格尔顿借助悲剧中的替罪羊机制,对现代社会中新的社会结构和秩序变化进行了新的马克思主义分析,很好地揭示了阶级斗争形式的仍然存在以及在形态上的更替变化,对马克思主义理论只属于 19 世纪、阶级斗争理论已经过时等理论观点进行了很好的驳斥,为坚持马克思主义理论和社会解放发展终极目标提供了文化上的论证和理论奠定。

伊格尔顿的悲剧理论其实是他始终坚守马克思主义的批判立场而对当前现实做出的反应。鉴于当前愈益复杂化的国际形势、自由主义盛行、新阶级的兴起、社会阶级结构的重构、马克思主义过时论的流行以及马克思主义运动和工人阶级运动处于低潮的现实,伊格尔顿一反传统悲剧理论从肯定的方面对悲剧进行研究的方法,大量吸收弗洛伊德的精神分析学说,在坚定人类意志力量的富足弹性和本能潜力的基础上,抓住悲剧突变的一

---

① 特里·伊格尔顿:《甜蜜的暴力——悲剧的观念》,南京大学出版社 2007 年版,第246 页。

② 马尔库塞:《单向度的人:发达工业社会意识形态研究》,刘继译,上海译文出版社2007 年版,导言第 8 页。

③ 特里·伊格尔顿:《历史中的政治、哲学、爱欲》,马海良译,中国社会科学出版社1999 年版,第 320 页。

瞬,从理论上论证了悲剧所包含的辩证性功能以及悲剧困境所包蕴的希望,并将悲剧理论与人们的日常生活及当前的政治运动结合起来。伊格尔顿借助神义论的神秘色彩来研究悲剧的神话结构,并从悲剧的崇高中看到了异常之事与日常生活之间的革命连续性,因而在他的悲剧理论中极度推崇悲剧中的"突转"功能。同时他教导我们必须把握悲剧的实在界和革命的真实界,只有这样才能拥有希望,沉静地应对任何苦难。

第二部分

悲剧与现代性

第 一 章

现代性与悲剧观念

悲剧在现代社会中的话题是围绕着它的存在与消亡而展开，斯坦纳的《悲剧之死》（1961）、威廉斯的《现代悲剧》（1964）、奥康诺的《悲剧之气候》（1965）、缪勒的《悲剧精神》（1966）等以及伊格尔顿的《甜蜜的暴力——关于悲剧观念》（2003）始终围绕着这个主题。从当代社会现实和文学艺术的表征可以明显地看出，悲剧在现代社会中不仅没有消亡，而是变得更加多样且多彩了。悲剧作为一种观念已经渗透进日常生活，影响和支配着人们的思维，形成他们的思维模式，并为他们的日常行为提供某种道德标准和价值参照。在现代社会中，悲剧是一种十分复杂的文化现象，对它的理论阐释成为理解现代性的一个重要角度。对于中国的审美现代性问题的思考，悲剧观念的研究也是一个重要的角度。

一 现代性的悲剧性困境

现代化是一个痛苦的悲剧性过程。现代化的结果给我们带来了一个物质丰裕的社会，但这个社会却有着更为深层的精神危机和道德危机。戈德曼的《隐蔽的上帝》很好地揭示了当下资本主义社会历史条件下人类生存的新的悲剧性和冲突。由于理性主义空间的建立，取消了两个密切联系的概念，即共同体和宇宙，而用"有理性的个人"和"无限的空间"来代替，"这种代替体现了具有重大意义的双重胜利：一是肯定个人的自由与正义是全社会的道德准则，一是在思想方面建立起机械论物理学"①。也就是说，在上帝被理性杀死的时代，人类一方面废除了人类为自己的道

①　吕西安·戈德曼：《隐蔽的上帝》，百花文艺出版社 2002 年版，第 36 页。

德标准而设立的外在于人类、并且高悬于人之上的上帝这个判断尺度；另一方面同时确立了以个人的自由与正义成为全社会的道德准则。可是人不仅是类的产物，他更是一个独立的个体，这个独立的个体一旦缺少指导现代技术并使之为真正的人类共同体目的服务的道德力量，就有可能产生难以想象的后果。伊格尔顿指出："在西方人们试图尝试各种哲学、心理学等，以求填平情感上的鸿沟和精神上的空虚。然后人们在生活中寻找解决的方法，结果是不约而同地转向一种叫作享乐主义的东西，即寻求一种能够获得快乐的方式。"① 现代主义文化语境中人们对物质的追求和生物性满足，导致终极价值体系的轰然倒塌，人类由于失去了价值体系的参照而不知何去何从。伊格尔顿对后现代文化语境中的物欲狂欢和个体狂欢现象充满着忧虑，在他看来，后现代文化的三个消极现象：一是政治上的消极主义与失败主义；二是肤浅的乐观主义和享乐主义；三是审美主义这三个方面都与悲剧观念有关。面对这样的文化现实，我们应该做出怎样的理论阐释，从而思考超越后现代性的文化之路呢？悲剧既具有终极价值的超验性，能为世俗社会中的人们提供一些先验的价值判断和道德约束，同时这些价值和道德又不是脱离于人而悬浮于人之上的，它是人类自身从世俗中升华起来的一些价值观，它以人性为基础，具有现实合理性，并为人们前赴后继地实践着。悲剧和现代性的社会重新联系起来，这也是悲剧在现代社会生活被重新热烈讨论的原因。

1961 年，斯坦纳发表著名的《悲剧之死》，从历史唯物主义和社会演变的角度明确宣布悲剧已经日薄西山，奄奄一息，伟大的悲剧艺术将从此不再。当然，他认为悲剧消亡是个渐变的过程，从拉辛的时代开始演变为"近似悲剧"、"非悲剧"，最后是彻底的消亡。斯坦纳认为悲剧消亡的原因在于：1. 贵族（英雄）与贫民（普通人）的差别已经不重要；2. 浪漫主义时代那种人类完美性信念的结束和救赎神话的产生；3. 以中产阶级生活为焦点的小说对带有贵族气的悲剧艺术的取代；4. 戏剧从诗体形式向散文体形式的转化。② 斯坦纳的"现代悲剧死亡论"宣判了在现代社会中伟大悲剧的不再。然而如果借用马克思主义的历史唯物论的理论眼光

---

① 《"我不是后马克思主义者，我是马克思主义者"——特里·伊格尔顿访谈录》，《文艺研究》2008 年第 12 期。

② G. Steiner, *The Death of Tragedy*, Faber, London, 1961.

来看待悲剧的存在与发展，结论肯定是不同的。因此，在斯坦纳的"现代悲剧死亡论"之后，紧接着威廉斯在1964年出版了《现代悲剧》对斯坦纳提出的问题做出回应。威廉斯首先指出现代社会"悲剧死亡论"的理由在于我们现在缺乏创造悲剧所应该具备的信仰和规则，所以也就创造不出悲剧了。可是悲剧的信仰和规则是谁规定的，怎样规定呢？它是随着社会的变化而变化还是作为一个永恒的真理呢？通过对悲剧理论的考察，威廉斯发现，现代社会中的悲剧理论都是按照固定不变的人性或人性的部分特征来解释悲剧，已经抽空了它那丰富的现实基础。而如果我们还要拿着一种过时的却以为是放之四海皆准的理论来衡量悲剧的现实实践，将一个完整行动的部分抽出来进行绝对的抽象化和普遍化，那就剥夺了悲剧任何其他意义的可能性。威廉斯的处理方案是要求我们回到经验事实本身，不再根据永恒不变的人性来解释悲剧，而是根据变化中的习俗和制度来理解各种不同的悲剧经验。威廉斯认为应该找到自己文化中的悲剧结构，在经验层面对现实经验进行全部把握，发现其中新的因素和新的生长点，接着在分析的层面上概括出这一时代的理论特征，这样，悲剧不再是某种特殊而永久的事实，而是一系列经验和制度了。威廉斯从日常生活经验和情感结构中成功地提升出一种新的革命悲剧理论观，要求我们从日常生活的意义上辩证地来理解革命的悲剧性。威廉斯指出，革命的目的和手段存在着潜在的悲剧性，并最终带来无序和混乱，给日常生活中的人们造成痛苦，我们只有从这一悲剧性的角度去认识革命，革命才能够持之以恒。威廉斯对革命悲剧性的理解，对斯坦纳所提到的悲剧与犯罪的关系进行了很好的回应，为我们理解现代悲剧提供了新的眼光和思路。

威廉斯的《现代悲剧》写于革命运动风起云涌的20世纪60年代中叶，那也是一个因为激情而理论热情高涨的时代。随着"五月风暴"的失败和保守主义势力的铁腕统治，西方的理论热潮也逐渐削弱，伊格尔顿的《甜蜜的暴力——悲剧的观念》从悲剧与社会主义运动的内在联系的角度重新思考了悲剧问题。这本书在西方社会中引起了极大的反响，出版的当年就获重印，至今已经印刷了7次，可见影响的深度和广度。伊格尔顿在这本书中使用的是一个不同于传统的、新的悲剧概念：悲剧的观念。由于这些"传统主义的悲剧概念以许多种区别而定——命运与机遇、自由意志与命运、内在缺陷与外在条件、高贵与卑贱、盲点与洞见、历史性与普遍性、可变事物与必然事物、真正的悲剧范畴与全然令人可怜之事、英勇的挑战与可耻的懒惰之间的——这些在很大程度上不再对我们有多大影响"，① 所以，他使用"悲剧的观念"，以便与现代性的悲剧性状态相对应。其实从德国浪漫派开始，人们早已倾向于不再将悲剧只是视为一种艺术体裁，而是看作一种哲学观念、审美意识、人生态度。悲剧作为一种艺术形式虽然接近衰亡，但悲剧作为一种观念或精神渗透进人们的意识和观念中。所以作为戏剧艺术形式的悲剧是消亡了，然而正当这种形式本身似乎一时枯竭的时候，关于悲剧的哲学沉思却繁盛一时。黑格尔、谢林、叔本华、尼采等都对悲剧进行哲学性的探讨，并形成了各自的悲剧理论。伊格尔顿建议采用悲剧观念，因为悲剧理论妄图将悲剧经验抽离归约成一种理性形式，结果总能感到一些观念从意义之网的溜出，伊格尔顿认为如今对于大多数人来说，悲剧意味着的是实际发生的事情，而不是艺术品。悲剧已经成为一种日常生活的悲剧，一种悲剧观念，它体现于人的一个内在维度，并为他们的日常行为提供必要的道德标准和价值参照。作为悲剧的观念，它既可以体现于悲剧性的理论中，又可以体现于悲剧性的作品中。"正是随着现代的开始，悲剧观念才开始超出其在这种或那种案头剧或者舞台表演中卑贱的倾向，成为凭借自身资格而存在的一种成熟哲学。倘若悲剧对现代性至关紧要，它就几乎是一种神义论，一种形而上的人道主义，一种对启蒙运动的批判，一种被移植的宗教形式或者一种政治怀旧情绪。"② 在最近的一篇论文中，伊格尔顿分析了悲剧观念在现代社会经久不衰的原因：悲剧成为文化批判的一种形式。悲剧实际上是对今天堕落的、庸俗的日常生活所做出的反应。正是在这个意义上，悲剧话语和悲剧理论成为广义的现代性的一部分，也称其为审美现代性。在英国，从柯勒律治、罗斯金、到 T. S. 艾略特等思想家和文学家都是其中的一员。而在整个西方哲学和美学史上，从黑格尔、叔本华、尼采、克尔凯郭尔、萨特、到海德格尔等，都对审美现代性问题做出卓越的贡献。然而，伊格尔顿认为作为文化批判模式的悲剧与一般的文化批判是不同的，其不同在于：文化批判只局限于对悲剧的崇高和世俗的平庸进行对比，或者干脆就是对现实的逃避，以怀旧的眼光给过去涂抹上一层理想的光环，以此种方式来对抗现代性；而作为文化批判模式的悲剧却是加入从日常生活飞跃的

① 特里·伊格尔顿：《甜蜜的暴力——悲剧的观念》，南京大学出版社 2007 年版，第21 页。
② 同上。

行列之中，它是对日常生活的真实面对，是在接受现实中从日常生活现实内部升腾起的一种变革的力量，是放弃与不放弃旧的，选择与不选择新的生活方式的真实面对，作为文化批判模式的悲剧将希望全部悬系于一点上，正是在这一点上，考验出人类的极限和力量。因此伊格尔顿对狭义上的审美现代性批判力度是持否定态度的："提出这种解决办法的居然是美学，这何等令人沮丧。"狭义的审美其实只不过是"允许我们将一种虽然假想的目的性归因于世界的东西，并且因此沉迷于对一种现实的乌托邦幻念"。① 因此审美是反悲剧的。审美通过一种想象性的镜子关系反射我们主体性的结构，通过一种审美变形的手法来把握现实的手段，它所提供的解决途径仅仅是一种形而上的想象性解决。但如果我们能够意识到它与现实的距离，我们仍然可以通过审美对现实进行真实的把握。快乐原则与现实原则因此可以统一。然而，对审美想象性解决的充分信任最终浇灭了人类社会得以前进的欲望激情，其抽象性和归约性让我们在感觉上丧失了对世界的占有立场。而我们如果从这个角度来理解现代悲剧，现代悲剧不但没有消亡，而且更加多样且多彩了。

二　现代性矛盾的悲剧式解决

悲剧理论应该如何阐释，才能正确理解现代性的相互冲突和矛盾性？这也许只有从马克思主义的理论出发，将现代性的相互冲突和矛盾放置于马克思主义历史悲剧的理论框架内来理解，才能够为现代性找到一条走出困境的拯救之路。早在《黑格尔法哲学批判导言》中，马克思在评判当时的德国政治现实时就这样说过："当旧制度本身还相信而且也应当相信自己的合理性的时候，它的历史是悲剧性的。当旧制度作为现存的世界制度同新生的世界进行斗争的时候，旧制度犯的就不是个人的谬误，而是世界性的历史谬误。因而旧制度的灭亡是悲剧性的。"② 这里已经包含了马克思主义历史悲剧的理论雏形。马克思在这里所要揭示的是：旧制度还存在着合理性表明自身还存在历史价值，旧制度的消亡则意味着某种价值的

① 特里·伊格尔顿：《甜蜜的暴力——悲剧的观念》，南京大学出版社 2007 年版，第234 页。

② 《马克思恩格斯选集》第一卷，人民出版社 1972 年版，第 5 页。

毁灭。马克思主义悲剧观的正式提出是在马克思、恩格斯分别致拉萨尔的信中。拉萨尔的悲剧作品《济金根》是在 1848 年德国革命由于资产阶级的背叛失败，许多革命者结合着 1525 年的革命运动来总结教训的历史背景中创作出来的。马克思提出的批评意见是："济金根的覆灭不是由于他的狡诈。他的覆灭是因为他作为骑士和作为垂死阶级的代表起来反对现存制度，或者说得更确切些，反对现存制度的新形式。这只意味着他是按骑士的方式发动叛乱的。如果他以另外的方式发动叛乱，他就必须在一开始发动的时候就直接诉诸城市和农民，就是说，正好要诉诸那些本身的发展就等于否定骑士制度的阶级。"① 恩格斯则指出："据我看来，悲剧的因素正在于：同农民结成联盟这个基本条件是不可能的，因此贵族的政策必然是无足轻重的，当贵族想取得国民运动的领导权时，国民大众即农民，就起来反对他们的领导，于是他们就不可避免地要垮台。在我看来，这就构成了历史的必然要求和这个要求的实际上不可能实现之间的悲剧性的冲突。"② 马克思和恩格斯揭示济金根命运中真正的悲剧因素是：济金根作为垂死阶级骑士的代表来反对现存制度，是以旧的阶级来反对新的阶级，因而不可能得到国民大众的支持，这就决定了他的斗争不可能不以失败告终。如果站在旧阶级的立场来看待他们的历史命运，旧的事物在历史发展中已经逐渐丧失了它的合理性而必须退出历史舞台，它确实是悲剧性的，但不能是革命的悲剧性。马克思已经明显地区别了两种悲剧：旧制度旧事物的悲剧和新事物新制度的悲剧，拉萨尔的错误在于他模糊了两种悲剧的界限，并把旧阶级退出历史舞台的悲剧看成革命的悲剧，因此在理论上是错误的。马克思和恩格斯认为悲剧的内容是现实生活中的矛盾和冲突。在现代社会这种矛盾和冲突的形式有了新的发展和变化。

伊格尔顿对悲剧和现代性的研究是在马克思主义历史悲剧的理论框架中展开的。因为是从历史发展的必然规律和现实的社会力量之间不可避免的冲突性来看待悲剧，所以斯坦纳的"现代悲剧死亡论"也就不攻自破了。其实假设悲剧真的具有绝对价值，那么无论它是活的还是死的，都代表着悲剧对现代野蛮的一种反应。简单地说，悲剧就是一种对事件的反应。从悲剧作为文化批判的一种模式，作为社会形态的否定性力量，悲剧

---

① 《马克思恩格斯选集》第四卷，人民出版社 1972 年版，第 339 页。

② 同上书，第 346 页。

不但不会死去，而且具有绝对价值性。悲剧在现代社会中不但没有消亡，而且变得更加多样化了。"20世纪发生在悲剧身上的不是它的死亡，而是它变成了现代主义。"① 悲剧的出现总是表征着新旧事物的更替，社会变革时期的到来。旧事物的毁灭总是伴随着旧的价值的终结，新事物在历史中的第一次出现正如马克思指出的是以悲剧的形式出现的，伊格尔顿式的表征语言是，"冲击其权威的无论什么东西都是注定要失败的"，然而正是"通过这种失败，一种最终非定形的理性被含糊地带进人们关注的中心"，② 即意味着一种新的价值观念伴随着新事物的毁灭而被模糊地带入社会结构中。所以，失败也是一种胜利。

"个体与社会之间不存在悲剧性冲突"，③ 这是伊格尔顿论证现代性悲剧的立场和出发点。由于指出个体与社会不存在这种悲剧性的冲突，所以现代性中关于自由的主题极富反讽性。自由既使人兴奋，因为这意味着人性可以自由地重塑自己；又令人发抖，因为这意味着自由之外不存在任何东西给予它本体论的赞同标志，否则我们的自由就会受到限制。因此，自由是无法确证的。确切地说，自由只是一个我们孜孜以求的幻象。我们无法知道我们是自由的，只能够相信是自由的。就像阿尔都塞所说，跪下，然后你就相信了上帝的存在。这是一种信仰的魅力。在伊格尔顿看来，自由始终是在一种受制约的关系中才能产生的命题，这也是自由的一个自我式悖论。自由始终是与必然性密不可分，自由必须屈从于另一种权力才会显得更加的真实，要自由意味着选择必然的自由之条件，而这种交换形式是以一种反弹后的多倍形式来获得，类似于中国的谚语"退一步海阔天空"。放弃的目的在于获得，并且是以多倍的形式获得。例如，"笛卡儿暂时放弃他所了解的事物，为的是使其依赖于更可靠的基础，同样，资产阶级的个体必须自由地让其私人身份屈从于国家，为的是以公民权的形式重新获得它，这相对而言具有更丰富的意义。你在这场大规模的身份交换中重新得到的，并不光是你变形了的、如今真正是共有形态的自我，而是与之相随的所有其他诸如此类的共同身份，这些身份以类似的方式被你自

----

① 特里·伊格尔顿：《甜蜜的暴力——悲剧的观念》，南京大学出版社2007年版，第219页。

② 同上书，第130页。

③ 同上书，第217页。

己的无私行为所丰富"。① 在悲剧中，现代性的自由可以表现为命运，也可以表现为我们被客体化了的欲望。悲剧因此调和了自由与必然性，连接起纯粹与实际原因之间的间隙，而这是批评哲学难以跨越的。而且，"自由与限定被结合起来还有另一种意义。倘若我们能作用于世界，那么它必须是确定的、已经以一种激活我们主体性的方式构成的"。② 也就是说，悲剧可以激发我们的主体性，引起我们对新价值观出现的关注。在这个意义上，悲剧是意识形态的原型。悲剧意识形态的目的在于为了维护现有社会秩序的安定，我们必须制造出男人和女人的各种罪行，通过悲剧达到道德说教和意识形态的目的。然而，凭什么判断现有的社会秩序就是合理的呢？在伊格尔顿看来，任何社会秩序都是建立在对人性压制的基础上，"随着时间的推移，这种暴力的根源或原始的罪恶被无情地从人类的记忆中抹去，以至于不合理的东西逐渐变成常态。礼貌不过是被归化的暴力。在任何人类历史的源头都存在着某种原始的罪过或者以禁忌的破坏，这如今已经被明知地塞进了政治无意识之中，不能在丝毫没有严重损伤之危险的情况下暴露于天光"。③ 但人始终有越界的冲动，人类社会的创造之初正是开始亚当和夏娃的越界行为，伊格尔顿非常肯定人的越界的冲动，正是人的这种越界的冲动成为人类文明历史繁荣的原因。

在现代性的社会中人类越界的冲动被强化和激化了：为了自由而永远地冲动。然而现实中不可能存在绝对的从本性要求出发的自由，人类总是相互依存和相互支持，所以，为了回避单纯反映自我，个人的自我价值的实现总是必须以他者为根据，这也是自我价值得以实现的唯一方式。自由却永远是人类追求和社会进步的理想尺度。自由是我们不止的欲望本身。尽管自由只不过是一种日神式的虚假意识，但我们却不能缺乏这种虚假意识的理想性动力，这种虚假意识是我们社会生活的自然条件。实现自由必须是在与他者的关系中实现，而不是绝对的自由。社会主义的乌托邦梦想同样必须是一个条件式的、由人类社会总体推进的历史进程。马克思主义早已指出，只有当组织化的工人阶级在政治上有足够的力量控制自然资

---

① 特里·伊格尔顿：《甜蜜的暴力——悲剧的观念》，南京大学出版社 2007 年版，第 123 页。

② 同上书，第 125 页。

③ 同上书，第 158 页。

源、生产资料和整体性的政治结构，并控制意义和价值的文化生产的时候，社会主义的美好幻想才会实现。事实上斯大林式的社会主义也不乏为一种社会主义模式，其革命实践的胜利可以说是马克思关于"跨越卡夫丁大峡谷"构想的一个验证，但是没有经过资本主义发展阶段的苏联，在革命胜利后的社会主义发展阶段逐渐暴露出它的弱点，因此注定只能以一种悲剧的形式推进。由于经济上未能达到社会主义所要求的物质水平，所以在发展的过程中出现了很多无法预见的问题，而且，当社会中表现出太多的问题无法解决之后，必定要通过一种集权式的、意识形态的手段来实现社会治理，而这种最终关系使得苏联在政治上最终背离了社会主义的原则，因而表现为社会主义在最需要它的地方结果却最为困难的奇特现实，人民对真理、自由、公正的追求在这种悲剧性的转换中最终走向了反面。在现代社会中，欲望是现代性的悲剧主人公，因为我们的欲望永远无法满足，我们的满足永远没有界限，我们的精神永远对已占有领地感到厌倦，所以它总是努力奋斗却又永远达不到目标。马克思和恩格斯在历史唯物主义揭示了现代社会历史发展的悲剧性的推进形式，伊格尔顿更深一层地揭示了历史悲剧性发展的原因在于人类欲望的不止性和超前性，他肯定人类社会前进过程中欲望的动力，并且强调人类对欲望的不放弃态度。"不放弃欲望就意味着像海德格尔一样与死亡保持一种不间断的关系，正视人的生命之需要。这意味着不要用想象的客体那种需要，而要明白它是对你做出界定之物，死亡乃是使得人的生命变得真实的东西。因此，这是一种悲剧性的需要，劝导主体做出只能从自己的限制中产生的肯定，拉康将这种需要坦率地称作人类境况的现实。在这个特殊的世界上，只存在付出极大牺牲而得到的胜利。"①

　　回到人类之始，上帝在造人之时并没有善恶的观念，在上帝看来，他所创造的东西都是好的，因此世界上本没有邪恶，生活在伊甸园时的亚当和夏娃对善恶无知也就没有任何概念。邪恶的带入是伊甸园中的那条蛇，蛇对初人许下的诺言使他们认识了善与恶。善相对而言是在恶之后才产生，有了邪恶这一客体之后才产生它的对立面善。所以西方文明总是认为历史的推动力量在于恶的力量，人性之善是必须通过其对立面邪恶而激发

_____

① 特里·伊格尔顿：《甜蜜的暴力——悲剧的观念》，南京大学出版社 2007 年版，第245 页。

出来的。伊格尔顿则认为善与恶始终是互相依存，悲剧性地共存于社会中。善良离开邪恶也就不成其为善，正是邪恶造就了善良，并激发人类补救的努力和无限的创造力。然而，善与恶的这种悲剧性共存状态以及对人类创造力的激发并非为人们所清醒认识，这种错误的认识甚至包括马克思本人。伊格尔顿评论道："最有力地否认善与恶的这种悲剧性共存的现代话语是浪漫主义的人道主义。马克思本人尽管对资本主义做出辩证的评判，同样在很大程度上持有这种观点。这种观点倾向于认为人类的力量天生具有创造性，把否定看作阻碍人类自由表达的无论什么东西。"① 伊格尔顿认为人并不是天生具有创造性的，人类真正的创造力必须在与邪恶的关系中才能得以激发，善良是作为对邪恶的限制，帮助邪恶激发出人的内在的创造力。因此他在《悲剧、希望和乐观主义》一文中明确地谈到了我们在对待悲剧的审慎态度以及悲剧自身所包含的自我矛盾性。伊格尔顿认为，悲剧作为一种世俗宗教，它可以"具备上帝的在场所带来的无法承受的重负"，而只有在面对这种无法承受的悲剧性重负，悲剧人物才可能体现出超越苦难的崇高性价值。"人们正是通过毫不退缩地服从于自己所遭受的痛苦从而超越了它。"② 伊格尔顿认为，现代性的悲剧虽然痛苦但却不是坏事，只有与悲剧性的事件的真实面对，才有人类精神价值的真正生产，人类只有面对悲剧性的事件时才能考察出自己对苦难的承受力和信仰度，也只有这样才能萌生出希望征服它的人类欲望。所以失败并不可怕，失败意味着另一种胜利，只有失败才会有重新前进的机会，这是否定之否定的逻辑规律。悲剧教导我们的是，我们如何希望但又不陷入盲目的乐观主义。只有放弃旧的，我们才能清理出空间来接受新的。人类是足智多谋和富有弹性的，我们总是在失败的经验基础上重新选择。没有失败的经验就不存在最终的希望，而希望正是当这种力量已被破坏或者已耗尽时你所发现的。而我们只有在与绝对的缺乏之真实界、实在界一次地狱般的遭遇后，我们才有获得新生的希望。③ 这正是悲剧的意义所在，悲剧让我们学会直面惨淡的人生。

---

① 特里·伊格尔顿：《甜蜜的暴力——悲剧的观念》，南京大学出版社 2007 年版，第261 页。

② 特里·伊格尔顿：《悲剧、希望和乐观主义》，《马克思主义美学研究》第 11 卷第 2 期。

③ 同上。

　　从自由和社会主义的角度看，所谓后现代的现实生活其实是充满着悲剧性的色彩。在消费主义观念的全面冲击下，后现代文化充满着对享乐主义的迷恋，审美在日常生活中泛化而丧失了原有的精神高度和批判力量。当代工业、技术、都市和文化都已经不再像过去那样为人们提供生活的意义或深度的价值，后现代文化中的生活成了一种缺少意义的生活。而具有敏锐批判意识的精英主义者在面对着后现代的铺天盖地的席卷之势，也只能发出望洋兴叹的哀声了，在现实生活中，精神贵族式的文化批判难以为继。伊格尔顿指出当前的文化精英必须改变以往贵族式的文化理念才能重新获得与后现代主义文化对话的权力，必须重新在那些具有永恒价值的东西和变化了的现实之间寻找平衡和理论的新的生产点。悲剧性的困境孕育了悲剧性的超越，而如果悲剧理论不再迷恋于曾经的贵族立场，诚实地说出英雄的悲剧和日常生活中任何个人的悲剧在本质上其实是一致的，那么悲剧将责无旁贷地挑起这个重担，成为理论的新的生长点。

三　中国经验与中国的悲剧观念

　　当代中国也正面临着自己的审美现代性和悲剧性。但是大多数的西方学者都不认为中国具有自己的悲剧观念，中国的王国维、胡适、鲁迅同样否定中国悲剧观念的存在，而朱光潜、早期钱锺书、早期唐君毅甚至彻底地否定了中国悲剧的存在。雅斯贝尔斯在他的《悲剧的超越》中谈到了中国的悲剧观念问题。在中国的文明里，"所有的痛苦、不幸和罪恶都只是暂时的、毫无必要出现的扰乱。世界的运行没有恐怖、拒绝或辩护——没有控诉，只有哀叹。人们不会因绝望而精神分裂：他安详宁静地忍受折磨，甚至对死亡也毫无惊惧；没有无望的郁结，没有阴郁的受挫感，一切都基本上是明朗、美好和真实的。在这一文明中，恐惧与战栗固然也是经验的一部分，并且在它就跟在那些已经觉悟到悲剧意识的文明一样地司空见惯"。[①] 他把这种对待悲剧的态度归结为悲剧前知识，并且断定这种悲剧前知识是不可能过渡到悲剧知识阶段。伊格尔顿的《甜蜜的暴力》中也谈到中国的悲剧观念问题。"在中国，从表现尊贵个体之毁灭的意义来看，不存在完全等同于悲剧的东西。不过在传统意义上，有一种与受到某

---

　　① 雅斯贝尔斯：《悲剧的超越》，亦春译，工人出版社1988年版，第13页。

种权力控制的普遍和谐有关的幻想，虽然这种权力的配置往往高深莫测，但是却可以证明其使得人类社会秩序合法化的合理性。反抗这种权力就是招引来自上天的报应；而且'命'的概念代表着一种命运观念……中国还吸收了因果报应的印度学说，相信个人行为会受到惩罚或奖赏；不过在传统的印度文学中并没有悲剧，悲剧在此的意思是文学作品中不允许包含主人公死亡的内容，也不允许以其死亡为结尾。"① 悲剧并不是指涉死亡，也不以死亡作为悲剧的结局。伊格尔顿对中国悲剧的理解大致可以表现为两点。

首先，中国的悲剧观念不同于西方的悲剧，中国的悲剧观念具有一种强烈的宿命色彩。佛教的生死轮回说为悲剧观念的形成提供了宗教意义上的价值参照。佛教讲究三生，人生包含有过去、现在、未来三世。人的苦难是命定的。现世的苦难也许是上辈子的罪孽而引起的报应，唯有通过此生的苦练修行，从而净化前世的罪恶，为下世的赎清并最终扭转苦难的意义。因此，中国悲剧的观念体现于通过"苦难的历程"而达到灵魂的净化和救赎。正因为是将苦难看成对自己前世罪孽的赎清，为自己下世的幸福开辟尘缘，因此，在遭受苦难以及如何超越苦难的态度上，中国的悲剧文学与西方是截然不同的。既然上天似乎有一种冥冥的力量，它掌管着对人世的责罚，奉行善有善报，恶有恶报的原则，因此大家都相信罪恶的人终会有报应，个人的苦难也是个人曾有的罪孽所应得的报应。也正因为大家都自觉地遵守着这样一种因循的、赏罚分明的伦理原则，所以社会秩序也能在有序中稳定地发展和变迁。

其次，苦难既是命定的，那么现世的苦难是无法回避，无可逃遁的。中国伦理思想重要的是"知命乐天"的思想。因为知命，所以乐天，既然苦难是无法回避，不如快乐地享受，采取对人生的痛苦感和悲剧感的消解方式，表现出一种"不以苦乐为意的英雄主义"（朱光潜语）。通过尊重苦难，把苦难当成一种享受来使自己完成救赎和净化的效果。因此，中国人往往不愿意承认人类命运的不合理性和人生的悲剧性质，恶和叛逆在中国并不具有悲剧性的崇高，中国社会秩序的历史轮回和变迁依靠的是一种内在的人性和伦理的力量。

---

① 特里·伊格尔顿：《甜蜜的暴力——悲剧的观念》，南京大学出版社 2007 年版，第76 页。

从现代性的角度，伊格尔顿质疑了西方悲剧传统理论对悲剧的唯一标准的判定。如果说悲剧宣扬的总是关于英雄、崇高、反叛等的价值，习惯于赞扬无所畏惧的人类精神，那么"悲剧艺术并不享有对勇气、尊严、自由、睿智的垄断权"。"它所体现的大多数价值观可以在其他文化形态中找到。"① 而存在着的同情、容忍、幽默、谦卑、宽恕等悲剧性价值看似不那么迷人，或者说乏味，但它们也同样宝贵，并且更值得悲剧去表现，因为这种态度让我们直面我们的限制性和实在界的真实，而不是贵族式的傲慢和盲目的乐观主义。在现代性的社会语境中，或许崇尚的是这种悲剧性的价值观。

伊格尔顿最终是把悲剧看成一种伦理学，"这种伦理学认为，道德价值观被嵌入了习惯性的生活方式"。② 如果从这个角度来看，中国显然同样有着自己的悲剧观念和审美现代性。中国人有很强的道德感和伦理意识——虽然这一点正是朱光潜认定中国文学没有产生悲剧的原因——并且不同于西方悲剧对个体的价值和毁灭的体现，中国的悲剧观念是中国式的悲剧意识，它不需要强调内心的冲突就可以为人们所平静接受，因为道德和伦理价值已经内在化并形成一种普遍认识，所以体现的是一种超悲剧精神。从悲剧观念与现实关系的角度看，中国的现代性同样伴随着悲剧性的过程。晚清到五四时期，中国也开始酝酿自己的现代性并进入现代性的形成时期。中国的现代性情况比西方要复杂得多，中国不像英国，现代化的过程是社会和文化自然形成的渐进过程，中国的现代化也不像美国，只需要通过一次独立战争就可以建立起一个崭新的社会制度。中国是一个有着悠久历史和渊远文化传统的国家，可以说，我们的文化总是拖曳着古旧庞大的传统走向现代工业文明，所以历史的每一次进程都是挟裹着对悠久而丰赡的传统文化的剥离和进化。当西方的一些事物和观念涌入中国时，它们自然就会与中国自身的传统文化产生一系列复杂的交碰和撞击，也由于中国传统文化结构和心理的根深蒂固，在漫长的中华民族历史进程中始终被作为中华民族传统的主流文化影响着人们的思维方式和生活方式，深受这种传统思想影响的许多中国人在走向现代性的同时，必然会自觉或不自

---

① 特里·伊格尔顿：《甜蜜的暴力——悲剧的观念》，南京大学出版社 2007 年版，第77 页。

② 同上书，第79 页。

觉地捍卫着这种民族的文化传统。因此中国的现代性是一次次痛苦的剥离过程，其复杂性不言而喻，它在现代性的演化历史进程和传统文化与西方文明的碰撞对接中，始终充满着悲剧性的色彩。而对于中国悲剧观念的现代性转型和中国现代性的悲剧性表征，鲁迅的《野草》、陈忠实的《白鹿原》、贾樟柯的《三峡好人》等作品是很好的理论个案，都很好地表达出了中国现代性的悲剧性过程，成为对中国现代性悲剧的中国化表达，并值得我们从人类学的角度做出深度阐释。

鲁迅的散文诗集《野草》的创作时期正值中国现代性形成的早期阶段，也是鲁迅一生中精神最苦闷、内心最黯淡之际。这是一个具有过渡性特征的时代，也是新事物分娩前夕最具阵痛、最绝望的时刻，当时"五四"文化阵营瓦解，革命的战士在时代的变幻和危机的十字路口徘徊，无法确定自己的选择方向。这个时刻也是最难能可贵的时刻，这个时刻就看谁能够在这种最悲苦的时刻坚持并坚韧地承受下来，在艰难中真实地前行，这是一种与绝望的战斗，也是于绝望中前行的战斗。鲁迅的《过客》中的匆匆过客就是这样一个与绝望中反抗，化绝望为动力的勇士。尽管明知"前面，是坟"，但他仍无所畏惧地向"坟"前行，如果注定是毁灭，那么我仍旧要反抗这种绝望，以一种"以悲观作不悲观，以无可为为有为"的战斗精神，来反抗绝望，也只有这样，价值的尊严才能扭转。因此鲁迅说："虽然明知前面是坟而偏要走，就是反抗绝望，因为我以为绝望而反抗者难，比因希望而战斗者更勇猛，更悲壮。"[1]　"绝望之为虚妄，正与希望相同。"这种战斗中的绝望不仅表现为个人反抗的绝望，而且表现为个人反抗意图不被民众理解的悖谬。革命者为庸众牺牲，但革命牺牲的目的并不为庸众所理解，充斥着周围的到处都是一些极其麻木的看众。这种革命的悲剧性更让人痛心疾首。怎样唤醒庸众的意识，以鲜血的淋漓擦亮他们的眼睛？鲁迅的思考是逆转他们的期待，用一种别样的复仇方式。鲁迅的《复仇其一》就是因为憎恶那些旁观的庸众所作。一对男女裸身持刀，对立于广漠的旷野之上，路人们从四面奔来围观，"他们已经预觉着事后的自己的舌上的汗或血的鲜味"。但那对男女既不拥抱也不杀戮，而且也不见有拥抱或杀戮之意。路人们终于无聊下去，面面相觑以至于枯得失了生趣，而赤裸的男女反而"以死人似的眼光，赏鉴这路人的

---

[1]　《鲁迅全集》第11卷，人民文学出版社1981年版，第442页。

干枯，无血的大戮"，并最终"永远沉浸于生命的飞扬的极致的大欢喜中"。这种独特的复仇方式，反映了鲁迅对于旁观者的愤激和无奈，这是一种更深一层的悲剧。对于这样的庸众，无须震骇一时的牺牲，而是深沉的坚韧战斗。如果说他们满足于对别人悲苦的欣赏，在对比中体现出一种利己主义式的幸灾乐祸的话，那么逆转他们的期待，让他们无戏可看不妨作为一种疗救的方案。《复仇其二》取材于耶稣被钉上十字架的故事，孤独的神之子悬在虚空中，俯视下面聚拢来围观他被钉杀的庸众。鲁迅意味深长地说，"会觉得死尸的沉重"的民族，先烈的"死"才会有助于后人的"生"。当庸众开始意识到死尸的沉重，先烈们的死亡才真正地具有了意义。正是这样，鲁迅才会在《死火》中，让"我"做出了一个悲剧性的选择：通过"我"的毁灭和牺牲撕开沉重的生活幻相，唤醒人们已经麻木的感性，从而让革命之圣火如星星之火可以燎原之势将旧的制度摧毁。鲁迅这种从身外看转向身内看，并要求以自己的牺牲推动社会前进的历史车轮的悲剧性的态度，充分表明鲁迅之所以为鲁迅的伟大。

陈忠实的《白鹿原》同样是一部反映社会现代化进程中的悲剧性作品，但是很多评论家只是将其悲剧性简单地概括为民族传统文化的悲剧性，并且其作者陈忠实先生本身也是这样解释他在这部作品中所要体现的悲剧意识："一个民族的发展充满苦难和艰辛，对于它腐朽的东西要不断剥离，而剥离本身是一个剧痛过程。我们这个民族在本世纪上半叶的近五十年的社会革命很能说明这一点，它不像美国的独立战争，只要一次的剥离，就可建立一个新秩序。而我们的每一次剥离都不彻底，对上层来说是不断的权力更替，对人民来说则是心理和精神的剥离过程，所以，民族心理所承受的痛苦就更多。我们几千年的封建制度，许多腐朽的东西有很深的根基，有的东西已渗进我们的血液之中，而最优秀的东西和新生的东西要确立它的位置，只能是反复的剥离，所以，我们这个民族就是在这样一种不断饱经剥离之痛的过程中走向新生的。"① 但我认为这样看待问题的方式是把作品简单化了。或许，这是个连悲剧的作者也未必能够清醒地认识到或解释的悲剧。现代性的悲剧永远是欲望的悲剧，而传统的作用坐实必将导致对欲望化形象的批判力量的大大削弱，"古典艺术和古典文化由

---

① 《〈白鹿原〉评论集》，人民文学出版社编辑部编，人民文学出版社 2000 年版，第420 页。

于其社会基础已经解体，其形象与意义的联系必然断裂，如果它仍然具有审美价值，那么对这种价值及其意义的理解应该从当代社会关系中寻找答案。简单地批判这种审美形式'过去的'社会基础，很难真正说明作品的意义"。① 将古典的传统文化置于这种悲剧性困境中的是不可抗拒的现代性过程，现代性是一个不断欲望化的过程，但凡作为具有悲剧意识的作家面对这不可抗拒的现代性的过程，都会积极地思考现代社会中的欲望主题以及其在当代社会关系中的复杂表达。因此从现代性的角度来看待古典传统文化的悲剧遭遇和悲剧性，会有助于我们对这个悲剧更深入的把握。陈忠实的目的其实在于以中国的传统文化还需不需要作为问题的切入点，揭示出古典传统文化在现代社会中还未消失的意义和价值：在物欲膨胀的社会现代化过程，中国文化传统是否仍然具有价值，它以什么样的方式发挥作用？《白鹿原》中的人物大致可以分为三类，一类是古典文化的理想性的象征人物，比如朱先生，另一类是具有现实性的理想形象，与未来相联系着的人物，比如白灵。还有一类则是在传统和现代之间悲剧性地挣扎和反抗，并在传统和现代之间来回徘徊和不断奔突的人物。很明显，主人公白嘉轩作为白鹿原上"最后的一位乡绅或族长"和中华民族传统文化的优秀代言人，他在社会的现代化过程中必然受到愈来愈强烈的冲击，朱先生把这一命运精确地概括为"好人难活"四个字。作为白嘉轩人格的理想化和文化规范化升华的朱先生身上，同样生动地表现了古典文化与现代化要求格格不入的悲剧性和崇高感。朱先生近乎超凡入圣的一生只能以失败告终，纯化为理想的存在，说明其所代表的文化在现实中是缺乏根基和发展动力的。而黑娃从自然欲望的迷沌中醒来，开始他对温情、信任和正义艰难寻找的精神历程，然而寻找的最后结果却是稀里糊涂地回转到朱先生所代表的传统文化，这种寻找的回环性充满着悲剧性的意味。在一个"好人难活"的世界里，古典式的、以祠堂文化为基础的美不可挽回地开始解体，这是社会发展的必然，关键是那个在现实中必然解体的但却仍具有价值的文化世界该如何挽救，而不是简单地让它偃息在时代的挽歌中。也许正如海德格尔的"精神家园"，它虽然从现实界全面撤退，但在精神界照耀着我们，并带给我们巨大的精神力量和审美享受。这是一种在对现实和历史彻底绝望的立场上对社会生活的悲剧性的把握，所以笔者认为用

---

①　王杰：《马克思主义与现代美学问题》，人民文学出版社 2004 年版，第 141 页。

"宁静的悲怆"来概括其悲剧性特征是最恰切不过了。

贾樟柯的电影总是以一种人道主义的情怀，去关注底层百姓的生存状态和多舛的命运。中国现代性的艺术表征是他的作品的基本主题。在我们看来，他的《三峡好人》准确地体现了现代社会中的悲剧精神。我们骄傲于三峡工程的巨大生产力，但是很少人站到三峡当地人民日常生活经验的角度，体会到他们将以怎样的心情面对这沧桑巨变，体会出他们在这种现代化进程中所做出的牺牲和表现出的悲剧性的隐忍精神。《三峡好人》以其悲天悯人的人文情怀敏锐地捕捉到了三峡人日常生活的悲剧性张力。在谈自己在三峡拍片时的真实感受时，贾樟柯写道："在这样一个快速转变里面，所有的压力、责任、所有那些要用冗长的岁月支持下去的生活都是他们在承受。"① 在叙事结构上，《三峡好人》有两条线索。一条线索是，山西一个煤矿工人韩三明到奉节寻找自己十六年前买的四川女人和自己的孩子。另一条线索是，山西女护士沈红到奉节寻找她在三峡工作几年未归的丈夫。正是借助这样两个外乡人的眼光，我们感受到三峡人在现代化的进程中所做出的巨大牺牲，以及这其中的一些人在这个过程中特有的"沉静"。关于这种沉静，王杰教授曾用"优美化的崇高"来概括。"优美化的崇高"不同于康德式的否定性崇高，通过强调对主客体一致性关系的撕裂并在尖锐的冲突中获得崇高的效果。"优美化的崇高"体现的是一种对痛苦沉静的忍受态度，是"在面对着无限性的外在世界时，真正的善良和为幸福而牺牲的精神，使主体呈现出一种动人的美，它通过想象和精神的力量，使主体与对象之间的关系达到一种特殊的平衡"，是"人类学意义上的价值在个体生命活动中的回旋和展开"。② 这里笔者主张用伊格尔顿使用的"尘世的崇高"。《三峡好人》的英文名被翻译成《静默，生活》（Still, Life）。静默表征着这样一种生活态度，它像塞尚笔下的静物画一样，把平凡普通的东西转化为崇高和伟大的审美对象，是一种日常生活式的悲剧。贾樟柯说："中国的变化已经结束了，剩下的是每个人要面对现实，做一个决定。"现实总是带有残酷的色彩，关键是我们每个人是否能够采取一种积极的生活态度，从而在迎面而来的苦痛中超越它。尽

① 贾樟柯：《这是我们一整代人的懦弱》，《贾想 1996—2008》，北京大学出版社 2008 年版。

② 王杰：《现代美学导论——审美幻象研究》，广西师范大学出版社 2002 年版，第 277 页。

管影片中这些三峡人的生活总是像在高楼间走钢丝一样危险，却又不得不小心翼翼地求生，但他们并不麻木、绝望和气馁，在面对自己每一次人生选择时，他们并不焦虑和漫无目的，也不是随遇而安，而是行事慎重而有分寸，表现出少有的坚毅和主动性，他们有自己的人生目标，尽管这些人生目标平凡或卑微，但却因为他们的专注和追寻，同样体现出一种内在的具有超越性的美和高贵。片中的男主人公韩三明就是一个社会的底层人物，这个一开始让人感觉是老实巴交、唯唯诺诺的人物，在寻找妻子和女儿的行为上表现出惊人的执着，当他找到这个因追求自由但却沦为奴隶般生活的妻子，并且知道如果要带走妻子需要三万块钱赎身时，他的选择沉静而坚毅，没有丝毫犹豫：他要回山西煤矿挖煤，纵使自己死在煤矿，也要将妻子救出来，因为这是他作为丈夫的责任。韩三明的生活逻辑简单而真切，却充满着哲性的智慧。片中的另一个女主人公沈红为寻找丈夫而来，她原本的目的是为了挽回自己的婚姻，然而当她发现丈夫已有外遇后却毅然主动提出离婚，她让我们看到的是一个人在物欲横流的悲惨世界，为爱而存在的特有"沉静"。影片中小马哥说："现在的社会不适合我们了，因为我们太怀旧了。"但我们看到片中的人物在把一切都放弃之后，却分明有一种东西升华起来，静止在那里，成为中国现代化进程的艺术化表征，它并不刺激我们的感官和想象力，而是用真实的力量引起我们思考："在三峡，每个人对生活都是主动的，而这种主动并不是说人们不知道困难，并非民众是麻木的，而是既然生活如此，那么我也得活下去，尽量在有限的资源里活得更好。"① 生命是平等的，每种生命形式都在默默地绽放，以其独特生活方式和生活态度为我们的生活和人生提供意义。那些在中国社会和经济变迁中被抛来抛去四处漂泊的普通人，他们在生活被打乱而且别无选择，只能适应、改变和向前走时，仍然是认真而坚毅对待生活，呵护飘零的弱者，彰显出一种尘世的崇高，他们的形象就像凡·高的静物画《鞋》，默默地与我们对话，唤醒我们心底麻木了的"良知"。

　　通过对现代性与悲剧的观念的探讨，我们对悲剧的现代性和现代性的悲剧性有了进一步的理解。当代中国的生活就像南方的河，时而平静地流淌，时而咆哮奔腾，永不停息，在它平静的外表下也始终存在着激流，而

---

　　① 《在产业化潮流中坚持自我——贾樟柯在香港浸会大学的演讲》，《电影艺术》2007 年第1 期。

人类对自由的追求正是社会更替变迁，生生不息的内在动力。在现代社会，人们总是被自身的悖论所缠绕，人的欲望总是不会满足自己所达到目标而具有超前性，这使得它在实践和追逐的过程中总是充满着悲剧性的色彩。所以，人类的悲剧性是永远的，悲剧精神是人类为理想而斗争的悲壮过程所不可或缺的。新的生活方式总要不断地呈现，旧的生活方式总要不断地被替换，因而悲剧的观念也有所不同，但有一点是共同的：通过对悲剧性生活的再现式表征，使它成为我们的观看对象，我们也就把握住了悲剧性的实在界，从而可以沉静地面对任何苦难。

第 二 章

悲剧的伦理之维和伦理的悲剧之维

在《后现代道德》引言中，鲍曼这样写道："当今，生活快速变化。生活使所有的道德化为乌有。"① 由于在后现代主义文化社会中个人主义与享乐主义盛行，伦理与道德问题似乎成了一个集中表现出来的空场。怎样在传统伦理与后伦理思想间找到新的平衡点，就成了西方理论界和伦理研究当下致力的方向。作为西方著名的文艺理论批评家，伊格尔顿从悲剧的角度找到了表征和研究现代伦理思想的新形式。他认为悲剧作为伦理思想的表征载体，以文化和美学的形式来表征人类对自由、平等、博爱理想的不懈追求，悲剧中所体现的自由、解放、真理、牺牲等其实都是伦理需要的现实表达。在他的《甜蜜的暴力》（2003）一书中，伊格尔顿从悲剧观念在现代文化中的意义入手，深入分析了以悲剧经验所体现出来的现代性的复杂矛盾，从而深入分析了人性和伦理在现代社会的存在形式。《陌生人的烦恼》（2009）则是伊格尔顿通过对整个哲学思想史中有关伦理思想所进行的集中而系统的研究，认真思考伦理如何与政治和审美重新结合起来，以超越后现代之可能性。可以说，伊格尔顿开辟了一条从美学和文化的角度来研究当下伦理问题的新路径，对伊格尔顿悲剧理论中所呈现出来的伦理意识进行梳理和分析，不仅为伦理研究提供了一条唯物主义的重要研究路径，同时对于我们结合后现代伦理时代的伦理话语，思考将来的伦理走向具有重要的启发意义。

---

① 鲍曼：《后现代道德》，莫伟民译，学林出版社 2000 年版，引言。

一 悲剧的伦理之维

早在古希腊时期，亚里士多德从文学形式的角度对悲剧的概念进行规定时就已经强调了悲剧的伦理之维。他指出悲剧通过模仿，从而借助引起人们的怜悯和恐惧之情来使人们的灵魂得到净化和陶冶。而悲剧之所以能引起我们的怜悯和恐惧，因为是在"特定条件下"发生的苦难，即一个人遭受了不应遭受的厄运。怜悯是由一个人遭受不应遭受的厄运而引起的，恐惧则是由这个遭受厄运的人与我们相似而引起的。因此，他反对三种情形：悲剧不应表现好人由顺达之境转入败逆之境，也不应表现坏人由败逆之境转入顺达之境，再就是不应表现极恶的人由顺达之境转入败逆之境，因为这三种情节都不能引起我们的怜悯和恐惧。在这里，亚里士多德明确地为我们指出了悲剧自身所包含的伦理之维：通过对善的强调和张扬，从而陶冶性情，净化灵魂。

其后黑格尔的悲剧冲突说更是对悲剧所内孕的伦理价值维度的大肆渲染。在黑格尔看来，悲剧并不是出于个人的偶然原因，而是两种伦理观念的必然性的冲突，冲突双方是不同伦理观念的体现者，就其自身而言，它们都是有"辩护理由"和必然性的，都是合理的，但同时又都是孤立、片面的。当这些具有理想色彩、合理而又片面的伦理力量各自追求自己的实现时，必然要否定、损害同样具有"辩护理由"和合理性的另一种力量。因此，最后的结局必然是，要么冲突双方都以完全遭到毁灭而告终，要么各自放弃自己的片面要求，归于和解。无论是哪一种结局，最终的结果都是冲突的双方被扬弃，理念得到恢复和统一，重新达到和谐，实现"永恒正义"。需要解释的是，黑格尔的伦理与亚里士多德的不同。亚里士多德是通过诗人的正面宣扬，以激发人的怜悯和恐惧的情感反应，获得伦理价值的判断和提升。而黑格尔的伦理是一种本性上普遍的、具有绝对本质性的东西，它不是简单的情感关系或爱的关系，而是具有超验性和绝对性的伦理性实体。理念在人类伦理领域分化的具体的伦理力量，悲剧则是伦理以及代表不同伦理力量的人物之间的矛盾冲突而导致的。基于伦理理念，黑格尔对怜悯和恐惧进行了重新释义。恐惧是因为看到伦理理想的力量遭到破坏，怜悯是对受灾祸者所持伦理理想的同情。所以在他看来，一般的怜悯和恐惧并不与悲剧性的情感有关。只有与他的伦理内容联系起来，与伦理主张一致，恐惧和怜悯才算是悲剧性情感。很明显，黑格尔的怜悯和恐惧不再是对苦难和不幸的人的怜悯和恐惧，而是对形而上的伦理和理想的怜悯和恐惧。

伊格尔顿则是从人类学的角度来辩证地看待悲剧中所包含的善与恶的关系。在亚里士多德和黑格尔的悲剧探讨中，我们并没有看到悲剧中的恶之向度。尼采的《悲剧的诞生》作为哲学家笔下论悲剧的最好的一部，其主要原因就在于"把握住了真理的两面"①，即对善恶的辩证性看法。悲剧性既包括它肯定的一面，又包括它否定的另一面，人生既是善的，也是恶的，既给我们欢乐，也给我们痛苦，既把我们引向希望，也把我们引向绝望。因此，悲剧人物既可以是悲剧式的英雄，也可以是日常生活中的最卑微的受害者，既可以是亚里士多德所说的"比我们今天要好的人"，也可以是一个绝对恶的坏人，因为在他身上所体现的人性的完全丧失让我们倍感人性价值的弥足珍贵。以往理论总认为悲剧的价值体现在悲剧人物与其所对抗的力量所激发出来的悲剧性魅力，基本上都是从正面的、肯定的角度来看待悲剧，伊格尔顿则注重从否定的、绝望的角度来进行阐释。如果说以往的悲剧理论关注更多的是悲剧中善的一面，通过善从而达到净化的效果，人类学式的悲剧理论阐释关注更多的可能是悲剧中恶的一面，警醒我们如何对待邪恶。伊格尔顿说："若不以正确的方式对待失败和剥夺，以便在另一方面呈现出人的丰富化，那么就不可能达到悲剧的境界。"② 这很好地道出了悲剧中作为恶的力量所具备的意义。人不是天生具有善良的品性，人的善行是可以通过理性的教导来培养，也并非恶之根源。即便是认为人具有善良品质的潜力，善也最终是在恶的对立镜像中激发出来。

由此，伊格尔顿同样对悲剧中所激发出来的怜悯和恐惧的情感反应效果及其发生机制进行细细梳理。一直以来，"没有多少悲剧评论家怀疑亚里士多德所提出的怜悯和恐惧范畴的正确性"。③ 伊格尔顿试图弥合对怜悯和恐惧机制分析中的非理性和理性的割裂状态，并在感性和理性统一的

---

① 《朱光潜全集》第二卷，安徽教育出版社 1987 年版，第 363 页。

② 伊格尔顿：《甜蜜的暴力——悲剧的观念》，方杰、方宸译，南京大学出版社 2007 年版，第 221 页。

③ 同上书，第 172 页。

基础上来对悲剧中的怜悯和恐惧情感效应进行重新阐释。回到亚里士多德在《诗学》中提出"怜悯说"和"恐惧说"的那段话："不应表现坏人由败逆之境转入顺达之境，因为这与悲剧精神而驰，在哪一点上都不符合悲剧的要求——既不能引起同情，也不能引发怜悯和恐惧。"① 很明显，在亚里士多德这里，"同情"是不同于"怜悯"、必须进行区分的概念。并且，二者之间似乎还暗含着一种情感发生上的时间先后关系：同情应该先发生的，怜悯和恐惧应该是稍后的。也就是说，先是对悲剧人物情感或活动的分享，即先发生同情这一环节，然后从这种情感或活动的分享中体会到陷于悲剧性困境中的人物的痛苦和无力，产生怜悯和恐惧。由此可见，"同情"是在人的理性意识涉入之前的非理性反应，指涉的是人的心理上一种状态要求：当有人处于痛苦与不幸时，它很可能会激发起我内心的同情，他的灾难和痛苦立刻牵动我的心，直接影响我的意志，就像我自己的灾难和痛苦对它的刺激一样，我深深地体会到他的痛苦与不幸。正如我急切地想让自己从痛苦中摆脱出来，我虽然不能进入他的内心，但也能像感受自己的痛苦一样感受到他的痛苦，所以我能同他融为一体。由此伊格尔顿发现，在自我中心其实始终有一个异己的存在，而他者是自我中他性的外化，对待他者的关系如同对待我自己内部中所隐藏的一个他性，即创伤性的内核。一般情况下自我对这个他性却表现出令人无情的漠不关心，只有在悲剧的痛苦经历中，我们才能遭遇到我们内心深处所隐藏的这种隐秘的内在机制，从而唤醒人们内在的同情机制和伦理需要。

二　伦理的悲剧之维

同样，伦理自身也内含了悲剧之维，这是很多理论家无法认识到的一个层面，从而导致了伦理研究中遗漏了很多必不可少的要素。西方的伦理学概念最早是从古希腊的 thos 演变来的，其一般的含义是指习性、习惯。"伦理德性是由风俗习惯沿袭而来，因此把一词的拼写方法略加改动，就有了伦理这一名称。"② 伦理与道德不同。伦理的关怀是人性中的最根本

---

① 亚里士多德：《诗学》，陈中梅译注，商务印书馆 1999 年版，第 97 页。

② 苗力田主编：《亚里士多德全集》Ⅷ，亚里士多德：《尼各马可伦理学》，中国人民大学出版社 1999 年版，第 27 页。

的需求，它常常采用隐蔽的形式来表达人类的某种希望或恐惧，愿望或反感，爱或恨。所以，伦理作为人的内在品性，无法让我们直接感知到它，只能通过实践行为来表征，这就是道德。在古希腊传统的伦理体系中，道德的实践原则是建立在个人"真实行为"的基础上，是个人按照他们自己的方式相对自由地解释行为规范，发自内心的自发的一种爱的践行方式。也正因为对伦理悲剧之维度的忽视，苏格拉底天真地认为，好人不会受到伤害。然而在现实生活中，做一个好人和过幸福的人类生活并不一致。"人的生活总会被迫遭遇各种突如其来的偶然，坏运气足以毁掉一个人的生活甚至生命。"① 比如一个人如果长期生病而丧失了能力，或者被投入监狱中，那么这个人就是德性再高，也无法去付诸实践让他的伦理德性表现出来，因为他已经丧失了为人类谋求共同幸福生活而必需的某些伦理上重要的要素。苏格拉底自己连最基本的生命都无法保全，又哪儿来的幸福可言呢？所以，作为在这个世界上总是同他人一道生活的我们，生活的幸福与否，除了取决于自己的行为、能力和德性之外，还取决于我们在情感和现实上都外在地依赖的他人、机遇和环境。

　　这就涉及伦理在实践过程中的复杂性及其道德基础。可以说，真正的道德行为一定是出于伦理动机，是受伦理规范了的行为。然而有些人在伦理上知道事情应该怎样处理，但在行为上克服不了自私自利的欲望或者根本就是做不到，而有些人在伦理上知道事情应该怎样处理后，能抛弃自私利己主义的立场，不管付出多大的努力也要在道德实践中实践它。这就是利己主义的伦理道德观与利他主义的伦理道德观的不同。在康德看来，古希腊时期的道德伦理观其实是一种目的论的、利己主义的道德观。他们的道德动机是建立在一定的目的和利益基础上的。个人的幸福没有客观标准，它常常因个人而异，因时而异，因各种偶然的经验条件而异。从本质上来看，因人而异的幸福观其实是一种利己主义和利益主义，拿康德自己的话来说，这种道德观只是一种"假言命令"，因为它是以人的利益、幸福为基础，是根据条件"如果……那么"式的、相对的"假言命令"。道德受人的利益的驱使，因此道德无非就是联系在一起的人们的共同利益而已。康德反对这种道德理论，并试图从外在维度为伦理学找寻到基础，走的是彻底的唯心主义和形而上学的途径。他在更为普遍的层面上提出了

---

① 玛莎·纳斯鲍姆：《善的脆弱性》，徐向东、陆萌译，译林出版社 2007 年版，序言。

"绝对命令"，试图将道德的基础建立在一种不依经验及其教训为转移的先验的纯粹理性。康德进一步认为，道德主体不存在于感性的经验世界中，而存在于理智世界中。只有屈从于至高无上的法律，才能成就真正自由、理性和自治的主体。而那些从爱和同情出发来为善，或是从爱的秩序出发为善，都不是真正的道德准则。康德的道德学试图以无条件的责任概念作为基础，然而义务和责任其实无非是靠可能的惩罚和允诺的奖赏来执行罢了。这种完全为避免惩罚和获取奖赏的行为，在叔本华看来也不过是一种换装了的利己主义的道德。叔本华对康德的定言命令①与"良心"进行区分：第一，这定言命令，起命令作用，必然是在行动之前说出来的，而良心直到以后才有所表示……毫无疑问，通过外在引诱与激发的情绪，或者因为内在的坏脾性的不协调，在所有人中，甚至最好的人中，都会产生不纯洁、卑鄙的思想以及邪恶的欲望。但是一个人对这些思想欲望是没有责任的，不需要当作良心的负担；因为它们仅仅表明，那是人类而不是想到它们的个人，能够做的……良心就是一个人对于他已做之事的知识。第二，良心永远从经验中取得其材料；这一点定言命令做不到，因为它是纯粹先天的。② 叔本华充分考虑到人之欲望结构的复杂性，并不是可以通过外在的实践理性所简单摒弃囊括得了的。所以在叔本华看来，康德的道德学从根本上说"只不过一种其源头为幸福的道德，是建立在自私自利上的道德。换句话说，它是幸福论，它已经被康德视为一个擅入者郑重其事地从他的体系前门推出去了，反而以最高善的名义又让它从后门爬进来"。③ 康德强调以实践理性来约束人的自然情欲，设置了最高的善和上帝的存在。然而上帝的存在是一个高不可及的存在，一切的现实执行逻辑完全依赖于对上帝绝对信仰的力量。康德道德学的定言命令，仅仅在神学的道德观念中才有效用，在它之外丧失一切意义与意思。叔本华与康德恰恰相反，认为真正的道德动机，构成道德的终极根据，仍然应该在人的内在维度中去寻找，只有"解除这些不道德的、主张废弃道德法则的势力的桎梏，使之不受束缚，也正是在那里，隐蔽的真正道德动机，才会凸显

---

　　① 在叔本华的《伦理学的两个基本问题》中，将康德的"绝对命令"表述为"定言命令"。

　　② 叔本华：《伦理学的两个基本问题》，任立、孟庆时译，商务印书馆2010年版，第192页。

　　③ 同上书，第145页。

它的能动性"。① 叔本华厘分出人的两种"同情"："当同情心抵制自私自利与怀有恶意的动机，使我们不给另一人带来可能有的痛苦，使我自己不给人增添也许会有的麻烦时，这是最低级程度的同情；同情心积极地影响我，激发我主动给以援助时，这是另一较高级程度的同情。"② 虽说人的本质是自私的，但是在我们的人性深处，还存在着一种更为高贵的同情。比如这样一件事：一位贫穷的偷窃者不仅排除了受法律制裁的危险，而且也排除了一切发现甚至怀疑的可能性，尽管如此，这位穷人还是把窃物归还了富人原主。或者，失而复得之物都是没有想到要或希望要奖赏而被送回的：一个第三人称的存款在他死后被归还合法的原主；一个穷人，秘密地受一个逃亡者委托保管一件宝物，他一直忠实地保管，以后又还给他。这些现象就不是康德的先验论的道德体系所能解说清楚的，是一种完全利他主义的同情。站在整个人类的生存和发展需要的哲学人类学的高度，为了避免使人类个体行为和社会关系的冲突，更好地维护人类整体的生存意志，叔本华说："同情是不可否认的人类意识的事实，是人类意识的本质部分，并且不依假设、概念、宗教、神话、训练与教育为转移。与此相反，它是原初的与直觉的，存在于人性自身。"③ 这种利他主义的同情是可以作为道德的真正基础，"是一切自发的公正和一切真诚的仁爱之真正基础"。④

　　意识到伦理的悲剧之维是伊格尔顿建构其伦理学思想的所有逻辑出发点。在《甜蜜的暴力》中，伊格尔顿对早期的伦理思想及其缺失维度提出了强烈批判："可是生活在非常不公正的奴隶社会的亚里士多德并没有认识到，要使得人类的幸福在多方面成为可能，还需要对我们的权力进行根本改造。而且这不光涉及将这些权力延伸到目前被排除在外的群体，还涉及死亡与再生的悲剧性循环——放弃一种本质上具有剥削性的生命状态，以便另外一种更加公正的生命形态能够产生。这并不是因为必须为了牺牲之目的而放弃幸福之目的，也就是为了禁欲而放弃快乐，而是因为完

---

① 叔本华：《伦理学的两个基本问题》，任立、孟庆时译，商务印书馆 2010 年版，第219 页。

② 同上书，第 239 页。

③ 同上。

④ 同上书，第 234 页。

整地达到幸福在悲剧意义上需要牺牲——人类权力的破坏与再造。"① 伊格尔顿的矛头直指亚里士多德的幸福观是一种利己主义的幸福观，认为美德只与享乐有关，而并不那么真正关心人的崩溃和失败。所以亚里士多德伦理思想的悲剧性在于：他不是在共同人性的层面上即"人的价值和尊严是平等的"层面上来思考真正的伦理普及，既不承认我们与生活在我们城邦外的人们具有道德联系，同时也就根本无法意识到这种认识向我们施加的伦理义务。西塞罗在《论职责》中提出"共同人性"：共同的人性既向我们施加不要发起侵略战争的严格义务，在战争期间对敌人的某些义务，在我们的土地上款待外来人的义务，以及一系列其他的义务。伊格尔顿同样批评了康德的伦理学思想，认为康德的按道德去行动的思想就是要摒弃欲望、兴趣和爱好，使人们的理性意志与人们可以当作的普遍法则等同起来，而对人类自觉地奉行伦理道德的内部心理发生机制缺乏分析，没有顾及具体的历史情境。"放弃人的生物性存在的力量，必须是产生于其范畴之外的一种力量。"② 伊格尔顿强调从人类经验的完整性来看待伦理，每一个个体都不是完美的伦理学守护者，他们在道德上也并非全都是高尚的，伦理观念、高贵的同情潜伏在我们每个人体内，这种实践的可能性必须产生于范畴之外的力量。如果说悲剧中的失败经验可以让人们自发地产生怜悯和同情，那么极有希望成为呵护人的内在伦理维度的外在机制。

三　悲剧与后现代主义伦理学

后现代主义解构了道德形而上学的合法性根据，赋予了个体道德选择的自由性和丰富性，形成了后现代道德向个体的回归，个体道德成为唯一的最终的伦理权威等特征。然而后现代主义道德观最终形成于自我中心的基础上，是一种工于算计的虚伪的伦理道德观。人的本质是自私自利的，个人对利益的过度追求消解了社会共同性的利益，从而导致一些道德领域尤其是公共领域道德的缺失和混乱。因此，强化个体德性是重建道德伦理的可行性选择，但是强化个体道德人格的内化还得与强化社会群体的道德

---

① 伊格尔顿：《甜蜜的暴力——悲剧的观念》，方杰、方宸译，南京大学出版社 2007 年版，第 87 页。

② 同上书，第 129 页。

价值感相统一，充分调动有益这种结合的外在机制，以帮助促成个体的内在利益和外在利益相统一。叔本华希望将康德的绝对命令即坚持集体意识超越历史事实的思想综合进社会事实之中，从而实现出伦理规范和个人的意愿的共同实现。然而叔本华在强调的人的高级同情之维度的时候只流于对现实生活中所存在的高尚与宽宏大量的现象的列举，并没有找到形成它的内在或外在实践机制，只能停留在唯心主义的层面，作为他一个美好的主观愿望罢了。伊格尔顿则志在将这种内在的先验理性与外在的激发机制相结合，寻找到超越后现代主义伦理学的实践基础。

　　所以，虽然康德认为伦理是先验的存在，伊格尔顿却要给道德伦理以客观性。在伊格尔顿看来，所有的道德反应最终都是停留在我们的身体，而从人类的身体需求中可以找到人类伦理的唯物主义基础。在《理论之后》中，他专门辟出一章来探讨真理、伦理、道德的客观性，为伦理学的研究开辟出唯物主义的研究路径和基础。他认为真理和德行并不是纯粹唯心主义的，而是存在着客观性，即存在于人的天性之中："道德的终极根源乃是身体。""事实上，是会死亡的、脆弱的、会受苦的、会狂喜的、具有需求的、依赖的、具有欲望的、富有同情心的身体，为所有的道德思想提供了基础。"① 伊格尔顿转向了对人的身体特殊性的研究。人的身体不同于动物身体的特殊性正在于，人不仅是自然的身体，而且是文化的身体。自然的脆弱性和文化的交往性需求促使人类具有伦理关怀的需要："由于我们所处的无助状态，我们必须依赖他人才能延续我们肉体存在的事实……这种物质上的依赖性却永远无法与诸如关怀、无私、注意与保护的道德能力相分离，因为我们所依赖的，正是看护我们的他人身上的这些道德能力。"② 约翰·奥尼尔同样认为人的交往身体不仅是所有社会的道德基础，也是任何一种社会科学实践的道德基础："从生命的最初一刻起，我们的身体就将我们交付给了成年人的呵护——关心我们的健康幸福是他们的职责和义务。当然这种呵护是为了有一天能将我们从不成熟的身体和不谙世事的心灵中解放出来，从而使我们能够拥有独立的（自我呵护的）人生。因此，他人呵护我们、满足我们的身体需求绝非仅仅出自某种私己的快感，毋宁说这是一种人类的关爱传统；成年后的我们也往往

---

① 泰瑞·伊格尔顿：《理论之后》，李尚远译，台北：商周出版社 2005 年版，第 194 页。
② 同上书，第 210 页。

将此种我们曾享有过的关爱回赠给下一代。这是社会得以成立的一个最根本的条件。"①

　　但是作为内置在我们身体内部的伦理关怀尺度也还是要细细地区分。弗洛姆区别了两种良心②：权力主义的良心和人道主义的良心，并指出人道主义的良心是建立在人类自身本性的基础上，它不是一种我们急于去迎合而又害怕惹怒的权力的内在化的声音，而是我们自己的声音。它出现在每一个人的身上，并独立于外在的制裁和赞赏之外。这是我们总体人格的反应，而不仅仅是我们心灵的反应。如果爱是对人的各种潜能、关怀、尊重和受人爱的个人独特性的肯定，那么，人道主义的良心就是我们关怀自己爱的声音。从人类学的角度，伊格尔顿重新解释了人类爱的内涵。伊格尔顿认为，人在孤身独处时处于其本能领域中的爱欲最终还是利己主义的，只有生活在集体中并受到集体的暗示感受性和感染性效果时，个体才会放弃个人利益而欣然服从集体的利益。"当个人集中到一个集体中时，个人具有的抑制作用逐渐消失，所有那些作为原始时代的遗迹而潜伏在个人身上的残忍的、兽性的和破坏性的本能则被挑动起来，去寻找自由的满足。不过，在暗示的影响下，集体也能以克己的、无私的和献身于某个理想的形式取得高度的成就。"③ 伊格尔顿高度赞扬了犹太教中的爱："上帝之爱，是无欲无求的爱。这种爱，不是康德的道德律，这是真正的无条件的爱。神圣的爱是不计回报的。"④ 也就是说，犹太人的爱是一种神圣的爱，它的不同就在于它成功地切断了爱的交换链条，以爱的方式达到消除罪恶的效果。而这可以作为我们人性和伦理形成的真正基础。

　　在我们的日常生活中，如何将个人欲望与集体利益完美无缺地结合在一起，从而培养出这种非功利的、完全利他的怜悯、同情和爱呢？伊格尔顿将眼光转向了悲剧，重新解释了悲剧中的"怜悯"和"恐惧"机制。伊格尔顿认为真正的同情是无条件的，亦不涉及理性成分。"它并不倚赖于对客体性质的预先了解；它先于这种知识。它也不倚赖于延伸至客体的

---

① 奥尼尔：《身体形态》，春风文艺出版社1999年版，第8页。

② 这种内置在我们身体内部的伦理关怀尺度也就是我们平常所说的"良心"。

③ 弗洛伊德：《集体心理学和自我的分析》，《弗洛伊德后期著作选》，上海译文出版社1986年版，第84页。

④ Terry Eagleton：*Trouble with Strangers：A Study of Ethics*，Oxford：Wiley - Blackwell，2009，p. 116.

有所图谋的意图；它先于这种意图。"① 悲剧中的怜悯是一种纯粹同情的行为，亦即叔本华所强调的高级同情。它不需要任何价值体系来帮助他们判断，是在意识判断之前的情感。所以暴君也会为悲剧中一个可怜人的苦难而流泪，并且毫无疑问他所表达的同情之心也是非常真诚的。这种在悲剧的经验中升华起来的伦理需要和伦理主体才是真正的满足需要和真正的自由主体，而社会主义制度的最终形成，是导致人的伦理需要的自觉表达和完美满足的最终保障。

正如王杰教授所说，"在后现代主义时代，一切坚固的东西都烟消云散了，但伦理这块石头却顽强地凸现出来，因为这是人的根本，也是文化的根本"。经济的全球化以及后现代主义碎裂的文化特征，工具理性所造成的人性扭曲和片面发展，碎片化的社会秩序根本无法提供它所需要的集体符号资源。在理论反思中，西方很多理论家重新将眼光对准了人性之本，在传统伦理与后伦理思想之间重新寻求新的平衡点。他们试图将道德和伦理的社会层面与个体层面相结合，在寻求德性所带来的内在的精神性满足中将二者完美地结合起来。鲍曼的《现代性与大屠杀》、《生活在碎片中：论后现代道德》、《后现代伦理学》，利奥塔的《后现代道德》等都是他们通过对后现代主义文化的理论透视，以期望找出伦理与道德消失的真正原因，让道德力量之源重新出现。而伊格尔顿从人类学的角度和现代悲剧经验的框架中开辟了研究后现代主义伦理的新路径。他认为后现代主义伦理的存在合理性就在于它能为伦理提供一种悲剧性的现象存在，借助于这种悲剧性的浪费，我们可以把握到伦理在将来的真正走向，并积极调整着今后的发展方向。伊格尔顿所提供的从美学和文化的角度来进行研究的新路径，不仅为当下的伦理研究奠定了唯物主义的研究基础，同时对于我们思考当前社会的伦理价值以及伦理道德的重建问题不无启迪作用。

---

① 鲍曼：《现代性与大屠杀》，杨渝东、史建华译，译林出版社 2006 年版，第 238 页。

第 三 章

悲剧与意识形态

"意识形态"是一个非常复杂的概念。大卫·麦克里兰曾说："意识形态在整个社会科学中是最难以把握的概念。因为它探究的是我们最基本的观念的基础和正确性。因此，它是一个基本内涵存在争议的一个概念，也就是说，它是一个定义（因此其应用）存在激烈争议的概念。"① 尽管存在争议种种，但不可否认的是，"意识形态"是马克思主义理论家用以批判和阐释问题的重要维度，其主要意图在于揭示资本主义意识形态的虚假本质。然而，随着资本主义发展的深入、后现代主义语境的转换以及全球化趋势的发展，资本主义已经发生了结构性转变，美学已不再局限于艺术领域，而是向政治、经济、文化、消费领域、日常生活领域扩张。审美意识形态批评相应地有了不同层面的运用：首先是对于艺术作品中的意识形态批评，即对具体作品进行分析，也就是"意识形态形式"。"意识形态形式"意在说明文学的意识形态并不是只体现于文学或艺术作品中的意识形态，即文学作品的内容层面，同时也体现在作品的类型、风格、结构和叙事方式等形式之中。其次随着文化批评和文化研究的转向，审美意识形态批评进入了另一个层面。它们是在更为宽泛的文化意义层面展开批评，"在这样一种关系中，文化本身就是一种社会机构，它不只是将各种互不联系的文本收集在一起，而实质上，其本身就是一种社会实践"。②

悲剧作为文学中的一个重要理论范畴，在现代社会中同样发生了重要改变。黑格尔开始将悲剧作为哲学观念，这标志着现代悲剧观念的形成。

---

① 大卫·麦克里兰：《意识形态》，孔兆政、蒋龙翔等译，长春：吉林人民出版社2005年版，第1页。

② 《"我不是后马克思主义者，我是马克思主义者"——特里·伊格尔顿访谈录》，《文艺研究》2008年第12期，第83页。

进入现代社会后，悲剧更是与日常生活发生着直接联系，悲剧指的就是我们对社会的悲剧体验和反应，并在"情感结构"的层面上指导着我们的悲剧行动，影响并构造世界。进入后现代主义文化语境后，当文学狭义上的审美功能已经扩展为作为文化意义上和人类学意义上的审美，悲剧也就在作为文学形态层面与作为美学观念层面分别与意识形态发生关系。在此背景中，重新阐释了悲剧中的怜悯和恐惧机制的心理发生过程，揭示了悲剧如何通过怜悯和恐惧的心理机制作用于人的情感效果和情感反应，显现出主体在审美自由中如何得到培养和净化的整个心理过程，也成了当下西方马克思主义研究悲剧的重要方向。

一　作为文学形态的悲剧与意识形态生产

早在《二十世纪西方文学理论》中，伊格尔顿对 19 世纪英国文学的兴起进行背景分析时便得出了"文学就是一种意识形态"的结论。19 世纪英国文学的兴起极大程度上归因于宗教的衰落和社会对黏合剂的需要。宗教作为人类最成功的意识形态，伊格尔顿细致地揭示了其对人的成功控制方式：一是像一切成功的意识形态一样，宗教活动依靠的主要不是明确的概念或系统的学说，而是意象、象征、习惯、仪式和神话。它是情绪的和经验的，因而能使自己与人类主体最深处的种种无意识之根缠结在一起；艾略特所指出的，任何一种社会意识形态，如果它不能与这种深刻的、非理性的恐惧和需要相契合，就不可能长久存在也正是在这种意义下的言说。二是宗教可以在每一个社会层面上发挥作用：如果它有适于少数精英的理论版，它也有适于广大群众的虔诚版。它提供一种极好的社会"黏合剂"，从而把虔诚的农民、受过启蒙的中产阶级自由主义者和神学知识分子全纳入一个组织之中。三是宗教是一种安抚力量，它培养驯顺、自我牺牲和沉思的内心生活。① 就在 19 世纪后期宗教开始衰落之时，文学因其在话语和情感影响的相似之处而成为宗教的替代，发挥着意识形态的作用：一是文学作为一种消遣，可以为政治上的偏执与意识形态上的极端提供一服有力的解药。在文学对普遍人类价值关照的宏阔视野中，不仅

---

① 伊格尔顿：《二十世纪西方文学理论》，伍晓明译，北京大学出版社 2007 年版，第 21 页。

使得个人的细小问题显得微不足道，甚至使他们在沉浸于对永恒真理和美的高尚沉思中忘记具体的问题和眼前的要事；二是文学向他们传播资产阶级文明的道德财富，使他们不但尊重他们的成就，而且还会抑制他们身上进行集体政治行动的分裂倾向，培养容忍与大度的精神；三是文学以一种更精微的传达道德价值标准的方式，一种不靠讨厌的抽象而借"戏剧性的体现"来发挥作用的方式成为现代的道德意识形态。① 悲剧作为文学中一种悠久而重要的形式，作为对人类苦难和痛苦的表述，与整个社会的统一幻象保持着一种游离分裂状态，拒绝同质化和同构化，为意识形态的勘破同样起着重要作用。

　　意识形态的存在模式在阿尔都塞之前，只是一种作为思想、观念等内在的意识形态模式，其操作过程只是让我们努力劝导自己去信服它，相信它的真理性。意识形态往往与虚假性联系起来，伟大的文学作品在于能够超越它所处时代的意识形态界限，使我们看到意识形态掩盖下的现实。但阿尔都塞从结构主义的角度对意识形态进行把握。他在论述艺术和意识形态的关系时指出，"艺术使我们看到的，因此也就是以'看到'、'觉察到'和'感觉到'的形式（不以认识的形式）所给予我们的，乃是它从中诞生出来、沉浸在其中、作为艺术与之分离开来并且暗指着的那种意识形态"②。艺术并不是意识形态直接简单的"反映"，它既包含在意识形态之中，又与意识形态保持距离，让人们"感觉"或"察觉"到产生它的意识形态。伟大的艺术可以让我们进行科学的分析。马歇雷则将阿尔都塞的意识形态理论用于分析文学，强调文学与意识形态的离心结构，侧重分析作品中"雄辩的沉默、有意味的省略和吞吞吐吐的歧义"③ 来揭示作品与社会意识形态的关系，通过文学形式的虚构变形，从而帮助我们摆脱意识形态的幻觉。受阿尔都塞和马歇雷启发，伊格尔顿意识到意识形态不完全是一堆杂乱无章的、飘忽不定的形象和观念，而成为了社会历史中的一种基本结构，是具有一定仪式和结构的物质存在。正因为意识形态具有了

---

　　① 伊格尔顿：《二十世纪西方文学理论》，伍晓明译，北京大学出版社2007年版，第24—25页。

　　② 路·阿尔都塞：《一封论艺术的信》，杜章智译，陆梅林编：《西方马克思主义美学文选》，漓江出版社1988年版，第520—521页。

　　③ Eds, Terry Eagleton & Drew Milne, *Marxist Literary Theory: A Reader*, (Cambridge: Blackwell), 1996, p. 11.

物质结构的客观性和结构上的连贯性，它才可能成为科学分析的对象，因而艺术也可以成为科学分析的对象。

伊格尔顿非常清楚文学与意识形态的复杂关系，他说："如何说明艺术中'基础'与'上层建筑'的关系，即作为生产的艺术与作为意识形态的艺术之间的关系，依我看来，是马克思主义批评当前面临的最重要的问题之一。"① 伊格尔顿把整个文学活动分为一般生产方式、文学生产方式、一般意识形态、作者意识形态、审美意识形态和文本等几个方面。文学文本作为意识形态承载的物质性形态，可以为我们提供意识形态的可分析性客体。伊格尔顿首先通过演出与剧本的关系来阐明文本与意识形态的关系。演出和它所依赖的剧本的关系并不是表现、反映或复制的关系，而是一种劳动生产关系。"演出是加工生产剧本，把它转换成一种独特的、不可简化的实体……戏剧工具（舞台、表演技巧等）把剧本中的原材料生产成为一个具体的产品。演员不仅仅是扮演，而是他执行着功能、表演、行为的作用。"② 所以文本生产的对象并不是历史而是意识形态。其次，伊格尔顿还指出，在我们进入对文学文本和意识形态的关系分析之前，我们还必须分析另一种潜在关系，即文本与历史的潜在关系。如果说文本的对象并不是历史而是意识形态，那么历史与文本又是怎样的关系呢？伊格尔顿说："关于文本与历史之间是一种直接的、自发的关系的概念，属于一种要被抛弃的天真的经验主义。"③ 比如在资本主义生产模式中，你所观测到的像商品、工资关系、交换价值等一些现象性的范畴就不是真实。而简·奥斯丁的小说给我们提供的关于当时历史的观点远比历史著述更富于启发性。事实上，文本从来没有被看作对真实的历史的直接表达，如同语言的意义是根据它所关涉的客体一起被想象的。文学话语的特点在于它并不是把历史作为直接的客体，而是通过潜藏于历史中的意识形态的形式和材料发挥作用。"历史通过意识形态的决定性而对文本发挥作用，这种决定性在文本内部授予意识形态作为支配性结构的优先权，决定

① 特里·伊格尔顿：《马克思主义与文学批评》，文宝译，人民文学出版社1986年版，第81页。

② Terry Eagleton, *Criticism and Ideology: A Study in Marxist Literary Theory*, (London: Verso, 1976), p. 64.

③ Terry Eagleton, *Criticism and Ideology: A Study in Marxist Literary Theory*, (London: Verso, 1976), p. 70.

它自身是想象的或'伪'历史（'pseudo'History）。"① 正是这样，文学作品还具有"将已经生产出来的某些关于真实的再现形式生产成想象的客体"。② 意义进入小说中只是作为现实的表征形式而不是作为现实本身。因此真正的历史总是以一种扭曲的形式通过意识形态的决定性而对文本发挥作用，虚构文本既为我们提供意识形态错觉，还为我们提供对当代历史的解释。在文本与意识形态的建构性关系中，其背后的真正动力是历史，而不是意识形态。

　　在悲剧研究的历史中，应该说是威廉斯首先将悲剧文学与道德意识形态联系起来进行研究。威廉斯揭示，当现代人们"不断地尝试将古希腊的悲剧哲学系统化，并把它作为绝对的东西加以传播"③ 时，悲剧便开始在意识形态的层面上来运用了。在威廉斯看来，古希腊悲剧走向世俗化的过程也就是悲剧不断地褪去宗教性质并不断被意识形态化的过程，而在此过程中出现的一个关键因素在于理性道德的日趋强调。古希腊文化形成于理性主义兴起之前，因而其文化的特点在于一种神话的本质，由诸多信仰形成一个网络，从而形成一个严密的情感结构。然而现代人对其解释并非回到古希腊的现实语境，而是想当然地抽离出一个普遍的必然性，并将它置于人类的意志力之上，将苦难与道德过失联系起来，从而要求悲剧行动体现某种道德架构。由于 18 世纪普遍流行的抽象的人性论，以前人们较少意识到的道德和社会规范对这一联系的制约，这些规范事实上是特殊的历史现象，现在却被当成了绝对的东西。"新的资产阶级道德重点发生在规范的概念之内。它添加的内容是对赎罪的信仰，而不是有尊严的忍受。从这个意义说，过失一旦被证明，变化就成为可能。按照这一观点，悲剧表现的是过错所导致的苦难，和来自美德的幸福。凡是不这样做的悲剧都必须改写，甚至重写，以达到越来越多人所说的'诗学正义'之要求。也就是说，坏人将遭难，好人会幸福；或者像中世纪所强调的那样，坏人在世上过得很糟，而好人会发达。悲剧的道德动力就是实现这种因果关系。如果观众看到善恶因果关系的示范，他们会受到触动而好好生活。在

---

① Terry Eagleton, *Criticism and Ideology: A Study in Marxist Literary Theory*, (London: Verso, 1976), pp. 74—75.

② Terry Eagleton, *Criticism and Ideology: A Study in Marxist Literary Theory*, (London: Verso, 1976), p. 75.

③ 雷蒙·威廉斯：《现代悲剧》，丁尔苏译，译林出版社 2007 年版，第 8 页。

悲剧行动之中，戏剧人物自身也会有同样的认识和改变。所以说，悲剧灾难要么感动观众而使他们获得道德认识和决心；要么可以由于良心发现而被彻底避免。"① "在这一传统中，对苦难的反应必定是赎罪，而对邪恶的反应则是忏悔和行善。然而，由于受到一种具体成败观的限制，人们对道德的强调变成仅仅是教条，甚至连忏悔和赎罪也带有适应的性质。如此一来，一种原来非常传统的道德观变成了一种意识形态，它被强加于经验之上，以遮掩更加难以接受的对实际生活的认识。把这种结构叫作'诗学正义'具有讽刺意味，它恰恰表明了这一意识形态的特征。"② 伊格尔顿也明确表示，在 19 世纪下半叶，可能对悲剧注入了一种意识形态的需要，在必然性的框架将苦难与社会道德体系和人的道德培养联系起来，宣扬一种贵族式的绝对论和苦行僧般的自我牺牲的要求，培养超我的奴隶心态。同时将悲剧与悲观主义联系起来，从而导致犬儒主义、宿命论和异议。从必然性的因果关系中将悲剧进行意识形态利用的结果，以至于出现这样的一种怪现象：南非的一个教育机构最近建议禁止在学校讲授《哈姆雷特》，依据是它"不乐观也不给人鼓舞"。③

站在对悲剧意识形态批判的角度，威廉斯和伊格尔顿分别揭示出悲剧意识形态的虚幻本质，只是关注的对象和方式是不同的。威廉斯更注重从悲剧意识形态的理论逻辑上的不合理性来进行批判，他指出悲剧意识形态是按照固定不变的人性或人性的部分特征来解释悲剧，已经抽空了它那丰富的现实基础；而伊格尔顿更注重从意识形态的剩余以及由此而挖掘出悲剧的反讽性意味和真理内容。伊格尔顿受本雅明影响从"历史的恶的一面"进入，关注悲剧中的消极力量。伊格尔顿将这种消极性的一面推至极限，当悲剧人物被逼迫到崩溃的边缘和死亡前的绝对绝望，悲剧中以一种神秘的方式发生转换。伊格尔顿特别强调悲剧的神话结构和神秘主义效果，并不能成为简单的理性主义进行归约的对象。他还特别注意区分命运和厄运，命运带有必然性，厄运带有偶然性，体现悲剧的本质色彩。伊格尔顿认为，悲剧中的命运概念应该在神义论的框架中理解，"上帝将会成

---

① 雷蒙·威廉斯：《现代悲剧》，丁尔苏译，译林出版社 2007 年版，第 22 页。
② 同上书，第 22 页。
③ 特里·伊格尔顿：《甜蜜的暴力——悲剧的观念》，方杰、方宸译，南京大学出版社 2007 年版，第 27 页。

为欧米伽点的名称，这些矛盾的生活和观察方式可能会在这个点上聚合成一种整体的幻象"。① 苦难也只有在这种神秘主义背景中才能被赋予悲剧性的意义。而神话的神秘性的缺失背景则只能导致悲剧与世俗成就和人的自身过失之间的联系。随着现代神话的消失，悲剧意识形态在命运和必然性的框架中对悲剧中苦难的解释变成了人的必然命运，是人自身犯下的过错所遭受的必然惩罚，从而与美德和道德、幸福和奴颜婢膝的价值观连在一起。因此，伊格尔顿首先要反驳悲剧意识形态对亚里士多德悲剧理论所做出的悲剧宿命论式的解释并予以澄清。他认为，亚里士多德所认为的悲剧的发展应该是自然的和必然的要求，更多的是一种形式上而非形而上的宿命论要求，即是作为文学形态的悲剧在结构上的整体要求。并非所有的悲剧行为真的都是预先决定的。"如果后悔莫及的克瑞翁直接去她的牢房而不是先处理她哥哥的尸体，安提戈涅也许就能从死亡中被拯救出来。"②即使悲剧具有不可避免性，但是不可避免也只有在你自己对它的反抗中才能被证明为不可避免。而苦难与道德之间并不存在必然联系。伊格尔顿站在哲学人类学和神义论的立场，认为悲剧中的罪并不是个人自身犯下的过错，而是整个人类生存之罪，悲剧英雄弥补不是他自己的罪孽，而是存在本身的罪。在古希腊悲剧中，悲剧主人公确切地说应该是一个替罪羊的角色，苦难与道德的联系是人为的而不是必然的，是悲剧意识形态化的结果。而苦难与道德之间并不存在必然联系。悲剧意识形态要求标示着悲剧在这样做之前，苦难已经被给了一种结构。伊格尔顿站在哲学人类学和神义论的立场，认为悲剧中的罪并不是个人自身犯下的过错，而是整个人类生存之罪，悲剧英雄弥补不是他自己的罪孽，而是存在本身的罪。其次，伊格尔顿跳出传统反映论的意识形态研究，提出文学生产论和"文本意识形态"的概念，认为文学总是与它们所处的意识形态世界之间保持着一种曲折复杂的相互建构性关系，并有着自身的审美价值。一方面，一般意识形态作为文学的原材料，决定了文学的基本结构，也就是说意识形态结构作为文本内部的优先的支配性结构决定了文学形式；另一方面，文学生产具有自身内在逻辑和相对独立性，文本并不仅仅是为了审美地解

---

① 特里·伊格尔顿：《甜蜜的暴力》，方杰、方宸译，南京大学出版社 2007 年版，第120 页。

② 同上书，第 111 页。

决这些问题而展示意识形态冲突，文本本身对特定意识形态冲突的解决会重新产生文本的内在冲突。一方面悲剧作为要求在情感效应上能够达到唤起观众的怜悯和恐惧的接受效果，所以先在于悲剧文本的一般意识形态作为优先的支配性结构对悲剧形式产生要求。正如亚里士多德在《诗学》中所做出的规定，为了引起我们的怜悯和恐惧，悲剧必须是在"特定条件下"发生的苦难，并分别对引起"怜悯"和"恐惧"的悲剧叙事作了规定：不应表现好人由顺达之境转入败逆之境、坏人由败逆之境转入顺达之境、极恶的人由顺达之境转入败逆之境。另一方面艺术的作用在于陶冶情操，"让我们获得'解放、恢复、振奋'"，[1] 它需要调遣出人的激情和创造力，让人获得施虐狂式的快感。这注定了悲剧对人的产生效果不可能是意识形态的说教性、颓废性和阴郁性的。在悲剧文本中，意识形态意义上的诗学公正只不过是一种形式的诗学公正，怎样阅读还需要视具体情况具体语境而定。有些文本中的诗学公正是必需的，否则会造成弱者对强者反复无常的宽宏的依赖；有些诗学公正的表达却是反讽的，其目的是为了表明虚构作品与现实生活构成强烈的对照，造成"虚构作品越是赞美诗学公正，它就越是颠覆性地提请人们注意公正在文本之外的匮乏"[2] 的接受效果。最后，随着接受美学和读者反应批评理论的兴起，在文学的接受效果中注重强调读者的能动作用。悲剧必须被置于文学价值论的框架中来进行研究。文学价值作为阅读和批评的生产现象，它所表现出来的永远是文本、读者、批评家之间的交换价值形态。悲剧发展到文艺复兴时期已经摆脱传统的权威并保证自身的审美自律性，"当一个处于历史衰落中的统治阶级再也不能把握其局势时，主动权就被传给了戏剧观众自己，在没有专制特权支配的情况下，他们现在必须自己思考并做出判断"。而伊格尔顿从读者的维度发现悲剧意识形态的运行和接受并不是很流畅的，他发现了与惩罚不相称的镜像——宽恕。[3] "宽恕破坏针锋相对的轮回，中断了因果报应的机制。它以傲慢的姿态废止了正义的绝对交换价值，在关乎缺

---

　　① 特里·伊格尔顿：《甜蜜的暴力——悲剧的观念》，南京大学出版社 2007 年版，第 27 页。

　　② 同上书，第 149 页。

　　③ 但伊格尔顿批判了尼采式的将宽恕视为超人的特权，具有反复无常性，认为这样会造成弱者对强者的依赖。

点和美德的低沉、小资产阶级的逻辑之上浮现。"① 在宽恕的意义上，与伊格尔顿齐名的齐泽克也从精神分析的角度分析了基督的献己之祭行为的真正意义："基督的献己之祭，在一个根本的意义上，是没有意义的；不是一种交换行为，而是一种不必要的、过剩的、没有保证的姿态，旨在展示他对我们、对堕落的人类的慈爱……基督之举的赌注是要向我们展示交换之链可以被打断。基督拯救人类不是依靠为我们的罪恶支付赎价，而靠的是向我们揭示我们能够从罪恶和报应的堕落圈里突围。基督不为我们的罪恶付赎价，而是毫无夸张地勾销了罪恶，反过来通过爱去'消灭'罪恶。"② 基督并不要求诗学正义，相反，他以爱的方式达到消除罪恶的效果。宽恕悬置并打破了诗学正义的复仇或惩罚这种冤冤相报的清算逻辑，因而被伊格尔顿称为正确的剩余，认为这才是我们人性和伦理形成的真正基础。

二　作为美学观念的悲剧与审美意识形态

随着现代美学或艺术哲学的兴起，艺术领域开始受到广义上的现代理论抽象化和形式化的影响，美和美感成为可以孤立出来的经验。艺术也"被从始终纠缠它的物质实践、社会关系与意识形态意义中抽拔出来，而被提升到一个被孤立地崇拜着的偶像的地位"，③ 文学艺术逐渐地丧失对现实的批判能力，而这时兴起的美学话语恰好弥补了这一空缺。文学批评逐渐转向文化批评。伊格尔顿意识到在对文学与意识形态关系的研究中，尤其是对文本作为意识形态的生产进行科学的研究中，这种文本的内部研究存在着将主体、实际的阶级斗争和政治关怀等重大主题边缘化的危险，同时也有把伊格尔顿自己无形中排挤到他反对的纯粹形式主义的危险。正如伊格尔顿分析马歇雷对"文学与意识形态"所作的努力，尽管他挖掘出文本中的沉默之处和空白之处，以说明意识形态的无处不在以及文本对意识形态的反抗，但这种对沉默和文本空白意义的填充无非也是将之还原

---

① 特里·伊格尔顿：《甜蜜的暴力——悲剧的观念》，南京大学出版社 2007 年版，第 148 页。

② 齐泽克：《有人说过集权主义吗?》，江苏人民出版社 2005 年版，第 36 页。

③ 特里·伊格尔顿：《二十世纪西方文学理论》，伍晓明译，北京大学出版社 2007 年版，第 20 页。

为得到控制的知识，结果导致文学成了"克服无意义的艺术"①。知识不足以建构统治阶级的意识形态统一所需要的普遍主体性，随着文化批评和文化研究的兴起，担当起意识形态批判的任务转而成为在文化意义上的审美的任务了。伊格尔顿说："对于马克思主义来说，文化既是至关重要的，又是明显次要的：既是集聚权力和培养奴性的地方，也是某种被称为'上层建筑'的东西。"② 而在文化批评和文化研究兴起之后的美学则"依然持有一份不能降低其特殊性的责任……向人们提供一个看来属于非异化认知模式的范式"③。与此同时，悲剧在此期间不再仅仅是作为戏剧形式的文学形态呈现，而是作为美学观念的悲剧意识和悲剧哲学开始繁盛一时。伊格尔顿一再强调，悲剧如果具有艺术形态上的必然性，那么我们从中所获的愉悦只能是纯美学意义的④。而作为美学观念的悲剧却绝不能是认识的，因为审美判断中的一致性获得不是通过概念范畴，而是通过情感的效果。由于作为美学观念的悲剧超越了舞台的限制，如今倒可以"自由地在对酒神或上帝的沉思中，在牺牲的必然性中，充分处理自然与文化间的冲突或圣灵的自我疏离，在那里，它变成了与人类的不幸没有多少充分关系的生机论或人道主义的征兆"⑤。伊格尔顿深知，仅仅将悲剧视为一种文学形式是远远不够的，将悲剧视为文学形式仍然还停留于将悲剧视为知识的形态，这在某种程度上与悲剧所强调的非理性因素或者说尼采所强调的酒神精神相违背。悲剧还保留着对有关人类神秘主体力量的叙述，因而是在更情感、更直觉的审美层次上与意识形态联系起来。

我们应该首先理解审美以及审美意识形态的政治意义。早在威廉斯对"审美"进行关键词式的梳理时就已经指出，"Aesthetic 是现代人对 art 与 society 有不同认知的重要因素之一。Aesthetic 与 culture 包含一个特别意涵（超脱社会评价之外的意涵），指的是一个被主流社会所排除的人类空

---

① 特里·伊格尔顿：《甜蜜的暴力——悲剧的观念》，南京大学出版社 2007 年版，第 19 页。

② Eds, Terry Eagleton & Drew Milne, *Marxist Literary Theory: A Reader*, (Cambridge: Blackwell, 1996), p. 7.

③ 特里·伊格尔顿：《美学意识形态》，王杰、傅德根、麦永雄译，广西师范大学出版社 1997 年版，导言第 2 页。

④ 特里·伊格尔顿：《甜蜜的暴力——悲剧的观念》，南京大学出版社 2007 年版，第 110 页。

⑤ 同上书，第18页。

间。Aesthetic 的意涵——强调人的主观认知是艺术与美的基石——是可以理解的，但另一个意涵——把人的主观认知排除于艺术和美——却是说不通的。正如 art 与 society 相对立一样，'美学的考量'（aesthetic consideration）是不同于'实用的'（practical）考量或'功利的'（Utilitarian；参见本书）考量。'美学的考量'这个词，虽然普遍流行，但用法有其盲点；无可避免地这个词已被错置及边缘化"。① 这说明现代性意义上的审美的问题已不仅仅是一个纯粹哲学意义上的审美和艺术问题，而是一个更大范围内的社会和政治问题。在威廉斯的基础上，伊格尔顿对审美概念的进一步扩充，美学不仅仅是艺术从社会中分离的概念性特征，而是一种政治权力的新模式。美学不再像艺术一样可以具有超然的自律性，美学的诞生与发展都与阶级、政权、意识形态等息息相关。詹姆斯·史密斯对他的评价是："在伊格尔顿著作中对'审美'一词的使用极大地挑战了哲学上将美学纯粹地局限于艺术或美的运用。相反，伊格尔顿在更为广泛的方式上使用审美，使它作为广泛地关涉到社会性理解的概念。"②

　　在将审美扩大到作为文化意义上的审美进行研究，悲剧也就顺利过渡到作为美学观念的悲剧观念运用了。伊格尔顿从对文化的词源性考察中得出，并非像时下流行的那样，自然是作为文化的派生物，相反，从词源上来看，"文化却是一个派生于自然的概念。英文中'culture'这个词的一个原始意义就是'耕作'（husbandry），或者对自然生长实施管理"。"文化最先表示一种完全物质的过程，然后才比喻性地反过来用于精神生活。"③ 这也就决定了作为一种文化意义上的悲剧观念不可能摆脱它的唯物主义基础，而不再是意识形态式的将悲剧的审美效果和情感效果化约为一种知识性的规训和归化，表现为与人自身的现实生活以及精神要求相关。西美尔从文化上揭示人类永恒的悲剧性："无论什么时候，只要生命超出动物水平向着精神水平进步，以及精神水平向着文化水平进步，一个内在的矛盾便出现了。全部文化史就是解决这个矛盾的历史。"④ 伊格尔

---

① 雷蒙·威廉斯：《关键词：文化与社会的词汇》，生活·读书·新知三联书店 2005 年版，第 3 页。

② James Smith, *Terry Eagleton: A Critical Introduction*, (Cambridge: Polity Press, 2008), p. 96.

③ 特里·伊格尔顿：《文化的观念》，方杰译，南京大学出版社 2003 年版，第 1 页。

④ 西美尔：《现代文化的冲突》，刘小枫：《现代性中的审美精神》，学林出版社 1997 年版，第 415 页。

顿的悲剧观念就是必须走出斯坦纳所强调的作为文学形态的悲剧形式，而与日常生活中更为普遍的悲剧现实联系起来。在作为文化意义和人类学意义的悲剧运用层面，悲剧是作为一种痛苦的情感表征，个体处身于现实中的痛苦及其对痛苦所能做出的反应。痛苦始终是必须发生于身体并通过身体感受，不管是它在自然形态上的生理性痛苦还是在文化形态上的精神痛苦。克尔凯郭尔说，痛苦无可代替，用伊格尔顿的话来说，痛苦不具有交换价值。痛苦作为人的最基本的情感反应，作为与我们的身体紧密联系的生物性存在在人类漫长历史中很少发生本质性的变化，所以不具有历史主义的特征。其体现的经验的共同性和情感的共通性能够穿越时空的邃洞，无须理性的介入，而在直觉上能够迅速达到情感上的认同和共鸣。由于它不太受到文化的影响和操纵，所以伊格尔顿说，"痛苦的身体在很大程度上是一种消极的身体，不适宜于某种关乎自我型塑的意识形态"。① 当个体在面临痛苦时，个体所调动起来的力量是发自身体内部的本能力量，理性和意识形态在它面前显得如此疲软无力。而讲述人类有关痛苦的身体叙事的悲剧由于不适宜于这种自我型塑的意识形态，表现为意识形态的原型。我们同情菲罗克忒忒斯，是因为他正遭受由化脓肿胀的脚带来的痛苦，我们从身体出发完全可以感受到他的这种痛苦；我们理解安提戈涅，是因为我们身体结构中拥有同样的伦理要求。只要痛苦存在，我们就会产生怜悯和同情，这种情感反应是发自身体内部需求，是自然产生的。这决定了我们在进行审美意识形态研究和悲剧研究中不可忽视身体维度，它为解构审美自律的神话提供了唯物主义的论证基础和科学的分析。

由于人的身体既是文化的，也是自然的。我们的身体结构具有先天性的缺陷，必须依靠文化的培植，因此我们的身体内部始终有一种文化需求，"因为我们都是早产的，不能照顾我们自己，所以我们的天性包含了一个裂开大口的地狱，文化必须急切地进入其中，否则我们就会死去"。② 资产阶级统治秩序正是利用了这一点，通过习惯、虔诚、情感和爱等方式将权力铭刻在被统治者的心灵和身体里，形成一种主体的自我同一性的强制力量，将政治力量审美化，外在权威内化。但是，正是因为人的

---

① 雷蒙·威廉斯：《关键词：文化与社会的词汇》，生活·读书·新知三联书店 2005 年版，第 6 页。

② 特里·伊格尔顿：《后现代主义的幻象》，华明译，商务印书馆 2000 年版，第 85 页。

身体既是文化的，又是自然的，审美既是资产阶级意识形态作用的场所，同时身体的自然性所蕴含不受束缚渴望自由的反抗力量，作为一种久久不能平息的力量对既定的政治权力同样会构成了潜在威胁。后现代主义文化中新身体学的兴起为我们注意到悲剧研究中的身体维度提供了很好的契机。伊格尔顿盛赞后现代主义文化对人的身体的重视，同时也批判了后现代主义文化中重视的只不过是性欲的、受规训的或欲望的身体，这种身体研究未能突破弗洛伊德的欲望的身体框架，忽视了文化与自然的同源关系。伊格尔顿认为我们的眼光应始终盯住社会生活中的人们的痛苦与磨难，关注生活中痛苦的身体。悲剧中始终存在的痛苦的身体作为表征意象和意识形态原型是一种不具有交换价值的存在，既是自然的，又是文化的，更是自然和文化的统一。通过身体的革命性以及身体中介重新生产出新的主体，悲剧可以成为打破社会和谐的颠覆性力量，为再生和改造提供土壤。而这主要是通过悲剧的崇高效果对人的情感造成影响来完成。

意识到人始终作为一种生物性的结构存在，伊格尔顿超越了康德将崇高和理性道德联系起来的框架，而是吸收了弗洛伊德的精神分析学说，延续博克将崇高与人的本能和快感联系起来的分析理路，将崇高和人的本能力量即死亡驱力联系起来。伊格尔顿批判了康德的想象式的崇高，揭示了资产阶级社会利用美与崇高的辩证法所导致的双重意识形态效果。审美容易导致主体与外在的想象性同一，造成自我的封闭性结构；"如果没有这种令人厌恶的暴力，我们就永远不可能受刺激而超出自我，永远不可能被激发出进取心和成就感"。[①] 崇高就是这样一种惩戒性和令人感到羞辱的破坏性力量，能够使主体不由自主地意识到自己的渺小和有限，从而使主体产生必要的尊敬和主体的服从。但伊格尔顿揭示，"意识形态不应该为了阉割欲望而如此彻底地使主体中心化"。[②] 所以，审美和崇高成了意识形态相互补偿、不可缺少的部分。但崇高同时也是一种否定性的力量，帮助自我完成主体性的形成，条件是必须超越我们感觉的局限。审美的想象性结果培养的只是经验的无限总体性意识，它绝对唤不起主体的任何冲动。而崇高在某种程度上是一种反审美，"它把想象推向极端的危机，使

---

① 特里·伊格尔顿：《美学意识形态》，王杰等译，广西师范大学出版社1997年版，第80页。
② 同上。

之失败和挫折，目的是为了它自己能否定性地超越于它的理性。就在无限的理性威胁着要击败我们时，我们才意识到理性在我们心中所打下的不可思议的烙印"。① 这时，就会发生主客体价值的扭转。"想象的主体把盲目崇拜的力量归咎于客体，因此该主体必须恢复自身的感觉，消解这种投射，进而认识到，这种力量就存在于自身内而不是存在于客体中。"② 悲剧的叙事显示出与之相似的结构。悲剧经典性的叙事模式是悲剧主人公遭遇要欲将之毁灭的苦难，悲剧主人公由此激起要战胜苦难的激情和勇气，最后以一种悲剧式的崇高体现悲剧主人公内在精神的伟大和胜利。在对悲剧与意识形态关系的穿梭研究中，伊格尔顿认为我们首先应该抓住意识形态的原型，即对人的苦难的正确理解。伊格尔顿否定了在悲剧中的苦难所具有的交换价值。"一旦苦难以一种工具性的或相应而生的方式加以构想，它就不再是补偿性的。颇像当人们想到作为回赠的礼物就已经不再是真正意义上的礼物一样。"③ 一旦被认为作为交换价值的产物，悲剧便已经脱离它的真实原型而被赋予了意识形态的使用意义。伊格尔顿认为，"人们只有通过接受对于实际来说最不幸的情况，而不是将其作为跳越不幸的一种便利的跳板，才有希望超越它"。④ 苦难将人的忍受力推至极限，挤压到堕入无意义和悲伤的地狱之极限，超出了人的忍受限度，目的就是为了否定性地超越。在苦难即将摧毁我们之际，主体调动起人的身体内部一种本能力量和死亡驱力，将驱使他走向反抗。悲剧主人公最终认识到导致悲剧性的崇高力量其实就存在于人的身体内部而不是存在于客体中，对上帝的崇拜转向精神分析学，价值的崇高走向了欲望的崇高。

　　因此，崇高具有生产和解放主体性的力量和结构。对于康德式的崇高，伊格尔顿揭示其仍然是一种审美想象，在不自觉中往往承担着意识形态的功能。正如马克思所指出的，这种康德式的想象根本没有去考虑人的具体情况、差异性和能动性。一切都只是为了逼迫理性的出场而准备。这

---

① 特里·伊格尔顿：《美学意识形态》，王杰等译，广西师范大学出版社 1997 年版，第 82 页。

② 同上书，第 83 页。

③ Terry Eagleton, *Sweet Voilence: The Idea of The Tragic*, (UK: Blackwell Publishing Ltd, 2003), p. 37.

④ Ibid..

种崇高体验中所生产出来的主体并不具有真正的主体性。伊格尔顿认为，悲剧中的崇高却能够消解行动的交换价值。"悲剧之区别于更加脆弱的目的论形式，就在于承认有害的东西依然是有害的；它没有被其工具价值魔术般地改变成有益的东西。行为的'交换价值'，它可能会导致的再生的生命，并没有获准取消其'使用价值'。"① 究其原因在于悲剧中所面对的死亡。悲剧中的崇高涉及的是有关死亡和再生、认同和差异的节奏。"崇高涉及死亡和复活的节奏，正如我们经历了认同的根本性失败后，自我却更加多样的向自我回归。这种可怕的力量使我们进入了一种无意义的状态。然而，和上帝一样，这是一个丰富性的而不是荒芜的虚无，我们自己融入崇高的无限性中，我们就不是任何具体的事物，但成为潜在的任何事情。"② 作为创造，人是无限的。但作为自然的客体存在，人又是渺小的。当我们克服了作为自然的客体存在中人的脆弱和渺小后，人的主体就会走向崇高，成为可以成为的各种可能性。当然，作为生物性的存在结构，人的死亡只有一次，所以我们不能真正去经历死亡，而只能通过审美的形式得到想象性的替代满足，控制我们内心深处对死亡的畏惧。悲剧很好地提供了这种形式要求。因此，主体性的重新形成必须在悲剧的崇高中去经历一次符号性的象征性死亡。通过对这种死亡的经历对自我主体性的形成具有重要的意义：一是自我在失败后的回归；二是获得死亡后的绝对自由；三是象征性地经历死亡后，服务于永恒的生活。这种崇高既承认人的卑微，又承认人的伟大，伊格尔顿将其称为"尘世的崇高"。

三　甜蜜的暴力："怜悯"和"恐惧"的现代重释

而今我们已经习惯于将怜悯等同于同情，朱光潜指出，在西方，同情（sympathy），原义并不等于"怜悯"，而是设身处地分享旁人的情感乃至分享旁物的被人假想为有的情感或活动。现代一般美学家把它叫作"同情的想象"。关于亚里士多德在《诗学》中为了强调悲剧的情感效果时提

① 特里·伊格尔顿：《甜蜜的暴力——悲剧的观念》，南京大学出版社 2007 年版，第41 页。

② Terry Eagleton, *Holy Terror*, (Oxford : Oxford University Press, 2003), p. 45.

出"怜悯说"和"恐惧说"的那段话是这样说:"不应表现坏人由败逆之境转入顺达之境,因为这与悲剧精神背道而驰,在哪一点上都不符合悲剧的要求——既不能引起同情,也不能引发怜悯和恐惧。"① 在这里,"同情"和"怜悯"、"恐惧"是两个必须区分开来的概念,而且,这里似乎还暗含着一种情感发生上的时间先后关系:同情应该先发生的,怜悯和恐惧应该是稍后的。先是对悲剧人物情感或活动的分享,即发生同情这一环节,这是人性自发的情感,当理性介入之后,观众然后从这种情感或活动的分享中体会到陷于悲剧性困境中的人物的痛苦和无力,如亚里士多德所说的,因为想到这个人是遭受不应遭受的厄运所以我们产生了怜悯,而当我们想到这个遭受厄运的人与我们相似,我们又会产生恐惧。对悲剧的情感效果后来就一直在他的怜悯和恐惧的框架中进行。直至威廉斯指出,当我们开始从下层的生活中汲取苦难的情景,并且指出不能因为他们是同类而减少你的怜悯时,这里体现的怜悯就与亚里士多德强调的怜悯就不同了。伊格尔顿将亚里士多德的同情称为利己主义的同情。而在威廉斯这里见到的是,"对怜悯新颖而独特的强调:怜悯即同情"。这正是人道主义因素在不断增强的标志。威廉斯对怜悯新的因素的强调道出了两点:一是亚里士多德在《诗学》中强调悲剧的效果在于怜悯和恐惧,其中的怜悯与同情是不同的;怜悯似乎是自高而下的,有一定优势感,要必须拥有一定的资格才能对人物进行怜悯,但同情不一样,同情的目光是平行的,是同类中的情感,是基于这样一种平等的概念基础上进行的:每个人都仅仅把自己看作他人中间的一员,同时把他人看作一种充分意义上的个人。这是从人性出发而产生的同情;二是道出了同情的变化是伴随着人道主义思潮的出现,从怜悯到同情的转换体现了对悲剧艺术阐释的人类学的视角和维度。伊格尔顿认为悲剧中所激发出来的怜悯不再是亚里士多德的利己主义的同情,而是建立在人性伦理意义上的爱的法则。爱意味着试图以想象的方式感受他人的经验,分享他人的欢乐与悲伤,而丝毫不考虑自己。对一个人的怜悯和爱是不能将这个人拆开,而是应该像对待自己的需求、欲望和利益一样去对待他人的需求、欲望和利益,爱他人就像爱我们本来的自己,是包括像爱我们身上所有的道德污点的方式去爱别人,不但要爱他们身上人道的东西,还要爱他们身上非人道的东西。比如我们如何去同情

---

① 亚里士多德:《诗学》,陈中梅译注,商务印书馆 1999 年版,第 97 页。

一个邪恶的人，我们就必须站在人性的角度。利普斯说："一个人无论有罪或无辜，都将招来灾难，所以我认为，这一灾难也可能是人所应有的，就是说，我在某种情况下也可能招来灾难。但是只有在人不成其为人的情况下，即只有在他否定了人性或'人'的属性的情况下，这种灾难才确乎是人所应有的。"① 所以对邪恶之人的悲剧性理解就是因为他最后完全背弃了自己内在的人性，而这是作为人所根本应具有的力量，如果我们从这个意义上来理解，我们就能够理解坏人的悲剧性，而不是亚里士多德所说的悲剧应该是表现比我们今天要好的人的悲剧，悲剧效果也就从怜悯层面转到了同情层面。

一直以来，"没有多少悲剧评论家怀疑亚里士多德所提出的怜悯和恐惧范畴的正确性"。② 伊格尔顿首先跳出亚里士多德的框架，勇敢地质疑并挑战了以往理论对亚里士多德式悲剧情感机制框架的膜拜。伊格尔顿站在非理性的基础上，并执着于从人性的深处寻找悲剧情感发生的心理根源和理论基础，他以精神分析理论中所强调的人的"死亡驱力"作为分析怜悯和恐惧的学理依据，对亚里士多德的怜悯和恐惧的有些观点提出了他的质疑：一是我们是否可以怜悯那些将不幸带给自己的人？二是我们能否将怜悯和恐惧进行机械的区分？三是在此基础上，伊格尔顿将悲剧情感与道德政治有效地联系了起来。正是在这样的前提下，伊格尔顿重新阐释了悲剧中的怜悯和恐惧情感效应。

可以说，亚里士多德完全排除了坏人特别是极恶的人成为悲剧人物的可能性，他对怜悯和恐惧的分析在潜意识中始终是伴随着一种理性主义的成分。亚里士多德清楚地表述，只有当我们意识到这种苦难不会危及我们自身时才会去享受悲剧这种甜蜜的暴力。很明显，这是一种利己主义的立场。但这种观点到了莱辛那里开始出现了新的变化。莱辛认为我们甚至可以同情邪恶之人。亚里士多德尽管也谈及我们对邪恶之人由顺达之境转入败逆之境的境遇会产生同情的可能性，但莱辛所强调的同情是必然的而不再依赖于产生的条件。休谟则认为我们可以怜悯陌生人。在莱辛和休谟那

---

① 利普斯：《悲剧性》，刘晓枫：《人类困境中的审美精神——哲人、诗人论美文选》，东方出版社 1994 年版，第 225 页。

② 伊格尔顿：《甜蜜的暴力——悲剧的观念》，方杰、方宸译，南京大学出版社 2007 年版，第 172 页。

里已经不再将怜悯简单地等同于爱和同情①了。在悲剧中所激发出来的怜悯是属于人的天性中一种自然的情感，这种情感先于所有反思，是一种被自然激发出来的情感。它不像同情和爱具有狭隘性和利己主义的立场，怜悯是一种人道主义的博爱。伊格尔顿区分了怜悯的情感与爱和同情的不同。同情需要有一定的价值判断，而在纯移情的行为中不存在任何道德价值。移情强调对你的痛苦的感同身受，同情你与感受你的悲痛是不同的。为了同情你，我没有必要在心中模仿性地再造你的痛苦而感受你的痛苦，我只需向你表示我的同情就可以了，同情可以脱离痛苦的经验。而纯粹的移情行为是无条件的。"它并不倚赖于对客体性质的预先了解；它先于这种知识。它也不倚赖于延伸至客体的有所图谋的意图；它先于这种意图。"② 悲剧中的怜悯就是一种纯移情的行为，它不需要任何价值体系来帮助他们判断，怜悯就是在意识判断之前的情感，"怜悯的自然力量先于所有反思"。③ 所以暴君也会为悲剧中一个可怜人的苦难而流泪，并且毫无疑问他所表达的怜悯之情也是非常真诚的。只有在同情和移情的叠合地带，怜悯才等于同情。因此，怜悯需要的是陪着一起哭一起笑地体验痛苦的共同经验。为什么怜悯必须强调具有共同的经验呢？因为如果在没有共同的痛苦经验的基础上，向陷于痛苦中的人表达你的怜悯之情往往会给人一种自上而下的感觉，似乎带着那么一点幸灾乐祸。正如弗洛伊德所强调的，只有在自恋的基础上，怜悯等于同情。

当然，怜悯的发生与同情还是有所区别。如果仅仅是表达我们的同情，它肯定会让我们感到不快，正如前面所分析的，爱和同情是有条件的，是利己主义的，总是不快的感觉最终会让我们拒绝同情。可为什么我们还如此迷恋于这种痛苦？悲剧究竟能为我们提供一种怎样的快感？从亚里士多德以来很多悲剧理论家认为，首先，怜悯似乎还带着点幸灾乐祸的意味，观看别人的不幸是我们的快乐之源，这是导致我们着迷的主要原

---

① 其实伊格尔顿对弗洛伊德从利比多的角度来分析的基督教的爱是持批判态度的，认为基督教的爱他人的要求与利比多的专注无关。伊格尔顿批评弗洛伊德虽然要我们警惕性爱与教友之爱的深层关系，但他却过多地以前者为条件来考虑爱的概念。这里的人类之爱指的就是弗洛伊德的利比多层面上的爱的含义。

② 鲍曼：《现代性与大屠杀》，杨渝东、史建华译，译林出版社2006年版，第238页。

③ 伊格尔顿：《甜蜜的暴力——悲剧的观念》，方杰、方宸译，南京大学出版社2007年版，第171页。

因；其次，我们在模仿中获得快乐，我们喜欢怜悯受害者，这从本质上说其实就是一种令人愉快的自我怜悯；再次，看见宇宙公正的平衡重新得到和谐，我们从中收获到道德和智性的满足；最后，虚构是悲剧快乐理论的重要基础。悲剧艺术作为一种虚构形式，可以让我们象征性地预演和放纵了一次对死亡的体验，这无疑可以极大地满足了人类的"死亡本能"。然而，模仿说仍然不能解释为何艺术中的灾难能让人获得如此特效的兴奋。如果悲剧的快感仅仅在于模仿，那我们又如何去解释人们为什么会成群结队地离开一个戏剧场面去目睹一场真实的死刑？为此，伯克提供了另一种解释：真实的悲伤只有在得到减轻时才会变得甜蜜宜人。而艺术正是通过形式和虚构得以实现这种痛苦的减缓。伊格尔顿认可了伯克所做出的悲剧的快感是从痛苦中获得快乐的解释，但不同意伯克将真实的苦难所获致的快感看得比艺术更强烈。柏格森将解释的视角移置到人的内在维度，认为怜悯不仅仅是一个同情某人痛苦的问题，还必须表达自我受苦的欲望。从精神分析的角度来看，这就是人的无意识中所存在的受虐狂倾向。尽管这样，伊格尔顿还是不认为这就解释了悲剧的快感问题，悲剧的快感不能只停留在对自我的封闭性结构的解释循环中，封闭的自我快感最终导致的是乱伦。伊格尔顿发现，在自我中心始终有一个异己的存在，而自我却对它表现出令人无情地漠不关心，只有在悲剧的痛苦经历中，我们才能遭遇到我们内心深处所隐藏的这种隐秘的内在机制。

　　在伊格尔顿看来，怜悯应该还包括这样一种含义。"圣奥古斯丁似乎意识到，在面临绝望情形时觉得毫无希望的那种怜悯中存在一种残酷的倾向，与这种倾向相关的挫折可以进一步演变成施虐狂，作为对无能为力的一种心理防御。在一种与怜悯有关的事后宿命论，这种怜悯与它所暗含的乌托邦冲动之间存在矛盾。"① 这种残酷的倾向表现在悲剧艺术中时，悲剧中的"怜悯也许仅仅是个符号，表明灾难已经发生，我们所能做的一切就是为它悲叹……由于社会惯例以及它是虚构的双重原因，剧院里的观众的身体与舞台分离且不能介入行动，当规定的灾难高傲地漠视观众的愿

---

① 伊格尔顿：《甜蜜的暴力——悲剧的观念》，方杰、方宸译，南京大学出版社 2007 年版，第 171 页。

望按规定程序发生时，他们能做的差不多只是惊恐万状地瞪眼旁观"。①
这个时候就会产生施虐狂。弗洛伊德指出，在人性深处，存在着两种本
能，一种是爱的本能，另一种是"死亡本能"。人的"死亡本能"一部分
指向了外部世界，并且作为一种进攻性和破坏性本能表现出来，对他人的
攻击性行为其实就是人的"死亡本能"向外的一种发泄行为，向外攻击
只是为了缓解对自己的伤害；另一部分则面向生命体自身，表现为自毁、
自杀等形式。向外攻击性必将导致社会的混乱，那么，文明如何来限制和
反对这种进攻性呢？弗洛伊德发现了人的内在伦理维度：人的负罪感。人
的进攻性向内投射，经过内化后，"进攻性被发送回了它的起源地——它
被指向了个体自己的自我。在那里，进攻性被一部分自我所接管，而这部
分自我则以超我自居从而凌驾并对立于自我的其他部分。现在，这部分自
我又以良心的形式，准备采取同样严厉的进攻性来反对自我，而自我本来
打算在其他的、外部的个体身上满足这种进攻性。在严厉的超我和附属于
超我的自我之间形成的张力被我们称为负罪感；它将自己表现为一种对惩
罚的需要。"② 这就是人的施虐狂倾向。在观看悲剧中，当我们对于眼前
将发生的灾难只能束手无策任其发生时，严厉的超我就会对人进行责备，
为我们没能阻止灾难的发生而进行责备。超我对自我的内在监管使得人会
产生内疚、不安、负罪等方面的感觉，这有利于培养出人的道德心，对社
会秩序和文明非常有利。总结一下，严格来说，伊格尔顿对怜悯的理解应
该包括三个层面：一是同情；二是人的受虐狂情结；三是人的施虐狂情
结。这才是怜悯的完整的内涵。以往的理论家只重视到前面两个层面的含
义，而忽略了第三个层面的含义。伊格尔顿深入内在的人格结构，从而挖
掘出在人的怜悯情感中所蕴含的对人的道德价值的培养潜力。当我们一次
次地面临灾难，严厉的超我对我们进行责备，人的道德之心就会在悲剧的
一次次发生中得到强化。或许这才是亚里士多德的"净化"本意。

　　但作为一种审美艺术，悲剧同样也存在着反抗被意识形态同化的可能
性，这就是悲剧在面对死亡时的恐惧和绝望。朱光潜先生在分析怜悯和恐

---

　　① 伊格尔顿：《甜蜜的暴力——悲剧的观念》，方杰、方宸译，南京大学出版社2007年版，
第171页。

　　② 弗洛伊德：《一种幻想的未来　文明及其不满》，严志军、张沫译，河北教育出版社
2003年版，第109页。

惧时指出："不过有一点值得注意，柏拉图的攻击当中只强调了怜悯，那么，亚里士多德在为悲剧辩解时，为什么要在怜悯之外加上恐惧呢？这个问题初看起来似乎无足轻重，所以一直未引起过去论者们的注意。"① 朱先生认为，"真正的怜悯绝不包含恐惧"。② 而伊格尔顿则是将恐惧视为将我们重新拉回到实在界的力量。正如佛朗哥·莫瑞蒂所说，这种不幸以及从绝望的结局中获得快乐的悲剧性快感，减轻资产阶级没能实践其准则的欺骗。死亡是一种奇怪的反应，只有当人面对死亡时，他才能与人的真实遭遇。在伊格尔顿这里，怜悯与恐惧已经无法进行清楚的机械性的划分，怜悯和恐惧是纠缠交错地共存在一起，以体现悲剧这个术语的全部的复杂性。怜悯是一个关乎亲密的问题，它总是把我们推向客体，与客体的相似性积极认同，而如果不存在一种异己的成分的闯入，主体自我就会在这个主客体不分的想象界里完全迷失。当然，伊格尔顿指出，在人的自我中心始终存在着异己，这种异己在现象学中正是"剩余"，它区分并提醒着自我与他人的区别。因此，在悲剧中，当"面对他人的苦难，我们可以想象自己在'这可能是我'到'我高兴地说这不是我'（悲剧的说教信息）与'这不可能是我'（无论我多么认同，这里仍然存在他性的某种剩余，某种我无法跨越的间隙）之间举棋不定"。③ 这种混乱的矛盾和充满着悲剧性张力的结构现实就存在于人类永恒的悲剧主题乱伦中。乱伦是对本性与他性的混同，根据物极必反的规律，当"一件东西由此令人难以置信地混合而成（姐/妹、父/兄）"时，④ 过剩的亲密性必然导致对区分自我和本性的疏离要求，"任何人都不可能长久没有自我身份意识"。⑤ 同时，要想确立自我，就必须确立自我与他者的距离，因此乱伦成为自我分裂的隐喻，表征着亲密与变化的辩证性关系："乱伦是类似与他性、同一与差异的之谜，标示出一方悄悄溜进另一方的那个点。过剩的亲密讽刺性地导致疏离——这既因为它挫败了那些相关者之间区分法则的刀锋，又因为过

①　朱光潜：《悲剧心理学》（中英文合本），安徽教育出版社1989年版，第104页。
②　同上书，第107页。
③　伊格尔顿：《甜蜜的暴力——悲剧的观念》，方杰、方宸译，南京大学出版社2007年版，第173页。
④　同上。
⑤　伊格尔顿：《历史中的政治、哲学、爱欲》，马海良译，中国社会科学出版社1999年版，第320页。

分接近一个人自己本体的源头，就等于碰到一个在那里等待你的受创伤的
他性。"① "变化乃是亲密之基础的悖论。"② 伊格尔顿运用拉康的术语形
象地描绘出这个从亲密到疏离的变化过程，"将拉康的所有三个范畴编织
在一起：悲剧描写符号秩序——政治斗争、性的背叛、诸如此类——中的
冲突，我们受到怂恿，尤其是通过怜悯，用其进行一种想象的验证；但是
这种想象的关系被恐惧，也就是被实在界的闯入所破坏。只有那些以对实
在界的共同认可为基础的关系才会成功，这里的实在界是指被设置在他者
和自己中心的可怕的残忍，它的一个名称就是死亡驱力"。③ 这种乱伦关
系表现在现实社会中就是悲剧中能够体现怜悯和恐惧的特殊结合点，即
对令我们恐惧之物产生怜悯，并在令人厌恶和痛恨者身上发现我们自己
的影子，让我们在实在界重新登记想象界的事件与场域。既要让我们认
识到在恐怖人物身上所体现的邪恶同样体现在我们自己身上，同样在我
们身上所存在的善良也存在于这些恐怖人物身上，又要让我们认识到我
们可以通过爱的法则对他们进行唤醒和改造。这要求一种人道主义的爱
的法则，而不同于弗洛伊德所分析的狭隘的爱。因此，乱伦和悲剧可以
成为一种激进政治，构成对符号秩序的动摇。"我们在创伤、绝境和意
义终极消亡的基础上彼此遭遇，并且试图从此艰辛地重新开始。"④ 只
有在与绝对的缺乏之真实界、实在界的真实面对中，我们才能真正面对
真实的自我，而不是超验的超我。人的善良本性才会一次次地被得到强
化，人的内在监管维度也会一次次地得到加强。因此，在更大的范围
内，我们完全可以说，通过每一次的牺牲可以给予我们群体生命再生的
净化感觉。

　　这种人道主义的爱的法则在现实中如何培养呢？这就需要我们找到现
实中怜悯和恐惧的特殊结合点，欲望与伦理的结合。伊格尔顿提出必须要
有一种在人道主义和精神分析双重意义上都是崇高的悲剧类型，既能满足
自我的快乐原则，又要有他性的维度以突破自我封闭的结构，同时还要体
现自我对他人的人道主义伦理情怀。伊格尔顿说："要回避单纯反映自

---

　　① 伊格尔顿：《甜蜜的暴力——悲剧的观念》，方杰、方宸译，南京大学出版社 2007 年版，
第 174 页。
　　② 同上。
　　③ 同上书，第 176 页。
　　④ 同上。

我，不得不共有的是对于我们双方都陌生的东西。这正是意识和文明世界被驱逐的东西。只有在走邪路者、外在私密性和被驱逐者的基础上，才能建构起一个怜悯的共同体。一种新秩序的基石必须是受辱骂和污秽之人。"① 在这样的悲剧中，"我们看到男人和女人由于他们不正当的欲望而受到法律的惩罚，这是用令人惊叹的程序满足我们的正义感，我们对权威的尊敬以及对施虐狂冲动的一种责难。但是，鉴于我们还与这些不满者认同，我们感受到他们痛苦的渴望，这是一种同情心，从道德上讲是怜悯，从心理分析上讲则是受虐狂。我们分享他们煽动性的激情，同时又为这种有罪的快乐惩罚我们自己并从中收获快乐。怜悯在力比多意义上使我们接近他们，而却以法律的名义将他们推走。但是，我们还对我们自己的怜悯感到恐惧，因我们自己与毁灭的调情而受到恐吓"。② 既让我们感到力比多的快乐，同时又满足超我的严峻要求，在满足我们的施虐狂和受虐狂的同时又不自觉地培养了我们的道德心，最重要的是这些价值和道德又不是脱离于人而悬浮于人之上的，它是人类自身从世俗中升华起来的一些价值观，它以人性为基础，具有现实合理性，并为人们前赴后继地实践着。康德认为人的欲望总是病态的，所以他的道德本体论强调的是对人的绝对律令，这是超验的超我，而不管人性的具体要求和欲望。拉康却指出，如果欲望能够超越其快乐原则，欲望是可以被伦理化，欲望与伦理可以达到统一。在欲望分析基础上的悲剧情感于是可以与道德政治联系了起来，伊格尔顿在这里探讨的其实也正是这样的命题。

结　语

在中国，关于"审美意识形态论"的争辩仍然还在持续，并且愈演愈烈。就当前状况来看，中国关于"审美意识形态论"的论争似乎还没有走出文学本质主义的阴影，在关于文学是一种"审美意识形态"还是"审美意识形式"、"审美意识形态"到底是侧重于审美还是意识形态等问

---

① 伊格尔顿：《甜蜜的暴力——悲剧的观念》，方杰、方宸译，南京大学出版社 2007 年版，第 176 页。

② 同上书，第 187 页。

题上纠缠不休。① 伊格尔顿关于审美意识形态的研究早已表明，意识形态是一种抽象，它必须通过现实生活中的一些具体的形式获得表达，文学作为意识形态形式表达的一种，主要通过审美发生作用，是一种审美意识形态。文学作为意识形态形式向我们澄明，现实是如何通过审美变形进入文学，同时又如何通过审美的机制对人产生意识形态的作用。当然，文学自身的审美独立性同样具有反抗意识形态的作用。随着文化研究的转向，封闭性的文学研究不再可能。在西方马克思主义理论家对悲剧研究中，悲剧不再是仅仅作为戏剧形式的文学形态呈现，而是作为美学观念的悲剧意识和悲剧观念与日常生活发生作用。仅仅对将悲剧作为意识形态生产进行科学的研究存在着将主体、现实中的阶级斗争和政治关怀等重大主题边缘化的危险。悲剧如果具有艺术形态上的必然性，那么我们从中所获的愉悦只能是纯美学意义的。而作为美学观念的悲剧却绝不能是认识的，悲剧保留着对有关人类神秘的主体力量的叙述，因而是在更情感、更直觉的审美层次上与意识形态联系起来。因此悲剧作为意识形态原型，具有生产和解放社会主体性以及帮助我们识别意识形态虚假性的功用。

　　另外，有关悲剧和意识形态的研究对于我们建设社会主义核心价值观也不乏重要的理论指导意义。在中国，从政治制度层面上的国家性质来看，中国毫无疑问是社会主义国家，改革开放的巨大成就以及社会主义市场体系的逐步确立，具有中国特色的社会主义形成，以及它在生产力的发展、社会的进步和人民生活水平的提高等方面所获得的令人瞩目的巨大成就，这都表明了社会主义制度的无上优越性。但社会主义精神在文化层面上还相对贫弱。李泽厚早已提出过历史与伦理的"二律背反"问题，他说："历史总是在矛盾中前进。情感的、伦理的东西与政治的东西在不同的层面起作用，有些时候两者协调发展相互促进，但有的时候，两者的矛盾和冲突又很激烈。"② 而当前"社会主义文化价值体系"的提出可以说是党和政府对当前中国现实和文化状况的清楚认识并着力采取的弥补性措施，但在具体施行上如何更有效地让社会主义核心文化价值观深入人们的

---

① 具体论述参见王元骧《关于文艺意识形态性的思考》、陆贵山《文学·审美·意识形态》、董学文《关于文学本质与意识形态学说的关系》等一组文章，见《马克思主义美学研究》第9辑。

② 李泽厚：《世纪新梦》，安徽文艺出版社1998年版，第395页。

日常生活经验和情感结构，仍然是一件任重而道远的事情。西方马克思主义理论家从非理性的角度对悲剧中的怜悯和恐惧机制的心理发生过程所作的重新阐释，对于我们正确理解日常生活与道德政治的联结，以及如何通过怜悯和恐惧机制合理地培养人的道德伦理情操，繁盛社会主义文化精神具有重要的指导意义。

第四章

悲剧与现代自由

可以说，人的自由话题就如同人本身，是一个永恒的"斯芬克斯之谜"。千百年来，人类一直在苦苦思索，孜孜以求，然而又一直为它所困扰。为了自由，人类可以说付出了高昂的生命代价，也正是自由赋予了人类毁灭以悲剧性的意义。而自浪漫主义文化和美学理论以来，由于在审美方面主要强调个体内在世界的至上性，自由的话题转向了个体。现代社会对自由的强调要求解除一切对个体自由的羁绊，主张个体的绝对自由。然而，自由主义的盛行也让我们付出了沉重的代价。"大胆的理想、高尚的牺牲、英雄的斗争，都会在购物和选举的单调乏味的老一套中成为过去；艺术与哲学将会凋谢，文化被浓缩为仅只是对过去的治疗；技术计算取代了道德或政治想象。夜晚的猫头鹰的叫声是哀伤的。"① 如何看待现代社会中的这种自由论断的绝对性，个体的绝对自由是否可能？我们通过对康德、叔本华、萨特和伊格尔顿对现代自由的不同探讨，在悲剧的框架中对悲剧与自由的探讨对我们正确理解现代自由具有重要的理论启示意义，对于我们当下社会重建伦理价值体系也具有重要的指导意义。

一　以往理论家对自由的辩论：从萨特说起

现代社会中对个体绝对自由的奉行很容易让人想到萨特的自由哲学。萨特在《决定论和自由》一文中明确地提出："什么是伦理经验？让我们首先从排除如康德、尼采等所主张的道德命令开始。他们都想把主观和原

---

① 佩里·安德森：《交锋地带》，郭英剑、郝素玲等译，中国社会科学出版社 2008 年版，第 333 页。

始的冲动体现在一种（亦即普遍的）道德形式之中，据此来解释道德经验、统一道德规范和再造他们时代的'价值表'或命令。"① 萨特指出人类生存中的一个奇怪现象：我们为什么会明知并且承认规则，但是还是会毫不犹豫地去破坏规则。康德确定的是一种道德律令的"绝对命令"：你应当，所以你能够。但是说谎者却宁愿为自己说过的谎而责备自己。这种现象说明什么呢？支配说谎者的逻辑又是什么呢？萨特的解释是因为这些规则只是从外部规定的，萨特自己的原则是：不管外部条件如何命令，这个命令在指向我时让我有了产生自己的可能性，"作为一个自主的存在者，我通过支配外部条件而拒绝被它们支配从而肯定了我自己"。② 所以萨特非常强调对行动概念的厘清，对行动的处境的分析，甚至指出人们不事先去解释行动这个概念，居然就能对决定论和自由意志论进行无止境的论述，这真是让人觉得不可思议。行动带有特定的意向性。"如果人的动作不是有意识发生的，则纵使在他身上发生了某些事件，也不能算是他的行动所产生的后果。例如一位笨手笨脚的抽烟者不留神引爆了火药库，他不算采取了行动；相反地，当一个人受命炸开一处采石场，当他受命引燃了预定的爆炸时，他是采取行动了：他实际上知道他所做的事，或者可以说他有意识地实现了一项策划。"③

然而，上帝的消失意味着一切能在理性天堂内找到价值的可能性都消失了。对于萨特来说，人要追求自我存在的自由就应该消灭一切决定论。历史上各种决定论主要表现为三种最基本的形式：上帝的假设；人性论的神话；和对先验的既定价值观念的无条件信仰。这些先验决定论的设置目的是一致的：都是为了避免人类存在的孤独状态，勾销人与人共在的异化状态，以一种先在的为大家所共同遵守的价值预置对人的行为进行规范。萨特的绝对自由哲学目的在于要取缔一切价值判断的先行性。对于萨特来说，规范只是使个体成为意识中主体的可能性，为个体实施自由提供了可能性的条件，任何的道德规范以及价值判断只有在进入意识主体的可能性

① 萨特：《萨特哲学论文集》，潘培庆、汤永宽、魏金声等译，安徽文艺出版社1998年版，第151页。

② 同上书，第155页。

③ 游淙祺：《萨特论自由与处境的吊诡性》，《同济大学学报》2006年第1期。

行动之中才产生其伦理意义。所以，"行动的首要条件便是自由"。①

诚然，萨特强调任何价值判断只是作为产生主体实践行动的可能性条件，它们只有在进入意识主体可能性行动中才产生伦理意义，这一点是正确的，但萨特在一个绝对的本体论意义上即作为封闭的自我结构来探讨人的存在的自由并赋予自由以绝对性，这一点只能将他的理论现实性架空，萨特的本体论意义上的自由哲学最终不可能在现实王国中得到实现，在现实中也根本不具有合理性和实践的可操作性。萨特只从自我这个单一的维度出发，他的自由哲学必定是尴尬的，必须要面临两种关系的尴尬：一是与他人自由的关系；二是与社会、历史、文化的关系。人不仅是一种生命存在，更是一种社会性的存在。另外，萨特的自由哲学的理论基础是建立于"存在先于本质"，但存在真的能够永远先于本质吗？正如阿尔都塞对意识形态客观性的分析，当人一生下来，他就进入了一个意识形态的环境，意识形态总是先于个体而存在，意识形态将个体成功地询唤为一个社会性的个体。在阿尔都塞意识形态的理论框架中，萨特的个体何来自由呢？无怪乎伊格尔顿对他的评价是："到了萨特时代，这种对自主之神圣的信任已经变得极其强烈，几乎任何对决定性力量的诉求都成了一个不诚实的例证……这种人道主义傲慢地对人类脆弱性的事实视而不见。"②

我们还是回到康德。关于自由与决定论的问题，其实早在康德就已经认识到它们之间的这种互不相容性。康德是在探讨第三组二律背反时显示了自由和必然性的矛盾。

正题：依照自然律而成的因果作用并不是世界上一切出现都能由之引出的唯一因果作用。为了说明这些出现，必须假定还有另一种因果作用，即自由的因果作用。

反题：自由是没有的，世界上一切东西只按照自然律而发生。③

反题认为：人作为一种感性的存在，必须始终服从自然界的因果必然性，因而人是不自由的存在。而正题则认为，如果人类没有自由，那么，

① 萨特：《存在与虚无》（第三版），陈宣良等译，生活·读书·新知三联书店 2007 年版，第 557 页。

② 特里·伊格尔顿：《甜蜜的暴力——悲剧的观念》，南京大学出版社 2007 年版，第 217 页。

③ 康德：《纯粹理性批判》，韦卓民译，华中师范大学出版社 1991 年版，第 430 页。

就不存在道德上的"应当"。因为如果一切事物都是必然要发生或者不发生，人的行为也就无法避免或无可选择。既然存在道德上的"应当"，那么就存在行动选择的机会和可能性，在这个意义上，人必然是自由的。因而康德认为双方在不同的意义上都是对的。但是如何解决这个二律背反的问题，康德认为在人类的经验世界中是无法解决的，他提供的解决办法是将世界二重化，将世界割裂为现象界和本体界。他认为，现象界中的物体是可以作为认识的对象，本体界的物自体却是不能认识的，而只能通过信仰。因此，康德是把"自由"看成本体界的理念，而不是一个认识论的范畴。

由于自由不能从理论上直接认识，"我们只是先天地知道其可能性，但却看不透它，因为它是我们所知道的道德律的条件"。① 所以在实践中自由只能通过一个物质性的中介即道德律来确证自由的实在性。自由和道德都只具有实践的意义，而不具有认识的意义，在探讨人的自由和道德时我们应该把知识悬置起来。这样我们才能谈道德的问题，进而通过我们的道德行为把握到自由的存在。康德强调的道德与传统的道德观念是不同的。在《实践理性批判》中，他首先对实践的规范和法则进行了区分："如果这个条件只被主体看作对他的意志有效的，这些原理就是主观的，或者是一些准则；但如果那个条件被认识到是客观的、即作为对每个有理性的存在者的意志都有效的，这些原理就是客观的，或者是一些实践的法则。"② 也就是说，准则虽然是一些原理，但并不是命令。它们只是实践的规范，但却绝不是实践的法则。而法则则是对任何有理性者都适用的原理，是一种非条件的、强制性的、必须服从的"绝对命令"。因此，在康德看来，传统的道德观是一种目的论的、利己主义的道德观，他们对道德的修行是建立在一定的目的和利益基础上的。道德主要受人的利益的驱使，因此道德无非就是联系在一起的人们的共同利益而已。美德有其目的，利益成为支配我们对于各种行为进行道德判断的原则。康德反对这种道德理论，拿康德自己的话来说，这种道德观只是一种"假言命令"，因为它是以人的利益、幸福为基础，是根据条件"如果……那么"式的、相对的"假言命令"。利益和幸福没有客观标准，它常常因个人而异，因

---

① 康德：《实践理性批判》，邓晓芒译，人民出版社 2003 年版，第 2 页。
② 杨祖陶、邓晓芒编译：《康德三大批判精粹》，人民出版社 2003 年版，第 288 页。

时而异，因各种偶然的经验条件而异。从本质上来看，这种道德观其实正是依照我的需要、利益和欲望而行动，它体现不了我的真正自由，因为我的自由依赖于外在的东西。而道德律令则是一种"绝对命令"，是一种没有任何经验的要求、情感和愿望混入其中，并作为前提或条件而必须如此行为的命令，是由人的自由意志自己立法所制定，无条件的、先验的、纯粹理性的"绝对命令"，因而在康德看来，只有自律的主体自觉地遵守这样的道德律令，他才是自由的。

然而，血肉感性式的有着诸多欲望的人类存在如何能够做到自觉地将道德律令奉为对自己的"绝对命令"呢？"道德律令所以是绝对命令，在康德看来，不在于人是理性存在，恰恰在于人是感性生物的存在，需要实践理性来约束自然情欲。这是一方面。但追求幸福即满足自然情欲又是人的'本性'，照顾幸福也是人的一种义务，实践理性并不要求人们抛弃幸福。这是另一方面。这两个方面的矛盾和'解决'，构成了康德《实践理性批判》辩证篇的主要内容。"① 康德意识到了道德律令在实践执行中的二律背反问题。道德律令必须进入经验，否则它就对人没有意义，不具客观现实性。正因为道德律令、实践理性必须在人身上落实，而人却是感性自然的存在，所以就一直发生着幸福与德行的二律背反。康德企图以"至善"来解决这个二律背反。为了实现"至善"，康德设立了两个价值悬设——灵魂不朽与上帝存在。人达到神圣以灵魂不朽为前提条件，人获得"至善"则以上帝存在为前提条件。世人都有追求幸福的权利，但只有具备德行的人才能够享受到这种幸福；而人到底应该具备怎样的德行才有资格享受到这种的幸福，这个判断必须由人类之外具有超越性的一个来进行。于是康德设置了上帝的存在。上帝的存在是一个高不可及的存在，这个悬设使得在世的人不可能真正地达到上帝所要求的德行，人们对德行的追求变成了一个只能不断地趋近和完善的无限过程；而上帝的幸福奖励也只不过是人们自我信仰中的一个空幻的承诺，一种对未来天国的向往罢了。这一切的现实执行逻辑完全依赖于对上帝的绝对信仰的力量。康德自己就是这种道德律令的实践者。康德在《实践理性批判》结语中"位我上者灿烂的星空，道德律令在我心中"悲壮性的宣言，以及康德力趋向上并不断完善自己德行的自我表率式的永恒追求，正是人类对自我立法的

---

① 李泽厚：《李泽厚哲学文存》，安徽文艺出版社 1999 年版，第 327 页。

想象性实践，而人的伟大就体现于此。然而康德的伟大是以牺牲人的本性为代价的，他的自由哲学只能是对人的自我本性的完全忽视和对他性的绝对抬高。康德赋予上帝无上的崇高和神圣性。为了绝对地服从上帝的旨意，人必须放弃自我的欲望。这种道德哲学确实神圣，但是要实行起来也只是一小部分的精神贵族才能达到的目标。自我规定和普遍性无法结合起来，因而导致不自由。当然，康德后来还发现了自由存在的另一个领域，即审美中的自由，这也是康德意识到将世界二重化的方法只能暂时地调和自由和必然性的关系后做出的弥补性尝试。在《判断力批判》中，康德把人的情感能力分割成两种形式：在与艺术作品的关系中所体验到的美感和在与自然的关系中所体验到的崇高感。由于康德自由哲学始终是建立在先验性自我的基础上，美必须要体现为合道德目的的目的性规律，而崇高则要呈现为人战胜自然界而体现出来的人的理性的崇高和伟大精神，因而审美判断始终还是一种目的论判断，受目的制约。美和崇高也还是一种依附性的美，并未获得本体论意义上的审美自由。

　　如果说康德的自由哲学仍然依赖于道德意志对人的规定，叔本华则发现了自由的另一个维度，即非理性自由。叔本华在康德的自由理念基础上质疑意志的自由性：意志自身是自由的吗？因而他对意志进行了重新规定。我们知道，包括康德之前的意志主要是指人的一种理性意志，人对自我的一种控制能力。而在叔本华那里，意志主要是指人的一种盲目的、永无止境、永不停息的"欲求与冲动"，是一种非理性的意志，并作为人的全部本质。叔本华说："意志不但是自由的，而且甚至是万能的。从意志出来的不仅是它的行为，而且还有它的世界；它是怎样的，它的行为就显现为怎样的，它的世界就显现为怎样的。""它既规定自己，又正是以此而规定这两者；因为在它以外再也没有什么了，而这两者也就是它自己。只有这样，意志才真正是自主自觉的。从任何其他的看法来说，它都是被决定的。"① 一句话，在叔本华看来，意志成了世间万物的本源，成为一切行为甚至世界表象的决定因。从意志出发，叔本华把自由的概念分为三种类型：自然的自由、智力的自由和道德的自由，并区分了消极的自由和积极的自由。在他看来，消除一切障碍的所谓的自由只不过是一种消极的自由，自然的自由和智力的自由均

---

① 叔本华：《作为意志和表象的世界》，石冲白译，商务印书馆 1982 年版，第 373 页。

属于这一类，相反，只有"在这一切障碍表现为力量的时候，它们必然是积极的"。① "自由的概念，人们迄今为止只把他和能够相联系起来加以考虑的概念，在这里却和想要（Wollen）相联系起来了。"② 从人的欲求的角度来考察自由，叔本华为后来自由哲学开辟了新的研究路径。但叔本华同样存在着理解的偏颇，过分停留于非理性层面，因而丧失了理性的提升而导致意义的虚无。

二 伊格尔顿在悲剧框架中论现代自由

以上分析我们大致可以得出，康德本想在自我的他性基础上建立一个全然的道德世界，自由完全取决于他性的要求，因此这种自律的主体其实无自由可言；萨特受叔本华的影响，从自我的角度寻求自由的现实可能。在他的有关自由的论断中，人的自由不再具有先验性，人进入自由的状态需要与之对立的否定性力量。人是进入自由状态，表现为一个过程，先是外部条件对我进行限制，我通过支配外部条件而拒绝被它们支配从而进入自由状态。但是由于他仍然只是从理论上进行逻辑上的演绎推进，因而在实践经验中只是一种单纯的想象。并且萨特在试图解决康德自由问题的矛盾时，却走向了另一种极端。他在一个完全自我本性的基础上要求建立一个从自我判断出发的自由价值观念，他对自由问题的讨论仅仅局限于自我个体的封闭性结构中，自由最终成了一种单纯的想象而不具有实践合理性。不幸的是，萨特的自由哲学很快成为现代社会强调个体绝对自由的理论依据，并迅速形成一股现代自由主义的浪潮。当然由于其所持理论依据的错误本质，最终导致了悲剧的不可避免。威廉斯对现代社会中自由主义的悲剧概括得非常精到，他说，现代社会中自由主义的悲剧在于错误地看待了自我与他人和社会的关系。自由主义强调绝对的自由，任自我欲望天马行空，他的自由和欲望没有受限性，是绝对的。他将凡是阻碍了他的欲望发展的，全部视为敌人，因而将社会也当作限制自己的自由和欲望的敌人，把自己完全摆放在与社会对立的位置。它进入了一个自我封闭、与世

---

① 叔本华：《伦理学的两个基本问题》，任立、孟庆时译，商务印书馆1996年版，第34页。

② 同上书，第37页。

隔绝的自由主义，人处于极限状态时极易酿成悲剧。悲剧最终让他认识到脱离现实世界及其人际关系的危害性。"孤独的自我是那么枯槁而脆弱，唯有回返社会才能获得拯救。"①

伊格尔顿首先质疑了现代社会中"绝对自由"从何而来的问题：如果自由被赋予了绝对的价值，那么这种价值必定是源于它自己的无限性而非他物。否则，如果我们能指出从外部支撑自由的基础，它就立即具有了相对性。② 在前现代社会，上帝为我们提供了解决这种两难处境的途径。上帝乃万物之源，因此上帝可以成为我们自由的基础，我们之所以能成为自由的个体，是因为我们分享着他的无限的自由。这种自由虽然在内容上不是自由的，但在形式上是自由的。现代社会中上帝是缺席的，不再具有可信性，那么我们的自由从何而来的问题必定会重新出现。对于伊格尔顿来说，资产阶级社会肯定是无法给自由提供可靠的基础。萨特的自由哲学则试图从决定论入手，将外在的受限条件转化为人的行动动机来解释人的自由可能性。在笔者看来，萨特试图从自我身上来找到作为自由的基础，这一点是正确的，但他将自我结构封闭起来讨论自由，这个封闭的自我又怎么能够具有超越性而成为自由的基础？萨特的绝对自由最终由于缺乏理性的限制而丧失了意义。

那么，真的如康德所言，自由只存在于本体界中，我们只有通过将现象界与本体界割裂才能保护我们的自由理想吗？在我们的经验世界，真的就不存在像自由那样的终极价值了吗？伊格尔顿其实对于叔本华、萨特试着从自我身上寻找作为自由基础的研究路径是非常赞同的，只不过他们将自我结构封闭起来的研究模式实在是不可取。如果我们在自我身上能够找到其超越自己有限性的所在，那么自我是可以成为现代社会中自由的基础。但对于康德将世界一分为二的形而上的做法，伊格尔顿非常坚决地予以了否定。在他看来，康德的这种"理想得到保护——不过是通过隔绝于经验世界的方式，结果这些理想却蜕化成模糊的抽象概念，并且因此实际上根本没能得到保护"③。伊格尔顿始终坚信人类终极价值在经验世界

---

① 雷蒙·威廉斯：《现代悲剧》，丁尔苏译，译林出版社 2007 年版，第 90 页。

② Terry Eagleton, *Holy Terror*, Oxford : Oxford University Press, 2005, p. 68.

③ 特里·伊格尔顿：《甜蜜的暴力——悲剧的观念》，南京大学出版社 2007 年版，第221 页。

存在，只不过它们如何存在还是一个秘密，而这也正是伊格尔顿所要努力的方向。沿着康德的逻辑，伊格尔顿也设置了两个二律背反的问题。

首先，他认为自我本身存在着二律背反的问题。

正题：如果可以认识之物必须是确定的，那么经验主义的自我也应该属于这个范畴，因为它可以认识，受到限定，所以是不自由的。如果世界是可认识的客观系统，那么认识这些客体的主体就不可能存在于这个世界。

反题：我们在世界上的行为属于自由或实用理性的范畴，而且，如果世界是确定的，那么我们的行为就不能改变它。要是我们的自由会产生意义，我们对其起作用的世界必须是不确定的，能够被给予一个它并非已经有的结构。可是，假如是这样，那么我作用于其上的世界就必须是不可知的，因为可知之物是确定的范畴。我们所知的（现象的）世界不可能与我们作用于其上的（实体的）世界相同，因此，理论与实践、纯理性与实用理性，必须相互抵触。①

由上可知，正题认为，经验主义的自我是可以被认识和控制的自我，所以是不自由的。反题认为，我们的行动是自由的，那么体现这个自由行动的行为主体必定不是经验主义的自我，那么在自我的领域，应该还存在着一个先验的自我。在视野内，眼睛是不能成为客体的。因此，"主体不是世界的现象，而是超乎其上的先验观点"。② 另外，从反题还可以得出，我们所知的（现象的）世界不可能与我们作用于其上的（实体的）世界相同，我作用于其上的不可知的世界也应该存在于自我的某个秘密地方。

这样可以看出，伊格尔顿认为自我并不是我们可以认识和把握的客体对象，因为如果我们将自我作为一个客体对象，这个客体不可能是主体。他质疑自由意志对一切行动的控制力，"自由的行为永远是意志行为的结果吗？当我自由行动之时，我意识到一种意志行为吗？或者其意义不过是

---

① 　这个二律背反是我参见伊格尔顿自己的一段话列出来的公式，具体请参见特里·伊格尔顿《甜蜜的暴力——悲剧的观念》，南京大学出版社 2007 年版，第 223—224 页。以下的这个二律背反问题亦如此。

② 　特里·伊格尔顿：《美学意识形态》，王杰等译，广西师范大学出版社 1997 年版，第 62 页。

没有任何人拿着枪对准我的脑袋？假如存在着某种所谓意志行为的东西，它是发生在行为本身之前的瞬间，还是贯穿其始终，像一阵痛苦或快感一样渐渐消失呢？"①伊格尔顿驳斥了萨特对反省行为中两个自我的区分，作为客体的自我和意志的主体自我。伊格尔顿认为，行动的主体并不是意志的主体，行动的自由也并非意志行为的结果。如果人的本质在于其自由，那么他就不能被自己所把握，如果人类主体可以被作为确定的客体，那么就根本不存在主体的可能。在对自我的认识上，伊格尔顿始终认为自我是本性和他性的统一体，经验自我和先验自我的统一。我们的每一项行动，从表面上看，不可否认是我们作为行动的主体在采取行动，但还是有一种他性在这个主体身上起作用。因此伊格尔顿对自我和主体性的认识是辩证且复杂的："主体性既是一切又什么都不是，它是世界的生产之源，可是又是一种无声的显现或富于创造力的沉默。你可以用眼睛瞥它，可是一旦你直视，它就会蒸发。它不能与它运动于其中的客体合在一起，因为它是首先使得这些客体在场的力量，所以必须处于某种完全不同的层面。自我不是世界上的一个客体，而是一种关于世界的先验的观点，一种同时又是全然空虚的不可思议的构造力。"②伊格尔顿认为这个主体应该处于我们的知识范围之外，因而不可能在理性主义的领域中得到表征。"相反，主体倒是无法捉摸的要素或错位的因素，首先允许那种领域突然产生。"③也就是说，主体的产生是我们根本把握不了的，可能在某种条件的刺激下，突然产生。

其次，知识与自由也存在着二律背反的问题。

正题：要有效采取行动，我们需要事先了解我们行动的效果。

反题：如果要使我们的行动是自由的，我们就应该在黑暗中摸索行动，因为了解行动的效果会导致否定我们的自由。

结论：我们既自由又一点也不自由。

正题体现的应该是马克思恩格斯的自由观点，人一旦掌握了必然规律，就能走向从必然到自由的飞跃。反题则认为，行动的首要条件是自

---

① 特里·伊格尔顿：《甜蜜的暴力——悲剧的观念》，南京大学出版社2007年版，第127页。

② 同上书，第226页。

③ 同上。

由。伊格尔顿举了个例子：如果认识他人是我的自由的必不可少的条件，那么随之而来是他人也认识我，在后一种情况下，我的自由就可能被剥夺。从这个二律背反的问题，伊格尔顿发现了两个真理：一是知识是一种反讽，知识必须既主宰客体又面对作为他者的客体，必须在承认客体的自律的同时又推翻客体的自律；二是自由也是一种反讽。我们总是以自由的代价来追求自由，获得自由的同时也就失去了自由。① 自由既使人兴奋，因为这意味着人性可以自由地重塑自己；又令人发抖，因为这意味着自由之外不存在任何东西给予它本体论的赞同标志，否则我们的自由就会受到限制。自由是无法确证的。确切地说，自由只是一个我们孜孜以求的幻象。我们无法知道我们是自由的，只能够相信我们是自由的。就像阿尔都塞所说，跪下，然后你就相信了上帝的存在。这是一种信仰的魅力。

与黑格尔一样，伊格尔顿同样认为，绝对自由不可能有任何确定性的内容，这注定了绝对自由的虚幻本质。绝对自由的表达如同欲望的表达一样，必须通过一个颠倒的表达机制才能把握到它。欲望通过语言获得表达，但语言表达出来的就已经不是欲望，不过我们可以通过语言已经表达出来的内容，逆向地把握到欲望的内容。绝对的自由亦如此。"它非常准确地知道它是什么——与它所遭遇到的一切事物相反的事物。"② 也就是说，我们要探讨自由，实际上应该探讨自由的反面，也就是探讨必然性，在探讨必然性时让自由自己显现。否则自我的实现则意味着自我的丧失，自由的获得也意味着自由的丧失。但"我们如何同时占据这两个领域"③，这可是康德觉得出了名的难以回答的问题。

既探讨必然性问题，同时在探讨必然性的过程中让自由问题自己显现，伊格尔顿认为悲剧完全可以体现这个特征。"自由如同酒神狄奥尼索斯一样具有天使与魔鬼、美丽和恐怖的两面性。如果说自由具有某种神圣性，那么这不仅仅因为它是高贵的，而且还因为它既具创造性又具毁灭

---

① 特里·伊格尔顿：《美学意识形态》，王杰等译，广西师范大学出版社1997年版，第64页。

② Terry Eagleton, *Holy Terror*, Oxford: Oxford University Press, 2005, p.81.

③ 特里·伊格尔顿：《甜蜜的暴力——悲剧的观念》，南京大学出版社2007年版，第127页。

性。"① 一句话，伊格尔顿道出了悲剧与现代自由之间异质同构的内在关系。因此伊格尔顿从悲剧与现代性的关系来阐释现代自由的悖论问题，寻求解决途径。悲剧是最能体现主体的有限性与超越性统一的艺术表达形式，并且不断地激发自我，建构自我。康德这个觉得出了名的难以回答的问题，悲剧却轻而易举地为之提供了解决方法。悲剧摧毁了必然性与自由的对立，同时也连接起纯粹与实际原因之间的间隙，因为悲剧探讨的是关于人面对死亡的极限地带。萨特揭示，当自为的自我意识沉迷于对象的存在，是不可能获得对自身的位置性意识，只有当这个自我自觉地进入反思过程，自我才能与对象分开，获得对自我的位置性意识。但伊格尔顿始终认为当主体进入自我反思的时候，主体成为认知的对象就已经不再是主体了，只有在自我沉迷于对象存在的过程中，不需要进入反思就可以获得的否定力量，才能让主体性真正显现。人道主义的主体完全摒弃他性的存在，所以绝不可能获得自我的位置性意识。而悲剧中必须面临的死亡则不需要理性的介入，让人在拥抱死亡的镣铐中将命运变成一种主体的选择，死亡也就成了人生命中的一个事件而不只是生物意义上的终结。

在悲剧中，就自然死亡而言，悲剧主人公无论怎么反抗，最终免不了走向死亡的宿命，这体现了必然性的胜利，但是，尽管悲剧的命运是注定的，但面对着死亡的悲剧主人公并不是被动等待的，相反越是加倍地增加我们的悲惨境况，我们就越是能够激发出希望征服它的欲望。"倘若你必须死亡，你完全可以带着一种夸大的反叛姿态这样做，面对那些将你变得不名一文的力量表现出你贵族式的蔑视，并且因此从毁灭的鼻子底下夺取价值你直面死亡的方式展示出否定它的一种活力。"② "在死亡之时采取的行动几乎不会对自己产生什么后果，所以尤其得到特许。"③ 可见，在悲剧中，我们表面上看似乎是在探讨必然性和命运，但命运只不过是自由佩戴的面具，我们在悲剧中真正追求的，是通过必然性和命运显示出的人类自身的超越性以及对自由的无限渴望。在超越性中，厄运被转化为自由。

---

① Terry Eagleton, *Holy Terror*, Oxford: Oxford University Press, 2005, p. 68.

② 特里·伊格尔顿：《甜蜜的暴力——悲剧的观念》，南京大学出版社 2007 年版，第 113 页。

③ 同上书，第 112 页。

福柯在《规训与惩罚》中更具体地揭示了死刑犯在面对死亡时可以表现出来的行动自由和无所顾忌，以及价值走向颠倒的"突转"："有了'即将处死'这个保护伞，罪犯就可以任意说话，而围观的人群则给以喝彩……这些处决仪式本来只应显示君主的威慑力量，但却有一个狂欢节的侧面：法律被颠覆，权威受嘲弄，罪犯变成英雄，荣辱颠倒。"① 在死亡面前，人们要求人物有更多的精神和积极性。死亡将人从生物性的限制中释放出来，通过我们的限制性，我们也意识到人类对自由的热爱和人类主体无限的超越性力量。

三　问题与展望

通过对康德、萨特、叔本华以及伊格尔顿对自由理论阐释的比较性研究，我们获得了伊格尔顿在悲剧的框架中对悲剧与自由探讨的超越之处。伊格尔顿特别强调现代社会绝对自由的基础和本源性。如果说在前现代社会，上帝可以成为我们自由的基础，而在"上帝死了"的现代社会中，我们的自由又从何而来？在经过缜密的逻辑演绎和探讨后，伊格尔顿发现，现代社会中的自由最终来源于自我结构的内部，因此完善人性、完善自我才是保障现代自由执行的重要条件。对现代自由的探讨转向对伦理道德的诉求。

然而，在现代社会中，由于对绝对自由的奉行和误解，自由主义最终导致邪恶的盛行。只要我们稍稍反省一下我们时代的现实状况和政治状况，我们不难发现，"映入我们眼帘的就是大屠杀、不正义的战争、罪恶的独裁者、集中营、大规模的可以预防的饥馑和疾病、压迫、到处蔓延的犯罪、蓄意的拷打以及关于更进一步的邪恶的一个容易扩展的子目"。② 正如利奥塔所说，后现代社会生活将所有的道德化为乌有。后现代主义社会追求个体自由主义和享乐主义，最终导致终极价值体系的轰然倒塌。社会毕竟不是一个"单子式"的社会，个人对个体利益的一味追求最终消解了社会共同利益的神圣性和高尚性，并导致公共道德

---

① 米歇尔·福柯：《规训与惩罚》，刘北成、杨远婴译，生活·读书·新知三联书店2003年版，第66页。

② 约翰·凯克斯：《反对自由主义》，应奇译，江苏人民出版社2005年版，第38页。

的混乱和缺失。

　　在中国，个人主义绝对自由的奉行同样导致伦理取向的迷失、人文精神的孱弱、社会诚信的危机、责任主体感的缺失以及共同理想的失落。党的十六届六中全会首次提出的"社会主义核心价值体系"，是中国特色社会主义思想文化建设的一项重大举措。可以说，国家和政府对社会主义核心价值体系的提出既是对西方社会中的意义危机、价值危机和情感危机的回应，更是试图解决当下中国社会主义精神文明建设中伦理、理想以及价值观重建问题的努力尝试。作为社会主义核心价值观的重要体现，社会主义共同理想的表达其实与悲剧具有一种内在关系。理想总是体现为超越于现实生活的一种乌托邦形式，是人类自身不断提升自己的理论力量和价值源泉。然而现实生活中的人们作为欲望的个体，同时又总是有着从自己的一己之利出发这样或那样的个体性欲望要求。于是在现实生活中，理想的崇高与现实的欲望要求总是会产生激烈的冲突。因此，后现代性社会终极价值的轰然倒塌以及随之而来的情感危机和道德危机其实是一种悲剧性的境遇，作为一种契机，可以重新唤起人们对理想价值的渴望。而个体在面对理想与欲望的悲剧性冲突时，其内在的心理结构和情感效应如何做出反应，如何自觉地放弃自我个体性欲望而服从超越性的理想要求？悲剧艺术中的"怜悯"和"恐惧"机制在相似性结构中很好地传达了主体在审美自由的惯习中如何得到培养和净化的整个心理过程，这对于社会主义价值观和社会主义理想的培养和坚持具有极为重要的意义。伊格尔顿明确表示，悲剧在当前社会具有重要的理论意义，是我们重建价值体系的重要源泉："当生活中的无可奈何、消极颓废或价值缺失达到顶峰的时候，悲剧则恰恰会在这个顶点上，以某种似乎神秘的方式，成为你找到出路和发掘能力的一种形式，从而帮助你摆脱那种无可奈何、消极颓废或价值缺失的状态。"① 伊格尔顿的《生活的意义》体现了伊格尔顿对现代社会人类价值目标和生活意义的深刻反思。2009 年出版的新著《陌生人的烦恼》更是他对伦理问题所进行的集中而系统的研究，意图通过在文化研究中唤起一种社会主义的实践伦理学和政治学，并使伦理的研究进入文化研究领

---

　　① 王杰、徐方赋：《"我不是后马克思主义者，我是马克思主义者"——特里·伊格尔顿访谈录》，《文艺研究》2008 年第 12 期。

域中。通过比较，我们可以见出，伊格尔顿在悲剧的框架中对悲剧与现代自由的探讨对于我们正确理解现代自由具有重要的理论启示意义，对于我们当下社会重建社会主义文化价值观和伦理价值体系也具有重要的指导意义。

第五章

邪恶的辩证法

现代性绝对自由导致一个必然的结果就是现代性的邪恶问题。不可否认，邪恶已经成为现代社会中另一个极为重要的问题。也许我们今天仍然习惯于在一种二元对立的框架中来看待善与恶，即善与恶是两种截然相反之物，是相互对立冲突的两种实证性力量，善就是善，恶就是恶。詹姆逊就是以简化的二元对立框架看待伦理与道德，不仅错误地以为所有伦理学都是为了要替代政治学，还误以为伦理学永远是一种僵化的善恶二元对立。与威廉斯一样，伊格尔顿也不认为人天生会具有什么品质，邪恶与善良其实都是人类后天获得的。但是在关于人的品性的培养中，伊格尔顿认为，人的善良品性并不能单纯地依靠一种理性的培养来获得（古希腊苏格拉底的观点），那是意识形态的幻象结果。

伊格尔顿深刻地指出："生活在一个非悲剧性社会中而拍手欢呼之前我们要三思而行，因为这也许会连同其价值意义将其悲剧感也一并抛弃。"① 悲剧揭示的结果总是邪恶压倒正义，否则就不具有悲剧性。然而令我们不解的是，当现实不再存在悲剧性现象，世界一片太平，这不正是人类社会的终极目标吗，那伊格尔顿为什么还要提醒我们要三思而行呢？其实伊格尔顿所要指出的，即使我们的本性是善良的，但是如果缺乏一种与我们本性相对的分裂力量，我们的善良品性或许也会因为太久没有使用而生锈。莱布尼茨说："恶往往是为了使人对善有更高的鉴别力，它甚至有时帮助那种有耐性的人达到更高的自我完善，好像人们播下的种子，先

---

① 特里·伊格尔顿：《甜蜜的暴力——悲剧的观念》，南京大学出版社 2007 年版，第28 页。

经过某种霉败，然后发芽。"① 我们常常是在缺乏和毁灭中才感受到事物本身的丰富性和弥足珍贵，悲剧的价值也总是在毁灭中释放出来。站在神义论的立场，伊格尔顿认为善恶总是悲剧性地共存于社会中，善与恶既相互对立，又相互转换，缺一不可。人类总是努力向善，然而具有反讽意味的是，人类的善良却总是需要在一个否定的过程中，在一个与之相对立的镜像即邪恶的镜像中才能获得。也就是说，善良的品性总是要在邪恶的刺激中才能被激荡起来。因此，我们要有对待邪恶的辩证眼光，客观公正地对待邪恶力量，将邪恶仅仅当成社会阴暗面的显示的观点显然是错误的。我们有必要对邪恶进行一次公正客观的人类学式的审美考察，从而辩证地看待邪恶在社会中的重要功用。

一　关于邪恶的起源

关于邪恶力量的艺术性表征总是体现在悲剧艺术中。然而大部分悲剧理论在探讨悲剧问题时总是基于这几个经典性范畴框架展开：悲剧情节、悲剧人物、同情、怜悯和恐惧、净化等。这些经典性的范畴框架早在亚里士多德时就已经基本上奠定，然而对邪恶作一种本体论式的美学考察的却比较少，一般都是在强调悲剧现象的发生时不得不带入邪恶的力量，作为导致悲剧发生的根本原因和重要力量。本雅明在《德国悲剧的起源》中探讨寓言模式和悲悼剧时谈到了邪恶的重要作用。他认为，"对善的认识作为知识是次要的。这种知识产生于实践。对邪恶的认识——作为知识——这才是首要的。这种知识产生于思辨。因此，对善恶的认识是与所有实际知识相对立的。正如它与主观深处相关一样，它基本上只是对邪恶的认识"。② 在这里，本雅明指出善的知识是一种产生于实践的知识，这一点其实早在康德就已经指出，善恶的知识是属于实践性知识，因为它必须满足一定目的；但它又高于一般的实践性知识，因为它摆脱了一切世俗的感性需求和感性欲望，以自己的自由而不是以外在的事物为目的。本雅明同时还指出历史的认识过程中邪恶的知识往往比对善的认识更为重要，当然本雅明并没有详细地去探讨邪恶如何在历史的进程中发挥作用，只是

---

① 莱布尼茨：《神义论》，朱雁冰译，生活·读书·新知三联书店 2007 年版，第 122 页。
② 本雅明：《德国悲剧的起源》，陈永国译，文化艺术出版社 2001 年版，第 194 页。

非常简要地指出邪恶在历史中的不可或缺性。威廉斯在《现代悲剧》中也注意到我们这个时代邪恶作为概念的复活，"我们在当代关于悲剧的争论中一次又一次碰到模式的改变，其中最引人注目的例子也许是邪恶这一概念的复活"。① 威廉斯在反对将邪恶看成一种超验的存在时认识到，邪恶总是与善良、正义、解放等其他的经验事实紧密联系在一起的，没有绝对的邪恶，只有在语境中描述出来的可以体验和经历的邪恶。另外，朱光潜先生在他的《悲剧心理学》中也特意强调了邪恶的审美效果和对待邪恶的客观态度，如果我们不从道德的角度而只从审美的角度来看，邪恶同样能够产生崇高的效果。由是观之，邪恶其实是一种非常重要的历史力量，我们以前将它作为一种简单的否定力量来进行分析明显是对它的简单化处理。对邪恶的审慎把握必须运用人类学注重对事物起源式的探讨方法。正如维柯在关于历史哲学的研究方法中告诉我们，要想揭示出事物的真理性，我们必须回到人类之初，回到问题开始的地方，以一种追溯探源的方法才能认清历史的真实。那就必须从对邪恶的起源性考察开始。

关于这个问题，法国哲学家里克尔在他的《恶的象征》中有过非常清楚的人类学式的起源性探讨和学理性历史梳理。当然，作为一个现象学家，他深深地感到现象学方法自身的局限性的探讨，"由于现象学构成的最终基点是主观性的，所以它无法澄清主观所体验和描述的意义的客观真理问题"② 因此他认为，既然邪恶不能仅凭内在经验以直接理解，那就通过求助外在的中介进行间接理解，比如通过史诗、神话。它们作为一种象征，具有敞开和泄露的功能，表现和揭示人的体验中隐蔽的意义，从而可以帮助我们理解人类邪恶在现实中如何从可能性转换为现实性。里克尔在《恶的象征》中归纳了四种神话类型：第一种类型有关罪恶的起源和终结；第二种类型是古希腊悲剧神话；第三种类型是亚当神话；第四种类型是灵魂放逐的神话。③ 这些神话是对人类社会中善恶起源问题的敞亮。

（一）邪恶的产生及邪恶的双重标准

里克尔在对邪恶的起源和终结的神话考察中得出，世界本是混沌的，

---

① 威廉斯：《现代悲剧》，丁尔苏译，译林出版社 2007 年版，第 50 页。
② 保罗·里克尔：《恶的象征》，公车译，上海世纪出版集团 2005 年版，第 2 页。
③ 保罗·里克尔：《恶的象征》，公车译，上海世纪出版集团 2005 年版，译者前言，第 6 页。

混沌先于秩序，人类为了确立秩序必须采取暴力的形式。因为只有通过混乱，才能制服混乱，人类社会秩序的最早建立正是凭借暴力而建立的。这种为了世界秩序的建立而不得不采取的暴力形式正是人类邪恶行为的起源。但是，为了美化人类的行为，神话又往往从动机上将各种暴力形式进行区分，"只要您说去破坏或去创造，都将奉为至高无上"，① 并采取将原始的暴力视为正当的暴力的方法。普罗米修斯的悲剧意义具有双重性：一方面，他因他的清白而使得宙斯的罪行更加得到强化；另一方面，他不仅是作为恶的牺牲品，他在面对神的愤怒时也最终激发了人的愤怒性的反抗。这种反抗的自由同样表明了一种邪恶性。但普罗米修斯的有罪却由于他要承受宙斯的折磨而被宙斯之罪所遮盖，并被赋予他的有罪以无上的崇高性。这种罪恶的双重性原则倒是被后来很多理论家注意到了。前面我们讲到威廉斯在强调社会主义革命的悲剧性时就指出社会主义革命的自我悖论性：当我们为了普遍人性而进行革命时，我们发现自己已经被置于解放人的悖论中。我们的革命也会给别人带来了痛苦，这与我们进行革命的初衷不一致。伊格尔顿指出任何社会秩序都是建立在对人性压制的基础上，以及这种原始暴力形式在人类社会的发展过程中如何被最后掩盖的事实。"随着时间的推移，这种暴力的根源或原始的罪恶被无情地从人类的记忆中抹去，以至于不合理的东西逐渐变成常态。礼貌不过是被归化的暴力。在任何人类历史的源头都存在着某种原始的罪过或者以禁忌的破坏，这如今已经被明智地塞进了政治无意识之中，不能在丝毫没有严重损伤之危险的情况下暴露于天光。"② 所以，里克尔总结，恶的本原有两种界定：一个是先于秩序的混沌，另一个则是克服混沌所凭借的斗争。先于秩序的混沌的恶是最原始的恶，也是最真实的恶，由于在它身上没有后来被隐秘赋予的意识形态色彩，所以对它的考察可以帮助我们呈现历史的真实。而克服混沌所凭借的斗争因为关涉正义与非正义的双方，而且常常会有"胜者为王，败者为寇"的嫌疑，所以在历史发展的过程中逐渐地划割出一道善与恶鲜明的分界线。邪恶在实质上并不是与秩序相对立的东西，而是属于秩序的根基。我们要了解到在一个邪恶的世界里行善的不可能和暴力

---

① 保罗·里克尔：《恶的象征》，公车译，上海世纪出版集团 2005 年版，第 159 页。

② 特里·伊格尔顿：《甜蜜的暴力——悲剧的观念》，南京大学出版社 2007 年版，第158 页。

的必要性，邪恶世界中的善只是一种趋向和人性上的一种关怀尺度，恶激发善的要求，善同样产生新的邪恶。用伊格尔顿的话来说，"我们越是变得文明，就越是会用罪恶和自我进攻将我们自己撕裂"，"在文明的根部，有一种悲剧性的自我损毁"。① 如此循环，不断反复。

（二）恶先于善

在神话中亚当的神话是第一次将恶的起源和善的起源分离开来的尝试。人类偷吃禁果这一行为被作为人类清白与罪恶的分界线。对于人类最初的这种越界行为的断定是依据上帝的律则，因为上帝对亚当强调过，只是分别善恶树上的果子，你不可吃。所以当亚当最后受夏娃的诱惑，夏娃又是受蛇的诱惑吃了上帝特意强调的禁果，这一行为因为违反了上帝最初的旨意而被确定为罪恶的行为。这样的判断是站在上帝的立场上做出的，也就是说，上帝警告在先，偷吃禁果的行为在后，判断立场是上帝的立场，律则是上帝的律则，因此偷吃禁果的行为当然就被定性为罪恶的。上帝代表了善，而代表人类的亚当是罪恶事物的原因。

如果说人类最初的罪在于对先前存在方式的失落和对先前清白的背叛，可是，如果没有这一越界行为，听从上帝指令，服从上帝的禁令和律令，抑制人类自身欲望，这难道不又是罪恶吗？其实对于人类来说，幸亏有了亚当夏娃的这一越界行为，否则，人类文明的历史从何开始和创造。然而，我们现在的偏见是：上帝是善的化身（这一点以康德为代表，将对人类至善行为的裁定完全交给了上帝），上帝造就的初人是善的，而创造历史的人是恶的。里克尔指出这善恶的悖谬性："我的善就是我作为一个造物的地位，但除非我停在这一步，否则我就不只是造物，因此，我不只是造物。于是，罪的'事件'在瞬间遂使清白终结：这瞬间正是出现在我被造和我成为恶中间的间歇、断裂。这些事件是同时发生的，并且只能是同时发生的。"② 伊格尔顿非常肯定人的越界行为，没有越界，人类灿烂的文明何以开始，善与恶其实始终是互相依存，悲剧性地共存于社会中。善良离开邪恶也就不成其为善，正是邪恶造就了善良，并激发人类补

---

① 特里·伊格尔顿：《甜蜜的暴力——悲剧的观念》，南京大学出版社 2007 年版，第220 页。

② 保罗·里克尔：《恶的象征》，公车译，上海世纪出版集团 2005 年版，第 21 页。

救条件的努力和无限的创造力。人类是在有了恶的行为之后才被预定为善，却又始终倾向于恶。而我们到现在还没有达到邪恶的终结时刻。

（三）人是否天生具有善良的品性？

从以上的考察中，我们不难得出，人的善良品性是从外在赋予的，用一句时髦点的话说，是意识形态的结果。尼采十分中肯地宣称，人类本质上是天真无邪的，是与善恶不相干的，巴迪欧则反驳说："不，没有什么生命，也没有什么自然的权力能够超越善恶之外，相反，我们应该说，每个生命，包括人类动物的生命都在善恶之中。"[①] 人并非天生就是善的，人也并非恶之根源，人始终是获得和继续恶的，并在恶的对立镜像中激发出善。上帝最伟大的事迹就在于他用邪恶造就了善良。

二　邪恶是文明社会进步中必不可少的因素

早在本雅明的《德国悲剧的起源》和威廉斯的《现代悲剧》中，对邪恶的重要作用就已经从悲剧的角度有所涉及。本雅明认为，"对善的认识作为知识是次要的。这种知识产生于实践。对邪恶的认识——作为知识——这才是首要的。这种知识产生于思辨。因此，对善恶的认识是与所有实际知识相对立的。正如它与主观深处相关一样，它基本上只是对邪恶的认识"。[②] 在这里，本雅明指出善的知识是一种产生于实践的知识，这一点其实早在康德就已经指出，善恶的知识是属于实践性知识，因为它必须满足一定目的；但它又高于一般的实践性知识，因为它摆脱了一切世俗的感性需求和感性欲望，以自己的自由而不是以外在的事物为目的。本雅明同时还指出在历史的认识过程中邪恶的知识往往比对善的认识更为重要，当然本雅明并没有详细地去探讨邪恶如何在历史的进程中发挥作用，只是非常简要地指出邪恶在历史中的不可或缺性。威廉斯在《现代悲剧》中指出我们当代一个重要的现象是邪恶概念的复活。与意识形态下超验的邪恶观不同，超验的邪恶观使得我们在对待文明社会和进步时总显得有些

---

① 巴迪欧：《论恶的理解》，万俊人主编：《20 世纪西方伦理学经典》第四卷，中国人民大学出版社 2004 年版，第 768 页。

② 本雅明：《德国悲剧的起源》，陈永国译，文化艺术出版社 2001 年版，第 194 页。

盲目乐观，邪恶既非不可避免亦非不可挽救。威廉斯强调探讨可以体验和经历的邪恶，认为如果我们把悲剧仅仅解释为对邪恶的表现和认识，我们就背离了一个共同的悲剧行动。伊格尔顿批评威廉斯对邪恶的理解还是片面的，威廉斯的理论核心词是"情感结构"，从情感结构出发，他已经做到了反对将邪恶从行动中抽离出来，而认为必须将它放置于行动的语境中才能客观地对之做出评价，就这一点来说，威廉斯在对邪恶的认识层面上略胜一筹，但伊格尔顿认为威廉斯仍然缺乏对邪恶的辩证眼光。在他看来，威廉斯仍然是把邪恶当作一种仅仅表现坏的东西，如果有可能，我们必须将邪恶消灭得干干净净。尽管这种历史的过程中可能需要我们付出非常高昂的代价，但正义必定会战胜邪恶，赶跑邪恶。伊格尔顿批评了他的这种有些盲目乐观的观点，"涉及悲剧时，我们必须接受得不偿失的后果。这是威廉斯在《现代悲剧》中没有足够关注的一种困窘"。① 也就是说，邪恶并不只是代表否定性的一面，"恶是真理的一个可能的面向"②。邪恶在这种对立冲突的关系中往往可以转换生成出它更为积极的一面，是文明社会进步过程中一个必不可少的因素，邪恶可以激发善行，社会的发展规律往往是在与否定力量的对抗中激发力量从而转换为肯定的方向。因此，西方文明才会认为，历史的推动力量在于恶的力量，而不是善。

社会中邪恶各种各样，但邪恶并不都是令人生厌，邪恶同样具有两副面孔：好的邪恶与坏的邪恶，好的邪恶是一种可以激起人类的恐惧感和崇高感的邪恶，"是一种显然没有根据的恶意，由于其自身的原因以破坏为乐"③ 的邪恶，它不存在什么外在动机，仅以自身为目的，仅仅是为了乐趣而去毁灭他人，雅斯贝尔斯概括为"以毫无意义的行为、折磨和被折磨、因自身原因毁灭、极其憎恨世界和对其自己受轻视的存在怀有极大仇恨的人类为乐"④。为邪恶而邪恶，但它却让人莫名其妙地喜欢，这也许是附着于人自身身上的一种天然本性，是人的一种"根本之恶"（康德

① 特里·伊格尔顿：《甜蜜的暴力——悲剧的观念》，南京大学出版社 2007 年版，第103 页。

② 巴迪欧：《论恶的理解》，万俊人主编：《20 世纪西方伦理学经典》第四卷，中国人民大学出版社 2004 年版，第 769 页。

③ 特里·伊格尔顿：《甜蜜的暴力——悲剧的观念》，南京大学出版社 2007 年版，第267 页。

④ 同上书，第 269 页。

语）；坏的邪恶则是一种比较平庸的邪恶，这些邪恶无法激起人类的恐惧感，当然也就只能令人生厌了。

人们再次重视邪恶现象并逐渐开始作本体论的研究是在第二次世界大战之后。但凡亲历过第二次世界大战的人们，无疑对极权主义统治下的种种邪恶现象尤其是奥斯维辛事件还有着梦魇般的旋绕，悲剧理论在这段时间过后又呈现出灿烂和辉煌。雅斯贝尔斯的《悲剧的超越》、阿多诺的否定辩证法的提出，本雅明的《德国悲剧的起源》以及他对纳粹"政治审美性"的批判性分析、鲍曼的《现代性与大屠杀》、汉娜·阿伦特对极权主义邪恶现象的反思和批判等，以及更多的理论家对奥斯维辛事件所作的反思性思考，都提示着我们应该如何正确地看待世间各种各样的邪恶现象。希特勒是不是一个悲剧性的人物，伊格尔顿在《甜蜜的暴力》中说，据说在英国是经过了很长的一段时间才被人接受为悲剧人物。而希特勒被作为一个悲剧人物接受的意义也许可以被这样认为：它意味着人们对邪恶现象本体论式认识的开始。

邪恶的颠倒镜像是创造。好的邪恶可以激发善行，恶"为善开辟了可能的空间"①。因此，伊格尔顿说，痛苦其实是人类存在中一个赋予活力、新生的部分，而献身则是产生一种新社会秩序的叙述行为性的行为。然而，善与恶的这种悲剧性共存状态以及对人类的创造力的激发并非为人们清醒认识，这种错误的认识甚至包括马克思本人。伊格尔顿评论道，"最有力地否认善与恶的这种悲剧性共存的现代话语是浪漫主义的人道主义。马克思本人尽管对资本主义做出辩证的评判，同样在很大程度上持有这种观点。这种观点倾向于认为人类的力量天生具有创造性，把否定看作阻碍人类自由表达的无论什么东西"②。人并不是天生具有创造性，人类真正的创造力必须在邪恶的镜像中才能得以激发，善良是作为对邪恶的限制，帮助邪恶激发出它的内在的创造力。伊格尔顿不无担忧地说："倘若邪恶使得这世界上许多好的东西消失了，那么最富足的东西定然会随之而去，而我们身上最好的东西就会因没有使用而生锈。只要我们继续将一种

---

① 斯拉沃热·齐泽克：《实在界的面庞》，季广茂译，中央编译出版社2004年版，第38页。

② 特里·伊格尔顿：《甜蜜的暴力——悲剧的观念》，南京大学出版社2007年版，第261页。

人间灾难描写成悲剧性的，我们就已经保护了某种程度的人类价值观。"①
尤其是反观悲剧艺术力量的生成状况。邪恶是悲剧崇高效果产生的一个重
要维度，悲剧的力量正是借助于邪恶才成全了这种悲壮和伟大。正如苏格
拉底之死，如果没有邪恶对苏格拉底的迫害，苏格拉底何以成就他的伟
大，如果没有邪恶对悲剧性人物的压制，悲剧性人物又何以爆发出如此无
穷的潜力。如果没有纳粹对欧洲犹太人绝对的恶，又怎能激发出人类对善
的积极思考，与其说是受难，不如说是邪恶的功能，悲剧人物的崇高性取
决于善恶之间的张力。有一幅漫画或许可以用来作为对邪恶辩证法理解的
最好注脚。一块大石头压在小草身上，生命力顽强的小草艰难地从石头的
边上探出了头，过路人于心不忍地帮助小草把压在它身上的石头搬开，结
果小草死了。这块大石头可以喻指邪恶的力量。所以，伊格尔顿说，"邪
恶似乎有两张面孔。一方面，存在着否定之否定的欲望——消灭象征一个
人自身空虚的那种无名、黏稠的东西；另一方面，存在着消灭那种淫秽的
存在之完满的欲望，这种存在之完满也许会否认其自己根基的缺乏。人们
几乎可以称这些为天使和恶魔形态的邪恶——前者压制其自身存在之缺
乏，后者则得益于它"。② 他把左派理论家分为两种，一种是恶魔型的，
另一种是天使型，"有一种恶魔/天使之分的左派同义词。左派要么是尖
酸刻薄、疑虑重重、恶语相向的魔鬼，要么是积极乐观、不切实际、人道
主义的天使。魔鬼强调冲突、权力、去神秘化、虚假的积极性、对不断的
阐释性警觉的需要。天使则强调共同体，将冲突看作必然但令人遗憾的，
尊重普通意义而非蔑视它们为虚假意识，并且将公正的未来看作对现存已
经活跃的价值之延伸"。③ 雷蒙·威廉斯和尤根·哈贝马斯可以划为天使
型，米歇尔·福柯和雅各·德里达可以划入魔鬼型。根据伊格尔顿自己的
风格，他也应该是被划入魔鬼型的。伊格尔顿认为最好的理论家应该是魔
鬼型和天使型的结合。然而伊格尔顿非常失望地指出，在悲剧艺术中已经
没有多少这种具有伟大性的恶魔的东西了，充溢着的多是可怕且平庸的叛
徒、好色之徒、伪君子之类。伊格尔顿的态度是，宁愿做真实的恶棍，也

---

① 特里·伊格尔顿：《甜蜜的暴力——悲剧的观念》，南京大学出版社 2007 年版，第
28 页。

② 同上书，第 275 页。

③ 同上书，第 275—276 页。

不愿做自欺欺人的圣人。

汉娜·阿伦特说，根本的邪恶源自某种人性的东西。在弗洛伊德的精神分析理论中，弗洛伊德进一步指出，人类始终存在的"恶魔"要素就是人的死亡驱力。它潜在地存在于我们的天性中，是"潜在的艾希曼"、沉睡者，它们在正常情况下蛰伏，但在外在的强烈刺激下会被唤醒。因此，只要有人和人类社会，就一定存在这种根本之恶。但这种死亡驱力只有在与爱欲的崇高形式结合才能征服自然和铸造文明，指引人类社会的正确发展。

三　现代性的邪恶与拯救

伊格尔顿充分认识到现代性的复杂性，明确地表明要把握资本主义的这种悲剧性的反讽性和现代性的两面性，必须采用辩证的方法。然而，在当代理论中，只有马克思主义才强调现代性乃是人类幸福的一个革命性进步，同时又坚持认为现代性是一场漫长的屠杀和剥削的噩梦。浪漫主义总是只关注邪恶的痛苦的一面，却忽视邪恶所间接带来的巨大的创造力，只局限于对悲剧的崇高和世俗的平庸进行对比，而忽视它们之间的相互渗透，或者就是对现实的逃避，以怀旧的眼光将过去审美化，以此种方式来对抗现代性。历史的发展潮流势不可当，过去只是因为隔着距离而被审美的光环和想象的魅力所笼罩，成为一种虚构的乌托邦。现代邪恶的源泉是人的欲望的极度膨胀，我们应该正视现代性的优势和不足，少些夸饰感，在充分认识到现代性的邪恶的同时，积极思考现代性拯救的超越之路。

可以说，资本主义最大的特征和改变就是货币的出现。货币给了我们空前的自由，"钱放在口袋里，我们是自由的"，但是如此充满欲望和激情的现代人在奔赴现代性后不久就悲哀地发现，我们其实又享受不到这种自由。现代性的自由只不过是一种虚假的承诺。货币的出现导致了人类的新的危机。随着资本主义社会的发展，社会的精神和情感价值逐步从人的实际意识中消失了，代之而起的是人与人之间简单的物化关系，人成为金钱奴役的对象，异化是现代社会的基本特征。西美尔通过对作为文化哲学意义上的货币分析揭示了现代社会中人的生活感觉的萎缩和情感生活的异化。西美尔指出，由于货币成了生活中可以兑换一切的媒介物，它像一个公分母介入人与人、人与物、物与物之间，甚至在社会生活交换的一切空间，作为一切价值的绝对表现手段无处不存在。然而，货币在交换的过程中能否进行真正意义上的平等交换？能否完全地取代它所交换的物体？或者，在这个交换流程中，我们流失了什么？西美尔通过农民与土地的关系例子说明这个交换过程只不过是一个不断地从一个对象到另一个对象以至无穷的换喻链条，货币是它唯一的计量形式。在这个交换的过程中，人与人的关系被碎裂式地分割，附着于物化身上的人的情感和意义被完全流失，成了交换中被忽略的虚无。货币的出现确实给我们带来了空前的自由，然而，"正是这种自由，意味着生活的空洞和缺乏实质的生活意义"，[①] 它必然造成个体终极意义的失落和生命感觉的萎缩。无怪乎西美尔深刻地指出，"金钱只是通向最终价值的桥梁，而人无法栖居在桥上"。[②]

在现代社会中，现代性给我们承诺了无限的自由，但我们却又总是实现不了这种无限的自由，所以，生活在现代社会中的我们总是感到既自由又一点也不自由。"自由个体的社会听起来是一个很好的理想，不过也有一种不祥的矛盾修饰法的声调。"[③] 自由不过就是我们被客体化了的欲望。"如果欲望将其形形色色的目标等同于那么多空洞的外壳，那是因为它真正追求的是自己，一种它只有在死亡中才能取得的成就。这种贪得无厌追求满足的内部动力，因此是死亡愿望或死亡驱力。"[④] 欲望在发现没有满足后，最终会将自己当作一个客体，而使得我们无精打采地处于行动中的，正是对其自身空虚的这种渴望，死亡驱力的一种形式。所以，欲望是现代性了不起的悲剧主人公，因为我们的欲望永远无法满足，我们的满足永远没有界限，我们的精神永远对已占有的领地感到厌倦，所以它总是"努力奋斗却又永远达不到目标，纠缠于自己不能为之事"。[⑤]

但是，资本主义社会却以这样的价值作为它的社会基础，并不断地刺激人类无限膨胀的欲望。"资产阶级的世界变得越合理化、系统化，它就必须越多地诉诸精神价值使之合法化，结果发现就在最需要精神价值时，

---

① 西美尔：《金钱　性别　现代生活风格》，顾仁明译，学林出版社 2000 年版，第 7 页。

② 同上书，第 10 页。

③ 特里·伊格尔顿：《甜蜜的暴力——悲剧的观念》，南京大学出版社 2007 年版，第 239 页。

④ 同上书，第 261 页。

⑤ 同上书，第 230 页。

它却已经将它们合理化地消失得无影无踪。"① 在资本主义社会中，人的丰富的感性被私有制异化为一种单一的冲动，即对占有的冲动。"通过把工人的需要降低到维持生理存在所需要的最低限度，通过把工人的活动降低到最抽象的机械运动……政治经济学宣布人没有其他的需要，他既不需要活动，也不需要消费……他把工人变成既没有需要，也没有感性的存在，并且把工人的活动从全面的活动中转变为纯粹抽象的活动。"② 而资本家在剥夺工人的感觉的同时，他同样也在剥夺他自己的感觉："你越少吃，少喝，少买书，少上剧院、舞会和餐馆，越少想，少爱，少谈理论，少唱，少画，少击剑等，你就越能积攒，你的既不会被虫蛀也不会被贼盗的宝藏——你的资本，也就会越大。"③ 资本异化了资本家的感性生活，并且用本身的力量替代性地进行了弥补："凡是你自己不能办到的，你的金钱都能帮你办到：它能吃，能喝，能赴舞会，能去剧场，它能拥有艺术、学识、历史珍品和政治权力，能旅行，它能为你占有这一切……"④ 伊格尔顿通过对浮士德的欲望的分析，揭示了人类为了自身无限的自我充实和自由发展而为自己设定的一个遥远的理想，然而现实状况总是令人失望。这本身就是欲望自身无法走出的悖论："欲望越是膨胀，就越是贬低它试图在其中寻求实现的经验主义世界，因此它就越是向后弯曲变成其自己的目标，因为没有值得它追求的其他目标。到头来，所有配得上欲望的东西就是欲望本身。"⑤ 这种将人类的欲望无限膨胀，并使得人类不断地去追求新的欲望和不断地去满足自己无法满足的欲望，确切地说就是现代性的邪恶。黑格尔指出好的无限是无限与有限的辩证统一；恶的无限指的是"某物成为一个别物，而别物自身也是一个某物，因此它也同样成为一个别物，如此递推，以至无限"。⑥ 如果我们能够给坏的无限加个界限，那么它就会在限制性的镜像中被颠倒，从而走向了事物的反面。坏的崇高

---

① 特里·伊格尔顿：《甜蜜的暴力——悲剧的观念》，南京大学出版社 2007 年版，第225 页。

② 特里·伊格尔顿：《美学意识形态》，王杰、傅德根等译，广西师范大学出版社 1997 年版，第192 页。

③ 同上。

④ 同上。

⑤ 特里·伊格尔顿：《甜蜜的暴力——悲剧的观念》，南京大学出版社 2007 年版，第261 页。

⑥ 黑格尔：《小逻辑》，贺麟译，商务印书馆 1980 年版，第 206—207 页。

也就能变成好的崇高，坏的邪恶也就能变成好的邪恶。现代性的邪恶就是把邪恶的一面无限地暴露出来，让资本无限制的增殖，直至超越了人类的极限。这种邪恶的伟大在于它通过对人类的无限撕扯最终导致了事物走向它的反面，变化和进步也就在此露出了希望的曙光。

马克思和恩格斯揭示了社会历史发展的悲剧性的推进形式，伊格尔顿更深一层地揭示了历史悲剧性发展的原因在于人类欲望的不止性和超前性，他肯定人类社会前进过程中欲望的动力，并且强调人类对欲望的不放弃态度。"不放弃欲望就意味着像海德格尔一样与死亡保持一种不间断的关系，正视人的生命之需要。这意味着不要用想象的客体那种需要，而要明白它是对你做出界定之物，死亡乃是使得人的生命变得真实的东西。因此，这是一种悲剧性的需要，劝导主体做出只能从自己的限制中产生的肯定，拉康将这种需要坦率地称作人类境况的现实。在这个特殊的世界上，只存在付出极大牺牲而得到的胜利。"① 所以我们应该一方面不能放弃欲望，欲望是推动社会前进的内在动力；另一方面又要充分认识人的欲望，并在辩证法的框架中思考我们如何才能颠倒欲望，从而充分发挥欲望的积极作用？

四　恐怖主义

在《神圣的恐怖》中，伊格尔顿这样写道："由于约束造就了我们，绝对自由的观念必定会导致恐怖主义。"② 所以，在论述悲剧与现代邪恶这一方面时，我们是无法绕过对现代性邪恶的当代形态——恐怖主义的探讨。尽管恐怖主义以其虚假的绝对自由姿态拒绝历史阐释的可能，但伊格尔顿坚持从文化的角度作了对它阐释的可能，并从实质上进行揭示直至摧毁恐怖主义意识形态的虚假的统一和虚妄的主体性。因此伊格尔顿对恐怖主义的研究并不对其事件作政治性的分析，而是从绝对自由与恐怖主义的内在发生学关系，揭示恐怖主义作为现代性的邪恶形态在文化逻辑上的必然，从文化的角度揭示导致其发生的社会因和发生因。

---

① 特里·伊格尔顿：《甜蜜的暴力——悲剧的观念》，方宸、方杰译，南京大学出版社2007年版，第245页。

② Terry Eagleton, *Holy Terror*, (Oxford: Oxford University Press, 2005), p. 71.

可以说，在当前，恐怖主义作为现代社会必要的对立面，竟有着愈演愈烈、愈反愈恐的趋势。恐怖主义并不是一般的恐怖事件，在它的组织内部有着极其复杂的结构，并有着鲜明的政治目的。一句话，恐怖主义是一种通过恐怖手段伤害无辜并以此制造社会恐怖气氛，从而达到一定政治意图的政治传播方式。在目前对恐怖主义原因的探讨仍然不失为国际政治形势中的热点话题，而到底是美国的扩张导致了伊斯兰恐怖主义的兴起，还是伊斯兰恐怖主义的兴起引发了美国的扩张，也仍然还是恐怖主义讨论分歧的焦点。在这一立场上，伊格尔顿的态度是非常鲜明的，"西方有些人想象宗教激进主义者之所以残害或谋杀他人，是出于对西方自由的嫉妒。这始终是一种极为荒谬的观点"。[①] 西方国家以"嫉妒"一词巧妙地引开并逃避了西方社会特别是美国自身的责任，而伊格尔顿直接将这种观点归结为"荒谬"。随着 2001 年"9·11"事件的出现，当那些无辜生命以及代表着资本主义在建筑学上登峰造极的象征符号五角大楼和世贸大厦一起消失的同时，一个新的恐怖主义时代拉开了序幕。恐怖主义有着其必要的社会原因：首先，是在世界范围内还普遍存在的贫穷现状；贫穷未必直接产生恐怖，但贫穷会导致怨恨，从而与恐怖主义在心理上容易产生共鸣和共振；其次，随着全球化的趋势，国际事务中诸多不公正现象也为恐怖主义发展提供了滋生的土壤；再次，美国为首的西方霸权政策的推行，忽视了价值的多元化和国际对话的平等性和自由性，恐怖主义在现象上表现为弱势团体为反抗强势团体，在无奈境遇下所采取的极端方式；最后，在国际社会对话格局中，缺乏与资本主义真正相对抗的存在，而这一点才是导致虚无主义和政治幻灭感的真正原因。如果说以前是苏联在西方舞台上扮演对手的角色，现在的宗教激进主义可能会担任他的替角。

鲍曼首先从文化的角度揭示大屠杀与现代社会在发生学上所体现的逻辑必然。在《现代性与大屠杀》中，鲍曼认为，大屠杀与现代性并不构成二元对立的关系。大屠杀不只是犹太人历史上的一个悲剧事件，也并非德意志民族的一次反常行为，而是现代性本身衍演的结果。科学的理性计算精神和技术的道德中立地位，社会管理的工程化趋势，这些现代性的本质要素，使得像大屠杀这样灭绝人性的惨剧成为设计者、执行者和受害者密切合作的社会集体行动。"大屠杀并不是现代文明和它所代表的一切事

---

① Terry Eagleton, *Holy Terror*, (Oxford: Oxford University Press, 2005), p. 73.

物的一个对立面。我们猜想，大屠杀只是揭露了现代社会的另一面，而这个社会的我们更为熟悉的那一面是非常受我们崇拜的。现在这两面都很好地、协调地依附在同一实体之上。或许我们最害怕的就是，它们不仅是一枚硬币的两面，而且每一面都不能离开另外一面而单独存在。"① 伊格尔顿很快接受并遵守着这样的逻辑立场，认为恐怖主义与现代社会同样并不是二元对立的关系，而是现代社会的两面。我们必须通过恐怖主义的存在，反思当前社会结构的非合理性因素。可以说，展现在我们面前的自由、民主、进步、繁荣的西方社会只是意识形态幻象的一面，我们还要深入地揭示幻象阴暗的另一面。如果说西方社会的核心秘密在于所有的社会都是建立在暴力的基础上，但是随着时间的推移就有可能将暴力的起源掩盖起来，那么伊斯兰教却要穿透这个阴暗的核心，通过其本质上的自杀行为以揭开他们真实的面相。恐怖主义的存在成为我们反思当前社会结构的一个重要的维度。

结　语

由此可以见出，现代邪恶其实是文明社会进步必不可少的因素，邪恶在对立冲突的关系中可以转换生成出它更为积极的一面，从而引发我们对如此正确对待现代邪恶和拯救问题的思考。善恶不能脱离其属的社会环境来考察。在当前的社会生活环境中，我们还没有达到终结恶的时期，因此，善就总是被伤害。但我们不能就此表现得过于悲观，在社会发展的循序渐进的过程中，人的善恶也终会得到解决。邪恶是人的真实天性，但我们却也有限制这种天性的能力。而且我们会越来越能够限制这种天性，因为我们整个社会制度和环境必然会到达这一时期。

在新中国成立之初，学术界曾经引发过关于"社会主义有无悲剧"问题的大讨论，讨论主要集中于四个方面的问题：（1）什么是悲剧？（2）社会主义社会到底有没有悲剧？（3）人民内部矛盾能不能产生悲剧？（4）社会主义时代的悲剧有何特征？在这四个问题中，由于人们先验地认为社会主义社会是一个一切公有、人人自由平等的社会制度，那么沿着这种逻辑推演的必然结果就是：在社会主义社会中，不可能再有悲剧的产

---

① 鲍曼：《现代性与大屠杀》，杨渝东、史建华译，译林出版社 2006 年版，第 10 页。

生，也不再需要悲剧。进入社会主义社会，应该是我们宣告悲剧时代结束的时候了，社会主义的中国已经没有悲剧也不再需要悲剧了。这样的讨论在我们现在看来是错误的。这样的讨论存在着一个潜在的理论前提，他们基本上是把悲剧看成灾难和不幸的代名词，悲剧指邪恶压倒正义，美被摧毁，正义被压制，这些统统是社会生活里的不合理、不正常的现象，社会主义的目标就是要把这些邪恶现象和悲剧现象消灭得干干净净。巴迪欧可以说是代表着的另一种声音，"任何世界都不可能成为善的一致性的俘虏，这个世界在、也将仍然在善与恶的名下"。① 善恶如同硬币的两面，始终忠实地伴随着人类社会的前行。伊格尔顿关于邪恶辩证法的观点分析，让我们能够更清楚地认识到邪恶在历史中的作用并不仅仅是否定的，它同样存在着积极的一面，邪恶始终与善良悲剧性地共存在一起，并且激发人类的无穷创造力。所以，悲剧并不可怕，邪恶并不可怕，可怕的是人类社会中由于缺少邪恶而丧失历史的推动力，以及它们在将来要面对的平庸中必然丧失的前进动力。

---

① 巴迪欧：《论恶的理解》，万俊人主编：《20世纪西方伦理学经典》第四卷，中国人民大学出版社2004年版，第782页。

第 六 章

悲剧性现代性的提出与现代
审美范式的转型

　　现代化是一个痛苦的悲剧性过程，充满着悲剧性的内在张力。现代性不仅包括进步的宏大叙事，还包括伴随这个过程关于否定、不平等、不公正等悲剧性叙述。其后的韦伯、哈贝马斯、贝尔、卡利奈斯库、鲍曼等理论家都强调存在着社会现代性与审美现代性的对立，以构成相互制衡的局面。随着资本主义发展的深入、后现代主义语境的转换以及全球化趋势的发展，美学已不再局限于艺术领域，而是向政治、经济、文化、消费领域、日常生活领域扩张。审美动因与经济动因的重合为资本主义社会的发展提供了新的基础和前景。资本主义已经发生了结构性转变，理论的突破和创新显得极为迫切。虽说后现代主义美学基于激进的反审美立场对社会现实进行了无情的破坏和解构，但它并没有真正做到对于现实的理论突破，缺乏建设性实力而无力为现代社会提供真正的解决途径。美学是否还具有对社会的批判维度，审美现代性应该如何转换才能超越并延续其理论活力？

　　尽管现代社会中很多艺术形态面临着被政治同化的危险，悲剧作为苦难和痛苦的表述，与整个社会的统一幻象保持着一种游离并与社会总体性分裂的力量，拒绝同质化和同构化。克尔凯郭尔认为，痛苦是无可代替的；伊格尔顿则说，痛苦不具有交换价值。因此，痛苦的身体作为一种不具有交换价值的存在，是一种意识形态的原型，它可以成为打破社会和谐幻象的颠覆性力量，成为现代美学革命和新的价值体系生成的重要源泉。为此，伊格尔顿在他的《甜蜜的暴力》中明确地提出悲剧性的现代性与进步论的现代性两种现代性的重要命题，要求从悲剧的角度来阐释现代性，揭示现代社会发展更为复杂的动力性结构。悲剧性的现代性和进步论的现代性两种现代性的提出，标志着现代审美范式从浪漫主义、现代主义、后现代主义之后的又一个新的理论范式，呈现出现代审美体系在范式上的悄然转换。

一　作为美学革命的悲剧形式：悲剧的现代转型与革命潜能

悲剧作为文学中的一个重要理论范畴，在现代社会中已经发生重要改变。黑格尔的出现标志着亚里士多德在本体论意义上的悲剧形式的突破，一种作为哲学观念悲剧的形成。进入现代社会后，悲剧作为一种观念更是与我们的日常生活、情感结构、直接经验发生着联系。威廉斯首先发现了这一点，他说："如果把我们称为悲剧的现代经验作为讨论现代悲剧的起点，并将其与传统的悲剧文学和理论联系起来，那可能会引起极大的震惊。"① 对于威廉斯来说，在一个复归沉默者人微言轻的劳作人生中可以看到悲剧，在男人和女人被迫适应现实状况而不断地压抑自己的愿望和需求中可以看到悲剧，一场车祸，一场煤井灾难，都必然会引起我们对事件的悲剧性反应。而只要我们在这些日常事件中看到了哀痛和悲伤，我们就已经处于悲剧中了。所以"悲剧是一种特殊的事件，一种具有真正悲剧性并体现于漫长悲剧传统之中的特殊反应"。② 悲剧指的就是我们对社会的悲剧体验和反应，并在"情感结构"的层面上指导着我们的悲剧行动，从而影响并构造世界。

有感于悲剧在运用的过程中已经不再是拘泥于亚里士多德手里的那种本体论式意义上的悲剧，它"可以同时指艺术品、现实生活的事件、世界观或情感的结构"，③ 伊格尔顿区分了悲剧与悲剧性的不同。悲剧侧重的是悲，但悲（也称悲剧性）是一个有关事物的内在的抽象意识，它不能由我们对它进行定义，因为它没有所指的客体，只能通过事件或行为来表征；悲剧就是描述人的一种行为和悲剧性事件，通过这种行为，或者说

---

① 雷蒙·威廉斯：《现代悲剧》，丁尔苏译，译林出版社 2007 年版，第 4 页。

② 同上。

③ 特里·伊格尔顿：《甜蜜的暴力——悲剧的观念》，方杰、方宸译，南京大学出版社 2007 年版，第 9 页。

以这种行为作为手段，我们才可以把握到悲或悲剧性的性质。从德国浪漫派始，人们早已倾向于不再将悲剧只是视为一种艺术体裁，而是看作一种哲学观念、审美意识、人生态度。伊格尔顿对悲剧进行了"家族相似"式的界定，认为悲剧这个概念最基本的共同点就在于苦难的事实。也就是说，凡是以呈现人类的灾难或痛苦的经验的艺术均可以视为悲剧："在异乎寻常地不增进知识的'表现痛苦或毁灭情节的所有戏剧'之外，不可能存在任何悲剧定义。"①

自从葛兰西提出了"文化霸权"理论之后，在马克思主义理论视域中对革命的看法也有了更加复杂的意味。他们摒弃了庸俗马克思主义的"经济决定论"，不再局限于从政治和经济角度来描绘我们的日常生活和社会变革，而是从日常生活经验和情感结构的角度，来探讨生活中的各种潜在变化和变革。革命不再是制造暴力和无序，而是整体行动过程中的一部分，是整个行动过程中那个关键性的冲突和突转。"革命"的观念已经从马克思意义上的暴力革命，转变为与日常生活紧密联系的文化革命与美学革命。

本雅明无意于以无阶级社会为目的，在正义和公正的名义下通过革命暴力的手段来解除社会的种种压迫和不平，而是追求一种出自历史自身发展的内在规律，即遵循自然法则，以历史各种因素的合力和达成的协议来获得历史的非暴力性发展。本雅明将批判的矛头指向了马克思的革命概念。马克思认为革命是"世界历史的火车头"，本雅明却认为"但或许，情况恰好相反"②。本雅明建议我们把革命理解成为历史火车的"急刹车"，人们有意识地静待"革命条件"的成熟，并利用和聚焦每一刻的政治契机。这个"革命条件"的成熟就是要用苦难的记忆来把握住世世代代受压迫被剥削阶级的悲惨过去，即"被奴役的先人的形象"③。因此，本雅明抬高了自黑格尔以来遭受到严重忽视的悲剧中苦难的位置，要求摒弃对苦难和死亡认识上的形而上学成分，运用寓言式的批评方法，将苦难和死亡客观地展现出来，并在反思与被救赎的生活领域最终建立连接。

---

① 特里·伊格尔顿：《甜蜜的暴力》，方杰、方宸译，南京大学出版社 2007 年版，第 3 页。

② 本雅明：《历史哲学论纲》补遗，立秋译，来自 http://www.douban.com/group/topic/10251795。

③ 《历史哲学论纲》，陈永国、马海良编：《本雅明文选》，中国社会科学出版社 1999 年版，第 410 页。

在《现代悲剧》中，威廉斯明确地提出了革命的文化性定义。"就其最深刻的意义而言，悲剧行动不是肯定无序状况，而是无序状况带来的经验、认识及其解决。这一行动在我们时代很普遍，而它的名称就是革命。"① 革命不能仅仅被看作建构和解放，对革命的最终检验在于社会活动的模式及其深层的人际关系和情感结构的变化，而不仅仅是物质生活条件的变化。所以，"最常见的悲剧历史背景是某个重要文化全面崩溃和转型之前的那个时期。它的条件是新旧事物之间的真实冲突，即体现在制度和人们对事物的反应之中的传统信仰与人们最近所生动体验的矛盾和可能性之间的张力"。② 对于现代人来说，革命的滋养已不再是本雅明所强调的关于先人的记忆，而就是现代人时时伴随的生存经验和情感结构。威廉斯深入地挖掘出作为文化革命的悲剧形式与情感结构之间的隐匿关系，并通过对悲剧文学的分析介入了他对现代革命的独特思考。

与威廉斯的革命观又不同，伊格尔顿的革命观是一种静态的、否定性的革命。对于他来说，革命就是一种反讽。伊格尔顿同样主张是从文化层面或者精神意识层面上来看待革命，通过道德意识和伦理意识与政治发生关系，并在这种潜然变化中逐渐发生政权结构和社会结构的转变。伊格尔顿对历史的演变带有一种文化进化论的色彩，人类总是从低级走向高级，历史也存在着从低级走向高级的进化规律。黑格尔的否定之否定规律，马克思、恩格斯的历史悲剧形式的社会发展观都表明社会总是从低级走向高级，在事物的发展过程中，必定会在他的秩序内部酝酿出其否定性的一面，从而使得历史总是沿着坏的一面前进，走向更高级的否定之否定一维。因此，在社会秩序内部本身就存在着推动它发展的内在驱力。这种内在驱力是伊格尔顿革命演变的希望。伊格尔顿非常看重悲剧中的"突转"和"发现"。他认为，当人从绝望到虚无，辩证的逆转才可能出现，极度的贫乏和虚无可以转变成为革命主义。伊格尔顿从悲剧的替罪羊机制发现了阶级分析学说的新的内涵和形式，并揭示社会历史地位对革命主体形成的重要作用。

正是在日常生活的意义层面上，因为对社会中真实苦难和无序状态的共同关注，悲剧与革命在理论上有了联结的可能。现代悲剧作为文化革命

---

① 雷蒙·威廉斯：《现代悲剧》，丁尔苏译，译林出版社 2007 年版，第 75 页。

② 同上书，第 45 页。

与美学革命的形式之一，成了阐释当代现实各种重要文化现象和现代性的新视点。

二　后现代主义美学的隐忧和批判

正如卡林内斯库所说：关于现代性这个富有争议和错综复杂的概念来说，"有一点是清楚的：只有在一种特定时间，即线性不可逆的、无法阻止地流逝的历史性时间意识的框架中，现代性这个概念才能被构想出来"。① 特定的时间意识导致了超验的丧失，正如马克思在《共产党宣言》中的第一句话："一切坚固的东西都烟消云散了。"所以现代性是一个变动的多义的概念："是那种短暂的、易逝的、偶然的东西，是艺术的另一半。"美也就在这个现代性概念的包围中逐渐丧失其超验特性，最终成为一个纯粹历史的内在范畴。美只是相对的、历史内在的形态呈现，而不再是普遍的、永恒的经典美。现代性审美也有了范式的转换，从浪漫主义、现代主义再到后现代主义，呈现出不同的美学特点和对现代性的解答方式。"范式"这个概念和理论首先是由库恩提出并在《科学革命的结构》（*The Structure of Scientific Revolutions*）（1962）中系统阐述，指的是一个共同体成员所共享的信仰、价值、技术等的集合。范式的突破会引起各个领域中的转型，当然这种转型也"远非一个积累过程，也不是原有范式的扩展。而是对研究领域的基本原理的重构"。② 浪漫主义首先强调审美不同于理性、科学、哲学的独特逻辑，追求主体自由创造和表现的存在形式，开启了现代社会对审美现代性的自觉思考，拉开了审美现代性对社会现代性所构成的批判维度。如果说浪漫主义主要呈现为对传统过去的迷恋，要求放弃现代技术对人的理性操纵，回归传统的那份古朴、和谐和宁静，以一种审美和伦理的生活模式，以及对过去的怀旧情结来对抗当时的现代性；现代主义不再是对现代性进行一味地否定，而是加强了它的反思维度。它们不再是从过去的传统和经典中而是从未来中汲取源泉来指导我

① 卡林内斯库：《现代性的五幅面孔》，顾爱彬、李瑞华译，商务印书馆2010年版，第18页。

② Thomas S. Kuhn, *The Structure of Scientific Revolution*, Beijing: China Social Sciences Publishing House, 1999, p. 84.

们现实生活，寻找当下时代的合理性。由于现代性机制的进一步发展及其对社会生活所造成的深刻影响，特别是计算机技术的发明，鲍德里亚称其为"内爆"的时代或超现实社会，人们的生产、生活状况再一次发生了重大变化。与此同时，在美学层面上则预示着一种新的审美模式即后现代主义美学的到来。

詹明信概括出后现代主义美学所呈现出的特点：一是一种新的平淡感；这种新的平淡阻碍了艺术品的有机统一，失去深度，形成一种新的时间观念和空间观念；二是后现代给人一种愈趋浅愈微弱的历史感，一方面我们跟公众"历史"之间的关系越来越少，而另一方面，我们个人对"时间"的体验也因历史感的消退而有所变化；三是自从拉康以语言的结构来诠释弗洛伊德提出的潜意识之后，一种崭新的"精神分裂"式的文化语言已经形成。① 如果说现代主义关注的是异化以及现代人的焦虑体验，后现代主义在情感上则表现为一种心理上的分裂，认为只存在着幻象和幻影，所以必须趁着现在及时行乐，表现出异常欣快和精神分裂的特征。在叙事模式和语言表达上则呈现出解构崇高、消解总体性，以及语言的自由拼贴、复制和戏仿等特点。

然而，后现代主义美学批判这个，指责那个，但它自己并不能形成一个坚定的逻辑起点，也正因为这一点，后现代主义美学只能一味地对当前现实进行批判和解构，而不能提出什么建设性的策略。后现代主义以个体的、私人的领域作为与现代主义以往强调的那个总体性相对抗，然而在这个对抗的过程中本身已经包含了后现代主义美学自身逻辑上的悖论：由于后现代主义所面对的对象是一个具有鲜明总体性和整体性的东西，有着内在的统一和有机联系，所以当它要进行理论批判时就必然要面临如何处理这个总体性的问题。如果将之作为一个总体或整体来看待，就必然形成一种反同一性的同一性，这也是在理论构建的过程中所必须确立的起点和立场；如果不把它作为一个总体或整体来看待，那么，后现代主义美学将完全丧失其批判对象。这正是后现代主义美学文化自我矛盾的吊诡逻辑。正如詹明信在《晚期资本主义的文化逻辑》中说："这种分析方法本身却是深具反讽意味的"，紧接着他列举了福柯在论监狱的叙述中所呈现的后现代

---

① 参见詹明信《晚期资本主义的文化逻辑》，陈清侨等译，生活·读书·新知三联书店2013年版，第354页。

主义文化逻辑上的自我矛盾性的例子，用以支撑自己的论点："一方面，论者力求建立一套日趋完善、独立自足的阐释系统，以统辖社会变化的整体现象；但另一方面，论说者千方百计制成的一套骇人听闻的阐释机器，却反而使他的理论系统丧失其应有批判能力。结果是，读者发现身处一个庞然怪物般的理论模式之中，却不但无法借阐释系统的力量来牵起社会改革的动力，甚至不能借之以发挥批判社会所需要的反动力与反叛力。"①

"作为与其他社会主义信仰不同之处在于，马克思主义的典型特征是对资本主义的矛盾表现出特别的关注：它总是会情不自禁地同时生产财富和贫困，并互为对方的物质条件基础。而这又相应地反过来导致马克思主义看待现代性问题的特有立场。"② 这就决定了马克思主义在对现代性的认识和解答上的不同模式。他们基本上认为现代性是资本主义制度本身的问题，而寻找超越资本主义的替代性模式才是解答这个问题的唯一途径。因此他们对现代性的认识有着更为辩证清醒的一面。早在 1857 年的《〈政治经济学批判〉导言》中，马克思就已经明确提出现代性问题以及我们在看待这个问题时应持的辩证态度：马克思在其中指出："进步这个概念绝不能在通常的抽象意义上去理解。"③ 也就是说，"现代历史是文明和野蛮不可分割的历史，既与浪漫主义的怀旧思想相对立，也与现代化的自鸣得意相抵触"。④ 马克思在这里想告诉我们的是，历史进步总是同时伴随着它所需要付出的代价，是有关悲剧的形式和叙事。

伊格尔顿延续了马克思主义在对待现代性方面的辩证态度，并从一种政治和理论的角度对后现代主义幻象做出了激烈的抨击。伊格尔顿首先质疑的同样是后现代主义美学批判的逻辑上的起点，"如果后现代主义拒绝一切哲学基础，那么它如何能够给予自己合法地位"。⑤ 后现代主义质疑关于真理、理性、同一性、普遍进步和解放的观念，然而它在完成质疑的

① 詹明信：《晚期资本主义的文化逻辑》，陈清侨等译，生活·读书·新知三联书店 2013 年版，第 353 页。

② Terry Eagleton & Drew Milne, eds. , *Marxist Literary Theory*：*A Reader*, Cambridge：Blackwell, 1996, p. 6.

③ 《马克思恩格斯选集》第 2 卷，人民出版社 1972 年版，第 112 页。

④ Terry Eagleton & Drew Milne, eds. , *Marxist Literary Theory*：*A Reader*, Cambridge：Blackwell, 1996, p. 6.

⑤ 特里·伊格尔顿：《后现代主义的幻象》，华明译，商务印书馆 2000 年版，第 2 页。

同时跌进了它的自我逻辑的悖论中。那么，我们到底应该如何看待同一性和总体性，同一性和总体性是否存在，以怎样的方式存在呢？在伊格尔顿看来，"所有总体性都发端于非常特殊的情境，这是我们应该考虑到的一般性与差异或特殊性决非简单对立的几种方式之一"。① "后现代主义所拒绝的不是历史而是大写的历史——即一种观念，这种观念认为存在着一个称为大写的历史的实体，它具有一种内在的意义与目的，它悄悄地在我们周围展开，甚至就在我们说话的时候。然后，有了某种宣布这个实体终结的相当自相矛盾的东西，因为在这样做的时候，人不可避免地接受了他所拒绝的逻辑。"② 所以，根本不存在某种具有完全独立于人类的运动的目的和规律的、被称其为大写的历史的东西。我们每个人都拥有一个身体，而且也只有通过身体才能直接遭遇世界。身体是我们进入世界的方式。所以每个人都是从自己的身体出发，掌握并遭遇世界，形成对世界的总体印象，而所有的认识其实都是主体从自我角度出发而感受到的世界模样，所谓的总体性其实也就是不同的个人对世界的不同感受的总和，不可能存在着像后现代主义所强调的那种大写的历史。"如果的确存在任何后现代主义的整体，那么它也只能是一个维特根斯坦式的'家族貌似物'的东西。"③

后现代主义空间范畴使得我们无法在空间的布局中为我们自身定位，也不能通过认知系统为我们在外界事物的总体设计中找到确定自己位置的方向。人的身体与其周遭环境之间的惊人断裂让我们再一次领略到人类思维的无力和无可作为。然而从人类对现实的真正把握来看，我们仍然必须在感觉中或人类的想象中重建一个总体性，只有这样才能获得对历史真实的把握。

三 重构总体性：悲剧性现代性的提出与现代审美范式的转型

在伊格尔顿看来，后现代主义其实"是 1968 年'五月风暴'的产

---

① 特里·伊格尔顿：《后现代主义的幻象》，华明译，商务印书馆 2000 年版，第 14 页。
② 同上书，第 38 页。
③ 同上书，第 29 页。

物，其特点是绝望中的一种反抗的形式。因为找不到解救的出路"。① 如何才能找到后现代主义的超越之途，以与马克思主义有关社会主义的宏大叙事重新联结起来，詹明信提出了"认知绘图"一说以重构总体性："在这后现代空间里，我们必须为自我及集体主体的位置重新界定，继而把进行积极奋斗的能力重新挽回。就目前的现状而言，我们参与积极行动及斗争的能力确是受到我们对空间以至社会整体的影响而消退了、中和了。倘使我们真要解除这种对空间的混淆感，我们确能发展一种具真正政治效用的后现代主义，我们必须合时地在社会和空间的层面发现及投射一种全球性的'认知绘图'，并以此为我们的文化政治使命。"② 而伊格尔顿则转向了悲剧。

在《甜蜜的暴力》中开篇第一句话，伊格尔顿写道："悲剧在当今是个过时的话题，而这正是讨论它的一个很好理由。"③ 悲剧在当今是个过时的话题，是因为悲剧有着与后现代主义格格不入的品性，作为后现代主义文化中令人难以忍受的优雅存在，受到后现代主义社会中人们的排斥。但是，后现代主义社会追求个体自由主义和享乐主义，最终导致终极价值体系的轰然倒塌。而当一个社会形态因丧失价值信仰缺乏凝聚力呈现出涣散状态时，必然会出现更为深刻的文化危机、价值危机、情感危机和精神危机。这种危机的出现又必然会引起人们的重新思考，呼唤新的文化形式以获取社会内在的凝聚力和整合力。这一点正是伊格尔顿所强调的研究悲剧的有利契机。在后现代主义文化氛围中，随着"上帝死了"、"人死了"、"主体死了"等各种理论口号的更迭提出，后现代主义主体性被画上了一个重重的句号。但是，人的主体性真的就这样终结了吗？伊格尔顿却在悲剧的框架中从否定性的方向得出结论，后现代主义主体虽然被打成碎片，但是这种主体的虚无状态却是人类社会恢复和转变的希望。

在伊格尔顿看来，自我是作为一种关于世界的先验的观点，一种同时又具有全然空虚的不可思议的构造力的前反思的存在。而后现代主义碎片化的主体正符合这个自我要求，它"既是一切又什么都不是，它是世界

---

① 王杰：《幻象与真实》，《南方文坛》2001 年第 6 期。

② 詹明信：《晚期资本主义的文化逻辑》，陈清侨等译，生活·读书·新知三联书店 2013 年版，第 422 页。

③ 特里·伊格尔顿：《甜蜜的暴力——悲剧的观念》，方杰、方宸译，南京大学出版社 2007 年版，第 1 页。

的生产之源，可是又是一种无声的显现或富于创造力的沉默"①。所以，必须呼唤着一种具有集结或者整合作用的神话力量，从而能给碎片化的社会提供所需要的集体符号资源。伊格尔顿仔细地分析了悲剧中的崇高效应。与康德的想象式崇高不同，伊格尔顿是在马克思主义的辩证性框架中看待崇高的生产性效果。崇高是这样一种具有惩戒性和令人感到羞辱的破坏性力量，能够使主体不由自主地意识到自己的渺小和有限，从而使主体产生必要的尊敬和服从；但同时，崇高也是一种否定性的力量，帮助自我完成主体性的形成，条件是必须超越我们感觉的局限。崇高在某种程度上是一种反审美，"它把想象推向极端的危机，使之失败和挫折，目的是为了它自己能否定性地超越于它的理性。就在无限的理性威胁着要击败我们时，我们才意识到理性在我们心中所打下的不可思议的烙印"。② 这时，就会发生主客体价值的扭转。"想象的主体把盲目崇拜的力量归咎于客体，因此该主体必须恢复自身的感觉，消解这种投射，进而认识到，这种力量就存在于自身内而不是存在于客体中。"③ 而悲剧中的崇高正体现了这种效果。悲剧经典性的叙事模式是悲剧主人公遭遇欲将之毁灭的苦难，由此激起悲剧主人公要战胜苦难的激情和勇气，最后以一种悲剧式的崇高体现悲剧主人公内在精神的伟大和胜利。所以悲剧中的苦难是将人的忍受力推至极限，挤压到堕入无意义和悲伤的地狱之极限，超出了人的忍受限度时，目的是为了否定性地超越。在苦难即将摧毁我们之际，主体调动起人的身体内部一种本能力量和死亡驱力，将驱使他走向反抗。正是在这个意义上，伊格尔顿说，"人们只有通过接受对于实际来说最不幸的情况，而不是将其作为跳越不幸的一种便利的跳板，才有希望超越它"。④

在这样的理论认知基础上，伊格尔顿明确地提出了悲剧性的现代性和进步论的现代性这两个有关现代性的重要命题："因为有一种悲剧性的现

---

① 伊格尔顿：《甜蜜的暴力——悲剧的观念》，方杰、方宸译，南京大学出版社 2007 年版，第 226 页。

② 特里·伊格尔顿：《美学意识形态》，王杰等译，广西师范大学出版社 1997 年版，第 82 页。

③ 同上书，第 83 页。

④ Terry Eagleton, *Sweet Voilence: The Idea of the Tragic*, (UK: Blackwell Publishing Ltd, 2003), p. 37.

代性，正好和进步论的现代性差不多；而且如果现代存在对辩证思想的需要，那是因为这两者密切相关。"① 在笔者看来，伊格尔顿提出悲剧性的现代性和进步论的现代性是对马克思思考现代性问题立场的坚持和进一步拓展，既对现代性在物质领域取得的巨大成就以及其充满潜力的高度的生产力水平进行充分的肯定，同时以其对社会进步的清醒认识构成了对它的批判维度；既在某种程度上是对以往理论的一种超越，又是对以马克思主义悲剧理论特点的概括性总结。

首先，伊格尔顿指出："现代性从未真正需要让人想起悲剧。"② 现代性从未让人想起悲剧就在于它总是将一个复杂的形态归约成一个单一的、必胜的信条，一种粗暴对待个人生活的有关进步的宏大叙事。进步论现代性是以有效性、可计算性的原则确立起来的，他们对科学技术造福人类的可能性充满信任，对工具理性充满崇拜，而并不关心工具以外的人类真正目的。然而现代社会不仅讲述现代性奋发向上的一面，同时还讲述着有关僵局、矛盾、自取灭亡的故事，其目的在于"扮演通向科学知识之智慧、通向理性之智力的角色"③，发挥对进步论现代性进行批判质疑的功能，提醒进步论现代性在奋勇向前的过程中还必须注意到可能给社会和人类造成的诸种弊端和负面影响，从而不断调整自己的方向。

正是在这个意义上，伊格尔顿的悲剧性现代性与以往的审美现代性范式在功能上是一致的，发挥着运用"审美的、经典的、英雄的、超验的和黑暗的诸神都将与充斥着理性主义、自由主义、科学、进步、个人主义、民主、工业主义、平等主义以及其他诸多令人不胜其烦的'主义'的当代西方世界相对抗"④ 的作用。但是，悲剧性现代性与以往的审美现代性范式又有所不同。在伊格尔顿看来，审美现代性指的是浪漫主义以来和现代主义艺术中所强调的审美自律性和对现实的"想象性解决"方式。伊格尔顿不否认它们在出现之初所具有的革命力量和颠覆意义，例如浪漫主义提出的审美理想和审美救赎功能是与资产阶级粗鄙庸俗的功利主义兴

---

① 伊格尔顿：《甜蜜的暴力——悲剧的观念》，方杰、方宸译，南京大学出版社 2007 年版，第 217 页。

② 同上书，第 219 页。

③ 同上书，第 218 页。

④ 特里·伊格尔顿：《悲剧、希望和乐观主义》，许娇娜译，《马克思主义美学研究》第 11 辑，2008 年版，第 17 页。

起有关。资产阶级将人类关系缩简为市场交换，并把艺术作为无利可图的装饰而加以摒弃。在这样的历史背景中，浪漫主义者赋予艺术以"创造性想象力"的特权绝不能仅仅被视为一种消极的逃避主义。相反，这种"想象性创造"是作为非异化性劳动的一个意象而被提出，其超越性的视界为奴役于"事实"的理性主义或经验主义的意识形态提供生动的批判。但是，进入商品社会之后，这种狭义的审美成为自我炫耀的存在，那么再对社会构成的批判力度变得极度的贫弱。伊格尔顿对这种意义上的审美是持否定态度，认为这种审美其实是反悲剧的，它只不过是"允许我们将一种虽然假想的目的性归因于世界的东西，并且因此沉迷于对一种现实的乌托邦幻念"。① 而作为现代性批判的悲剧模式与这种狭义上的审美现代性是不同的。如果说审美现代性只局限于对审美的崇高和世俗的平庸进行对比，坚守着个体精英主义式的孤独的英雄气概，或者干脆就是对现实的逃避，以怀旧的眼光给过去涂抹上一层理想的光环，以此种方式来对抗现代性；而作为文化批判模式的悲剧却是加入从日常生活飞跃的行列之中，它是对日常生活的真实面对，是在接受现实中从日常生活现实内部升腾起的一种变革的力量，是放弃与不放弃旧的，选择与不选择新的生活方式的真实面对，作为文化批判模式的悲剧将希望全部悬系于一点上，正是在这一点上，考验出人类的极限和力量。在批判对象上，伊格尔顿批评审美现代性的批判对象通常还只是科学、民主、自由主义和社会希望，而不是不公正、剥削和军事入侵等对权力制度的批判，这说明它在意识形态上仍然受制于它所否认的那些社会形态。悲剧中内在的理想价值尺度和伦理尺度，注定其乌托邦色彩，从而构成对权力制度的批判。

　　其次，针对后现代主义美学的隐忧，悲剧性现代性要求在悲剧中重构马克思主义以往的历史内在逻辑、总体性和宏大叙事。

　　马克思认为，现代社会的困境正在于货币无所不在的中介作用，从而导致了物品的交换价值与使用价值的断裂。他力图通过使用价值的概念把感性和理性重新联系起来，并把希望寄托于共产主义。而处身于后现代主义文化语境中的伊格尔顿则认为使用价值的文化范畴存在于悲剧中。痛苦

---

　　① 伊格尔顿：《甜蜜的暴力——悲剧的观念》，方杰、方宸译，南京大学出版社 2007 年版，第 234 页。

的身体作为表征意象和意识形态原型就是一种不具有交换价值的存在，既是自然的，又是文化的，更是自然和文化的统一。李尔王正是在暴风雨中通过身体的痛苦最终恢复了身体的感性，发现自己的肉体的脆弱与有限性，同时也认识到理性只有在具有感受力、会感到痛苦的身体的范围之内运作才不会变成绝对抽离化的幻想形式。身体对苦难的痛苦感受是一种自发的情感反应，苏珊·费格称为后情感反应。在悲剧中根本不需要人为的介入，悲剧中的两种情感机制：怜悯和恐惧自然会让我们与剧中人物进行审美的认同和情感认同，培养出人类内在的道德情感和美德习惯，为社会的审美性和共性重构奠定基础。

在中国，关于审美现代性的研究不乏成果，大致可以呈现三条脉络：一是在对西方审美现代性在范式转换上的梳理，其中既有对这种范式转换呈现的审美特征和批判话语的综合研究，也有对文学艺术流派以及理论成果的具体分析；二是在审美现代性视域下重新反观和反思中国现代作家作品和理论思想形成及其现代性特征；三是对 20 世纪中国的审美现代化进程的思考，思考审美现代性在中国的系统化生成、接受机制和发展理路。虽然中国的悲剧观念是在现代性过程中引进并发展的，王国维、鲁迅、朱光潜、宗白华、蔡仪和蒋孔阳都为中国现代悲剧观念的形成和嬗变做出了巨大贡献，对中国现代性也作了深刻的思考，但是未能将悲剧和现代性结合起来，并在悲剧的辩证框架中思考现代性的巨大推动力及其不可避免的悲剧性叙事，以揭示二者之间这种纠缠交错的内在关系和基本问题。在当代，郭玉生在《实践美学视域中的悲剧与现代性问题》（2008）中，通过对悲剧与现代性问题的关联进行反思与批判，以揭示实践美学创造的自由视域对审美现代性的超越。但他的研究重点和目标主要在于呈现马克思实践美学的活力和创造性，悲剧与现代性问题并不是他关注的重点；王杰的《现代性与悲剧观念》（2009）在对伊格尔顿悲剧理论的阐述中思考了悲剧与现代性的重要联系，仔细分析了现代性的悲剧性困境、现代性矛盾的悲剧式解决以及中国现代性与悲剧观念的关系问题，并得出"在现代社会中，对悲剧的理论阐释是理解现代性的一个非常重要的角度"的重要结论，具有重要的启发意义。其实，悲剧与现代性从来都是一个极其复杂的问题，而马克思主义悲剧理论则是马克思主义理论家在悲剧的框架中对现代性所做出的自觉思考和悲剧性反应。伊格尔顿关于对悲剧性现代性与进步论现代性两种现代性的思考结果，是马克思主义悲剧理论集体性智慧的结晶，同时伊格尔顿对悲剧性现代性与进步论现代性两种现代性的提出，为我们审视当下社会、经济、文化及艺术现象，提供了新的理论视角。

第三部分

马克思主义与
中国现代悲剧观念的形成

第 一 章

20世纪中国对马克思主义悲剧理论的
接受和发展

齐泽克说："理论总是在失败的实践基础上的理论。"① 这道出了悲剧在现代理论建构上的重要的意义。20世纪初的中国正是处于最苦痛、最富悲剧意识也是最革命、最具艰难抉择的历史时期。英国历史学家霍布斯鲍姆将19世纪和20世纪划分为"革命的年代"和"极端的年代"，而在中国，20世纪无疑才是真正意义上的"革命的年代"。由于革命的拯救和思想启蒙的需要，中国思想界第一次将理论的焦点凝结在悲剧的身上，悲剧与革命的主题也总是或隐或显地体现于20世纪的中国理论思想史上对悲剧理论的各种尝试和探讨中。

一　在碰撞中选择:世纪初鲁迅、
朱光潜的悲剧理论

20世纪初，出于对社会、人生的关注，有着社会良知和历史使命感的文化倡导者们几乎无人不感受到时代的悲剧性色彩，也无一不在谈论着悲剧。西方悲剧理论在这个时期自然被介绍进来。可以说，近现代中国是在争论、比较、碰撞和选择中接受了西方悲剧理论。中国在引进悲剧时具有极强的现实目的性和指向性。面对着风雨飘摇黑暗如磐的旧中国，近代中国引进和接受西方文化的首要目的是启蒙。究其原因，借用冰心的话说，主要是想"借着'消极的文学'，去做'积极的事业'"②。悲剧及其

---

① 转引自阿列西:《美学的革命》,《马克思主义美学研究》第13卷第1期。
② 冰心:《我做小说何曾悲观呢?》,《晨报》第324号,1919年11月11日。

理论在介绍到中国的历史过程中与现实中国的苦难一拍即合，并被赋予了浓重的现实功利色彩。与西方人常常在美学、哲学层面看待悲剧不同，近代中国学者并不注意悲剧作为一种文艺形式所独具的美学本质和艺术特性，而是极为推崇其强烈感染力，对人的同情和怜悯情感的激发，以及反映苦难现实、改造人生的社会作用。所以他们更强调悲剧中的悲剧性的效果，以"悲"来震撼人心，从而唤醒国民精神。而在对西方悲剧理论引进的整个过程中，从起先选择叔本华和尼采的悲剧理论，到马克思主义悲剧理论最终确定，从 20 世纪对悲剧对革命主体的唤醒和启蒙，发展到三四十年代对悲剧与革命行动的潜在关系的摸索，鲜明地呈现出中国理论界对马克思主义悲剧理论的接受和影响以及现代悲剧观念的演变轨迹。

尽管王国维并不是一个马克思主义者，但由于王国维是近代从西方引进悲剧观念的第一位中国学者，所以在这里我们不得不要提一提他。王国维的悲剧观主要受叔本华的影响，认为中国古典悲剧的"大团圆"模式不符合西方悲剧模式，他效仿叔本华从人性、意志与欲望等方面去寻求悲剧的根源，认为悲剧精神就在于拒绝生活之欲而走向解脱之途，这在某种意义上已经显示了中国悲剧观念从古典形态向近代形态的深刻转换。但王国维是在狭隘封闭的个体框架里来探讨悲剧的可能，他把悲剧变成一种与社会毫不相干的个人命运的不幸，因而没有把握悲剧的真正意义。这也决定了他不能真正找到悲剧发生之原因，更不能从悲剧中读解出改造社会现实的革命力量。

其后鲁迅的悲剧观念才真正触及悲剧的实质或核心要素。可以说，鲁迅的悲剧理论是在马克思主义历史悲剧的框架中进行的，体现的是历史悲剧和社会悲剧。鲁迅在青年时代就开始倡导悲剧，引导人们去思索产生痛苦与不幸的社会原因。所以在对悲剧的强调过程中，他主要侧重于悲剧的毁灭之可能产生效果，强调的是如何辩证地看待毁灭及其毁灭的最终效果。鲁迅对悲剧的定义体现于《再论雷峰塔的倒掉》一文中，是在对国人凡事总求圆满的"十景病"的批判中正式提出了他关于悲剧的社会性思考："悲剧将人生的有价值的东西毁灭给人看。"① 鲁迅认为这种病"十景病"的源头是深通世故、不做明目张胆的破坏、主张十全停滞生活的孔丘先生。虽然平静的生活状态与中国农业社会的传统是合拍的，但与当

---

① 鲁迅：《再论雷峰塔的倒掉》。

时激进的革命运动是相悖的。也许是几千年来这种"几乎无事"的悲剧
现状："外寇来了，暂一震动，终于请他做主子，在他的刀斧下修补老
例；内寇来了，也暂一震动，终于请他做主子，或者别拜一个主子，在自
己的瓦砾中修补老例"，① 鲁迅给悲剧所下的定义是：悲剧是将有价值的
东西毁灭给人看。在这个定义中，鲁迅重点突出了几个词：人生、有价值
的东西、毁灭。可以说，这个定义虽然简明扼要，但内涵极其复杂有力。

一是这个定义强调了悲剧的现实基础是"人生"社会，并以之作为
前提。在鲁迅之前，悲剧总是被置于个体框架中来理解个人命运之不幸。
中国是一个高度伦理化的国家，受角色意识与道德意识的影响，人们对由
死亡本能引发的个体生命的悲剧意识反应比较强烈，而对由与秩序的抗争
引发的社会性悲剧意识反应则相对淡薄。"五四"时期，生命欲望的扩张
与伦理秩序中自由价值的实现使得社会性悲剧意识在现代思想的裹挟下浮
出历史地表。悲剧不再是个体之不幸，而是经由个体之不幸折射出的社会
秩序之混乱和不公正。鲁迅对悲剧的认识并不停留于对悲剧表面事件或悲
剧人物的认识，而是从更大的群体范围内看到了悲剧的积极效果。他说：
"人固然应该生存，但为的是进化；也不妨受苦，但为的是解除将来的一
切苦；更应该战斗，但为的是改革"②，把悲剧的最终目标与战斗、改革
联系起来。作为美学范畴的悲剧，它与日常生活中的悲惨、悲哀、悲伤不
是一回事，人的悲惨遭遇之所以构成艺术悲剧，乃在于个人之悲惨命运与
社会之命运不公之息息相关的联系。鲁迅第一次从悲剧性与社会的角度对
现代悲剧作了很好的规定和调整。

二是悲剧的表现对象是在人身上所体现的"有价值"。从价值定性出
发来定位悲剧的表现对象，这是鲁迅的深刻之处。古典悲剧认为悲剧的最
大价值在于表现悲剧人物身上所体现的悲剧精神以及带给我们的崇高效
果，并对悲剧人物进行了严格的区分；马克思恩格斯悲剧理论不再局限于
人物，从人类历史辩证发展的角度来展示悲剧冲突中新旧力量的重新分配
和矛盾。旧事物已经不再符合历史发展趋势，由于历史合理性的丧失而必
然要退出历史。但旧事物的悲剧不是马克思所强调的革命悲剧，正是因为
历史价值性的丧失，故其毁灭不再是真正意义上的悲剧；只有符合历史发

---

① 鲁迅：《再论雷峰塔的倒掉》。

② 《花边文学》，《论秦理斋夫人事》。

展规律的新生事物和新生力量，因为具有历史价值的合理性，因而在它力量还比较脆弱，无法实现自我的历史位置而最终毁灭时，反而显示了真正意义上的悲剧性。很明显，鲁迅的悲剧定义与马克思主义悲剧观有相通之处，即他们都把悲剧看成有价值的事物的毁灭。但马克思只强调历史的价值性，而鲁迅对价值的强调可能更多的还在于普遍意义上的人性价值。

从人性价值的角度，无论是"好人"、"伟人"、"小人物"的痛苦或毁灭，其悲剧性正在于他们身上显示的"有价值的东西"遭到了毁灭。鲁迅对悲剧的认识无形中暗含了西方现代社会悲剧主角从英雄人物向日常生活中最底层人物的转换，展现的并不仅仅是他们的悲剧命运，更是他们在悲剧的命运面前所激发出来的执着、超越和坚定的后悲剧精神。在西方马克思主义悲剧传统中，本雅明揭示了社会的边缘人物，如流浪者对整个城市和社会所具备的革命性潜在力量；伊格尔顿甚至将悲剧中的替罪羊机制中与马克思主义的阶级分析理论联系起来，认为替罪羊式的人物就在于其历史的边缘位置，作为一个被迫丧失主体性并且成为废物或虚无的人，其革命的反抗性也是极为彻底的。正是因为这样，这种了无生气、被放弃的人物成了社会整体性的一个否定性符号，被伊格尔顿视为创造性的征兆。而鲁迅在这里同样向我们展示，中国革命主体及主体性的建构就在于这些底层人物的社会位置，悲剧就在于帮助他们辨认自己的革命性潜能。鲁迅所揭示的悲剧是更为深层的悲剧性。在鲁迅笔下，祥林嫂只是想做稳奴隶，阿 Q 也只是想靠力气吃饭。但是这些最起码的要求都不能得以实现，祥林嫂死了，祥林嫂的悲剧性就体现在她在死亡面前都未能明白她到底做错了什么；闰土在不知不觉的辛苦生活中却被剥夺了一切。鲁迅所要揭示的是，在当时的这个制度中，你越是遵从这个制度所圈划的规定，你的悲剧性就越强烈。这恰恰道破了人们所忽略的不幸和死亡的秘密，使人们从麻木中获得震惊的效果。

三、悲剧的目的在于把有价值的东西"毁灭"给人看。鲁迅将悲剧的价值定位在"毁灭给人看"，其意在强调一种"过程"———一种有价值的东西被毁灭的过程。鲁迅强调的悲剧性并不仅仅停留于悲剧事件的结束，而是延伸到接受者的效果上。这就要求悲剧艺术不再停留于对不幸遭遇、悲惨结局的描绘，而要发掘出人生有价值的东西，并真实地将这种有价值的东西的毁灭过程一步一步展开"给人看"。对国民性的反思和深刻揭露，是鲁迅悲剧理论最有特色、最具价值的地方。鲁迅不仅揭示了毁灭悲剧人物的各种社会统治力量，更是深刻地揭示这种毁灭力量还源于被毁灭者自身的精神上的愚钝和惰性，因而唤醒国民的革命意识才是悲剧所承担的首要任务。鲁迅将毁灭的过程展现给人看的真实意图并不仅仅在于激起观众的悲哀与感伤，而是强调破坏中的建设。他说："悲壮滑稽，却都是十景病的仇敌，因为都有破坏性。"而且进一步指出这种破坏不是"只能留下一片瓦砾，与建设无关"的"寇盗式的破坏"或"奴才式的破坏"，而是"革新的破坏"，甚至直接呼吁："我们要革新的破坏者！"呼唤一种像"卢梭式的疯子"的破坏才能有创造现实的革命精神。鲁迅从个人身上来找到社会悲剧的根本所在，这是马恩悲剧观所欠缺的，同时又与西方现代悲剧不同。西方现代悲剧从人性的角度，高扬个体的自由欲望与其在现代社会的悲剧性境遇之间的悲剧性冲突，形成了个体与社会的对立关系而割裂了个人与社会的联系。鲁迅故意将悲剧性的事件叙述节奏放慢，将事件的残酷性慢慢展开，从而激起观众对悲剧性事件的反应，在欲哭无泪、痛定思痛的悲剧性效果中反思悲剧发生的真正根源，最终达到唤醒国民意识的觉醒。这也正应了威廉斯在《现代悲剧》中所强调的，悲剧的意义并不在于事件本身，而是在于事件所引起的反应。

鲁迅以他的尖锐和深刻第一次撕开了中国制度和社会秩序中的悲剧真理内容，与本雅明的悲剧理论存在着极大的互文阐释空间，值得我们进一步去思考和研究。鲁迅最早接受的是尼采的美学思想，但并没有笼罩在尼采的思想阴影里，而是从尼采的唯心主义的泥淖中超越出来，并时时以国家和社会的重担为己任，将悲剧与革命主体的建构联系起来。同时鲁迅把尼采的"超人"变成了社会的叛逆者和对抗者，使个人与社会的命运有了更为直接的意义联系。

如果说20年代鲁迅侧重于悲剧的社会功用，从悲剧中辩证地看到了毁灭的效果和社会意义，作为纯粹学者身份的朱光潜则更多地拘泥于对悲剧自身美学效果的理论分析。朱光潜的悲剧思想主要体现在他的博士学位论文《悲剧心理学》中，并对悲剧进行了卓有成效的探索，是中国学者在接受西方的各样悲剧理论的基础上，试图以西方各种悲剧理论为参照来阐述他对中国悲剧文学模式和悲剧精神的思考。朱光潜主要研究悲剧中的快感和美感问题，与同时代的文艺家主要重视悲剧的社会政治功用有明显差别。在这篇论文的开头中，朱光潜说："我们将努力填补我们认为存在于美学当今的一大空白。我们将明确悲剧的美与其他形式的美，尤其是崇高美之间的关系和区别。"① 运用心理学美学的方法来研究欣赏者对悲剧的心理反应，即悲剧快感问题，这是朱光潜悲剧理论关注的主要问题。

首先，朱光潜非常强调悲剧中的苦难因素。"悲剧表现的主要是主人公的苦难。例如，在《俄狄浦斯王》一剧中……是俄狄浦斯突然明白自己犯过错，是越卡斯塔之死以及俄狄浦斯自己弄瞎双眼去四处流浪……通常给一般人以强烈快感的，主要就是悲剧中这'受难'的方面。"同时他严厉批评黑格尔对悲剧人物苦难的忽视："黑格尔既然完全忽略悲剧中的苦难，自然也就完全不谈忍受苦难的情形。"② 在黑格尔的悲剧理论中，黑格尔彻底排斥了命运的神秘性，同时也完全忽略了悲剧世界中的人的苦难，不谈悲剧人物忍受苦难的情形，以及在苦难中挣扎的意义，这样就抽掉了悲剧的精髓。并称赞叔本华："黑格尔很少谈论悲剧中的受难。然而叔本华却把这一点变成重要因素。只有表现大不幸才是重要的。"甚至认为"叔本华也许比黑格尔更接近真理……强调悲剧中的受难，就填补了黑格尔留下来的一个空白"。③ 在朱光潜看来，悲剧中的痛苦绝不能与现实生活中的痛苦和灾难混为一谈。悲剧中的痛苦和灾难是一种审美经验，绝不能与现实生活中的痛苦和灾难等现实经验混为一谈，"因为时间和空间的遥远性，悲剧人物、情境和情节的不寻常性质，艺术程式和技巧，强烈的抒情意味，超自然的气氛，最后还有非现实而具暗示性的舞台演出技巧，都使悲剧与现实之间隔着一段'距离'"。④ 因此，实际生活中的确有许多痛苦和灾难，它们或者是悲惨的，或者是可怕的，但却很少是最严格意义上的"悲剧"，其原因就在于它们没有"距离化"，没有通过艺术的媒介"过滤"。需要强调的是，朱光潜所强调的苦难并不是停留于个人意义上，而是在苦难的层面上与整个人类命运的息息联结："一个人一旦遇到极大的不幸，就不会再以自我为中心，他会去沉思整个人类的苦难，而认为自己的不幸遭遇不过是普遍的痛苦中一个特殊的例子，他会觉得整个人类都注定了要受苦，他自己不过是落进那无边无际的苦海中去的又一滴水而已。整个宇宙的道德秩序似乎出了毛病，他天性中要求完美和幸福的

---

① 朱光潜：《悲剧心理学》，人民文学出版社 1983 年版，第 5 页。
② 同上书，第 121 页。
③ 同上书，第 140 页。
④ 同上书，第 39 页。

愿望使他对此深感惋惜……如果我们感觉不到这种东西，那么无疑就失去了最基本的悲剧精神。"① 朱光潜在这里已经把握到了悲剧中苦难的积极意义，它不仅仅是对生活苦难和社会阴暗的控诉，而是激发人物悲剧精神产生的重要条件。

　　其次，朱光潜也谈到了他对悲剧中的崇高性的理解。朱光潜首先指出："颇为奇怪的是，也许除了博克之外，他们都没有想到悲剧与崇高的美是密切相关的。例如，叔本华和黑格尔都详细讨论过悲剧，也讨论过崇高，但却没有论证它们之间的关系和区别。其他论者依照康德的榜样，对悲剧根本未作任何论述。"② 从审美的角度，朱光潜强调悲剧的效果在于激起观众的崇高感："观赏一部伟大悲剧就好像观看一场大风暴。我们先是感到面对某种压倒一切的力量那种恐惧，然后那令人畏惧的力量却又把我们带到一个新的高度，在那里我们体会到平时在现实生活中很少能体会到的活力。简言之，悲剧在征服我们和使我们生畏之后，又会使我们振奋鼓舞。在悲剧观赏之中，随着感到人的渺小之后，会突然有一种自我扩张感，在一阵恐惧之后，会有惊奇和赞叹的感情。英雄气魄却只是令人鼓舞而不会首先使人感到一阵恐惧。因此，恐惧是悲剧感中一个必不可少的成分。"③ 悲剧就是让我们产生既恐惧又鼓舞的效果。悲剧的崇高性首先应体现在地位的崇高："被轻蔑的爱情的惨痛和悔恨的痛苦，在一个农夫和在一个帝王都是一样地动人。这当然都对，但是也不可否认，人物的地位越高，随之而来的沉沦也更惨，结果就更具悲剧性。一位显赫的亲王突然遭到灾祸，常常会连带使国家人民遭殃，这是描写一个普通人的痛苦的故事无法比拟的。"④ 其次，他认为悲剧性的崇高并不取决于人的善恶，而在于他的激情和意志中所蕴有的可怕的力量。所以即使邪恶之人，只要他们在邪恶当中表现出一种超乎我们之上的强烈的生命力，那么也能在我们心中激起一定程度的崇敬和赞美。而善良的人，如果只是怯懦和屈从同样不能使他成为悲剧人物。最后，朱光潜对悲剧中怜悯与崇高的关系作了总结："悲剧感是崇高感的一种形式。但是这两者又并不是同时并存的：悲

① 朱光潜：《悲剧心理学》，人民文学出版社 1983 年版，第 79 页。
② 同上书，第 4 页。
③ 同上书，第 84 页。
④ 同上书，第 88 页。

剧感总是崇高感，但崇高感并不一定是悲剧感。那么，使悲剧感区别于其他形式气高感的独特属性又是什么呢？就是怜悯的感情……作为一种美的形式，可以说崇高恰恰是可怜悯的对立面。悲剧的奇迹就在于它能够将这两对立面结合在一起。"① 在此，我们认为，朱光潜对崇高的理解仅仅是在西方悲剧理论基础上的综合，但他能够将邪恶的崇高性强调出来，可见他对西方悲剧理论的现代性转向抓得非常之准确。在西方现代悲剧理论演变中，从本雅明对现代邪恶力量的发现和阐释开始，以及后来的威廉斯、伊格尔顿都对现代邪恶进行了辩证性探讨，伊格尔顿甚至对邪恶还进行了好坏区分，并指出好的邪恶其实是文明社会进步过程中一个必不可少的因素，在一种对立冲突的关系中会转换生成更为积极的一面。但朱光潜将悲剧中怜悯与崇高的关系简单地放置在一种绝对对立的关系中来看待，并没有做出恰当的理解。朱光潜对悲剧人物身上所体现的崇高性崇高美的理解，并没有放置在社会的层面上来理解，而是把悲剧作为一种纯粹的审美活动来看待。由于朱光潜过于强调悲剧的非功利性，必然导致重视精神力量甚于社会实践的唯心主义倾向。

最后，朱光潜阐释了悲剧崇高性产生的根源在于反抗："悲剧全在于对灾难地反抗……对悲剧来说紧要的不仅是巨大的痛苦，而是对待痛苦的方式。没有对灾难的反抗，也就没有悲剧。引起我们快感的不是灾难，而是反抗。"② 悲剧正是在描写悲剧英雄甚至在被可怕的灾难毁灭的情况下，仍然能保持自己的活力与尊严，这正是人之价值和意义的重要体现。所以，悲剧不仅表现受难，还应表现反抗，悲剧表现的是受难与反抗，及其在这两种力量中所产生的张力和冲突。反抗也应该分为积极的反抗和消极的反抗。消极的反抗也可以被视为反抗的一种，当人在灾难面前没有退缩，表现出他的坚忍，坚持到最后，事情就会在意外中转变，这同样会带来崇高的效果。在文中，朱光潜对这种消极的反抗的崇高效果也有过这样的表述："人非到遭逢大悲痛和大灾难的时候，不会显露自己的内心深处，而一旦到了那种时刻，他心灵的伟大就随痛苦而增长，他会变得比平常伟大得多。"③ 人始终是一个朝向未来的未完成时，只有当灾难作为人

---

① 朱光潜：《悲剧心理学》，人民文学出版社 1983 年版，第 92 页。

② 同上书，第 206 页。

③ 同上书，第 207 页。

的对立面在来临之时，人才能激发出让我们自己都无法想象的潜能。可惜的是，朱光潜并没有认识到这种悲剧精神实际上正是后现代文化语境中所强调的后悲剧精神，更没有意识到这种后悲剧精神其实就存在于中华民族生生不息的历史伟力中。他简单地批评中国对伟大悲剧的缺乏，认为中国悲剧这种没有大悲痛和大灾难的结尾，等于没有悲剧。令朱光潜没有想到的是，20世纪的中国正值如火如荼的革命时期，如何在中国语境基础上探讨和思考悲剧，尤其是如何在马克思主义悲剧理论框架中探讨悲剧和革命的主题，已成为那个时代思想潮流上的主要趋势。不过，从理论的完整形态来看，朱光潜以其庞杂的西学理论背景，以一位纯粹学者的角度对悲剧做出了应有的学术性综合和理解，这对当时将悲剧限于社会功用、过于功利性的理论认知构成一种纠偏和补充，体现了中国学者应有的一个视界。可惜的是朱光潜这部在1933年就已出版的《悲剧心理学》，直到1982年才被翻译成中文，因而在20世纪初西方悲剧理论引进中国的过程中并没有形成重要影响和推进。

二　马克思主义悲剧理论经典地位的最终确定：宗白华、蔡仪、蒋孔阳的悲剧理论

钱理群等人在论述20世纪30年代中国文学时，认为其显著特征有三："其一是'五四'所开启的有相对思想自由的氛围消失了，文学主潮随着整个社会的变革而变得空前的政治化；二是无产阶级革命文学运动推进了马克思主义文艺理论的传播和初步的运用，并在相当程度上决定着此后二三十年间文坛的面貌；三是在左翼文学兴发的同时，自由主义作家的文学及其他多种倾向文学彼此颉颃互竞，共同丰富着30年代的文学创作。"这一概括同样适合于30年代中国的整个思想理论方面。20世纪30年代，大革命的失败使中国革命暂时处于低潮，但此时马克思主义的传播却出现了一个高潮。新启蒙运动发起者陈伯达指出："大革命失败后，许多先进分子在理论上重新武装自己。经过革命的再生，'九一八'事变和华北的几次事变，每次都给了其理论以新的充实，新的武装。新哲学同样地也在这艰苦的历程中，确立了自足坚固的阵地。新哲学（新唯物论）在中国到处都已成为不可抵抗的力量。这点就是新哲学的敌对者也是公开承认的。"马克思主义经典如《资本论》第一卷、《反杜林论》、《政治经

济学批判》、《唯物主义与经验批判主义》等著作在 20 世纪 30 年代被大量翻译引进，而无产阶级革命文学运动的兴起，也推进了马克思主义文艺理论在中国的传播与初步的运用。马克思主义悲剧理论也就随着马克思主义在中国的广泛传播逐渐为人们所了解、接受。据李衍柱《马克思主义文艺理论在中国》（山东文艺出版社 1990 年版）一书的整理，1935 年 11 月，《文艺群众》第 2 期发表了易卓译的《马克思、恩格斯致拉萨尔的信》；1939 年 11 月，桂林读书生活出版社出版了欧阳凡海编译的《马恩科学的文学论》，内收二信；1940 年 6 月，延安鲁迅艺术文学院出版了曹葆华、天蓝译，周扬编校的《马克思、恩格斯、列宁论艺术》，亦收二信。中国研究学者在前期的选择碰撞中最终确定了马克思主义悲剧理论作为思想主导，形成了这一时期主要在马克思主义悲剧框架中理解悲剧的理论局面。宗白华、蔡仪的悲剧观念可以视为这一时期的代表，而其后的蒋孔阳的悲剧理论亦可视为这一悲剧传统的延续。

在《悲剧的与幽默的人生态度》一文中，宗白华是在一个比较的框架里来谈悲剧以及悲剧文学存在的必要性和重要性。在他看来，人类社会的科学、法律、习惯等，都具有将矛盾淡化，将一个创新的宇宙表征为有秩序、有法律、有礼教的大结构和总体性的危险，其危险性就在于让人们在和平秩序保障的误认和虚幻中，甚至忘记了宇宙的神秘、生命的奇迹、心灵内部的诡幻以及冲突的存在。而文学、艺术、哲学却让我们从平凡安逸的生活形式中重新认识观察到生活内部的深沉冲突，发现人生底蕴中的悲剧性本色。关于这方面的认识似乎与本雅明的悲剧理念有着异曲同工之妙。本雅明这样表述："科学家依据世界在理念领域的分布来安排世界，将其从内部分成各个概念……而艺术家则与哲学家分担表征的任务。"[①]本雅明进一步深刻地指出，艺术、伦理、美学等范畴由于归纳推理的不充分性而通过表征的方式隐喻地表现世界的本质，成了理念世界断裂结构里的丰碑。通过这一比较，我们完全可以说，中国的悲剧理论在深度和见识上同样闪耀着这些理论家们的睿智和光芒。宗白华指出以下几点。

一是人生的本质在于悲剧性。由于理想与事实之间存在着永久性的冲突，所以人生的本质就在于悲剧性。这种意识似乎具有叔本华式的悲剧意味。但宗白华接着指出，悲剧文学不仅使人们从平凡安逸的生活形式中重

---

① 瓦尔特·本雅明：《德国悲剧的起源》，陈永国译，文化艺术出版社 2001 年版，第 6 页。

新识察到生活内部的深沉冲突，而且，肯定了一种超越个人生命的价值而挣扎奋斗的人性精神。这是宗白华的悲剧观念更具价值的东西。

二是悲剧性的价值在于显露出人生与世界的"深度"。他说："然而愈矛盾则体验愈深，生命的境界愈丰满浓郁，在生活悲壮的冲突里显露出人生与世界的'深度'。"① 这个"深度"体现了生命的真正价值在于超越性。正如大悲剧家席勒所指出的，生命不是人生最高的价值。"悲剧中的主角是宁愿毁灭生命以求'真'，求'美'，求'权力'，求'神圣'，求'自由'，求人类的上升，求最高的善。在悲剧中我们发现了超越生命的价值底真实性，因为人类曾愿牺牲生命，血肉，及幸福，以证明它们的真实存在。"② 正是在这种悲剧性的牺牲中，人类自己的价值升高了，在这种悲剧的毁灭中人类显露出价值上的"意义"了。

宗白华在对悲剧的理解中重新提出了悲剧中的重要因素：超越性精神，而不再将眼光停留于对生活中苦难的艺术表现和揭示，这一点对现代中国悲剧观念以及对超越性精神的理解有了极大的推进，更是对鲁迅的"将有价值的东西毁灭给人看"的有益补充。在鲁迅语焉不详的地方，宗白华进行了进一步的阐发。宗白华非常强调处于困境中的人们对人生的重新发现和突转，正是在这个意义上，陷于困境中挣扎的人们对于人类社会的前进意义具有了牺牲的意味。亚里士多德在论及决定悲剧的性质与构成的要素指出"悲剧中的两个最能打动人心的成分是属于情节的部分，即突转和发现"，"突转"是"指行动的发展从一个方向转至相反的方向"，而"突转"的过程中伴有了从未有过的"发现"：既有对人类精神潜能的发现，也有对悲剧人物牺牲意味的发现。这个"发现"正是悲剧的精髓所在。宗白华在谈论对悲剧的理解将悲剧观念的重点带向了突转和发现的环节、悲剧人物身上所具备的牺牲意义，具有非常重要的转向和启示意义。

蔡仪的悲剧思想主要体现在他的代表性著作《新美学》中。在《新美学》中，蔡仪首先指出，戏剧是完全表现社会冲突的美，悲剧则是表现"社会的必然和必然的冲突的美"③。所谓"社会的必然和必然的冲

---

① 宗白华：《悲剧的与幽默的人生态度》。

② 同上。

③ 蔡仪：《新美学》，群益书店 1947 年版，第 275 页。

突"，是就冲突的社会事物而言，即它们的冲突是在其发展的过程中是必然要发生的，不可避免的。冲突意味着两种相反的社会力量：一方是正的力量，另一方是负的力量，它们之间的冲突是必然的，不能避免的，所以冲突的消解，要么是这两种相反的社会的力一齐灭亡，要么只是正的社会的力的灭亡。在他看来，负的社会的力的胜利，也是有它的存在的必然性；而正的社会力的灭亡，则是由于在当前它的必然性尚小于负的社会的力的必然性，所以不免走向灭亡，但它的前途是必然的。"人们对它的必然的前途的期望，随它的灭亡而受挫折，所以是可悲的。"① 很明显，蔡仪继承了马克思、恩格斯对黑格尔的冲突理论的社会改造，并在历史的语境中对新旧力量作了鲜明的正负处理，坚持了悲剧的必然性以及冲突的必然性观点，在一定程度上拓展了中国现代悲剧观念的视界。但他将悲剧的发生原因仅仅限定为社会正负力量的冲突，极端地夸大了社会冲突对悲剧所造成的效果。同时蔡仪还将社会力的冲突概括为其实就是人与人之间的冲突。这本来是一个很好的视界，但在他过于夸大悲剧的社会性的基础上，他所指的"人"已不是自然的人，而是社会的人，既可以是社会的力的体现者，也可以是社会的必然的力的体现者。这一点可以从蔡仪对人们历来对悲剧所作的三种划分进行进一步的分析。历史上一般是将古希腊悲剧为代表的以中世纪悲剧以及近世以来的悲剧分别划分为"命运悲剧"、"性格悲剧"和"社会悲剧"，蔡仪却认为归根结底，"悲剧的真正的根源是在于社会②"，是社会矛盾冲突的结果，只不过人们到近代才对社会的悲剧作了特别的指出。他把《俄狄浦斯王》和《哈姆雷特》分别放入他的社会必然性框架中进行分析。在他看来，所谓命运其实不过是古代人假以支配人们的一种神秘的必然力量，只是那里的人对社会必然认识上的无知。事实上无所谓命运，只有自然和社会的必然；而性格归根结底是由社会条件所决定，所以在本质上是社会的人群关系的反映，阶级意识形态的影响。他甚至认为，"倘若不明示性格的悲剧后面的社会的悲剧，悲剧的意义便要暧昧"。而社会悲剧的出现和它对悲剧的社会根源的强调，"是悲剧的进展的一个标志"③。因此蔡仪认为，《俄狄浦斯王》中的

---

① 蔡仪：《新美学》，群益书店1947年版，第276页。

② 同上。

③ 同上书，第279页。

悲剧其实就是"象征着由'杂婚制'到进步的婚姻制的社会蜕变过程中的冲突"①；而《哈姆雷特》中的悲剧反映正是当时的英国正要抬头的资产阶级的社会秩序与已在动摇之中的封建制度之间的关系和冲突。通过蔡仪的诠释，以往的"命运悲剧"、"性格悲剧"最终都归结为"社会悲剧"的变体，悲剧完全成了反映社会、认识社会的一种艺术工具。

前面我们说过，中国理论界在 20 世纪 30 年代确立了马克思主义悲剧理论的经典地位的同时，也就注定了理论视界上的狭隘。这种狭隘发展到蔡仪这里已经变成了一种极端，甚至将所有的悲剧都归结为社会的悲剧，强调一切真正的悲剧本质上都是社会悲剧。这使得国内所形成的悲剧概念，不仅缺乏科学严密性，还带上了强烈的社会性和政治性，悲剧的本质和独特的艺术特点反而被遮蔽。同时这又必然会对悲剧人物的主体性的忽视和不足，造成悲剧人物的观念化、抽象化。这种认识对正在摸索中发展的中国现代悲剧观念构成了严重误导，使文学艺术成为时代精神的传声筒。同时也为解放后所进行的"社会主义有无悲剧"争论埋下了伏笔。

蒋孔阳先生的《美学新论》（1993）作为宗白华、蔡仪悲剧思想的延伸仍然是在马克思主义悲剧理论框架中对悲剧问题做出了更具普遍性的解释。蒋孔阳首先区分了悲剧与悲剧性、悲剧与哭。悲剧作为一种戏剧艺术的形式，它主要就是要表现人生的悲哀与痛苦，即悲剧性。然而，悲剧性这一审美的范畴，虽然来自悲剧，却又不限于悲剧。同时悲剧性虽然经常与哭联系在一起，但却没有必然的联系。令我们哭的，并不是悲剧。同时我们在整个历史过程中对悲剧性的理解又是不一样的。古希腊悲剧观主要是建立在宿命论的基础上，认为人生的悲哀和痛苦，是由神所支配的，是一种无可逃避的命运；文艺复兴以后的悲剧产生的原因在于，由于人的觉醒和个性的解放，人由神的世界回到了人的世界，人自身的性格成了描写的主要对象，因此，人物性格的缺点，是一种性格的悲剧。20 世纪，自然科学和社会科学高度发展，人不仅不再受神的命运的捉弄，而且似乎也解除了人际之间的种种社会矛盾。这个时期的悲剧性主要体现在人的自由本性与这种本质力量得不到实现和发展而且受到阻碍和摧残甚至造成毁灭的悲剧。他说："根据马克思和恩格斯的观点，我们认为在社会历史关系中所形成起来的人的本质力量，总是希望自由地得到实现和发展，但由于

---

① 蔡仪：《新美学》，群益书店 1947 年版，第 277 页。

种种原因，这种本质力量不仅得不到实现和发展，而且受到阻碍和摧残，以至遭到毁灭，造成悲剧。"① 一方面是人的本质力量不受束缚的自由发展要求；另一方面社会中不可能是个体的无限发展而是要受到社会、人等方面的限制。其实悲剧在人类生命中是基本的，不可避免的。每当意识超越了能力，悲剧便会产生，特别是当对主要欲念的意识超过了满足它的能力的时候。难以遏制的欲望，对无法减轻的人类痛苦的慰藉——这些都不能从人类生存中剔除掉。随着人类力量的增长，旧有的欲望被满足了，而意识也随之相应地甚至更迅速地扩展，于是又有新欲望和新悲剧出现。所以，"悲剧可以说是发生在意识超出了能力的虚空地带"②。很明显，蒋孔阳的悲剧理论阐释出了现代悲剧的复杂性和形态的转异。中国理论界在1985 年的"方法论"热过后，西方的各种理论全面引进，文化霸权、自由、欲望等新名词的涌入，蒋孔阳的悲剧理论触及现代悲剧发生的最根本的原因，并以自己的理解诠释了悲剧发生之永恒性。所以，蒋孔阳的悲剧理论无形中构成对蔡仪悲剧思想的有力批判和反拨，区分了悲剧、悲剧性和悲剧情感的差异性，同时对蔡仪将社会悲剧作为悲剧的唯一一种的极端化倾向，恢复到悲剧应有的丰富性和形态化。

其次，蒋孔阳先生还对西方以往的悲剧理论家及其思想进行了客观的评价。虽然历史时代不同，对抗的社会力量不同，冲突的性质不同，因而悲剧性就会有不同的表现，但亚里士多德、黑格尔、叔本华和尼采以及其他一些西方美学家，都对悲剧性这一审美范畴提出了自己的说法，但他们共同的缺点都是从抽象的观念来理解悲剧性，而没有从人与现实的复杂关系中，从客观的社会历史力量对人所造成的威胁和摧残中，来探讨悲剧的产生和发展。马克思和恩格斯的悲剧理论高于他们的地方就在于分析和论证了悲剧所产生的社会历史原因，并指出悲剧发生的本质在于"历史的必然要求和这个要求的实际上不可能实现之间的悲剧性的冲突"，从而为悲剧性的美学奠定了历史唯物主义的基础。马克思和恩格斯的贡献还在于他们提出了"两种悲剧"的观点，一是新生的社会力量，为了争取美好的未来所进行的斗争。由于"历史的必然要求"尚未成熟，"实际上不可能实现"，因此导致失败和毁灭的新事物新制度的悲剧；二是"当旧制度

---

① 蒋孔阳：《美学新论》，人民文学出版社 2006 年版，第 432 页。
② 雅斯贝尔斯：《悲剧的超越》，亦春译，工人出版社 1988 年版，第 15 页。

作为现存的世界制度同新生的世界进行斗争的时候，旧制度犯的就不是个人的谬误，而是世界性的历史谬误。因而旧制度的灭亡也是悲剧性的”。

　　造成悲剧的因素体现在多个方面：首先是美的毁灭。悲剧人物多是英雄，正面人物，或者至少是有价值的人，比一般人较好的人。他们本身是美的化身，是人的本质力量的对象化。他们的毁灭说明了美的毁灭。这一点只是对鲁迅的“有价值”的从美的属性上重新进行规定。其次，悲剧主人公的死亡或毁灭，既具有历史社会的必然性，也具有性格的坚强性。这就对马恩的历史必然性作了补充，并糅进了黑格尔悲剧理论的合理成分。蒋孔阳先生同样认为中国古代悲剧中“大团圆”的结局大大地冲淡了其悲剧性，如果有真正的悲剧，那就只有《红楼梦》一部。并对中国古代悲剧缺失的原因进行分析：一是宗法社会的小农经济在重大的矛盾和斗争、冒险和意想不到的灾难相对要少；二是我国民族的审美心态主要受儒家和道家的影响，不利于悲剧的发展；三是西方悲剧中的牺牲与宗教的奉献精神有很大的联系。蒋孔阳就中国由于受佛教的影响以及对宿命论的推崇，不容易导致悲剧性的反抗和斗争方面，第一次在理论上对中国西方的悲剧精神的缺失进行了原因性探讨。蒋孔阳对现代悲剧的特征及其永恒性的结论最终让我们知道，在现代社会，人对自由的本质要求与现实总是格格不入，这使得它在实践和追逐的过程中总是充满着悲剧性的色彩。所以，人类的悲剧性是永远的，悲剧精神是人类为理想而斗争的悲壮过程所不可或缺的。拉康认为人类最大的悲剧就是无法直面到实在界，但是借助悲剧，我们至少可以从侧面瞥见：“悲剧能够惊人地透视所有实际存在和发生的人情物事；在它沉默的顶点，悲剧暗示出并实现了人类的最高可能性。”①

三　回归本体论的悲剧理论：
80年代后的悲剧理论

　　也许正是因为中国学术界对“悲剧”接受的狭隘视野，对马克思主义悲剧理论产生的背景也未作细致分析，对整个西方悲剧的理论背景和发展脉络更是缺乏完整的认识，所以对西方悲剧理论的另一脉络叔本华—

---

　　①　雅斯贝尔斯著、亦春译：《悲剧的超越》，工人出版社1988年版，第6页。

派，将悲剧发生的深层原因归于人性的复杂性方面的探讨似乎是置若罔闻了，对后来西方马克思主义悲剧理论对马克思的继承和转向也缺乏明确认识。自从葛兰西提出了"文化霸权"之后，悲剧与革命的联系和发展更是体现于社会文化心理和意识形态的建构方面，"革命"指的更多的是文化革命和美学革命。在中国，由于对"革命"理解的误区，简单地将"革命"等同于社会的暴力革命，因此，在经历了中国新民主主义革命的胜利以及新中国的成立之后，沉浸狂欢于新中国的诞生和新制度的成立，根本无暇也不想去沉思悲剧问题。其中一派想当然地认为随着新中国的成立，社会主义制度给人们开辟了到达理想境界的道路，悲剧也就解放了。悲剧如果只是指社会悲剧的话，那么新中国的成立也就意味着产生悲剧的社会基础已经不复存在。另一派则发出了反对的声音。他们认为，社会主义制度的不完善、人民内部矛盾，以及正确的方针政策和具体执行之间的偏差都会导致悲剧的重新发生等。这就导致了国内几次关于社会主义有无悲剧的大讨论。争议使得中国理论界最终将矛头指向了马克思主义悲剧理论的有效性和适用性问题。曾庆元清楚地认识到这一点，并指出恩格斯的论断既不是对悲剧下定义，不能涵盖所有的悲剧作品，也不能成为结构悲剧的唯一原则。马克思恩格斯所强调的"革命悲剧"只是无产阶级革命时代的文学，它不是悲剧的一般形式，而是悲剧的特殊形式。社会主义有无悲剧命题的讨论深刻地暴露了被社会主义胜利冲昏了头脑的人们唯心主义的特点。新中国成立后的中国也正是缺少了悲剧的维度，才导致了后来"大跃进"、"文化大革命"等的悲剧性命运。然而，正如雅斯贝尔斯所说，一个人的失败经验，可能是引导他重建人格和深层生活的可能，一个国家亦如此。我们将这些悲剧性经验凝结起来，好好地反思过去，才能更好地展望未来。

当然，争议总是附带着会将一些模糊的新的观念带入。讨论的意义还在于，确立了社会主义的悲剧概念，悲剧艺术在社会主义中国重新取得了合法地位，同时也标示着一种思想观念的转变与开放。以此为发端，人们对悲剧的认识和研究不再片面地执着于社会批判、政治分析，而是在重新解读马克思主义经典作家的悲剧理论的基础上，由单一转向了多元，走向了对悲剧艺术的独特魅力和理论的多方探讨。

进入20世纪80年代中期以后，随着改革开放的推进，文化交流的频繁，文艺理论批评界兴起了"新方法热"，整个文艺界呈现出多元发展的态势。在应接不暇的热闹中，关于悲剧的讨论虽然趋于沉寂，而中国式的悲剧研究却在沉寂中进入了一个全面深化期。这一时期，二三十年代时关于中国有没有悲剧的问题探讨已经退隐成了问题的背景，更多的是对中国悲剧现实的自我思考，以及对悲剧意识和悲剧精神的在中国问题域中的自我提炼和概括。同时在新中国成立后，整个社会经历了"大跃进"运动、"文化大革命"等历史上的重要悲剧性事件后，人们对悲剧的认识自然上升到哲理层面。悲剧性原因已经被概括为人的欲望的超前性与社会现实的不可能实现，因此重归于对作为哲学观念的悲剧的本体论思考，体现了中国现代悲剧的主要特征和发展转换。这一时期许多青年学者对悲剧的独特思考和哲理性反思凝结成理论喧闹的局面：有对西方悲剧的系统介绍或专门研究的，如朱克玲《悲剧与喜剧》（1985）、程孟辉《西方悲剧学说史》（1994）、任生名《西方现代悲剧论稿》（1998）、周春生《悲剧精神与欧洲思想文化史论》（1999）等；有从文化的层面来研究悲剧意识、悲剧精神的，如张法《中国文化与悲剧意识》（1989）、赵凯《人类与悲剧意识》（1989）、邱紫华《悲剧精神与民族意识》（1990）、尹鸿《悲剧意识与悲剧艺术》（1992）等；还有以西方悲剧为比照研究中国古典悲情戏、现代悲剧以及对悲剧进行心理学、美学研究的，如杨建文《中国古典悲剧史》（1994）、佴荣本《悲剧美学》（1994）、熊元义《回到中国悲剧》（1998）等。在多角度的交流互动研究中，悲剧已经慢慢褪去了它在中国人面前的模糊面纱，清晰地呈现了悲剧的真理内容。值得一提的是，对中国悲剧观念的形成以及悲剧精神也有了自觉的认识和理论上的辩护，他们自觉地从中国传统的资源中寻找中国悲剧观念和精神的独特性，用以建构具有中国特色的悲剧观念和问题域。

张法先生首先对中国究竟有没有——从严格的意义上说——悲剧意识进行质疑，认为这个提问的前提就是以西方的悲剧意识为标准来衡量其他民族的悲剧意识，将西方悲剧意识中心化了。事实上，对于痛苦和死亡的思考，不同的文化甚至同一文化中不同的时期都会因为社会环境和生存环境的不同而产生独特的"悲剧意识"。威廉斯的"情感结构"充分体现了文化和社会关系对主体形成的复杂性过程和结构中介。因此张法提出，我们应该超越这个标准，建立一个更高层次的标准。这个标准具有更广泛的适用性，既使中国悲剧意识得以成立，又无损于西方悲剧意识已形成并概括的特征，这个更高的层次就是人类的悲剧意识。悲剧意识的概念是一个比悲剧艺术和悲剧性具有更大的包容性的概念。张法指出，悲剧意识是由相反相成的两极所组成的，既包括苦难的经验，又包括人类在面对悲剧困境中所升华出来的悲剧精神。（一）悲剧意识把人类、文化的困境暴露出来。（二）同时，悲剧意识又把人类、文化的困境从形式上和情感上弥合起来。① 如果说对人类困境的暴露意味着是对人类的一种挑战，那么这种弥合的努力就意味着对挑战的应战。② 如果说西方悲剧意识偏于暴露困境，中国的悲剧意识则重在弥合困境。重要的是我们应该从中西文化的性质差异和悲剧意识对文化应起的作用来认识悲剧形态的差异。西方不断追求、在肯定、否定、否定之否定中发展的文化性质注定了其悲剧的毁灭过程中的进取性悲剧精神，而中国稳定、中和的气质更显现为柔性、韧性。在中国悲剧中，虽也有暴露文化困境以及质询的怀疑态度，但更多的是强调对这种询问和怀疑的弥合。张法不将西方悲剧内涵作为唯一的标准，从儒家与中国悲剧意识、中国天道观与悲剧意识、家国同构、天人合一与中国悲剧意识的多义性、二人关系与中国悲剧意识的核心精神、集体的主体性与中国悲剧意识的基调等框架铺开了对中国悲剧意识的形成和特征研究，第一次形成了对悲剧研究作本体论思考的开放性思维模式。

邱紫华的《悲剧精神与民族意识》是中国学者站在每个民族具有自己的民族文化特色的基础上对各个民族的悲剧文化进行分析的结果。他概括出中国传统悲剧艺术的美学特征和模式。

第一，中国悲剧作品中的冲突性质大多以伦理的善与恶的方式构成；冲突的尖锐性不明显、冲突双方力量对比悬殊。

首先，在中国悲剧作品中，只有一方具有这种性质，这就是代表邪恶的势力；而冲突的另一方却不具备这种性质，这就是代表弱小的、善的力量。所以悲剧往往就成为以强凌弱，以恶欺善的局面。这种强弱悬殊的冲突很难产生尖锐的冲撞，因为构不成势均力敌。所以，在冲突中，悲剧人物难以迸发出超常的激情和超常的抗争行为。因此，悲剧情绪少有崇高而多是伤痛、悲哀之情。

其次，"恶"势力不像西方文学中那样汪洋恣肆，往往以"伪善"的正义面孔出现，这样必然地在行动上不可能剑拔弩张，反倒是温情脉脉或

---

① 张法：《中国文化与悲剧意识》，中国人民大学出版社 1989 年版，第 6 页。
② 同上书，第 9 页。

道貌岸然，这就大大地弱化了冲突的尖锐性。并且，"恶"对"善"的否定，更多地在于扭曲对方，规范对方，压迫对方，并不是主要地从肉体上消灭对方。

第二，由于悲剧冲突是善恶冲突，因此决定了悲剧人物往往是弱小的人物，是被动承受冲突，所以极易引起人们怜悯与同情的情绪；此外，由于是被动承受冲突，因此在冲突中往往处于无所适从、无所选择、无路可走的"两难"境遇之中而导致苦难与毁灭。由此，决定了悲剧人物往往处于环境逼迫的"两难"情况的悲剧较多；而积极主动挑起矛盾，从而陷入"行为动机与行为结果完全悖反"的境遇中的悲剧较少。

第三，中国悲剧作品中的主体是传统伦理造就的人，是善的化身，所以在行动中往往表现出"为他"而陷入苦难与毁灭之中，这决定了中国悲剧的英雄性较突出，悲剧性显得不强烈。中国悲剧作品在人物选择上由于更多地看重英雄性而造成悲剧性不强烈的特点。

第四，中国悲剧作品的结局往往以大团圆方式淡化了悲剧性，削弱了人物的悲剧精神。邱紫华概括了几种大团圆的方式：象征性的解脱型、鬼魂复仇型、乞求外力干预而造成和解型。这些大团圆结局与民族精神的淡化特点相吻合。这种审美趣味直到清中叶有所改变，直到五四运动后才显现出真正的悲剧精神。

第五，中国悲剧作品上述几个特点决定了其美感的基本特点，这就是很少惊心动魄、情绪大起大落的激越之情。它以怨而不怒、哀而不伤、内心缠绵悱恻的平静美浸染欣赏者的心理情绪。邱紫华认为中国传统悲剧的这种特点正是民族农业文化型的审美心境在悲剧性领域的表现。①

邱紫华站在民族文化特色的相对立场来分析各自的悲剧文化，这种研究方法是值得提倡的。可惜的是，邱紫华在进入这种研究之前已经束缚于西方的悲剧原则和标准，他只是在西方悲剧标准的范畴下通过分析各个民族的文化特色从而肯定或否定各个民族是否具不具有这种西方式的悲剧文化。他的研究更为非西方悲剧缺乏论提供佐证。熊元义先生对于邱紫华仍然以西方悲剧美学标准来判断中国传统悲剧的做法毫不留情地进行了批判，"邱紫华的这种把握是他对美学悲剧性的认识的必然结果。邱紫华提出，悲剧性是指生命过程中的不幸、苦难、毁灭。某一事件是否是悲剧性

① 邱紫华：《悲剧精神与民族意识》，华中师范大学出版社 2000 年版，第 346—353 页。

事件，除判定冲突性质、人物的悲剧性特点外，无论如何要看结局是否具有悲剧性。而中国传统悲剧的大团圆方式，显示了民族悲剧精神的淡化。所谓以精神的、理想的、虚幻的、人为干预而和解的方式来结束悲剧，正好是说明现实中不能提供企图超越的条件，这种结局的大团圆方式正好表现了中华民族思想意识中的‘阿 Q’式思维方式存在的普遍性”。① 他尖锐地指出这是一种历史的后退，说明他提出的美学悲剧性仍然没有摆脱西方的悲剧观念的束缚。而即便就他对西方悲剧的认识也是不准确的。②

　　总之，20 世纪中国的悲剧理论和悲剧观念还是停留于以西方的悲剧模式作为主要参照，来测量中国的悲剧观念是否符合西方的悲剧理论，只是处于简单的移植和运用，没有真正达到自觉的创造性转换，建构起自己的悲剧理论。没有考虑到西方现代悲剧理论自身的转换语境及其嬗变。威廉斯早就提醒我们，悲剧文学传统与悲剧体验都是塑造文学悲剧力量的重要元素。在中国悲剧观念的形成过程中，既有对西方悲剧理论的继承，同时也要结合中国的文化传统、悲剧语境和现代性体验综合而成。另外，西方理论特点在 20 世纪之后在研究方法上已经从本质主义转向了非本质主义，对于一个概念不必去深究其本质性的要义，后来的语境都会给这个定义注入新的内容。因此维特根斯坦提出了对概念的最好的界定应采用“家族相似”的方法，本雅明则提出了“星丛”理论，这些新术语和新理论的提出对于我们理解中国式的悲剧观念具有重要的启发意义。当然，也正是在这个意义上，我们说，真正的悲剧理论应该是建立在对悲剧的更为开放性的理解和阐释上的，有来自西方的，也有来自东方的，并以其不同的理解在相互碰撞中补充并增益其丰富的内涵。

---

① 熊元义：《中国悲剧引论》，解放军文艺出版社 2007 年版，第 17 页。
② 同上书，第 18 页。

第二章

从政治象征到民族寓言:20 世纪中国的
悲剧观念及其悲剧性表达范式

早在古希腊时期,人们不能正确地掌握和理解智慧的教义和神圣的事物,于是智者通过用普通人愿意听的韵诗和寓言来指涉背后所寄寓的含义,这是最先对象征修辞的肯定。"象征"一词在希腊语中是指"一块木板分成两半,双方各执其一,以保证相互款待"的信物,后来引申为事物与观念或符号之间的对应指涉关系。在象征的表现手法运用中,由于事物与形象具有异质同构的特征,其符号指涉关系比较确定,意义表达也就具有明晰而一致的特点。因此,在象征修辞巨大的吸纳结构中,一切异质的、非连续性的东西都被吸纳到一个整体寓意的框架中,鲜明地指向背后的总体性概念。然而进入现代社会后,技术的迅猛发展使社会分工越来越细,传统社会中人与物之间的总体性关系及其和谐状态被打破,人们开始在对立和分裂的关系中来看待世界,能指和所指分离。寓言的字面义和寓指义之间的非对应性关系,恰好可以视为现代社会的不确定性和差异性特征的隐喻。在这种情况下,仅靠象征已无法表现文本和世界、语言和事实之间的复杂和分裂,寓言很好地弥补了这一点。本雅明深刻地指出,寓言是"我们这个时代的得天独厚的思想方式"。"寓言在思想之中一如废墟在物体之中。"① 20 世纪对于灾难深重的中国是一个历史变革与文化转型的重要时期,人文精神和历史精神之间的矛盾与冲突,新旧价值体系与精神结构之间的断裂、摩擦、冲突、抗衡,形成了中国特有的悲剧观念,在悲剧性表达范式上形成了从象征到寓言的转型和嬗变。

---

① 瓦尔特·本雅明:《德国悲剧的起源》,陈永国译,文化艺术出版社 2001 年版,第 146 页。

一　20 世纪中国的悲剧观念及其悲剧性表达

西方很多学者否定中国悲剧观念的存在，认为中国人舒缓、宁静的面孔仍然与西方人紧张而富有自我意识的表情形成对照。雅斯贝尔斯认为，在中国的文明里，"所有的痛苦、不幸和罪恶都只是暂时的、毫无必要出现的扰乱。世界的运行没有恐怖、拒绝或辩护——没有控诉，只有哀叹。人们不会因绝望而精神分裂：他安详宁静地忍受折磨，甚至对死亡也毫无惊惧；没有无望的郁结，没有阴郁的受挫感，一切都基本上是明朗、美好和真实的。在这一文明中，恐惧与战栗固然也是经验的一部分，并且在它就跟在那些已经觉悟到悲剧意识的文明一样地司空见惯"。① 他把这种对待悲剧的态度归结为悲剧前知识，并认为这种知识将世界固有的矛盾冲突掩饰在和谐宁静的纱幔之下，因而是不可能过渡到他所倡导的悲剧知识阶段。然而，这只是西方中心主义论以西方悲剧理论和精神来对中国悲剧观念的他者观照。作为一种独立的民族文化，中国必定会形成自己独特的悲剧观念。

首先，中国形成悲剧观念的哲学基础和思想基础与西方是截然不同的。西方文化、哲学的思考模式是以人为中心，在主客二元对立的基础上建立起来的。主体要认识客体，就必须把自己放到客体之外。而如果认识的对象是整个世界，包括人自己，那就必须超越于整个世界之外。因而在西方思想中很容易形成这样的认识：一方面人是有限的，人的认识能力及其对自身命运的把握能力也是有限的；但另一方面人又可以不断地突破自己的本性，超越有限而走向无限。在主客对立的认识立场下，西方哲学家预设了一个无限光明、神圣永恒的彼岸世界，人的不幸就在于主体与客体、有限与无限、此岸与彼岸之间存在的不可逾越的鸿沟，上帝不可超越。这种冲突与分裂正是西方悲剧理论和悲剧精神的根源所在。在不可避免的悲剧毁灭中，人类被迫正视自身的有限性，同时又要表现人在面临死亡、价值毁灭等悲惨的命运时所做出的抗争与超越精神，体现人的价值崇高与尊严："人的伟大在于他能把人类的种种可能性推展到极限，并会明

---

① 雅斯贝尔斯：《悲剧的超越》，亦春译，工人出版社 1988 年版，第 13 页。

知故干地被它们摧毁"①，这就非常容易滋生出人的自我超越性以及面对自我有限性而迸发出的超越性的悲剧意识。

中国的思想界中没有二元对立，也没有超脱于现实世界的宗教信仰，所以很难滋生出像西方那样的自我超越性。但是，中国人有没有自己的超越性精神呢？答案是肯定的，只是不像西方那样。中华民族同样有着自己在灾难面前的解决方式和超越性精神，我们称它为后悲剧精神，中国的悲剧观念具有一种强烈的宿命色彩，佛教的生死轮回说为悲剧的观念形成提供了宗教意义上的价值参照。佛教讲究三生，人生包含有过去、现在、未来三世。人的苦难是命定的。现世的苦难也许是上辈子的罪孽而引起的报应，唯有通过此生的苦练修行，从而净化前世的罪恶，为下世的赎清并最终扭转苦难的意义。因此，中国悲剧的观念体现于通过"苦难的历程"而达到灵魂的净化和救赎。因此，在遭受苦难以及如何超越苦难的态度上，中国的悲剧文学与西方是截然不同的。既然上天似乎有一种冥冥的力量，它掌管着对人世的责罚，奉行善有善报，恶有恶报的原则，因此大家都相信罪恶的人终会有报应，个人的苦难也是个人曾有的罪孽所应得的报应。中国伦理思想重要的是"知命乐天"的思想。因为知命，所以乐天，既然苦难是无法回避，不如快乐地享受，采取对人生的痛苦感和悲剧感的消解方式，表现出一种"不以苦乐为意的英雄主义"（朱光潜语）。所以我们要理解中国式的悲剧精神，必须在过去、现在、未来三世中看待，才能看出其超越性精神。中国人对待苦难的态度有如伊格尔顿所强调的那种态度：正视和径自穿越其本质，然后从另一头的某个地方出来。中国人在苦难面前表现出坚韧的正视和径自穿越的态度，它不是站在苦难的对立面，而是正视和置身于苦难中，从而超越苦难。通过尊重苦难，把苦难当成一种快乐享受来使自己完成救赎和净化，这种对苦难的态度也许是一种比西方态度显得更为坚毅和坚忍的超越性精神。

而西方那种由古希腊悲剧援引出来的那种悲剧性的崇高和超越性的悲剧精神也在随着历史的演变而演变。进入现代社会之后，随着尼采"上帝死了"的振臂一呼，西方产生悲剧价值的基础也为之倒塌，理性的上帝死了，人的精神苦痛更加沉重。信仰失落，价值虚空，人成了一个孤独、漂泊的存在。这就形成了与传统不同的现代悲剧观念："如果说传统

---

① 雅斯贝尔斯:《悲剧的超越》，亦春译，工人出版社1988年版，第45页。

悲剧意识是以人类的自信为基础的话,那么现代悲剧意识则是以人类的自卑为基础的。"① 如果说在 19 世纪以前的古典悲剧总是与崇高联系在一起的。英雄人物为了实践人类理想,在悲壮中走向毁灭和失败,通过英雄人物的毁灭和失败,我们却可以从中获得振奋和力量;现代社会中的人们却不再相信人类是世界的中心,凭着人类的主体意志去开拓、创造、成就一切他所希望成就的东西,在这种背景下,西方悲剧理论中不仅有了"悲剧死亡论"以及各种为捍卫悲剧的理论产生,更有了对东方文化语境中所倡导那种更强调同情、坚忍、幽默等精神的悲剧精神的逐渐认同和关注。雅斯贝尔斯认为,真正的悲剧意识远不只是痛苦和死亡、流逝和绝灭的沉思默想,而在于人的行动,决定于他面对必定要毁灭他的悲剧困境所采取的行动。但是,行动并不一定体现在积极方面,相反有时消极的行动同样会带来震惊的效果。雅斯贝尔斯自己也鲜明地指出:"即便在对神祇和命运的无望抗争中抵抗至死,也是超越的一种举动。"② 中国的悲剧观念和悲剧精神特征正在于:它以自己的坚忍坚持到最后,以至于他在至死不渝中最终发现自己的潜在可能性。中国式的悲剧精神其实正在于向人们告诫并让人深刻地认识到人的潜在可能:不管发生什么,他都能够坚持到底。这也正是后来拉康所极力推崇的悲剧性态度:"坚持自己的欲望。"人的尊严和伟大就在于人可以在任何变动下,都勇敢而坚定;只要他活着,就可以重建自己。进入 20 世纪,随着现代社会价值体系的坍塌,曾经的那种超越性的悲剧精神已经难以为继。西方理论家费尽心思重寻现代社会发展的精神动力,却不知西方以往所否认的中国的悲剧观念中,其实早已包含了他们所苦苦追寻的现代悲剧精神。

自从马克思主义的悲剧理论跳离出亚里士多德和黑格尔的悲剧传统和悲剧结构,对人物悲剧性的分析转向了对事件悲剧性的分析。本雅明非常强调悲剧中事件的中心作用,如果死者表明某种事件的停止,且被暴力抑制在过去,那么另一种相逆的暴力则可能使事件再次发生。如果苦难的内容以其自然的形态出现,目击者则将会被冲垮,因为他将参与其中。本雅明因而非常强调对事件的凝视态度,它可以让事件从历史的连续性中挣脱出来,并让我们瞥见社会历史的真理内容。他说:"每当思维在一个充满

---

① 尹鸿:《悲剧意识与悲剧艺术》,安徽教育出版社 1992 年版,第 192 页。

② 雅斯贝尔斯:《悲剧的超越》,亦春译,工人出版社 1988 年版,第 25 页。

张力的构型中突然停止,这一构型就会受到冲击,通过这样的冲击,构型就会结晶为一个单子。历史唯物主义者只有在一个历史问题以单子的形式出现的时候才去研究它。他从这一结构中看出了弥赛亚式的事件停止的迹象——换句话说,他看出了为受压迫的过去而斗争的革命机会。"① 因此,"事件"既包含了行动和结果,也包含了在"做"和"创造"过程中所携带出来的模糊的新的历史征兆。对事件的悲剧性强调最终导致了两种研究路径:一是探寻事件背后的政治原因和社会原因,将事件的发生与社会层面结合起来;二是直面事件本身,让事件从历史的连续性中挣脱出来,并从事件的寓言性征兆中构筑历史发展的方向和希望。这两种研究路径表现在文学修辞上就是象征与寓言,成为 20 世纪中国悲剧性文学中的两种表达范式。

二 悲剧与政治象征:20 世纪现代文学 悲剧性表达范式之一

中国"五四"时期作家的苦难意识和政治革命意识的空前高涨,其原因还在于达尔文进化论的传入。1898 年,严复翻译并出版了《天演论》。《天演论》所传达出的"物竞天择,适者生存"的理念,于民族危亡的特殊历史时刻,将国人长期信奉的倒退史观和循环史观,转变到了变革发展的轨道上。国人终于认清了中国在今日世界中所处的位置及其贫弱之因,如再不进行革新图变,奋发图强,中国将在世界上无立锥之地。进化论很快在政治层面上获得普遍的认同和接受,并与对国人进行思想启蒙方面联系起来,启迪国人以全新方式观察世界和自身,从而对近现代中国的历史进程产生了极为深远的影响。在文学形式上他们就自觉利用悲剧文学以揭露社会之黑暗和苦难,通过悲剧中的深刻感染力和震撼力,达到改造国民的目的;在意识形态上自觉地导向社会革命和政治革命,揭示苦难发生之根本原因,矛头直指整个社会,构成了 20 世纪中国文学在表达方式上指向背后总体象征型的表达范式。

综观 20 世纪的中国现代文学,为了完成政治上的思想解放,现代作

---

① 瓦尔特·本雅明:《本雅明文选》,陈永国、马海良等译,中国社会科学出版社 1999 年版,第 413—414 页。

家往往表现出鲜明的急功近利特征，运用大量意象来指涉背后的政治意蕴。有人甚至这样概括道："作家相对集中于'家'、'夜'、'路'三种日常社会生活自然环境中常见的象征物的描写，就是对中国现代社会革命整个过程的形象化展开。"① 下面通过对夜、家、路等意象的内涵分析，以窥见中国20世纪初文坛在文学表达上的集体象征性特点。

一是"夜"的意象：20世纪30年代是中国最黑暗、最苦痛也是最革命的时期，孕育了大量有关"夜"的象征文学的产生。且不说早期鲁迅的《狂人日记》、《药》、《长明灯》等，都涉及对"夜"的描写，30年代的小说以"夜"直接命名就有很多，如叶绍钧的《夜》、茅盾的《子夜》、巴金的《寒夜》、丁玲的《夜》等，"夜"在现代小说家笔下已不是一个一般的表达时间概念的词，而是蕴含着多重象征意义的意象存在。

首先，"夜"的意象用以表征当下现实的黑暗与沉重。叶圣陶的短篇小说《夜》实际描写的是革命者在反革命政变后被杀害后的现实，"夜"是白色恐怖的象征。巴金中的《寒夜》让人联想到那一时代"寒夜"般的整体状况。夜本来就是黑暗沉重的，加上"寒"字的强调，显得寒冷而落败。

其次，"夜"是曙光来临前的过渡地带，具有明暗交替的过渡性特征。正如悲剧境遇是为了考验人的坚忍和意志，夜同样是考问我们意志的环境，提供与现实对抗的可能。沉重的夜是激起人们反抗的外在动因。在有了反抗和革命的意识之后，黎明的到来便是不远的将来了。因而"黑夜"正是现代作家寄托希望的隐在。而丁玲在《夜》中写道："天渐渐的亮了。""亮"正是现代小说家对"夜"所指涉的另一个世界的憧憬和希望，也是"夜"作为政治意象的背后目标指向。

最后，夜将人与喧闹隔绝，内在的自我渐渐浮出心理并与现实中迷惘的我进行对话，为迷惘的我提供了思想反射的镜像。夜因此成了一个发现真实自我的时间镜像，甚至成为一个真实自我的象征符号。它为我们提供了认清自我、社会和未来的可能。所以说我们总是看着黑夜，并在黑暗中摸索找到了前行的道路。

二是"家"的意象：中国社会是一个以血缘关系为基础的社会关系合成，家族观念一贯根深蒂固。古代的"礼治文化"为人们规定了一整

---

① 石立干：《现代小说政治象征功能浅论》，《名作欣赏》2006年第12期。

套思想行为模式和道德价值标准，并确立家族关系的基础性和重要性：家是整个社会关系建构的基础，每个社会个体都是隶属于自身背后的庞大家族关系。为了维持家族的秩序和稳定，又确定了这些人伦关系的主次结构，父子、兄弟、夫妻等人伦关系，开始植入了等级秩序和统治观念，家于是成了整个社会关系的缩影，是巩固整个社会政治、经济、文化、宗教的基础，家与国被置于同等重要的位置。正如历史学家周谷城先生所说的那样："宗法制于天然的血统关系中、利用'尊祖'的情绪，培植'敬宗'的习惯。倘继祖之宗，被诸支庶所敬，则是无形之中，收了统治的效用；这于建立社会秩序，何等重要。"① 因而表现在文学艺术作品中，家不仅仅是一种家族关系，更是一个有着丰富内涵的政治历史文化意象。

正因为家对于传统中国的特殊意义和政治符号的浓缩，在"五四"文化革命的形势下，"家"自然被作为他们予以推翻的封建文化和礼教的重要象征物，作为封建社会关系的载体而被赋予了新的象征意义，寄寓着作家们对封建制度、个体自由、民族前途和国家危难的深刻反思。现代小说中的"家"主要从两个方面的描写支撑起"家"的象征艺术的构架：一是把"家"作为一个专制的王国、礼教的堡垒、牢笼的象征，突出其黑暗性和吃人性，比如鲁迅的《狂人日记》，从而唤醒国民意识的觉醒；二是通过人物的死亡或离家出走的叙述描写来暗示"家"的统治秩序的解体，从而象征封建家族制度的崩溃解体。比如在巴金的《家》中，通过整体结构形象的塑造，尤其是高老太爷的死与觉慧的出走，从行为层面来象征封建家族制度和封建礼教的彻底崩溃。

三是"路"的意象：在传统文化中，"路"作为象征性意象，用以隐喻某些抽象的观念，已深深刻进人们的心里深处，成为一种集体无意识。屈原的"路漫漫其修远兮，吾将上下而求索"、李白的"行路难，行路难！多歧路，今安在？"已让我们体会到路之艰辛。"五四"时期正是现代中国面临抉择的重要时期，也是一个让自觉的现代知识分子面临时代的变幻和危机，在思想的十字路口徘徊和彷徨的时代。那个时代的知识分子面临着各种"路"的未来和选择，自觉地探寻着自我的生存之路、民族的觉醒之路、国家的振兴之路和人类的进步之路，体现他们对中国社会前途、革命道路以及人生价值等问题的思考。因此"五四"时期"路"的

---

① 周谷城:《中国通史》（上），上海人民出版社1981年版，第72页。

象征意蕴主要是在政治层面上来运用，是"五四"时期最典型的一个政治意象。而鲁迅对"路"的意象运用表现突出，具有纵深的历史感和现代性特点，同时也更具哲理之深邃和悲剧感。

在鲁迅笔下，无论是过客脚下永无止境的生命之路，还是娜拉、子君们梦醒之后苦苦摸索的生存之路，抑或是《故乡》中最为著名的那条从无到有的希望之路等，不仅具有丰富的美学内蕴和审美价值，同时表现出作为现代知识分子的鲁迅对历史、时代以及整个人类社会进步与出路的期待与探寻，具有深刻的生命哲学意义和文化意义。在《过客》中，那名匆匆的过客就是这样一个明知前面没有路，但仍然要与绝望中反抗，化绝望为动力："我一路走，从我还能记得的时候起，我就在这么走，我单记得走了许多路，现在来到这里了。我接着就要走向那边去。即便是当老翁告诉他前方是坟，已无路可走，过客仍执着地表示要往前走，不能停下，说是有声音常在前面催促我，叫唤我，使我息不下。我就在这么走，要走到一个地方去，这地方就在前面。"尽管明知"前面，是坟"，但他仍无所畏惧地向"坟"前行，如果注定是毁灭，那么我仍旧要反抗这种绝望，以一种"以悲观作不悲观，以无可为而为之"的战斗精神，来反抗绝望，"绝望之为虚妄，正与希望相同"。也只有这样，价值的尊严才能扭转。所以，"路"的意象在鲁迅笔下，是一种目标的延伸，希望的寄寓，只要路在延伸，希望就不会被泯灭。所以，鲁迅告诉我们的是："地上本没有路，走的人多了，也便成了路。"

当然，现代文学中还包含着各种意象以及集体的符号性表征意义。凭着背后强大的象征性修辞系统，这些意象最终都明确地指向一个整体结构和意义的总体性。因此，20世纪初中国文学不断地强化社会的苦难和悲剧性体验，其统一指向是对革命意识的唤醒。然而，对悲剧文学的象征性表达所导致的后果是悲剧被严重意识形态化。正如威廉斯所说："将任何意义与死亡联在一起，都会赋予它某种强烈的感情色彩。这有时能够淹没在其范围之内的其他经验。死亡是普遍存在的，那些与之相连的意义作为它的影子也很快获得普遍性。其他对人生的解读以及对苦难和无序状况的诠释，都会被它巨大而清晰的信念所同化。"①"这种认识论为依然对抗的

---

① 雷蒙·威廉斯：《现代悲剧》，丁尔苏译，译林出版社2007年版，第48页。

经验世界提供了虚幻的——也就仅仅是概念性的——和解。"① 而读者在对这种悲剧文学的阅读过程中，也就会被严重意识形态化。"我们反复遭遇一种被下意识和习性强化了的特殊世界观。"② 我们就会认为悲剧不是一种偶然与个别现象，而是无独有偶的必然事件。在被特殊世界观强化之后，读者必然会对社会价值资源的优劣重新认识。悲剧叙事变成将日常生活中散漫、无章、偶然性的死亡与毁灭纳入一个固定的意义谱系与价值结构之中，使之获取意义，有所指向。而"在寓言的世界里，时间是其最早的构成性因素，寓言符号及其意义之间的关系并不由某种教条训诫来规定……（在寓言中）我们所拥有的仅仅是符号与符号之间的关系，其中，符号所指涉的意义已变得无足轻重，但是在符号与符号之间的关系中同样必然存在着一种构成性的时间性因素；它之所以是必然的，是因为只要有寓言，那么寓言符号所指的就必然是它前面那个符号，寓言符号所建构的意义仅仅存在于对前一个它永远不能与之达成融合的符号的重复之中，因为前一个符号的本质便在于其（时间上的）先在性"。③ 象征是对同一性或同一化可能的预设，而寓言则是在时间中构成意义的方法，指明其与自身起源的某种裂隙，并在时间的差异中确立了自己的语言，因而"寓言"的符号与指涉、表象与存在之间是不可能构成完美合一。寓言式的表征总是会带来某些剩余，从而防止自我滋生出与非我融为一体的幻想。鲁迅的《狂人日记》在象征层面上指向吃人的整个中国社会现实的同时，然而它在指向象征意蕴的同时，其自身文字的修辞意义已然被解构。茅盾的《子夜》也在解释统一的目标下丧失了其更丰富的文字表达上的魅力。在此基础上培养出来的革命意识形态，由于不是从人们的内心深处自发地生长起来的，而是由先进知识分子总结出来并从外在条件对他们进行灌输的，所以有可能会变成文学家的一厢情愿和自我想象，这种革命并非彻底的革命。在新中国，当政治层面上的解放已然完成，大家狂欢于社会主义悲剧不再发生的同时，却为什么还时时感觉到悲剧性的体验仍然伴随着自己？象征性修辞已无法再阐释现代社会中更为深层的悲剧性存在和体验，

① 理查德·沃林:《瓦尔特·本雅明:救赎美学》，吴勇立、张亮译，江苏人民出版社 2008 年版，第 102 页。

② 雷蒙·威廉斯:《现代悲剧》，丁尔苏译，译林出版社 2007 年版，第 41 页。

③ Paul de Man, *Blindness and Insight*, Minneapolis: Minnesota University Press, 1997, p. 207.

寓言将成为继象征之后的更好替代。

三　悲剧与民族寓言：20 世纪现代文学 悲剧性表达范式之二

中国文学特征上呈现出从象征到寓言的转换，首先表现在 80 年代的阐释领域，其主要原因在于西方寓言理论的传入。本雅明寓言批评理论、德曼的寓言阅读理论以及詹姆逊的民族寓言理论都对这种转向起到了关键作用。本雅明首先批判了象征追求物质和现实的一致性，这其实导致了象征系统中对时间概念的无视。艺术作品都是由物质内容和真理内容构成。但作品不是静止的，而是在历史中经历自我消解的过程。随着时间的推移，其物质内容变得越来越不重要，而真理内容就愈益明显。当物质内容和真理内容的表面统一被瓦解后，只有寓言的碎片化式的结构才能揭示潜藏历史底部的"真理内容"。

那么，寓言到底是一种什么样的修辞呢？《西方文学术语辞典》中认为，寓言（allegory）是一种叙述文体。作为一种文学体裁样式，它指在一部作品中寄寓着双重意义，一重是主要的或表层的含义，另一重是第二位的或深层的含义。本雅明在与象征进行比较之后，系统地梳理出寓言的特征：

一、破碎性。在本雅明看来，浪漫主义的破碎性甚至反讽其实都是寓言的变体。巴罗克寓言家在将古代的遗产建构成的新的整体的诸因素时，并不把它们联结成一个单一的整体，而是不断地进行拆解与建构，从而不断获得新的意义。所以寓言指涉的对象是碎片，这些碎片化对象可以从历史的总体性叙事结构中剥离出来，成为真实表述当下现实的单子。

二、多义性。寓言不同于象征，象征物与被象征之间的关系明确、稳定、意义单一。而寓言与对象之间的关系是多义的、不确定的，并且可以相互替代："寓言的基本特点是含混和多义性；寓言以及巴洛克，都以其语义的丰富为荣。"[①]

三、忧郁。寓言是面对现代废墟而陷于震惊的人们的一种言说方式，

---

① 瓦尔特·本雅明：《德国悲剧的起源》，陈永国译，文化艺术出版社 2001 年版，第 145 页。

因而具有强烈的时代悲怆感和哀悼感。寓言不再弥合人与自然的分裂,而是将这分裂以客观真实完整地展示在世人面前。

受本雅明启发,德曼转向对文本寓言的关注,要求建立一种寓言式阅读;詹姆逊的民族寓言理论则从真实意指的层面上指出第三世界文本在文化表达层面上寓言化的特征,以及第三世界文学总是以民族寓言作为其存在形式的特点。现代寓言对超乎于个人感觉和判断之外的价值和意义表示质疑,他们认为既不存在意义的中心,也不存在历史的连续性,其寓言性文本以含混、多义、忧郁和震惊的效果成为20世纪文学表达的另一种新的形式。

詹姆逊对鲁迅作品所进行的寓言化解读提供了一个很好的范例。詹姆逊深刻地指出,第三世界的本文天生具有寓言性质。第三世界的本文总是将个人命运包容在大众文化之中,因而总是以政治寓言或民族寓言的形式来表现集体经验。《狂人日记》是鲁迅的重要代表作。以往中国批评家对此作品的评析主要是在从“象征”的整全性和明确性出发的阐释模式中来分析文本“吃人”所隐含的深意。无论是早期关于“礼教”或“仁义道德”吃人的解释,还是薛毅、钱理群关于“吃人”指向民族集体无意识的开创性解读,都没有跳出在象征修辞框架中的解读模式。詹姆逊却揭示了文本意义指向的寓言结构。在分析之前,杰姆逊非常慎重地指出,对第三世界文本故事的分析,“我们必须重新思考我们对叙事中的象征意义的习以为常的理解(例如我们通常把性欲和政治对等起来)”。而寓言的容纳力是能够引起一连串的性质截然不同的意义和信息。在寓言结构中,詹姆逊重新解读了鲁迅的《狂人日记》、《药》以及《阿Q正传》。在鲁迅的《狂人日记》中,鲁迅集中展现“吃人”两个字眼儿,其意在揭示“吃人”与国家寓意上的共振:如果吃人主义是“寓意”的,那么,这种“寓意”比本文字面上的意思更为有力和确切。在中国语境中,“吃”本身就是一个包含多重寓意的词:例如可以说一个人“吃”了一惊,“吃”了一吓。认识到这一点,我们就能更好地理解鲁迅运用的“吃”的行为和内涵,其实就是在戏剧化地再现整个中国社会的现状。詹姆逊进一步提出,吃人是一个社会和历史的梦魇,是历史本身掌握的对生活的恐惧。而鲁迅的《药》同样反映了中国传统文化中难以言喻和富有剥削性的虚伪一面;在《阿Q正传》中,寓言式的中国既是阿Q,善于运用自我开解的精神技巧,将中国的任人欺辱状态从精神胜利法中自我解脱出来;同时也是那些喜欢戏弄和欺压阿Q的懒汉和恶霸，在等级社会中无情地镇压和吞噬弱者。这样在不同的意义上，我们才能完整地体会到在鲁迅笔下所辛辣嘲讽的旧中国形象及其本文穿透笔力的表达力量。因此，虽然在分析意蕴方面，杰姆逊并没有超出中国批评家所指出的内涵，但他的整个分析过程却给人极大的启发作用。朱羽终于开始意识到在象征层面上解读鲁迅作品的不足，尝试着从文本内部来追踪鲁迅寓言写作的踪迹。他说："不同于已有阐释偏重以外在历史结论穿透鲁迅的文本，笔者关心的是鲁迅的'写作'与'革命'的内在联系——'革命'在文本肌理之中的出现。换句话说，笔者感兴趣的是编织在文学形式内部的'革命'，而非作为思想、历史现实的'革命'。"[1] 他认为，"寓言"是一种关联着中国革命具体展开的存在状态，因而涉及某种独特的时间性，从而可以展露出鲁迅颇为特殊的历史意识。而且，这种寓言式批评不仅可以穿透文本来求得寓意，更是叩问鲁迅写作本身所呈现的寓言状态——尤其是悉心观照小说的表层形式。

中国文学在表达模式上的转换并不仅仅呈现在对过去作品在寓言结构中的重新阐释，还表现在对历史现实的寓言化写作和表达。在描写历史悲剧的同时，莫言声称自己"发现了历史的荒诞性和历史的寓言性"。[2] 莫言认同弗洛伊德所言，认为人类历史的发展进步过程其实是对人类本性和生命力的压抑的过程，即他自己所提出的"种的退化"过程。随着人类社会的不断富裕，人类自身强旺的生命力却在不断地衰退，而这种历史作用力正是本雅明所强调的与社会发展方向相逆的一种力量。如何辩证地去理解这种历史作用力，本雅明式的问题和救赎方式在莫言的作品中鲜明地凸显了出来："人类正在用自身的努力，消除着人类的某些优良的素质。"因此莫言认为历史事件只不过是小说家把历史进行寓言化和预言化的材料，他在自己的小说中（尤其是长篇小说）中也总是有意识地把历史中国寓言化。在西方视野下的传统中国是什么样子？按照马克思和马克斯·韦伯的理论，传统中国作为早熟的婴儿，很早就停止了发育，从明代以后，中国社会就长期停滞不前，再没有取得大的发展。这是一个急需等待

---

① 朱羽：《革命、寓言与历史意识——论作为现代文学"起源"的〈狂人日记〉》，《杭州师范大学学报》2011 年第 5 期。

② 莫言：《小说的气味》，当代世界出版社 2003 年版，第 45—189 页。

开化的传统中国形象。莫言在作品中并非展现一幅真实的历史画卷或者挖掘历史的另一面，而是对家族（民族）原生本性的呼唤，以探求家族（民族）从现代困境挣脱出来的救赎方式。在《红高粱家族》的结尾中莫言这样写道：

> 我痛恨杂种高粱。
>
> 在杂种高粱的包围中，我感到失望。
>
> 可怜的、孱弱的、猜忌的、偏执的、被毒酒迷幻灵魂的孩子，你到墨水河里去浸泡三天三夜——记住，一天也不能多，一天也不能少，洗净了你的肉体和灵魂，你就回到你世界里去。在白马山之阳，墨水河之阴，还有一株纯种的红高粱，你要不惜努力找到它。你高举着它去闯荡你的荆棘丛生、虎狼横行的世界，它是你的护身符，也是我们家族的光荣的图腾和我们高密东北乡传统精神的象征。①

　　英美评论家认为这是一段难破解的密码，这是因为他们没有结合中国的历史，把第三世界的文本当成"民族寓言"来思考的结果。如果在寓言化的结构中来进行理解，我们不难看出：这里面的"杂种高粱"和"纯种红高粱"其实都是莫言对我们民族的深刻忧思的寓言化描写，"杂种高粱"是中国现代性的形成结果，然而在中国现代化的过程中，"纯种红高粱"作为我们民族的图腾和高密东北乡传统精神的象征，却在我们的世界里早已不再存在。这种深度只能成全在读者的"身份阅读"中。而曾经喧嚣一时、毁誉参半的《狼图腾》同样不会是一部单纯的小说，而是一部现代寓言："它沿袭着传统的表现手段，却在寓意中浓缩了'文明'以来直到 21 世纪初一些最重要的问题：文明的成长与冲突，人与自然与自身的关系，环境、生态、信仰乃至人类生存的极限问题"；"这是一本揭痛与示痛的书：带着与痛而生的野蛮、粗砺和血污，向往文明却终究难得文明，追求自由却最终不得自由，热爱自然却始终背弃乃至丢失了自然"②；体现作家对中国现代性和现代化过程的深刻反省和质疑。

　　寓言所具有的符号和指涉意义之间的分裂性特征可以使它打破象征同

---

① 莫言：《红高粱家族》，上海文艺出版社 2005 年版。

② 李小江：《〈狼图腾〉是一部"后"时代寓言》，《中国图书评论》2009 年第 1 期。

一性和统一性的幻象，深入文本内部运作关系从而实现对社会、政治等虚假意识的解构。正是在文化寓言的层面上，马尔库塞揭示了西方世界意识形态的统一性对单向度的人的型塑，阿多诺由此提出了否定的辩证法，布莱希特提出了史诗剧的新文体，要求保持人的理性以拒绝被悲剧中的意识形态所吸纳。后现代主义文化其实就是一种寓言性的文化策略，社会的历史衍进只有在寓言结构中来理解，才能达到对历史的真实把握。正如伊格尔顿所深刻指出的，或许人类的整个发展历程本身就是一个巨大的寓言结构："人类最初是一统一体，随后发生异化，接着采取革命性的补救措施，最终在共产主义领域中实现自我恢复。难道还有什么能比这样浩大非凡的世界历史情节更具寓意的吗？"① 而"关于历史的一切，从一开始就不适时宜的、悲哀的、不成功的一切，都在那面容上——或在骷髅头上表现出来"。② 所以，批评特别是寓言式批评显得格外重要，应该"尽量让文本——无论批评还是作品——处于自我澄明的本原状态"③，以便在生活的层面上还原"问题"本身。寓言可以说已经成为现代社会最有效的艺术形式，是否定救赎世界和人性的有力方式。寓言式表达，以及在寓言结构中解读，这都是接近作家问题本原的最贴近的方式，同时也标志着20世纪悲剧性文学在表达范式上的顺利转型和成功过渡。

---

① 特里·伊格尔顿：《沃尔特·本雅明或走向革命批评》，郭国良、陆汉臻译，译林出版社2005年版，第83页。

② 瓦尔特·本雅明：《本雅明文选》，陈永国、马海良等译，中国社会科学出版社1999年版，第122页。

③ 李小江：《〈狼图腾〉是一部"后"时代寓言》，《中国图书评论》2009年第1期。

第 三 章

论鲁迅的"价值毁灭"与本雅明的
悲剧"理念"

鲁迅曾经对悲剧下了一个经典性的定义:"悲剧是将人生有价值的东西毁灭给人看。"① 尽管对鲁迅的悲剧定义有很多的阐释,但笔者认为并没有阐尽鲁迅在中国悲剧理论方面所做出的卓越贡献。本雅明的悲剧理论在中国当下的学术界仍然没有引起太多的关注,其研究更多的在于以德国悲剧为范例来阐明本雅明的寓言式批评,对本雅明的悲剧理论作本体性研究的成果还是较少。这种视点的缺席不得不说是理论界的遗憾。从写作时间上来看,鲁迅的《再论雷峰塔的倒掉》写于 1925 年,本雅明的《德国悲剧的起源》写于 1928 年,正是两个人踯躅在绝望与希望的当口。因此如果将鲁迅的悲剧理论与本雅明的进行比较,我们会发现二者之间存在着极大的互文性阐释空间:在研究对象上,他们都认为悲剧意在表达人们对现代性的震惊体验和深刻反应,强调的是悲剧性的价值,而不是传统悲剧。本雅明提出的"悲剧理念"与鲁迅所提出的"人生有价值的东西"都强调悲剧中所包裹的价值要素,而不是悲剧本身。对于悲剧价值的现代展现方式,本雅明重抬了寓言表达方式在现代社会的重要性,现代性体验和反应必须在寓言性的结构中才能得以解释和表达;鲁迅的"毁灭"同样指向其背后的根本寓意,通过对"毁灭"过程的一一展现,意在让读者理解"毁灭"的真正内涵及其现实中的转换意义。正是在寓言结构中,本雅明和鲁迅都从悲剧的死亡或毁灭中读解出改造现实的革命力量,指向现代悲剧的价值最终目标。由此不难见出,鲁迅的悲剧定义与本雅明的悲剧理念在表达方式上其实是一种异质同构的互文性关系,而通过在互文性

---

① 《鲁迅全集》第 1 卷,人民文学出版社 1981 年版,第 192—193 页。

的空间去比较和重读鲁迅的悲剧理念，可以让我们更深入地理解鲁迅的精神世界和革命意识，以及中国现代悲剧观念在形成过程中早已达及的理论层面和深刻性。

一　悲剧理念与有价值的东西：悲剧的价值维度

在西方理论史上，关于悲剧的理解一直暗伏着两种观念的争执和纠结：悲剧到底是侧重于"剧"，还是侧重于"悲"呢？在现代社会之前，悲剧由于侧重于对"剧"的强调，因而对悲剧的形态总是拘泥于作为文学形式的悲剧，这种狭隘性理解为后来现代社会中的"悲剧消亡论"奠定了基础；进入现代社会之后，悲剧开始发生了观念上的转变，悲剧强调的是"悲"，即悲剧性，走向了悲剧的价值批判维度。悲剧性是一个比悲剧更强势的语言，它在痛苦之外还包含着某种可怕的、能给人带来心灵震颤、目瞪口呆和恐惧、又能让我们获得振奋的力量的品质。但"悲剧性"是一个指向有关事物的内在属性、无法定义的东西，因为我们给某种事物下一定义时，这个定义总会在现实生活中有它一定的现实客体与它对应，而"悲剧性"并不是由现实中的若干部分组成。但它可以通过事件或行为来表征，悲剧正在于通过对人的一种行为和悲剧性事件的描述，向我们表明悲剧性在这种毁灭过程中的全然释放。而悲剧性的表征方式，并不是仅仅在悲剧中存在。除了悲剧中的行为和事件，还有小说、诗歌、绘画、音乐等艺术形式都可作为表征悲剧性的东西。

悲剧性在本雅明这里被表述为悲剧"理念"。"理念"最早是柏拉图在《会饮篇》中为区分"什么是美"和"什么东西是美的"这两个问题时提出：前者是对美的本质的探讨；后者则是我们在日常生活中所见到的现象，所有世俗中的现象都由其背后的这个本质所决定和形成，世俗中的事物之所以是美的，就在于分享了这个美的本质，即理念。本雅明认为柏拉图以美的本质与美的现象之区分不仅阐明了他所认为的理念之存于上帝那里的理念说，同时巧妙地阐明了理念之完全不同于表象世界的存在模式。因此，理念与概念不同。理念指的是原始现象中起决定作用的一个形式，但又与经验世界紧密结合提炼不出来的东西，而概念却是人为的抽离。概念中所揭示的总体性和整一性其实只是人类的认识幻象，并不能真正达到对世界的总体和完整认识。对于本雅明来说，世界本来是以整体的方式展示自己特殊的生命力，但是人们将对它的认识诉诸概念后，这个活生生的世界就被分解成一系列的概念了，世界的本质不但没有被认识，反而被永久地遮蔽了。不过世界尽管被科学家从内部分成各个概念，而艺术、伦理、美学等范畴却由于归纳推理的不充分性，可以通过表征的方式隐喻地表现世界的本质，成了理念世界断裂结构中的丰碑。这正是理念呈现于世界中的一个个单子。表面上看来，单子之间是没有联系的，保持着自己客体的独立性，但由于它们处于一个巨大的先天和谐关系系统之中，并保持着对背后理念和最终本质的共同指向，单子间保存着相互渗透和相互表征的关系，那么对理念的把握就可以通过各种单子所折射出来的渗透性思想去侧面把握。本雅明借用星座概念以类比他的"理念"（idea）："每一个理念都是一颗行星，都像相互关联的行星一样与其他理念相关联"①，"理念之于事物正如星丛之于群星"。②

　　在本雅明之前，学术界对 17 世纪德国巴罗克艺术基本是持否定态度，认为巴罗克悲剧只是对古希腊悲剧的一种拙劣模仿，这其实是他们以静止的古希腊悲剧传统为参照对巴罗克悲剧所做出的错误评价。在本雅明看来，德国悲苦剧与古希腊悲剧一样，是对理念进行构型的单子自足体，并与古希腊悲剧一道，表征着历史变化中悲剧理念的相应变化。在本雅明看来，古希腊悲剧是在神话框架中所进行的叙事和讲述，讲述悲剧英雄冲突来反映人类为挣脱史前各种力量的枷锁而进行的斗争，并通过善与上帝发生联系。但本雅明认为古希腊悲剧的最大缺陷在于它只关乎悲剧英雄的善及其崇高美德，忽略了在人的身上所根深蒂固的自然性弱点；巴罗克悲悼剧则与此形成了对照，不再以神话而是以历史作为根基，以历史进程中基本的自然力作为其特殊关怀客体，通过一切世俗事物不可避免的瞬间性将这股自然力揭示出来的，以让我们获得对整个历史时期的反思。本雅明是一个反历史主义目的论者，认为历史无可预见，历史遵循自然法则。历史的发展和前进动力由人类社会内在的自然力构成和决定，它内置于历史内部，并不能为世人所支配和控制，但可以通过外在的各种历史迹象表征出

---

　　①　瓦尔特·本雅明：《德国悲剧的起源》，陈永国译，文化艺术出版社 2001 年版，第10 页。

　　②　同上书，第 7 页。

来：例如在历史发展的极端状态或极端事物身上，就会自然地呈现出来。悲剧、悲剧人物都可以作为历史发展内在动力呈现的对象。然而本雅明又认为，艺术作品在与绝对理念的关系上都是不完整的。艺术客体不同于纯粹的自然客体，艺术作品永远是一种未完成状态，在对客体世界进行再现时将理念包裹其中，而不是展现于其中。因此它需要睿智的读者才能理会到，并通过批评的内省才能圆满地完成，将作品提高到一个应有的思想层面。这也就是本雅明所强调的寓言式批评。寓言式批评不能受外在的总体象征性影响，将作品中的各个要素进行打碎和重新组合，从而让我们可以瞥见艺术作品中所隐藏的真理内容。

中国的悲剧观念是伴随着现代性的过程而被引入，对悲剧的理解本身就是在西方现代性及其悲剧性理解过程中而展开，并不需要经由古典悲剧向现代悲剧的过渡。鲁迅对悲剧的定义"悲剧是将人生有价值的东西毁灭给人看"，主要是在美学观念的层面上展开，侧重于对悲剧性的强调，反映了鲁迅对现代中国的悲剧性体验和反应。鲁迅在这里非常明确地提出悲剧的对象在于"有价值的东西"，并将悲剧价值的产生基础定位于整个"人生"社会。

在鲁迅之前，悲剧总是被置于个体框架中来理解个人命运之不幸。由于中国是一个高度伦理化的国家，受角色意识与道德意识的影响，人们对由死亡本能引发的个体生命的悲剧意识反应比较强烈，而对由与秩序的抗争引发的社会性悲剧意识反应则相对淡薄。"五四"时期，生命欲望的扩张与伦理秩序中自由价值的实现使得社会性悲剧意识在现代思想的裹挟下浮出历史地表。悲剧不再是个体之不幸，而是经由个体之不幸折射出的社会秩序之混乱和不公正的社会悲剧性。鲁迅并不停留于对悲剧表面事件或悲剧人物的认识，而是从更大的群体范围内来看待悲剧的积极效果。他说："人固然应该生存，但为的是进化；也不妨受苦，但为的是解除将来的一切苦；更应该战斗，但为的是改革"①，把个人生存及其悲剧性与战斗、改革联系起来。作为美学范畴的悲剧，它与日常生活中的悲惨、悲哀、悲伤不同，人的悲惨遭遇之所以构成艺术悲剧，乃在于个人之悲惨命运与社会之命运不公之息息相关的联系。鲁迅第一次从悲剧性与社会的角度对现代悲剧作了很好的规定和调整，体现了悲剧的社会价值维度。也正

---

① 《花边文学》，《论秦理斋夫人事》。

因为有了社会维度的介入，个人的悲剧性才具有了价值性，在强大的社会现实面前，个人生存的毁灭就是一种社会价值的毁灭。

当然，"有价值的东西"是一种模糊性语言或者说模糊表达。价值本是一种抽象，只能通过客观事物或对象来进行表征，有似本雅明的"理念"。在鲁迅的笔下，这些"有价值的东西"正是通过阿Q、闰土、祥林嫂等这样的平常人、小人物来表征、体现。从价值定性的角度出发，鲁迅是将"好人"、"伟人"、"小人物"的痛苦或毁灭放置于同一个层面，尤其侧重于在日常生活中那些看似无事的悲剧性价值："这些极平常的，或者简直近于没有事情的悲剧，正如无声的言语一样，非由诗人画出它的形象来，是很不容易觉察的，然而人们灭亡于英雄的特别的悲剧者少，消磨于极平常的，或者简直近于没有事情的悲剧者却多。"① 正如黑格尔的那句名言："存在即是合理"，在现代西方社会，每一个个体都有他存在的意义和活力，并且敢于对社会秩序所预制的局限性进行挑战。凭借选择和意志，个体由于渴望实现自我在秩序内横冲直撞，在爬出自己的局部世界时遭到毁灭，这时的悲剧性是双重的：产生意志和欲望的自我毁灭了生存的自我是一种现代悲剧；然而拒绝欲望和意志退归封闭的自我也是悲剧的。现代中国的悲剧主要在于对当时社会黑暗制度的控诉。20世纪初的中国是一个刚刚脱胎于封建制度的国家，对天命的认同、奴性心理根深蒂固，阿Q式的自我安慰的精神疗法盛行，因而极其缺乏西方国家所倡导的自我主体性。鲁迅深感国民之愚钝，愤而弃医投文，欲以文字的力量来唤起国民的惊醒。鲁迅采用反讽的手法，以力透纸背的文字来发掘日常生活中看似无事的悲剧性：祥林嫂只是想做稳奴隶，阿Q也只是想靠力气吃饭。但是这些最起码的要求却不能得以实现，祥林嫂死了，祥林嫂的悲剧性就体现在她在死亡面前都未能明白她到底做错了什么；阿Q至死还在为自己那个没有画圆的圆圈而感到遗憾；闰土越辛苦，越被剥夺了一切。鲁迅所要揭示的是，在当时的这个制度中，你越是遵从这个制度所圈划的规定，你的悲剧性就越强烈。这恰恰道破了人们所忽略的不幸和死亡的秘密，使人们从麻木中获得震惊的效果。

在对悲剧价值批判维度的强调方面，本雅明与鲁迅还是不同的。本雅明的悲剧理念是对马克思主义悲剧理论的继承，展现历史发展中善与恶之

---

① 《鲁迅全集》第6卷，人民文学出版社1981年版，第371页。

间的张力，所以本雅明更多强调的是悲剧的历史价值性，而鲁迅还在于普遍意义上的人性价值，当正当人性的合理要求被拒绝，对社会秩序的批判性也就呈现无遗。然而，正如伊格尔顿指出，"价值"意味着某些人在特定境况中依据特殊标准和按照给定目的而赋予价值的人和事物，这样的"价值"就已经被意识形态化了。"价值"并不是客观现实中可以由我们确定指认的某种现象，而总是要由人来确定它的标准，然后再共同认同这种价值。这样的确定过程在无形中就会介入主流意识形态的操控。舍勒提出要用一种现象学的方法来研究悲剧，强调我们在研究悲剧之前不要带有先入之见，尽量让悲剧价值回归它的内在客观性，这对我们更好地理解本雅明与鲁迅悲剧的价值维度具有重要意义。

二 寓言与毁灭：悲剧的现代展现方式

"寓言"是对立于"象征"的一种修辞。"象征"一词在希腊语中是指"一块木板分成两半，双方各执其一，以保证相互款待"的信物，后来引申为事物与观念或符号之间的对应指涉关系。在象征的表现手法运用中，由于事物与形象具有异质同构的特征，其符号指涉关系比较确定，意义表达也就具有明晰而一致的特点。在象征修辞巨大的吸纳结构中，一切异质的、非连续性的东西都被吸纳到一个整体寓意的框架中，鲜明地指向背后的总体性概念。然而进入现代社会后，技术的迅猛发展使社会分工越来越细，传统社会中人与物之间的总体性关系及其和谐状态被打破，人们开始在对立和分裂的关系中来看待世界，能指和所指分离。这时，寓言的字面义和寓指义之间的非对应性，恰好可以视为现代社会的不确定性和差异性特征的隐喻。如果说象征关系是关乎表象与本质的关系，并指向一个明确的总体性象征，那么正如沃林所揭示的那样，象征其实只是一个美学范畴而不是一个现实范畴，它总是部分地隐藏在表象世界里。它永远不能实际地体现一般和特殊的统一，只有代表想象中的统一。因此，任何时间任何地点对总体性的象征要求都是绝对的意识形态；而"在寓言的世界里，时间是其最早的构成性因素，寓言符号及其意义之间的关系并不由某种教条训诫来规定……（在寓言中）我们所拥有的仅仅是符号与符号之间的关系，其中，符号所指涉的意义已变得无足轻重，但是在符号与符号之间的关系中同样必然存在着一种构成性的时间性因素；它之所以是必然的，是因为只要有寓言，那么寓言符号所指的就必然是它前面那个符号，寓言符号所建构的意义仅仅存在于对前一个它永远不能与之达成融合的符号的重复之中，因为前一个符号的本质便在于其（时间上的）先在性"。①象征是对同一性或同一化可能的预设，而寓言则是在时间中构成意义的方法，指明其与自身起源的某种裂隙，并在时间的差异中确立了自己的语言，因而"寓言"的符号与指涉、表象与存在之间不可能构成完美合一。寓言式的表征总是会带来某些剩余，从而防止自我滋生出与非我融为一体的幻想。在寓言中充满了破碎的意象：建筑的废墟、人的尸体、历史弥留之际的面容、僵死的原始的大地意象等，这些碎片化意象可以从历史的总体性叙事结构中剥离出来，成为真实地表述当下现实的单子。所以，要真正揭示现代生存的真实状况，只能以寓言的批评视角，将实在内容的虚幻假象一次次地剥离，然后作品中沉淀的不可言说的真理内容才能显现出来，从而完成解构。本雅明揭示，寓言是"我们这个时代的得天独厚的思想方式"。"寓言在思想之中—如废墟在物体之中。"②

　　为了揭示作为文学形式的巴罗克悲剧与作为艺术形式的寓言之间存在着亲缘性，本雅明转向了对德国悲悼剧中的悲剧性形成及其情感效果的分析。德国悲悼剧强调的是以历史而不是以神话为根基，所以它从古希腊伟大的悲剧传统中脱离出来，具有了寓言结构上的独特性和意义的赋予空间。在寓言结构中，本雅明认为，巴罗克悲剧核心的戏剧冲突集中体现在君主身上，而要"生动地理解民族群体的关键不是与上帝和命运的冲突，不是对某一原始过去的再现，而是主宰王族的美德，描写王族的罪恶，透视外交和所有政治阴谋的操纵，所有这些使君主成了悲悼剧的主要人物"。君主的悲剧性正在于君主与周围环境的冲突，表现为神性与人性的冲突，权威的绝对性以及暴君在人性上不可超越的弱点之间的冲突。当暴君沉溺于最狂暴的权力展示时，历史和阻止历史沉浮的更高的权力都会在他的身上显示出来。"如果暴君不仅仅以他作为个体的名义，而且作为统治者以人类和历史的名义毁灭，那么，他的毁灭就具有审判的性质，这种

_____

① Paul de Man, *Blindness and Insight*, Minneapolis：Minnesota University Press，1997，p. 207.

② 瓦尔特·本雅明：《德国悲剧的起源》，陈永国译，文化艺术出版社 2001 年版，第 146 页。

审判也暗示了主题。"① 暴君的受难史其实正是人类的受难史的隐喻。巴罗克悲剧为我们贡献的正是它的静止和逆向所带给我们的反思维度。古希腊悲剧强调冲突，是有缺陷的悲剧英雄与神的对抗及其献祭式的牺牲。通过英雄的受难和牺牲表明，悲剧英雄在伦理道德上可以超越万能的神。巴罗克悲剧核心的戏剧冲突集中体现在君主身上，其冲突场体现在悲剧人物内心，暴君身上同时体现着权威绝对性以及暴君在人性上不可超越的弱点。在人类名义的层面上，也就同样体现了殉难者的苦难精神。

在悲剧的表达方式上，本雅明发现悲剧英雄惯用的表达语言还在于沉默。暴君、魔鬼或犹太人在舞台上都表现出最深重的邪恶和罪孽，除了卑鄙的阴谋计划外而不允许他们解释或展开或展示任何别的什么。悲剧作品展示的是沉默，这就需要批评家通过寓言式的批评将其中的真理内容展现出来。"在受难英雄面前，社区学会了对词语的重视和感激，这是他的死赋予词语的——每当诗人从传奇中抽取新的意义时，词语就作为一个新的礼物在另一个地方闪射出来。悲剧的沉默，而非悲剧的悲怆精神，成为体验语言表达上升华的宝库。"② 悲剧的超越性根源其实就在这里。然而由于象征的滥用，过去悲剧传统总是提取了死亡中的献祭意义和牺牲精神，而把苦难遗弃了。实际上，悲剧英雄的生命从死亡那里展开，死亡不是生命的终结，而是生命的形式。悲剧的沉默反而让它充满着赋义的随意性，并让它重新获得了原有的初始性、独特性和神圣性。悲剧的沉默在悲剧环境中既显示了苦难的意义，同时也显示了这种无言的较量。

面对"五四"时期的中国，鲁迅同样只能采用一种寓言的策略，因为封建统治秩序的不公正、对百姓的愚弄和迫害，都被封建礼教和意识形态下捂盖得严严实实，被封建伦理制度合理化。鲁迅首先要揭示的是这种被社会制度掩盖下的更深层悲剧性。齐泽克区分过两种死亡："一种是自然死亡，它是他创生与腐烂的自然循环的一部分，是自然连续转换的一部分；一种是绝对死亡，它是循环自身的毁灭和根除，它会把大自然从其自身的规律中解放出来，为新的生命形式的创造铺平了道路。"③ 在鲁迅笔

---

① 瓦尔特·本雅明：《德国悲剧的起源》，陈永国译，文化艺术出版社 2001 年版，第42 页。

② 同上书，第 80 页。

③ 斯拉沃热·齐泽克：《意识形态的崇高客体》，季广茂译，中央编译出版社 2002 年版，第 185 页。

下，同样存在着两种死亡：一是自然死亡；二是精神性死亡。前一种死亡状态更容易知觉到，而后一种死亡却是现代整个中国麻木状态。不管是对外族的欺辱，还是对本族的残酷剥削，一概是忍辱负重地承受下来。鲁迅同样选择以死亡切入历史，正如本雅明的停滞辩证法所揭示的，只有在死亡的结构中才能看出弥赛亚式的事件停止的迹象，才能将人物从这种所有制的总体关系和历史的连续性中爆破出来。福柯也具体地揭示了死刑犯在面对死亡时走向了价值的颠倒。面对麻木得已经丧失了根本认识的国民性状态，仅仅只是对自然死亡的描写也许根本无法让人意识到个人的死亡与社会制度的联系，所以鲁迅要揭示整个现代中国国民精神性死亡的状态，强调毁灭的过程。"毁灭"一定关涉外力的摧残，鲁迅让时间在这里凝滞，而将事件发生的历史空间一一展开。他故意将悲剧性的事件叙述节奏放慢，将事件的残酷性慢慢展开，以激起观众对悲剧性事件的震惊反应，在欲哭无泪、痛定思痛的悲剧性效果中反思悲剧发生的真正根源，最终达到唤醒国民意识的觉醒。

　　当然，本雅明是个批评家，他总是基于自己不同于别人的批评理念，通过对符合他的批评理念的作品的发现和阐释，来完成他对悲剧理念的显现。在他的批评转型力量下，德国悲悼剧被阐释为一个理念。而鲁迅不仅是个批评家，更是一个作家，他善于将自己的作品打造成寓言来完成现代中国思想革命的启蒙。也因为寓言式的表达方式，鲁迅的作品总是显得晦涩难懂不易把握，一如本雅明的《德国悲剧的起源》所遭受的待遇。在杰姆逊的民族寓言理论引进之前，以往中国批评家基本上都是在"象征"的阐释模式中从意义的整全性和明确性出发来分析鲁迅作品中"毁灭"所隐含的深意。无论是早期关于"礼教"或"仁义道德"吃人的解释，还是薛毅、钱理群指向民族集体无意识的开创性解读，都没有跳出在象征修辞框架中的解读模式。在一个新旧交接、价值虚无的时代，所有的宏大叙事都找不到任何理论依据和理解背景，鲁迅只能将对现代中国的沉重理解，寄蕴在很小的现实物体意象上，并以一种"意象拼接"的方式，形成意义的联结体和总体性。因此，鲁迅的作品绝对不是一个"我"的故事，而是一个个关乎着"我们"的故事。鲁迅的"寓言"其实是一种关联着中国革命具体展开的存在状态，它涉及某种独特的时间性，从而显露出鲁迅特殊的历史意识。

　　随着本雅明的寓言式批评、保罗·德曼的寓言阅读理论以及杰姆逊的民族寓言的引入，人们才开始在寓言的层面上理解鲁迅的作品中。詹姆逊认为，第三世界的本文天生具有寓言性质。第三世界的本文总是将个人命运包容在大众文化之中，因而总是以政治寓言或民族寓言的形式来表现集体经验。"第三世界的文本，甚至那些看起来好像是关于个人和利比多趋力的文本，总是以民族寓言的形式来投射一种政治：关于个人命运的故事包含着第三世界的大众文化和社会受到冲击的寓言。""所有第三世界的文本均带有寓言性和特殊性：我们应该把这些文本当作民族寓言来阅读，特别当它们的形式是从占主导地位的西方表达形式的机制——例如小说——上发展起来的。"① 正是在这种民族寓言的理解结构中，詹姆逊重新解读了鲁迅的《狂人日记》、《药》以及《阿Q正传》。他认为，在鲁迅的《狂人日记》中，鲁迅集中展现"吃人"两个字眼儿，其意在揭示"吃人"与国家寓意上的共振：如果吃人主义是"寓意"的，那么，这种"寓意"比本文字面上的意思更为有力和确切。在中国语境中，"吃"本身就是一个包含多重寓意的词，而鲁迅运用的"吃"的行为和内涵，其实是在戏剧化地再现整个中国社会的现状。在《阿Q正传》中，寓言式的中国既是阿Q善于运用自我开解的精神技巧，将中国的任人欺辱状态从精神胜利法中自我解脱出来；同时也是那些喜欢戏弄和欺压阿Q的懒汉和恶霸，在等级社会中无情地镇压和吞噬弱者。这样在不同的意义上，我们才能完整地体会到在鲁迅笔下所辛辣嘲讽的旧中国形象及其本文穿透笔力的表达力量。

寓言所具有的符号和指涉意义之间的分裂性特征可以使它打破象征同一性和统一性的幻象性，深入文本内部运作关系从而实现对社会、政治等虚假意识的解构。也正是在民族寓言的阐释框架中，中国对个人毁灭的悲剧性揭示也就自然有了指向民族宏大叙事的寓意。本雅明的"寓言"与鲁迅的"毁灭"，共同指向了以碎片、个体的表达模式来表达现代社会意义与真实生存相互割裂的状态。而这些碎裂的状态，正是为历史主体准备跃入未来，从而拯救现在的历史契机。

---

① 詹明信：《晚期资本主义的文化逻辑》，张旭东编，生活·读书·新知三联书店 2013 年版，第 428 页。

三 救赎与给人看：悲剧价值的目标指向

在马克思主义传统中，都延伸着试图通过理解对过去所表现出来的不公正记忆，从而汲取革命行动的养分和动力。卢卡奇首先发现在浪漫主义的审美因素中所包含的反资本主义的成分：这种态度表现为两个方面：一是对现代工业资本主义造成的无灵魂世界的强烈憎恨；二是对共同生活形式保持完整无缺的过去时代令人忧郁的怀旧意识。但是，浪漫主义的怀旧意识只是对资本主义的一种批判维度，历史总是向前发展，过去已经回不去了。同时过去也只是在审美的光环下被想象赋予的虚幻的完美；而另外一种向过去寻找力量的方式不同，它是从未来找寻现实的颠覆性力量，以乌托邦想象为武器，试图在过去发现与当下人的需要有关的、被遗忘的语义潜能。这正是本雅明从过去中阐释出来的"救赎"力量。

本雅明认为，当下社会流行的历史发展观是一种单向的线性进步历史观，这种历史观是将历史建立在空洞的、匀质的、连续的时间序列中，它使得人们一味地向前看，而把过去与现在抛离于逝去的单向性的时间维度当中。本雅明反对这种历史主义，认为这种历史主义是对过去资料的简单收集，它无法让人们看清历史发展中的复杂性动力结构。而唯物主义历史观则是建立在一个结构原则的基础上。对于本雅明来说，过去呈现为从历史连续体中爆破出来的填注着当下时间的过去，现在亦不是某种过渡，而意味着时间的停顿和静止。对于本雅明来说："思维不仅包括意念的流动，而且也包括意念的停止。每当思维在一个充满张力的构型中突然停止，这一构型就会受到冲击，通过这样的冲击，构型就会结晶为一个单子。"① 所以，历史唯物主义者只有在一个历史总是以单子的形式出现的时候才去研究它，而且，他从这一结构中看出了为受压迫的过去而斗争的革命机会。

本雅明致力于深掘出死亡的深层力量，将死亡事件从历史的连续体中爆破出来，并在死亡的空间中将其所包含的革命意味阐释出来。如果说在古希腊悲剧中，悲剧性的死亡总是意味着献祭式的牺牲，本雅明却从悲剧性死亡结构中意识到反抗情节的产生："如果用作牺牲的赎罪人物不是明

---

① 陈永国、马海良编：《本雅明文选》，中国社会科学出版社1999年版，第413页。

确地以这种形式出现，那么，其变形就十分清楚了，在这种新类型中，情感的突发取代了英雄向死亡的屈服，这对古老的神和牺牲观念无疑是公正的，因为它显然披上了新观念的外衣。于是，死亡变成了救赎：即死亡危机。最古老的一个例子就是受害者从祭献神卜的刀下逃跑，以此取代了祭坛上的牺牲；这样，命定的受害者将绕着祭坛跑，最后抓住祭坛，祭坛就可以成为一个避难场所，愤怒之神就变成了怜悯之神，受害者也变成了神的囚徒和奴仆。这就是《俄瑞斯忒亚》的整个结构。"① 而后伊格尔顿的一段话如出一辙："倘若你必须死亡，你完全可以带着一种夸大的反叛姿态这样做，面对那些将你变得不名一文的力量表现出你贵族式的蔑视，并且因此从毁灭的鼻子底下夺取价值，你直面死亡的方式展示出否定它的一种活力。"② 在死亡剥夺你生命的自然形态之时，你在死亡之时采取的行动反而会获得特许而无所顾忌。由此可以看出，本雅明的寓言式批评的目标有两个：一是揭示现实的废墟面貌，以激起人们救赎的渴望；二是挖掘那些被压抑的人类历史经验的意象碎片，对它们进行重构，通过一种辩证翻转，使过时之物爆发出隐藏的革命性能量。寓言中的破碎性意象可以摧毁了虚假总体性表象的存在，同时碎片化状态又是历史意义和总体意义得以重构的契机，只有在极度的腐败、痛苦及没落中，拯救才会来临。所以，一个具有"破坏型性格的人"的重要任务，就是将世界化约为碎片，并通过废墟来激起人们对人类本真存在的追逐与向往。

一切解放都有赖于对奴役状态的觉悟，舍勒说："无力发现悲剧的时代是渺小的。"③ 这是因为，无力发现悲剧，就意味着无力认识有价值的东西被毁灭的悲剧性状态，就意味着对有价值的东西的毁灭无动于衷或者漠不关心的麻木状态。而对悲剧的麻木不仁意味着人们已经失去了对更高的肯定价值充满着实现的冲动和渴望，在毫无改变的死寂中退化为"物"。"五四"时期的中国呈现出历史崩溃的先兆，却在历史最后的挣扎中成了一团无法拆解的死结。鲁迅却要做这个时代悲剧的深掘者和历史死

---

① 瓦尔特·本雅明：《德国悲剧的起源》，陈永国译，文化艺术出版社 2001 年版，第78 页。

② 特里·伊格尔顿：《甜蜜的暴力——悲剧的观念》，南京大学出版社 2007 年版，第113 页。

③ 舍勒：《舍勒选集——论悲剧性现象》，上海三联书店 1999 年版，第 254 页。

结的解铃人，他要将悲剧的价值"毁灭"的过程在其作品所营造的空间序列中表现出来，并在相似的故事模式以及重复性叙述中不断撞击历史的罅隙，以让我们看到赎救的光亮，这也正是他说"给人看"的目的。

鲁迅最擅长的叙述技巧是反讽。鲁迅笔下的悲剧性人物不是作为制度的对立面和反叛者，而是制度的坚定维护者和笃信者。阿Q从不质疑自己的仆人位置，而是永远忠实地处在仆人的位置，小心翼翼地维持着中国这种现在秩序状态。然而他却总是面临着一次又一次的现实打击。而小D、王胡、赵大爷、秀才、假洋鬼子、吴妈、邹七嫂、地保、尼姑，也在努力扮演好一个恒定的、早已被指派好的角色，同样在努力中面临着社会秩序一成不变的现实打击。研究鲁迅的张旭东先生甚至认为，阿Q的精神胜利法既是数千年不断遭受这种打击的结果，而后又成了接受和吸收这种现实打击的最好媒质。而这种思想的建构一旦形成，拆解便成了艰难的过程。鲁迅深谙历史经验的深厚沉淀和背后的沉重阻力，努力尝试着将事件从历史的连续体中爆破出来。所以他总是不动声色地将这些悲剧性人物和生存状态在叙述中不断重复，重复可以使时间和历史被切断，事件于是可以独立展示出它们的多重意义。在一次一次地目睹阿Q的失败和"胜利"中，人们也就窥探到了历史的真实。因此鲁迅的悲剧不仅揭示了毁灭悲剧人物的各种社会外在力量，更是深刻地揭示这种毁灭力量还源于被毁灭者自身的精神上的愚钝和奴性的内在维度。

当然，由于理论背景、成长环境、生活经验以及革命目标不同，本雅明和鲁迅的悲剧理论也存在着不同。本雅明面对的是西方现代信仰的危机。尼采说："上帝死了。"加缪说："信仰失落了。"现代主义的真正问题是如何在否定或扬弃传统信仰的基础上重建新的信仰，或者说在现代文明之上重建一个新的神话世界，寻找新的超越人自身的可能性。所以本雅明归根结底是要处理的是技术社会带给人的经验危机，由现代技术对传统经验的毁灭以及由此而形成的都市经验所决定；而鲁迅的个人经验显得更复杂，基本上还是由传统中国乡镇塑造，他所面临的首要问题是士大夫阶级的毁灭和新的国民革命的失败，呈现的是"半封建半殖民地"社会结构上的"现代性"，这种现代性既是根源于中国自身复杂性上的历史问题，也是历史与现代交会中的驳杂问题。同时鲁迅的语境和语言都是中国式的，含蓄、深刻、寓意丰富却又点到为止。正因为含蓄，所以在他的关于悲剧定义的短短几个字的无限精练中，却包含着太多的内涵。而如果我们把他的悲剧定义与本雅明的悲剧理论联系在一起，在互文性的理解框架中感受着这两个理论之间的遥相呼应，感受着鲁迅定义中的超越性，可能是走近鲁迅悲剧理论的最好方式。

后　记

　　透过窗户，十一月的春城依旧风和日丽，雪还在北方的冷风中祈望，而我在秋收的尾声中，又一次放飞出梦想的鸽哨音。

　　落笔付梓，我感觉到的竟然是一种无法言说的沉重。虽说书中每个文字都浸透着我的心血，然要变成铅字，终有些惴惴，唯恐里面的观点经不住推敲。片刻之后，掩映不住的兴奋，如襁褓中的婴儿呼之欲出，一点一点弥漫开来，沁人心脾。

　　在无言的尘土中，车轮滚滚向前。感谢陪着我的家人，如日月相伴。从读博到现在，儿子是我身边最亲密的陪伴，也是欢笑苦闷的交响曲。他单纯的笑脸是我写作的无穷动力，稚嫩的话语是我最悦耳的声音。感谢我的爱人，这些年来对我的支持，并以宽容的胸怀包容了我所有的任性，默默地承受我的无理和责怪，成为我这一生最坚实的依靠。感谢远方的父母，交相辉映的笑脸，遥望着西南的一片彩云。古话云：父母在，不远游。可是女儿却跑到遥远的彩云之南，耕耘成一棵美丽的三叶树，也成了父母永远的牵挂。谨以此书献给我最慈爱的父母。

肖　琼

2014 年 11 月于财大春园